아무것도
끝나지
않았어

아무것도 끝나지 않았어

ELEANOR & PARK

레인보 로웰 장편소설

장여정 옮김

북레시피

이제 굳이 엘레노어를 떠올리려 하지 않았다.

엘레노어는 자기가 내킬 때만 나타났다. 꿈속에서, 착각 속에서, 또 조각난 기억 속에서.

차를 몰고 일하러 가는데 차창 너머로 길가에 서 있는 빨간 머리 여자애가 보인다. 잠깐 숨이 턱 멎는다. 분명 엘레노어다.

그제야 여자의 머리가 눈에 들어온다. 붉은색이라기보단 금발에 가까운 머리.

심지어 손에는 담배도 들려 있다…… 게다가 섹스 피스톨즈* 티셔츠를 입었다.

엘레노어는 섹스 피스톨즈를 싫어했다.

엘레노어…….

파크가 돌아볼 때까지 등 뒤에 서서 기다리던 엘레노어. 파크가 잠들어 있을 때 옆에 누워 있던 엘레노어. 엘레노어 이외에는 누구든 다 지루하고 평범하고 매력 없는 사람으로 만들어버리던 여자.

모든 걸 망가뜨린 엘레노어.

가버린 엘레노어.

이제 굳이 엘레노어를 떠올리려 하지 않았다.

---

* 1975년 런던에서 결성된 세계적인 펑크록 밴드.

차례

1986년 8월

1

파크

XTC* 노래를 틀어도 버스 뒤편의 저 머저리들 대화 소리가 새어 들어왔다.

파크는 헤드폰을 귀에 더 꾹 밀착했다.

내일은 스키니 퍼피**나 미스핏츠*** 테이프를 가져와야지. 아니면 고함 창법, 절규 창법 노래로만 등하교용 테이프를 따로 만들든지.

일단 면허만 따면 11월에는 다시 뉴웨이브 장르로 돌아갈 수도 있다. 부모님도 진작부터 지금 엄마가 타는 쉐보레 임팔라를 나한테 넘겨준다고 했고, 이미 카오디오 테이프 덱을 새로 살 돈도 모으는 중이었다. 직접 운전해서 학교에 다니기 시작하면 무

---

* 1972년 결성된 영국 펑크록/뉴웨이브 밴드.
** 1982년 밴쿠버에서 결성된 인더스트리얼 록 밴드.
*** 1977년 결성된 미국 펑크록 밴드.

슨 노래를 듣든 아니면, 아무것도 안 듣든, 내 맘 내키는 대로 할 수 있다. 덤으로 한 20분쯤 눈 붙일 시간도 생길 것이다.

"그런 게 어딨냐." 뒤에서 누군가 소리쳤다.

"있거든." 스티브도 목청껏 대꾸했다. "취한 원숭이 권법이라고, 진짜로 있는 거야. 사람도 죽일 수 있……."

"등신 새끼."

"등신 새끼는 너지." 스티브가 말했다. "파크! 야, 파크."

파크는 스티브가 부르는 소리를 듣고도 대답하지 않았다. 한 1분쯤 그냥 무시하고 있으면 스티브가 목표물을 바꾸기도 했다. 스티브 옆집에 살며 깨달은 바로, 스티브한테서 살아남는 법 8할은 무시였다. 나머지 2할은 그냥 고개 푹 숙이고 있는 거였고.

하필 오늘은 그 2할을 깜박하고 말았다. 파크의 뒤통수로 종이공이 하나 날아왔다.

"야, 그거 내 과제거든. '신체의 성장과 발달'. 짜증나네." 티나가 말했다.

"미안해, 자기야." 스티브가 사과했다. "신체 성장이랑 발달은 내가 가르쳐줄게. 뭐가 궁금해?"

"취한 원숭이 권법이나 가르쳐줘라." 누군가가 소리쳤다.

"파크!" 스티브가 다시 버럭 하고 파크 이름을 불렀다.

파크는 헤드폰을 벗고 고개를 돌려 버스 뒤쪽을 쳐다보았다. 맨 뒷줄에 앉은 스티브에게 모두의 시선이 쏠렸다. 스티브는 앉은 채로도 머리가 거의 버스 천장에 닿았다. 스티브 주변으로는 모든 게 늘 인형의 집 가구 같았다. 7학년, 아직 턱수염도 다 나기 전부터 외모는 이미 성인 남자였던 스티브다. 물론 그때도 턱수염 나는 건 시간문제긴 했다.

스티브가 티나랑 사귀는 이유도 혹시 티나랑 같이 서 있으면 자기가 더 무시무시해 보이니까 그러는 걸까, 파크는 궁금했다. 플랫츠에 사는 여자애들이 다 작은 편이긴 했지만 티나는 150센티미터도 될까 말까였다. 볼륨 잔뜩 넣은 그 머리까지 다 키로 포함해도 말이다.

중학교 때 한번은 웬 녀석이 스티브에게 티나 임신시키지 말라고, 티나가 네 애를 뱄다가는 거대 아기 때문에 죽은 목숨일 거라고 되도 않는 농담을 한 적이 있었다. "에이리언처럼 티나 배를 찢고 나올 거다."라고 하면서. 스티브는 그 녀석 얼굴에 주먹을 날렸고 새끼손가락이 부러졌다.

그 얘길 듣고 파크의 아빠는 이렇게 말했다. "스티브 머피 그 녀석, 어디서 주먹 제대로 쓰는 법 좀 배워야겠는걸." 그러나 파크는 부디 그런 일은 없길 바랐다. 스티브한테 맞은 그 녀석은 일주일 동안 눈도 못 뜨고 다녔다.

파크는 티나에게 구겨진 과제물을 던져주었다. 티나가 종이공을 잡았다.

"파크." 스티브가 말했다. "마이키한테 취한 원숭이 가라테 권법 좀 알려줘라."

"난 그런 건 잘 모르는데." 파크는 어깨를 으쓱해 보였다.

"그런 권법이 있기는 하잖아?"

"들어본 적은 있는 것 같아."

"봤냐." 스티브는 마이키에게 뭐라도 던지려고 주변을 두리번거렸지만 손에 잡히는 게 아무것도 없었다. 대신 스티브는 손가락을 쏘아붙였다. "내가 있다고 했지."

"셰리던 저 새끼가 쿵후를 뭘 안다고?" 마이키가 대꾸했다.

"너 바보냐? 쟤네 엄마가 중국계잖아." 스티브가 말했다.

마이키는 파크를 유심히 살펴보았다. 파크는 눈을 가늘게 뜨고 씨익 거짓 웃음을 지어 보였다. "아, 그래. 이제 보니 그렇네. 난 지금까지 너 멕시코계인 줄 알았지." 마이키가 말했다.

"아이씨, 마이키." 스티브가 말했다. "너 진짜 인종차별주의자냐."

"중국계 아냐." 티나가 끼어들었다. "한국계야."

"누가?" 스티브가 물었다.

"파크네 엄마."

티나는 초등학교 때부터 지금까지 쭉 파크네 엄마에게서 머리를 잘랐다. 두 사람의 헤어스타일은 판박이였다. 볼륨 잔뜩 넣은 앞머리에 뽀글뽀글 긴 펌헤어.

"그건 모르겠고, 겁나 섹시하긴 하지." 스티브가 실실 쪼개며 말했다. "기분 나쁘게 듣진 말고, 파크."

파크는 다시 한번 웃음을 지어 보이곤 조용히 자리로 돌아가 도로 헤드폰을 끼고 음량을 높였다. 네 줄이나 떨어져 있는데도 여전히 스티브와 마이키 목소리가 들렸다.

"그래서 무슨 말이 하고 싶은데?" 마이키가 물었다.

"야, 너 같으면 술 취한 원숭이랑 싸우고 싶어? 덩치가 산만 하다니까. 〈더티 파이터 2〉에 나오는 애 있잖아. 걔가 너한테 화가 났다고 생각을 해봐."

전학생이 파크의 눈에 들어온 건 그때였다. 다른 아이들도 그 애를 쳐다보고 있었다. 버스 앞쪽, 문에서 가장 가까운 빈자리 옆에 그 아이가 서 있었다.

빈자리 바로 옆 좌석에는 신입생이 앉아 있었다. 신입생 녀석은 자기 옆자리에 가방을 내려놓곤 시선을 다른 데로 돌렸다. 두 자리를 혼자 차지한 애들은 전부 통로 쪽으로 옮겨 앉았다. 킬킬대는 티나의 웃음소리가 파크 자리까지 들려왔다. 티나는 이런 일에만 생기가 돌았다.

전학생은 숨을 크게 한번 들이마시더니 버스 안쪽으로 더 걸어 들어왔다. 아무도 그 앨 쳐다보려 하지 않았다. 파크도 안 보려고는 했지만 불가항력이었다. 무슨 열차 사고나 일식 현상이라도 일어난 것처럼 고개가 절로 돌아갔다.

그 여자애는 딱 이런 일을 겪을 법한 스타일이었다.

단순히 전학생이라서가 아니었다. 저 덩치, 저 어색한 분위기가 문제였다. 가뜩이나 부스스한 곱슬머리인데 심지어 머리색마저 밝은 빨강이지, 옷차림은 또…… 저건 거의 '나 좀 쳐다봐주세요' 수준이었다. 그게 아니라면 지금 본인 꼴이 얼마나 가관인지를 모르거나. 체크무늬 셔츠, 그것도 남성용 셔츠에 주렁주렁 대여섯 개쯤 겹쳐 걸고 있는 이상한 목걸이들하며 손목에 둘둘 감은 스카프까지. 무슨 허수아비 같기도 하고 엄마 서랍에 있는 걱정인형 같기도 했다. 가혹한 현실에서는 절대 생존 불가능할 것 같은 스타일이었다.

버스가 다시 멈춰 섰고, 아이들이 한 무리 또 우르르 버스에 올라탔다. 다들 그 애를 제치고 제 자리를 찾아 앉았다.

문제는 그거였다. 다 주인이 있는 자리였다. 개학 첫날 모두가 이미 자기 자리를 찜해두었다. 파크처럼 운 좋게 혼자 두 좌석을 독차지한 애들이 이제 와서 옆자리를 내주진 않을 터였다. 특히나 저렇게 이상해 보이는 애한텐 더더욱.

파크는 다시 한번 여자애를 쳐다보았다. 그 애는 그 자리에 그대로 서 있었다.

"거기, 학생." 버스 기사가 소리쳤다. "자리에 앉아!"

여자애는 이제 버스 뒤쪽으로 향했다. 먹잇감을 노리고 있는 짐승들 코앞으로. '뭐 하는 거야. 가지 마. 돌아서.' 파크는 속으로 되뇌었다. 그 애가 다가올수록 스티브와 마이키가 입맛을 다시고 있는 게 느껴졌다. 파크는 다시 시선을 돌리려고 애썼다.

그때 파크 건너편 빈자리가 눈에 들어왔던 모양이다. 여자애는 안도한 듯 얼굴이 환해지면서 서둘러 빈자리 쪽으로 향했다.

"야." 갑자기 티나가 날카롭게 소리쳤다.

그 애는 걸음을 멈추지 않았다.

"야, 보조.*"

스티브가 웃기 시작했다. 잠시 후 그 일당들이 따라 웃었다.

"거기 빈자리 아니거든." 티나가 말했다. "미카일라 자리야."

그 애는 멈춰 서서 티나를, 그다음 빈자리를 차례로 쳐다보았다.

"앉아!" 버스 기사 목소리가 저 앞에서부터 쩌렁쩌렁 울렸다.

"이렇게 서서 갈 순 없잖아." 그 애는 단호하면서도 차분한 목소리로 티나에게 말했다.

"그게 나랑 뭔 상관?" 티나가 쏘아붙였다. 버스가 급정차했고, 그 애는 넘어지지 않게 몸을 뒤로 젖히며 균형을 잡았다. 파크는 워크맨 음량을 더 키우려고 했지만 이미 음량은 최대였다. 파크는 다시 그 여자애를 쳐다보았다. 금방이라도 울음이 터질 것 같았다.

마음을 정하기도 전에 파크는 어느새 창문 쪽으로 몸을 움직이고 있었다.

"앉아." 파크가 말했다. 퉁명스러운 목소리가 튀어나왔다. 앤 또 뭐야, 한 패인가 싶은 표정으로 여자애는 파크를 쳐다보았다. "아이씨, 좀." 파크는 고갯짓으로 자기 옆 빈자리를 가리키며 조용히 말했다. "그냥 좀 앉으라고."

여자애가 자리에 앉았다. 아무 말 없이 — 고맙다고 안 한 게 얼마나 다행인지 — 그리고 파크하고도 한 15센티미터 간격을 유지한 채.

파크는 아크릴 창문으로 고개를 돌렸다. 이제 오만가지 짜증나는 상황이 닥쳐올 건 불 보듯 뻔했다.

* 빨간 머리 광대 캐릭터 '보조 더 클라운Bozo the Clown'.

2

엘레노어

엘레노어는 선택지를 따져보았다.

1. 학교에서 집까지 걸어온다. 장점: 운동도 되고 혈색도 좋아지고 혼자만의 시간을 가질 수 있음. 단점: 아직 새집 주소도 잘 모르고 대충 어느 방향이라는 것도 모름.

2. 엄마한테 전화해서 데리러 오라고 한다. 장점: 많음. 단점: 엄마는 전화가 없다. 차도 없다.

3. 아빠한테 전화한다. 퍽이나.

4. 할머니한테 전화한다. 그냥 안부 인사차 했어요.

엘레노어는 학교 앞 콘크리트 계단에 앉아서 줄줄이 서 있는 노란 스쿨버스를 노려보고 있었다. 엘레노어가 탈 버스도 바로 거기 있었다. 666번.

오늘은 어찌저찌 버스를 타지 않는다고 해도, 갑자기 요정 대모가 호박마차를 끌고 나타난다 해도, 내일 아침 등교는 또 어떻게 할 건지 여전히 답은 없었다.

버스의 그 악마 무리가 딱히 내일이라고 갑자기 딴사람이 돼서 올 리도 만무하고. 정말이지 걔들이 입을 쩍 벌리고 엘레노어를 잡아먹으려 기다리고 있다 해도 놀라울 게 하나 없었다. 돌청재킷을 입은 금발 머리 여자애. 앞머리로 가리고는 있다지만 걘 딱 봐도 이마에 뿔이 달렸다는 걸 알겠다. 그리고 걔 남자친구는 아마 거인족 네피림*인 것 같고.

금발 머리 걔, 걔네 무리 전부 엘레노어를 만나기 전부터 엘레노어를 싫어했다. 전생에 엘레노어를 죽이러 왔던 무슨 자객이라도 되는 듯이.

자리를 비켜준 그 동양애가 과연 금발 머리 일당이랑 한 패인지 아니면 그냥 진짜 미련한 건지 엘레노어는 판단이 서질 않았다. (미련하단 게 정말 머리가 나쁘단 뜻이 아니라…… 심화반 수업이 엘레노어와 두 개나 겹치는 애였다.)

엄마는 엘레노어를 새로운 학교에 보내면서 심화반에 넣어달라고 요구했다. 작년 9학년 때 성적을 보고 엄마는 기겁했다. "어머님, 그리 충격적인 결과는 아닐 텐데요." 상담 선생님은 그렇게 말했고, 엘레노어는 거의 자포자기 상태였다. '하, 지금 이 시점에서도 충격적인 일이 있을 수 있다는 게 더 충격인걸요.'

뭐, 하여간. 심화반이라도 멍하니 구름만 보고 앉아 있는 게 어려운 일은 아니니까. 창문이야 많았다.

이 학교로 다시 등교하게 된다면 말이지만.

* 성경에 등장하는 거인족.

그건 둘째치고 집에나 무사히 돌아간다면 말이지만.

어쨌거나 엄마에게 버스 이야기도 못 꺼내는 것이, 이미 엄마는 스쿨버스를 꼭 탈 필요는 없다고까지 했었다. 어젯밤 엘레노어가 짐 푸는 걸 도와주면서 엄마는 이렇게 말했다.

"리치가 태워다 준대. 출근하는 길에."

"트럭 뒤에 타고 가란 소리예요?"

"엘레노어, 리치는 잘 지내보려고 하는 거잖아. 너도 노력하겠다고 했고."

"서로 거리를 두는 게 더 잘 지낼 수 있는 방법 같은데."

"리치한테는 네가 이제 우리 가족이 될 준비가 됐다고 얘기해 뒀어."

"원래도 가족이었거든요. 거의 창립 멤버 급인데."

"엘레노어, 제발 부탁한다."

"버스 탈게요." 엘레노어가 말했다. "그게 뭐 어려운 일이라고. 사람들도 만나고요."

퍽이나. 이제야 말이지만, 참 퍽이나다.

엘레노어가 탈 버스가 이제 막 출발하려고 했다. 벌써 출발한 버스들도 있었다. 누가 계단을 막 달려 내려가다가 엘레노어 옆을 지나면서 잘못하여 엘레노어 가방을 발로 차버렸다. 가방을 옆으로 치우면서 미안하다고 막 얘기하려고 보니, 그 바보 같은 동양애였다. 엘레노어인 걸 보더니 그 애가 인상을 찡그리기에 엘레노어도 같이 인상을 찡그려주었다. 그 애는 그길로 그대로 달려갔다.

'에라, 모르겠다. 나만 있으면 지옥의 자식들이 배고플 일은 없겠네.'

3

파크

그 애는 버스에서 말을 걸지 않았다.

파크는 그 애가 말을 걸면 어떻게 빠져나가나 하루 종일 그 궁리만 하고 있었다. 자리를 바꿔야 하겠지. 해결책은 그뿐이었다. 그렇지만 어디로? 굳이 다른 애한테 먼저 다가가고 싶진 않았다. 그리고 자리를 바꾸는 것 자체로 스티브의 레이더에 잡힐 것이다.

그 애한테 자리를 내주자마자 스티브가 한마디 하지 싶었는데 의외로 스티브는 곧장 다시 쿵후 이야기로 돌아갔다. 참, 그나저나 쿵후 하면 또 파크였다. 파크네 엄마가 한국계라서가 아니라, 파크네 아빠가 동양 무술에 관심이 있다 못해 거의 집착 수준으로 좋아해서였다. 파크와 남동생 조쉬는 걸음마를 떼자마자 태권도를 배웠다.

자리를 바꾼다…… *어떻게?*

아마 저 앞자리에 신입생이랑 같이 앉을 순 있겠지만 그러면 그야말로 약해빠진 놈이란 걸 인정하는 꼴이었다. 그리고 새로 전학 온 그 이상한 여자애한테 버스 뒤편에 혼자 앉으라고 하는 건 상상만 해도 벌써 영 아니었다.

이런 생각을 하고 있단 자체가 싫었다.

파크가 이러고 있는 걸 알면 아빠는 계집애라고 하겠지. 이번엔 그 말을 정말 입 밖으로 꺼낼지도 모른다. 할머니라면 아마 뒤통수를 한 대 퍽 때리면서 그러시겠지. "매너는 어따 팔아먹었어? 곤란한 친구한테 그게 할 짓이야 그래?"

그러나 파크한테 그런 빨간 머리 바보 같은 여자애 사정을 봐줄 만한 여유(랄까 사회적 파워랄까) 따위는 없었다. 제 한 몸 건사하기도 벅찼다. 그리고 이러면 안 되는 건 아는데, 그 여자애 같은 애들이 있단 게 내심 고맙기도 했다. 스티브나 마이키, 티나 같은 애들이 존재하기 마련인데 그런 애들은 먹잇감이 필요한 법이니까. 그 빨간 머리가 아니면 다른 누군가가 먹잇감이 되겠지. 그 다른 누군가가 없으면 그땐 파크가 될 거고.

오늘 아침엔 스티브가 별말 없이 넘겼지만 계속 그럴 거란 보장도 없을 테고……

다시금 할머니 목소리가 들리는 것 같았다. "이 녀석아, 남들 앞에서 착한 일 좀 했다고 그게 그렇게 신경이 쓰인단 말야?"

딱히 착한 일이랄 것도 없었다. 전학생에게 자리는 내줬지만 욕도 했다. 그날 오후 영어 시간 그 여자애가 교실에 들어오는 걸 보고 파크는 자기한테 꼭 그 애 망령이 들러붙은 기분이었다.

"엘레노어." 스테스만 선생님이 엘레노어의 이름을 불렀다. "파워풀한 이름이구나. 여왕님 이름."

"뚱뚱한 치페티* 멤버 이름이고요." 누군가 파크 뒤쪽에서 소곤소곤 말했다. 다른 애가 웃음을 터뜨렸다.

스테스만 선생님은 가서 앉으라는 듯 앞쪽에 빈자리 하나를 가리켰다.

"엘레노어, 우린 오늘 시를 읽어볼 거야. 에밀리 디킨슨. 네가 한번 시작해보겠니?"

스테스만 선생님은 전학생 책에서 한 페이지를 딱 펼치더니 손가락으로 가리켰다. "자, 또박또박 큰 소리로. 선생님이 그만 이라고 할 때까지."

그 애는 설마 농담이겠지 하는 표정으로 스테스만 선생님을 쳐다보았다. 농담이 아닌 게 확실해지자 — 스테스만 선생님이 농담을 하는 일은 거의 없었다 — 그 애는 결국 시를 읽기 시작했다.

"나는 늘 배가 고팠다." 전학생이 시를 읽자 몇몇 아이들이 웃었다. 으악, 뚱뚱한 여자애한테 등교 첫날 배고프단 시를 읽힐 사람은 스테스만 선생님뿐일 거다.

"계속하렴, 엘레노어." 스테스만 선생님이 말했다.

전학생은 다시 시를 읽기 시작했다. 파크는 이건 진짜 아니다 싶었다.

"나는 늘 배가 고팠다." 이번엔 목소리가 조금 더 커졌다.

"정오가 왔고 식사 때가 되어
나는 바르르 떨며 식탁을 끌어당겼고

---

* 영화 〈앨빈과 슈퍼밴드〉 시리즈로 잘 알려진 가상의 다람쥐 캐릭터들 중 암컷 다람쥐들 밴드 '치페티'를 말한다. 엘레노어는 '치페티' 멤버의 이름.

궁금한 와인에 손을 대었다.

식탁 위에 있던 것이 이것이었구나.

나는 굶주리고 외로운 채 돌아서며

창문을 들여다보았다.

내가 바라지 못할 그 풍성함 때문이었다."

스테스만 선생님이 중간에 멈추지 않아서 그 애는 시 전편을 끝까지 다 읽었다. 차갑고 도도한 목소리, 티나에게 말했을 때의 바로 그 목소리로.

"훌륭해." 시 낭송이 끝나자 스테스만 선생님이 말했다. 선생님은 싱글벙글 환한 얼굴이었다. "더할 나위 없이 훌륭해. 「메데이아」* 수업 때까지 계속 함께하면 좋겠구나, 엘레노어. 목소리가 마치 용이 끄는 전차에 실려온 것 같았어."

역사 시간에 샌더호프 선생님은 전학생을 보고 그렇게까지 호들갑을 떨진 않았다. 그래도 엘레노어가 파일을 제출하자 "아. 아키텐의 엘레노어 왕비시군요."라고는 했다. 그 애는 파크보다 몇 줄 앞에 앉아 장담컨대 수업 내내 창밖으로 해만 쳐다보고 있었다.

아무리 생각해도 버스에서 그 애를 떼어낼 방법이 없었다. 파크 자신이 도망갈 방도도 없었고. 그래서 파크는 그 애가 오기 전에 헤드폰을 끼고 음량을 최대로 올렸다.

그 애가 말을 걸어오지 않아서 천만다행이었다.

---

* 에우리피데스가 쓴 고대 그리스 비극.

4

엘레노어

그날 오후 엘레노어는 꼬맹이들보다 먼저 집에 돌아왔다. 꼬맹이들을 다시 볼 마음의 준비가 아직 안 돼 있었으니 다행인 일이었다. 어젯밤 집에 처음 들어섰을 땐 정말 소름이 쫙 돋을 정도였다.

드디어 집에 돌아가는 느낌은 어떨까, 얼마나 많이 생각했는지 모른다. 다들 또 얼마나 보고 싶었던지. 돌아가면 대대적인 환영 인사를 해주겠거니 상상했다. 한바탕 얼싸안고 난리가 나겠지.

그러나 엘레노어가 집 안에 막 들어서자 동생들 반응은 꼭 '저 사람 누구야' 하는 분위기였다.

벤은 엘레노어를 한번 흘깃 쳐다본 게 다였고, 메이지는…… 메이지는 리치 무릎 위에 앉아 있는 게 아닌가. 방금 엄마한테 앞으로 평생 말 잘 듣겠다고 약속했기 망정이지, 그것만 아니었음 당장 그 앞에서 토악질을 했을 거다.

마우스만 양팔을 벌리고 엘레노어에게 달려왔다. 엘레노어는 고마운 마음으로 마우스를 안아 올렸다. 이제 다섯 살이 된 마우스는 가볍지 않았다.

"마우스, 안녕." 엘레노어가 인사했다. 아기 적부터 다들 마우스라고 불렀는데 어쩌다 그렇게 됐는지는 기억이 나질 않았다. 마우스는 늘 축축한 혓바닥을 내밀고 달려드는 커다란 강아지 같았다. 항상 흥분 상태였고, 항상 무릎에 올라타고 싶어했다.

"아빠, 엘레노어예요." 마우스가 폴짝 내려가며 말했다. "엘레노어 알아요?"

리치는 못 들은 척했다. 메이지는 엄지를 빨면서 그냥 지켜만 보고 있었다. 엘레노어 기억에 메이지가 손가락 빠는 건 벌써 몇 년 전 졸업했던 거 같은데. 메이지는 이제 여덟 살이었지만 그렇게 손가락을 빨고 있으니 꼭 아기 같았다.

막내 아가야말로 엘레노어를 전혀 기억 못 하겠지. 이제 두 살 됐겠…… 아, 저기 벤이랑 바닥에 같이 앉아 있구나. 벤은 열한 살이었다. 벤은 TV 뒤 벽만 뚫어져라 쳐다보고 있었다.

엄마는 엘레노어의 짐을 거실에서 침실로 들고 갔고, 엘레노어는 엄마를 따라갔다. 방은 서랍장 하나, 이층침대 하나만 겨우 들어갈 정도로 콩알만 했다. 마우스가 두 사람을 따라 방으로 달려왔다. "누나가 위 칸 써." 마우스가 말했다. "벤 형아는 나랑 바닥에서 자야 해. 엄마가 벌써 우리한테 얘기했어. 형아가 막 울었어."

"그건 걱정하지 마." 엄마가 부드럽게 말했다. "우리 다 같이 다시 조정을 해야지."

조정을 하고 말고 할 공간도 없는 방이었다. (하지만 엘레노어는 아무 말 않기로 했다.) 엘레노어는 다시 거실로 나갈 일 없게 최대한 빨리 잠자리에 들었다.

한밤중 자다 깼을 때 남동생 셋은 전부 바닥에서 잠들어 있었다. 아무도 밟지 않고 나갈 방법은 없어 보였고, 더군다나 엘레노어는 화장실이 어딘지조차 몰랐다…….

아, 찾았다. 이 집은 방이 다섯 개였는데 그것도 주방에 붙은 화장실까지 세서 다섯이었다. 화장실은 정말 말 그대로 주방에 '붙어' 있었다. 심지어 문도 없었다. 무슨 트롤이 설계한 집인가 싶었다. 냉장고와 화장실 사이에는 꽃무늬 천이 걸려 있었다. 아마 엄마가 걸었겠지.

엘레노어는 학교에서 돌아와 새 열쇠로 직접 문을 열고 집 안으로 들어갔다. 햇살이 들자 더더욱 우울해지는 집이었지만 — 우중충하고 휑했다 — 그래도 최소한 엘레노어, 그리고 엄마 말고는 아무도 집에 없었으니까.

집에 돌아와 주방에 서 있는 엄마를 보니 이상했다. 그냥 저렇게…… 아무 일 없었다는 듯이 있는 게. 엄마는 수프를 끓이고 있었고 막 양파를 써는 중이었다. 엘레노어는 갑자기 울컥했다.

"학교는 어땠니?" 엄마가 물었다.

"괜찮았어요."

"첫날인데 잘 보냈어?"

"네. 그냥, 학교인데요 뭐."

"수업 따라갈 게 많아?"

"별로 그렇진 않아요."

엄마는 청바지 뒤에 손을 닦고 귀 뒤로 머리카락을 넘겼다. 엘레노어가 엄마의 미모에 깜짝깜짝 놀라는 것도 벌써 1만 번째다.

꼬마였을 때 엘레노어는 엄마를 보면서 여왕 같다고, 무슨 동화 속에 나오는 유명인사 같다고 생각했었다.

공주는 아니었다. 공주는 그냥 예쁘기만 하니까. 엄마는 아름다웠다. 큰 키에 넓은 어깨, 우아한 허리선. 엄마는 기품이 있었다. 엄마의 골격은 남들하곤 달리 그 자체로 존재의 의미가 있는 것 같았다. 뭐랄까, 엄마의 육신을 지탱하는 것 외에 뭔가 다른 의미가 있는 것 같았달까.

오똑한 코, 날렵한 턱에 광대뼈는 볼록 솟았다. 누구라도 엘레노어의 엄마를 보면 아마 바이킹선 뱃머리 어디 새겨져 있거나 아니면 비행기 측면에 그려 넣을 얼굴이라고 생각할 것이다.

엘레노어는 엄마를 많이 닮았다.

하지만 그렇게까지 빼닮진 못했다.

엄마 앞에 어항을 놓고 보면 딱 그 모습이 엘레노어였다. 더 둥글둥글하니 날렵한 구석이라곤 없는. 그리고 흐리멍덩한. 엄마가 조각상이라면 엘레노어는 그냥 육중했다. 엄마가 정교하게 그린 그림이었다면 엘레노어는 선이 흐릿하게 번진 그림이었다.

엄마는 아이 다섯을 낳고 나서 담배 광고에 나오는 여자처럼 가슴과 엉덩이가 생겼다. 엘레노어는 열여섯에 이미 중세시대 술집 안주인 몸매였다.

엘레노어는 모든 게 풍만했지만 그걸 다 감당하기엔 키가 너무 작았다. 가슴은 거의 턱밑에 있었고 엉덩이는…… 딱 그 반대 방향이라고 보면 됐다. 심지어 머리카락마저도 엄마는 딱 적갈색에 물결치는 예쁜 머리인데 엘레노어는 거의 다홍색에 완전히 곱슬곱슬한 머리였다.

엘레노어는 스스로 의식이라도 하듯 손을 머리에 얹었다.

"보여줄 게 있어." 엄마가 수프 뚜껑을 닫으며 말했다. "꼬맹이들 있을 땐 보여줄 수가 없어서. 자, 이리 와봐."

엘레노어는 애들 방으로 엄마를 따라갔다. 엄마는 옷장 문을 열고 잔뜩 쌓인 수건들과 양말이 가득 든 빨래 바구니를 꺼냈다.

"이사 오면서 네 짐 전부 다는 못 들고 왔어." 엄마가 말했다. "너도 봐서 알겠지만 여긴 옛날 집처럼 공간이 많진 않아서……." 엄마는 옷장 쪽으로 가더니 검은색 쓰레기봉투를 하나 꺼냈다. "그래도 엄마가 챙길 수 있는 만큼은 열심히 챙겼으니까."

엄마는 엘레노어에게 봉투를 건네며 말했다. "다 못 가져와서 미안해."

엘레노어는 1년 전 리치가 자길 쫓아내자마자 곧바로 자신의 물건들도 다 내다 버렸을 거라고 생각했었다. 엘레노어는 양팔로 봉투를 받아 들었다. "괜찮아요. 고마워요." 엘레노어가 대답했다.

엄마가 가까이 다가와 엘레노어의 어깨를 어루만졌다. 아주 잠깐이었지만. "20분 정도 있으면 꼬맹이들 전부 집에 올 거야. 저녁은 4시 반에 먹자. 리치가 들어오기 전에 뭐든 다 정리가 됐으면 하는 게 엄마 바람이고."

엘레노어는 고개를 끄덕였다. 엄마가 방을 나가자마자 엘레노어는 봉투를 열어보았다. 어떤 게 아직 남아 있을지 보고 싶었다.

제일 먼저 종이인형이 눈에 들어왔다. 종이인형들은 봉투 안 여기저기 흩어져 있었는데 구겨진 것들도 있고 크레용 자국이 있는 것들도 있었다. 이 인형들을 가지고 논 지는 한참 됐지만 그래도 다시 보게 되니 여전히 반가웠다. 엘레노어는 인형들을 빳빳하게 펴서 한데 모아두었다.

인형 밑에는 책이 열댓 권 들어 있었다. 엘레노어가 제일 좋아하는 책을 엄마가 알 리는 없고, 아마 아무거나 잡히는 대로 집어넣었을 것이다. 『가프』와 『워터십 다운』이 있다니 기뻤다. 『올리버 스토리』는 있는데 전편인 『러브 스토리』가 없어 좀 짜증 났다. 게다가 『작은 신사들』은 있고 정작 『작은 아씨들』이나 『조의 아이들』은 없었다.

쓰레기봉투 안에는 종이가 한 뭉텅이 더 들어 있었다. 옛날 엘레노어 방에는 파일 정리함이 있었는데, 아마 엄마가 거기 들어 있던 파일을 전부 가져온 것 같았다. 엘레노어는 성적표며 매년 학교 앨범에 들어간 사진이며 펜팔 친구들한테서 받은 편지며, 전부 하나로 깔끔하게 정리를 해보려고 했다.

옛날 집에 있던 나머지 다른 물건들은 어떻게 됐는지 궁금했다. 꼭 엘레노어 것만이 아니라 나머지 가족들 것 말이다. 가구, 장난감, 엄마가 키우던 식물들, 그림, 그런 것들. 할머니 혼수품이었던 덴마크제 그릇이라든가…… 싱크대 아래 늘 걸려 있던 북유럽 스타일의 빨간색 작은 말 등등.

어쩌면 따로 잘 싸뒀는지도 모른다. 어쩌면 엄마는 이 집을 임시 거처 정도로만 생각하고 있는지도 모른다.

엘레노어는 아직도 리치가 그냥 스쳐 지나갈 남자이길 바랐다.

검은색 비닐봉지 맨 밑에는 상자가 하나 있었다. 상자를 보고 엘레노어는 가슴이 뛰었다. 미네소타에 사는 삼촌은 엘레노어 가족한테 매년 크리스마스 선물로 '이달의 과일' 구독권을 보냈는데, 엘레노어와 동생들은 과일이 오면 늘 서로 상자를 갖겠다고 다투곤 했다. 바보 같은 짓이긴 했지만 워낙 질 좋은 상자였더랬다. 튼튼하기도 하고 뚜껑도 있고. 이건 자몽이 들어 있던 상자였는데 이젠 가장자리가 다 닳아 있었다.

엘레노어는 조심스레 상자를 열었다. 안에 들어 있는 것들은 그대로였다. 문구류며 색연필이며 프리스마 컬러 사인펜(이것도 삼촌이 보내준 크리스마스 선물이었다)이며, 전부 그대로였다. 쇼핑몰에서 보낸 홍보용 엽서들도 잔뜩 들어 있었는데 아직도 엽서에서 비싼 향수 냄새가 났다. 그리고 워크맨도 있었다. 본래 모습 그대로. 건전지는 없었지만, 어쨌거나 그 상태 그대로였다. 워크맨이 있다면 어쩌면 음악을 들을 수 있을지도 모른다.

엘레노어는 상자 안에 그대로 코를 박았다. 샤넬 넘버 5 향기와 연필밥 냄새가 났다. 엘레노어는 숨을 크게 내쉬었다.

일단 한번 쭉 정리를 하고 나니 딱히 그 물건들을 어찌할 방법이 없었다. 서랍장엔 엘레노어의 옷 넣을 공간도 마땅치 않았다. 그래서 엘레노어는 박스랑 책만 따로 빼놓고 나머지는 조심히 다시 쓰레기봉투에 집어넣은 다음 봉투째 옷장에 도로 집어넣었다. 옷장 제일 위 선반에 최대한 깊숙이, 수건이랑 가습기 뒤편으로.

침대 위 칸으로 올라가니 털이 푸석푸석한 늙은 고양이 한 마리가 낮잠을 자고 있었다. "저리 가." 엘레노어는 고양이를 침대에서 밀어냈다. 고양이는 바닥으로 뛰어내리더니 방에서 나갔다.

5

파크

스테스만 선생님이 시를 외워오라고 했다. 무슨 시든, 각자 좋아하는 시 한 편씩 외워오라고. 엄밀히 말하면 좋아하는 시라기보다 시키니까 고른 시라는 게 맞겠지만.

"선생님이 가르쳐주는 건 하나도 기억 못 할 거다." 스테스만 선생님이 콧수염을 매만지며 말했다. "다 잊어버릴 거야. 베어울프가 괴물이랑 싸웠다 정도는 기억이 날지도 모르겠다. '죽느냐 사느냐'가 「맥베스」 말고 「햄릿」의 대사인 것 정도는 기억할 수도 있겠지⋯⋯ 하지만 나머지는 어떻게 된다고? 전부 잊어버린단 말이야."

선생님은 책상들 사이로 교실을 천천히 왔다 갔다 했다. 스테스만 선생님은 이런 걸 참 좋아했다. 극적인 효과 연출. 선생님은 파크 옆에서 걸음을 멈추더니 그냥 자연스럽게 파크가 앉은 의자 등받이에 한 손을 짚고 몸을 기댔다. 파크는 낙서를 멈추고 똑바로 앉았다. 더는 낙서를 하고 있을 수 없었다.

"그래서 시를 외워오라는 거다." 그러곤 잠시 말을 멈추더니 선생님은 파크를 보고 영화 〈초콜릿 천국〉에 나오는 진 와일더처럼 씩 웃었다.

"우리 뇌는 시를 사랑한다. 끈끈이 테이프와 같다고 할까. 너희가 지금 이 시를 외우고 5년 후 빌리지 인 식당에서 선생님을 만났다 치자. 그럼 너희는 이러겠지. 선생님, 저 지금도 로버트 프로스트의 「가지 않은 길」을 다 외우고 있답니다. '노란 숲속 두 갈래 길이 있었다…….'"

선생님이 파크 뒷자리로 옮겨가자 파크는 한숨을 돌렸다.

"참고로 「가지 않은 길」은 제외다. 그건 이제 진절머리가 나. 『아낌없이 주는 나무』의 셸 실버스타인도 안 돼. 훌륭한 작가지만 너희도 아동문학은 이제 졸업했지. 이 교실 안에서는 모두 성인이다. 성인다운 시를 골라라……." 선생님은 말을 이어갔다.

"사랑 시 중에 찾아라. 팁이라면 그 정도다. 제일 유용한 게 그런 시야."

스테스만 선생님이 전학생 자리 옆을 지나갔지만 그 애는 고개를 돌리지 않고 그대로 창밖만 바라보고 있었다.

"물론 선택은 여러분 자유다. 휴스의 「지연된 꿈」을 하겠단 사람도 있겠지. 그렇지, 엘레노어?" 그 애가 멍한 표정으로 선생님을 돌아보았다. 스테스만 선생님은 전학생 쪽으로 허리를 숙였다. "엘레노어 네가 랭스턴 휴스의 시를 선택할 수도 있겠지. 그래, 감동적이고 진실된 시다. 하지만 그 시를 써먹을 일이 과연 얼마나 자주 있을까?"

선생님의 말은 계속됐다. "아니야. 너희에게 말을 걸어오는 그런 시를 골라라. 다른 누군가에게 말을 걸 구실이 되는 시를 고르란 말이다."

파크는 외우기 더 쉽게 압운이 있는 시를 고를 생각이었다. 파크는 스테스만 선생님을 좋아했다. 진심이었다. 다만 조절 버튼 같은 게 있으면 한 몇 단계만 낮추고 싶은 심정이랄까. 수업 시간에 선생님이 교실 안을 돌아다니며 저럴 때마다 파크는 당황스러웠다.

"내일 다들 도서관으로 오도록." 스테스만 선생님은 교탁 쪽으로 다시 돌아가 말했다. "내일 우리는 '장미꽃 봉오리를 모은다.*"

종이 울렸다. 적절한 타이밍이었다.

* 로버트 헤릭Robert Herrick의 「처녀들이여, 시간을 활용하라To the Virgins, to Make Much of Time」시구를 인용했다.

6

엘레노어

"걸레머리, 비켜."

티나는 엘레노어를 거칠게 밀치곤 버스에 올라탔다.

체육 시간에 같은 반 애들한텐 엘레노어를 '보조'라고 부르게 하더니 정작 티나 자신은 엘레노어의 별명을 '걸레머리'와 '블러디 메리'*로 갈아탔다. "네 머리통은 꼭 걸레를 둘러놓은 것 같으니까." 오늘 탈의실에서 티나는 그렇게 설명했다.

티나가 엘레노어와 체육 수업을 같이 듣는 건 너무나 당연한 일이었다. 체육 시간이란 지옥의 연장이고 티나는 분명 악마였으니까. 좀 이상한, 미니어처 악마. 장난감 악마랄까. 아니면 티컵 악마. 그리고 그 옆에는 서열 더 낮은 악마들이 쪼르르 들러

---

* Bloody Mary. 보드카와 토마토 주스를 섞은 '피투성이 메리'라는 뜻의 칵테일 이름으로, 많은 사람들의 피를 흘리게 한 영국 여왕 메리 1세의 별명에서 왔다.

붙어 있었다. 그것도 전부 같은 체육복을 맞춰 입고서.

사실 학생들 전부 같은 체육복 차림이긴 했다.

예전 학교에서도 엘레노어는 반바지 체육복을 입어야 한다는 게 거지 같은 일이라고 생각했었다. (자기 몸뚱어리에서 어디 하나 맘에 드는 데라곤 없었지만 그중에서도 엘레노어는 다리가 특히나 맘에 안 들었다.) 하지만 이 학교 체육복은 상하 일체형이었다. 바지 쪽은 그냥 빨강, 상의는 빨간색과 흰색 줄무늬에 앞쪽에 달린 지퍼로 여미는 폴리 소재의 점프 슈트였다.

"보조, 너 빨강은 잘 안 받네." 엘레노어가 처음 체육복을 입고 나타나자 티나는 그렇게 말했다. 다른 애들, 심지어는 티나를 싫어하는 흑인 애들마저도 모두 웃음이 터졌다. 엘레노어 앞에 웃음으로 하나된 것이야말로 마틴 루터 킹 목사가 서 보았다던 그 정상이었다.

티나가 밀치고 지나간 후에도 엘레노어는 바로 버스에 타지 않고 뜸을 들였다. 그 바보 같은 동양애가 아직도 버스를 안 탔다. 그 말인즉슨, 걔가 안쪽 창가 자리에 들어가 앉으려면 엘레노어가 자리에서 일어나 비켜줘야 한단 얘기였다. 그럼 어색할 것이고. 아니나 다를까 처음부터 끝까지 어색함뿐이었다. 버스가 움푹 파인 도로를 지날 때마다 엘레노어는 거의 걔 무릎으로 쓰러지다시피 했다.

어쩌면 같이 버스를 타는 애들 중에 누가 갑자기 학교를 관둔다거나 죽는다거나, 하여간 뭔가 일이 벌어져야 걔 옆자리 말고 다른 자리로 옮길 수 있게 되겠지.

그나마 다행인 건 걔가 말을 걸진 않았다는 것이다. 쳐다보지도 않았다.

적어도 처다보지는 않는 것 같았다. 엘레노어도 그쪽으론 눈길을 돌리지 않았으니 그렇게 생각할밖에.

걔 신발이라면 몇 번 처다본 적이 있었다. 신발이 꽤 예뻤다. 걔가 읽고 있는 책도 가끔 좀 훔쳐봤고…….

걘 늘 만화책을 읽고 있었다.

엘레노어는 절대 읽을거리를 가지고 버스에 타지 않았다. 티나한테든 누구한테든 하여간 엘레노어는 혹시 무슨 여지라도 줄까봐 고개를 숙이고 있기 싫었다.

#

파크

매일매일 나란히 앉아 가는데 말 한마디 안 나누는 건 좀 아닌 것 같았다. 아무리 이상한 애라지만. (와, 이상하긴 진짜 이상했다. 오늘은 옷에다 무슨 별별 모양 천 조각이며 리본이며 덕지덕지 붙이고 왔는데, 딱 그냥 크리스마스트리였다…….) 집은 또 왜 그렇게 멀게 느껴지는지. 파크는 어서 빨리 그 애한테서 그리고 모두에게서 벗어나고 싶었다.

"너 도복은 어쨌냐?"

파크가 자기 방에서 혼자 저녁을 먹으려는데 동생 녀석이 훼방을 놓았다. 조쉬는 이미 태권도복을 갖춰 입고 문간에 서서 닭다리를 흡입하고 있었다.

"아빠 지금 집에 거의 다 왔는데," 조쉬가 닭다리를 입에 문 채 말했다. "형 준비 안 하고 있는 줄 알면 난리날걸."

뒤에서 엄마가 나타나더니 조쉬 머리를 한대 콩 쥐어박았다. "말 예쁘게 하랬지." 엄마는 팔을 쭉 뻗어야 겨우 조쉬 머리에 닿았다. 확실히 조쉬는 아빠를 닮았다. 벌써 키가 엄마보다 족히 15센티미터는 더 컸고 파크보다도 7~8센티미터 컸다.

정말 짜증나는 일이었다.

파크는 조쉬를 방문 밖으로 밀어내고 문을 쾅 닫았다. 키 차이는 계속 벌어져도 조쉬 너는 아직 나한테 껌이라는 식으로 행동하는 게 파크가 형님 자리를 보전하는 전략이었다.

그리고 태권도라면 정말로 조쉬는 파크한테 상대가 안 됐다. 물론 그거야 조쉬가 덩치로 밀어붙이는 운동이 아니면 쉽게 포기하는 탓이 컸지만 말이다. 벌써부터 고등학교 풋볼팀 코치가 주니어 경기에 와서 조쉬를 눈여겨보고 갈 정도였다.

파크는 도복으로 갈아입으면서 이제 머지않아 조쉬 옷을 물려받아 입게 되려나 생각했다. 조쉬 티셔츠를 받으면 샤피 사인펜으로 풋볼팀 로고 '허스커'를 전부 록밴드 '허스커 두'로 바꿔버리는 방법도 있긴 하겠다. 어쩌면 이런 걱정을 할 필요조차 없을지도 모른다. 파크 키가 162에서 그대로 멈춰버릴 수도 있으니까. 요즘 입는 옷들이 작아져 못 입게 되는 일은 영영 생기지 않을 수도 있다.

파크는 척테일러 캔버스화를 신은 다음 음식을 들고 주방으로 가 조리대에서 먹었다. 엄마는 행주로 조쉬의 흰 재킷에 튄 그레이비소스 얼룩을 지우고 있었다.

"민디?"

매일 저녁 집에 들어오면서 아빠는 꼭 이런 식으로 엄마를 찾았다. 무슨 시트콤에 나오는 가장처럼. ("루시?"*) 그러면 엄마는 어디서 뭘 하고 있든 큰 소리로 대답했다. "여기 있어요!"

물론 엄마의 대답이 그렇게 자연스럽진 않았다. 왜냐면 엄마의 영어는 영락없이 어제 막 한국에서 건너온 사람 억양 그대로였으니까. 가끔씩 파크는 아빠가 좋아하니까, 그래서 일부러 엄마가 그 억양을 고수하나 싶은 생각도 들었다. 하지만 엄마는 다른 모든 면에서 미국사람처럼 보이려고 얼마나 애를 썼는지 모른다…… 엄마가 저 길 건너 동네에서 나고 자란 사람처럼 영어를 자연스럽게 했다면 분명 그렇게 보였을 거다.

아빠는 부리나케 주방으로 들어가 두 팔로 덥석 엄마를 안아 올렸다. 매일 저녁 이런 식이었다. 누가 옆에 있든 말든 둘만의 노골적인 애정행각이 펼쳐지는 시간. 흡사 무슨 폴 버니언*이랑 디즈니랜드 스몰 월드에 있는 작은 인형이랑 애정행각을 벌이는 장면을 지켜보는 그런 느낌이었다.

파크는 동생의 소매를 잡아끌었다. "뭐해, 가자." 엄마 차에서 기다리고 있으면 된다. 아빠는 거대한 도복으로 옷만 갈아입고 금방 나올 것이다.

---

* 루시와 리키 부부의 일상을 그린 1950년대 미국 시트콤 〈왈가닥 루시〉에서 남편 리키의 대사.
** 미국 설화에 등장하는 거인 벌목꾼.

엘레노어

저녁을 이렇게 일찍 먹는 건 여전히 적응이 안 됐다.

대체 언제부터 이렇게 됐지? 예전 집에서는 다 같이, 리치마
저도 같이 식사를 했다. 지금 리치랑 저녁을 같이 안 먹는 걸 가
지고 뭐라는 게 아니라…… 이제는 마치 엄마가 먼저 나서서 리
치가 돌아오기 전에 애들 뒤치다꺼리를 다 해치워놓고 싶어하는
눈치였다.

심지어 리치는 저녁 메뉴도 달랐다. 이를테면 애들한텐 그릴
드 치즈, 리치한텐 스테이크가 차려졌다. 엘레노어는 그릴드 치
즈가 불만이라는 것도 아니었다. 그릴드 치즈는 차라리 반가웠
다. 맨날 먹는 콩 수프, 쌀과 콩 요리, 아니면 멕시코식 달걀이랑
콩 요리 같은 것들에 비해서.

저녁 식사 후 엘레노어는 거의 방에 틀어박혀 책을 봤지만 꼬
맹이들은 늘 밖엘 나갔다. 날이 추워지면 뭘 하고 놀려나? 해가
곧 짧아지면? 전부 방 안에 틀어박혀 있나? 생각만 해도 끔찍했
다. 이건 뭐 『안네의 일기』도 아니고.

엘레노어는 침대로 올라가 문구용품이 든 상자를 꺼냈다. 이
미련한 회색 고양이가 또 여기서 잠을 자고 있었다. 엘레노어는
고양이를 밀어냈다.

자몽 상자를 열고 편지지를 한번 쓱 넘겨보았다. 엘레노어는
예전 학교 친구들에게 편지를 써야겠다고 계속해서 생각하고 있

었다. 떠나면서 아무에게도 작별 인사를 못 했던 터다. 어느 날 느닷없이 엄마가 학교에 나타나선 엘레노어를 교실에서 끌어냈다. "짐 다 챙겨. 이제 집에 가게."

엄마는 무척 기뻐했다.

엘레노어도 무척 기뻤다.

두 사람은 곧장 노스 고등학교로 가서 전학 절차를 밟고 새집으로 향하는 도중 버거킹에 들렀다. 엄마는 계속 엘레노어의 손을 꼭 쥐고 있었다. 엘레노어는 엄마 손목에 난 멍 자국을 못 본척했다.

방문이 열리더니 메이지가 고양이를 데리고 들어왔다.

"엄마가 방문 열어놓고 있으래." 메이지가 말했다. "환기되라고." 이 집의 창문이란 창문은 전부 열려 있었지만 환기 같은 건 전혀 안 되는 것 같았다. 문을 열어두면 소파에 앉아 있는 리치를 안 볼 방법이 없었다. 엘레노어는 리치가 시야에 들어오지 않을 때까지 침대 깊숙이 물러나 앉았다.

"뭐 해?" 메이지가 물었다.

"편지 써."

"누구한테?"

"아직 몰라."

"올라가도 돼?"

"안 돼." 당장 그 순간에는 메이지 손에서 상자를 지켜내야 한단 생각뿐이었다. 엘레노어는 색연필이며 깨끗한 편지지 등등을 메이지에게 들키고 싶지 않았다. 게다가 한편으로는 리치의 무릎에 앉은 메이지에게 복수하고 싶은 마음도 있었다.

옛날 같았으면 절대 불가능한 일이었다.

리치가 엘레노어를 내쫓기 전 엘레노어와 동생들은 공공의 적인 리치를 상대로 똘똘 뭉쳤다. 어쩌면 엘레노어가 리치를 가장 싫어하고, 또 누구보다도 대놓고 싫은 티를 냈는지 모르겠다. 하지만 동생들은 늘 엘레노어 편이었다. 벤, 메이지, 그리고 마우스까지도. 마우스는 리치의 담배를 훔쳐와 감추곤 했다. 그리고 엄마 방에서 침대 삐걱대는 소리가 나면 형, 누나들 대신 가서 엄마 방의 문을 두드리는 일도 마우스 몫이었다.

침대가 삐걱대는 것보다 더 안 좋은 소리, 비명이라든가 울음소리가 들릴 때면 동생들은 전부 엘레노어의 침대로 올라와 다함께 부둥켜안고 있곤 했다. (예전 집에는 전부 각자 자기 침대가 있었다.)

그럴 때 메이지는 엘레노어 오른편에 앉았다. 마우스가 울 때나 벤이 꿈꾸듯 표정이 멍해질 때면 메이지와 엘레노어는 서로를 쳐다보곤 했다.

"진짜 싫어." 엘레노어가 먼저 그렇게 입을 뗐다.

"너무 싫어서 죽어버렸으면 좋겠어." 그러면 메이지는 이렇게 대꾸했다.

"일하다가 사다리에서 떨어져버리면 좋겠다."

"트럭에 치였으면 좋겠어."

"쓰레기차로 하자."

"응." 그러면서 메이지는 이를 악물었다. "그래서 시체 위로 쓰레기가 다 쏟아지게."

"그런 다음에 그 위로 버스도 지나가면 좋겠다."

"응."

"그 버스에는 내가 타고 있고."

메이지가 엘레노어의 침대에 다시 고양이를 올려두었다. "얘 여기서 자는 거 좋아해."

"아빠라고도 해?" 엘레노어가 물었다.

"지금은 우리 아빠지." 메이지가 대답했다.

#

엘레노어는 한밤중에 잠을 깼다. 리치는 TV를 틀어놓은 채 거실에서 잠이 들어 있었다. 엘레노어는 숨도 안 쉬고 화장실엘 갔고 무서워서 물도 못 내렸다. 방으로 돌아와서 엘레노어는 문을 닫았다. 환기는 얼어죽을.

7

파크

"나 킴한테 데이트 신청한다." 칼이 말했다.

"하지 마." 파크가 말렸다.

"왜?" 두 사람은 시들을 물색할 요량으로 도서관에 앉아 있었다. 칼은 이미 줄리아라는 이름의 여자가 나오고 '그 여자의 옷이 물결이 되고' 어쩌고 하는 그런 짧은 시를 골라둔 터였다.*
("구리다." 파크가 말했다. 그러자 칼이 반박했다. "구리다니. 300년 전 시인데.")

"킴이잖아." 파크가 대답했다. "킴한테 무슨 데이트 신청이냐. 눈이 있으면 좀 봐라."

킴은 다른 귀티 나는 애들 둘이랑 같이 옆 테이블에 앉아 있었다.

"그러니까. 킴은 '베티'**잖아." 칼이 말했다.

"와, 진짜." 파크가 말했다. "교양머리하고는."

"뭐? 그게 유행어거든. 요즘은 그렇게 말한다고."

"너 그거 《트래셔》***에서 봤지?"

"파크, 새로운 단어는 원래 그렇게 배우는 거야. 독서로." 칼은 시집을 톡톡 치며 말했다.

"너무 애쓰는 거 아니냐."

"쟨 '베티'야." 칼은 고갯짓으로 킴을 가리키며 가방에서 슬림 집 육포를 꺼냈다.

파크는 다시 킴을 쳐다보았다. 금발에 단발머리. 둥글게 잘 말린 앞머리는 단단히 고정돼 있었다. 전교생 중에 유일하게 스와치를 차는 애. 킴은 구김이라곤 없는 말끔한 스타일이었다. 킴이라면 칼하고는 눈도 안 마주칠 거다. 칼이 혹시나 얼룩이라도 남길까 무서워하겠지.

"올해는 나의 해니까," 칼이 선언했다. "무조건 여자친구 만든다."

"그런데 그 여자친구가 킴은 아닐 거야."

"왜 아니라는 건데? 눈을 낮춰라 그 말이야?"

파크는 칼을 올려다보았다. 칼이 못생긴 얼굴은 아니었다. 〈고인돌 가족〉의 '바니 러블' 키 큰 버전 같은 느낌이랄까…… 칼의 앞니에 벌써 육포가 끼어 있었다.

"목표를 바꿔." 파크가 대꾸했다.

"됐고. 나는 정상에서 시작한다. 그리고 너도 내가 여자친구 만들어줄게."

---

* 스케이트보딩 월간지.
** 애니메이션 캐릭터 베티 부프Betty Boop에서 따옴.
*** 로버트 헤릭Robert Herrick의 시 「줄리아의 옷가지Upon Julia's Clothes」

"고맙지만 사양할게."

"더블데이트를 하는 거지."

"싫어."

"네 차로."

"괜히 김칫국 마시지 마라." 운전이라면 아빠는 권위주의 독재자가 되기로 한 모양이었다. 어젯밤 아빠는 파크에게 수동 운전하는 법부터 배우는 게 먼저라고 선포했다. 파크는 다른 시집을 열어보았다. 전부 전쟁 시였다. 파크는 시집을 닫았다.

"오, 저기 너한테 푹 빠진 여자애가 있네." 칼이 말했다. "정글 피버*에 걸리기라도 한 모양이야."

"인종차별도 문젠데 심지어 예도 잘못 들었거든." 파크는 고개를 들었다. 칼이 턱으로 도서관 저편을 가리켜 보였다. 전학생이 두 사람을 정면으로 바라보고 앉아 있었다.

"쟨 덩치가 좀 있다. 그래도 임팔라가 공간은 꽤 넓으니까." 칼이 말했다.

"나 쳐다보는 거 아냐. 그냥 멍때리는 거야, 쟤 원래 그래. 한 번 볼래?" 파크가 전학생에게 손을 흔들어 보였지만 그 앤 눈도 깜박하지 않았다.

그 애가 처음 버스를 탄 그날 이후로 파크가 그 애와 눈을 마주친 건 딱 한 번이었다. 지난주 역사 시간이었는데, 그 애는 거의 파크를 잡아먹을 듯한 눈빛이었다.

누가 쳐다보는 게 싫으면 머리에 낚시용 미끼 같은 걸 달고 다니질 말든가, 당시 파크는 그렇게 생각했었다. 쟤 액세서리 함은 딱 그냥 쓰레기통일 거다. 뭐, 그렇다고 차림새가 전부 다 이상하다는 건 아니고…….

딸기무늬 반스화는 괜찮았다. 그리고 그 샤크스킨 원단 녹색 재킷은 누가 놀리지만 않는다고 하면 파크가 입고 다니고 싶을 정도였다.

쟤는 저런 걸 입고 다녀도 놀림 안 받고 무사히 넘어갈 수 있다고 생각한 건가?

아침마다 아무리 마음의 준비를 단단히 해도 그 애가 버스에 딱 올라타는 순간 파크는 평정심을 유지하기 힘들었다.

"너 쟤 알아?" 칼이 물었다.

"아니." 파크는 재빨리 대답했다. "우리 버스 타는 애야. 좀 이상해."

"정글 피버는 진짜 있는 말이야." 칼이 말했다.

"흑인한테 쓰는 말이지. 흑인을 좋아하는 경우에. 심지어 좋은 말도 아니거든. 아닐걸."

"너네 고향도 원래 정글이잖아." 칼이 파크를 가리키며 말했다. "〈지옥의 묵시록〉 안 봤어?"

"킴한테 데이트 신청 잘해봐라. 그거 아주 좋은 생각인 거 같으니." 파크가 말했다.

#

* '밀림 열병'. 원래는 말라리아를 뜻하는 말이나, 이후 흑인 남성과 만나는 백인 여성, 흑인을 만나는 비흑인을 가리키는 말로 쓰이게 되었다.

엘레노어

마지막 하나 남은 무슨 양배추 인형도 아니고, 엘레노어는 E. E. 커밍스 책 한 권을 갖고 싸울 생각은 없었다. 아프리카계 미국 문학 섹션에 빈 책상이 눈에 들어왔다.

이 학교가 제기…… 아니, 한심한 게 또 그거였다(엘레노어는 자발적으로 언어를 순화했다). 이 학교 학생들 다수가 흑인인데 엘레노어와 심화반 수업을 같이 듣는 애들은 대부분 백인이었고, 애들은 오마하 서편에서 버스를 탔다. 그리고 보통반인 플랫츠 쪽 백인 애들은 다른 방향에서 버스를 탔다.

엘레노어는 심화반 수업을 더 많이 들었으면 좋겠다고 생각했다. 체육도 심화반이 있었으면…….

어차피 엘레노어가 체육에서 심화반에 들어갈 일은 없겠지만 말이다. 엘레노어는 아마 보충반부터 듣게 되겠지. 윗몸 일으키기도 안 되는 다른 뚱뚱한 애들이랑 같이.

아무튼. 심화반 아이들은, 흑인이든 백인이든 소수 동양인이든 대체로 더 착한 편이었다. 어쩌면 속은 다른 애들 못지않게 못됐는데 문제를 일으킬 정도로 대담하진 못한 스타일인지도 모르지. 실상은 아주 못됐는데 예의 바르게 행동하라고 교육을 잘 받은 건지도. 노약자나 여자들에게 자리를 양보한다거나 하는.

엘레노어는 영어, 역사, 지리는 심화반이었지만 나머지 과목 수업을 들을 때에는 난장판도 그런 난장판이 없었다. 아니 진짜로, 영화 〈폭력 교실〉 실사판이었다. 그런 반으로 안 떨어지게 심화반에서 더 열심히 공부를 해야 할 것이다.

엘레노어는 「새장에 갇힌 새」*라는 시를 노트에 베껴 적기 시작했다. 아싸, 압운이 있다.

---

* 마야 안젤루Maya Angelou, 「새장에 갇힌 새*Caged Bird*」

8

파크

그 애가 만화책을 훔쳐보고 있었다. 처음에 파크는 착각이겠거니 했다. 옆자리에서 자꾸만 힐끗힐끗 쳐다보는 것 같은 느낌이 들어 돌아보면 그때마다 그 애는 고개를 숙이고 있었다.

그 애 시선이 자기 무릎을 향하고 있단 걸 파크는 뒤늦게야 알아챘다. 변태 같은 눈빛, 그런 건 아니었다. 그 애는 만화책을 훔쳐보고 있었다. 눈동자가 움직이는 것도 보였다.

빨간 머리인데 눈이 갈색인 경우도 있단 건 처음 알았다. (이정도 빨간 머리도 처음 봤다. 이 정도로 창백한 피부도.) 그 애의 눈동자는 엄마 눈동자보다도 더 진한, 아주 진한 색이었다. 얼굴에 무슨 구멍이라도 난 것처럼.

이렇게 말하니까 안 좋은 뜻으로 들릴지도 모르겠는데 그렇진 않았다. 어쩌면 그 애의 최고 매력이 그 눈일지도 모르겠다. 그 애 눈을 보면 파크는 텔레파시를 쓸 때 눈이 까맣게 바뀌면서 초점이 없어지는 『엑스맨』시리즈의 진 그레이가 떠올랐다.

오늘 그 애는 조개껍질이 온 사방에 그려진 엄청 큰 남자 셔츠를 입고 왔다. 목깃이 디스코 칼라처럼 엄청 넓고 직접 목깃을 잘랐는지 끝부분이 너덜너덜했다. 머리는 하나로 묶은 다음에 남성용 넥타이를 감아서 커다란 폴리에스테르 리본을 만들어놨다. 참 볼만했다.

그리고 이제는 파크의 만화책을 훔쳐보고 있고.

파크는 그 애한테 뭔가 말을 걸어야 할 것 같은 느낌이었다. '안녕'이 됐든 '저기'가 됐든, 하여간 뭐라도 말을 해야 할 것 같았다. 그러나 그 애를 처음 봤을 때 욕을 해버린 이후로 서로 말 안 하고 지낸 지가 너무 오래돼서 이제는 이러지도 저러지도 못 하는 이상한 상태가 돼버렸다. 매일 한 시간씩. 학교 가는 길 30분, 집에 돌아가는 길 30분.

파크는 아무 말도 하지 않았다. 그저 만화책을 좀 더 넓게 펼쳐놓고 더 천천히 페이지를 넘길 뿐이었다.

#

엘레노어

학교에서 돌아오니 엄마가 평소보다도 더 피곤해 보였다. 바싹 말라붙어 파사삭 부서질 것만 같이.

학교가 끝나고 꼬맹이들이 폭풍처럼 집에 들이닥치자 엄마는 별것 아닌 일로 — 벤과 마우스가 장난감 하나를 놓고 싸웠다 — 꼭지가 확 돌아서 전부 나가라며 뒷문으로 내쫓아버렸다. 심지어 엘레노어까지.

엘레노어는 어안이 벙벙해서 뒷문 앞 계단에 그대로 선 채 리치가 키우는 로트와일러만 내려다보고 있었다. 리치는 전부인 이름을 따서 개 이름을 토냐라고 지었다. 토냐가 — 전부인 말고 개 말이다 — 원래는 사람도 물어 죽인다는 그런 종이라는데, 엘레노어는 그 개가 멀쩡하게 깨어 있는 모습을 한 번도 보질 못했다.

엘레노어는 문을 두들겨도 보았다. "엄마! 저는 들여보내줘요. 아직 목욕도 못 했다고요."

보통 엘레노어는 학교에서 돌아오자마자 목욕을 했다. 가뜩이나 문 없는 욕실에서, 특히나 누가 가림천을 찢어버린 통에 이만저만 고역이 아닌 와중에 리치가 돌아오기 전 목욕을 하면 그나마 부담이 좀 덜했다.

엄마는 엘레노어의 말을 무시했다.

꼬맹이들은 이미 놀이터로 나갔다. 집 바로 옆에 초등학교 — 벤, 마우스, 메이지가 다니는 학교 — 가 붙어 있었고 뒷마당만 나가면 바로 놀이터였다.

딱히 뭘 해야 할지도 모르겠고 해서 엘레노어는 그냥 벤이 보이는 쪽으로 걸어가 그네에 걸터앉았다. 이제 외투를 입을 날씨였다. 재킷을 가지고 나왔어야 했는데.

"날씨가 더 추워져 밖에서 못 놀게 되면 어쩔래?" 엘레노어는 벤에게 물었다. 벤은 주머니에서 매치박스 장난감 차를 전부 꺼내 맨땅 위에 일렬로 세웠다. "작년엔," 벤이 입을 열었다. "아빠가 우리 다 7시 반에 자라고 했어."

"뭐야. 너까지 그래? 너희 왜 다 리치를 아빠래?" 엘레노어는 최대한 차분한 목소리로 말하려고 노력했다.

벤은 어깨를 으쓱했다. "엄마랑 결혼했으니까?"

"그래, 그렇긴 한데," — 엘레노어는 양쪽 쇠사슬 그넷줄을 위아래로 쓸어내렸다 올렸다 하다가 손바닥 냄새를 맡았다 — "전에는 절대 그렇게 안 불렀잖아. 이제는 리치가 아빠 같아?"

"글쎄." 벤은 아무런 감정변화 없이 대답했다. "아빠 같은 게 뭔데?"

엘레노어가 대답이 없자 벤은 다시 장난감 차들을 줄 세우는 데 열중했다. 벤은 이발할 때가 이미 지나서 딸기 빛 금발 머리가 목깃에 닿아 접혔다. 벤은 엘레노어가 입던 낡은 티셔츠와 엄마가 긴 코듀로이 바지를 잘라 만들어준 반바지를 입고 있었다. 열한 살이면 이미 장난감 차도, 공원도 졸업했어야 할 나이였다. 또래 남자애들은 밤새도록 농구를 하거나 놀이터 저 끝에서 끼리끼리 놀았다. 엘레노어는 벤이 늦게 피는 꽃이길 바랐다. 이 집구석엔 십 대 청소년을 품어줄 만한 여력이 없었다.

"우리가 아빠라고 부르면 좋아해." 벤은 계속 장난감 차를 줄 세우며 말했다.

엘레노어는 놀이터를 바라보았다. 마우스는 축구공을 갖고 노는 애들 사이에서 같이 놀고 있었다. 메이지는 아마 아기를 데리고 친구들이랑 어딘가 가 있을 것이다.

예전엔 아기 보는 일이 늘 엘레노어 책임이었다. 지금이라면 사실 오히려 아기를 보는 게 할 일도 생기고 좋은데, 메이지는 엘레노어에게서 도움을 받고 싶어하지 않았다.

"어땠어?" 벤이 물었다.

"뭐가?"

"그 사람들이랑 같이 사는 거."

해가 이제 거의 지평선 바로 위에 있었다. 엘레노어는 인상을 찌푸렸다.

"그냥 뭐." 엘레노어가 답했다. 끔찍하고 외로웠지만, 여기보단 나았다.

"다른 애들도 있었어?"

"응. 진짜 꼬맹이들. 세 명이나."

"누나 방도 따로 있었어?"

"내 방이라면 내 방이었지." 힉먼 부부의 집 거실을 엘레노어 혼자 쓴 건 사실이었다.

"다 친절했어?"

"응…… 뭐. 다 친절했어. 너만큼은 아니고."

처음엔 힉먼 부부도 친절했다. 그러다가 지쳐버렸지만.

원래 엘레노어는 그 집에서 끽해야 며칠, 길어야 일주일 정도 있다 갈 예정이었다. 리치 화가 좀 풀려서 다시 엘레노어를 받아 줄 때까지만.

"파자마 파티 같을 거야." 힉먼 부인은 첫날 밤 소파에 엘레노어의 잠자리를 마련해주면서 그렇게 말했다. 힉먼 부인 — 태미 아줌마 — 은 엄마의 고등학교 때 친구였다. 그 집 TV 위에는 부부의 결혼식 사진이 있었다. 엘레노어의 엄마가 신부 들러리 대표였다. 엄마는 짙은 녹색 드레스에 머리에는 흰 화관을 쓰고 있었다.

처음에는 매일 학교 끝나고 엄마가 힉먼 부부의 집으로 전화를 걸어왔다. 한 몇 달 지나니까 전화가 끊겼다. 알고 보니 리치가 전화 요금을 내지 않아 전화가 끊긴 거였다. 그러나 엘레노어는 한동안 그 사실도 모르고 있었다.

"주 정부에 전화해야 돼." 힉먼 아저씨는 아줌마한테 계속 얘기했다. 아마 두 사람은 엘레노어가 못 들을 거라고 생각했겠지만, 부부의 침실은 거실 바로 옆이었다. "계속 이런 식으론 안 돼, 태미."

"앤디, 애가 무슨 잘못이 있어."

"애가 잘못이란 게 아니라 애초에 이러자고 쟬 받은 게 아니란 거지."

"쟤가 무슨 말썽을 피우는 것도 아니고."

"우리 애가 아니잖아."

엘레노어는 더더욱 문제를 안 일으키려고 노력했다. 그 방에서 지냈던 흔적조차 안 남게끔 지내는 연습도 했다. TV도 켜지 않고, 전화 좀 써도 되느냐고 묻지도 않았다. 저녁 식사 시간에는 1초도 안 늦었다. 힉먼 부부한테는 아무것도 부탁하지 않았다. 십 대 청소년을 키워본 적 없는 부부는 엘레노어에게 뭔가 필요한 게 있을지도 모른다는, 그런 생각조차 하지 못했다. 힉먼 부부가 엘레노어의 생일을 모르는 게 차라리 다행이었다.

"누나가 다신 안 올 줄 알았어." 벤은 흙 속으로 장난감 차를 밀어 넣으며 말했다. 벤은 울음을 꾹 참고 있는 것처럼 보였다.

"이런, 믿음이 부족한 자들이여." 엘레노어는 다시 발을 굴러 그네를 움직였다.

메이지를 찾느라 다시 주변을 둘러보니 메이지가 저보다 나이 많은 남자애들이 농구를 하고 있는 쪽에 가서 앉아 있는 게 보였다. 대부분 엘레노어와 스쿨버스를 같이 타고 다니는 애들이었다. 바보 같은 그 동양애도 있었는데, 점프 실력이 상상 초월이었다. 동양애는 검은색 긴 반바지에 '광기'라는 글자가 적힌 티셔츠를 입고 있었다.

"누나 간다." 엘레노어는 그네에서 내려 벤의 머리를 꾹 누르며 말했다. "다신 안 오고 그런 거 아니니까. 쓸데없이 걱정하지 말고."

엘레노어는 집 쪽으로 걸어가 엄마가 뭐라 하기도 전에 부리나케 주방으로 들어갔다. 리치가 거실에 있었다. 엘레노어는 똑바로 앞만 바라보며 TV와 리치 사이를 지나갔다. 엘레노어는 외투 생각이 간절했다.

9

파크

파크는 그 애한테 시 암송 잘하더라고 말을 걸 생각이었다.

사실 말이야 바른말이지, 숙제라서가 아니라 정말로 시를 시답게 읊은 사람은 걔 하나뿐이었다. 그 애는 마치 시에 생명이 있는 것처럼 시구를 읊었다. 그냥 입에서 자연스럽게 흘러나오는 말처럼. 최소한 그 애가 시를 읊는 동안은 걔한테서 시선을 뗄 수가 없었다. (평소에도 물론 시선을 떼기가 좀처럼 쉽지는 않은 앤데 이번엔 더 그랬다.) 암송이 끝나자 많은 아이들이 박수를 쳤고 스테스만 선생님은 그 애를 안아주기까지 했다. 물론 윤리강령 위반이었다.

"야. 너 잘하더라. 아까 영어 시간에." 파크는 이렇게 말할 참이었다.

아니면 이렇게 말할까도 싶었다. "나도 너랑 같은 수업 듣거든. 아까 낭송한 시 멋지더라."

아니면, "너 스테스만 선생님 수업 듣지? 그런 거 같더라."

파크는 수요일 밤 태권도를 마치고 만화책을 새로 빌려왔지만 목요일 아침까지 읽지 않고 아껴두었다.

#

엘레노어

엘레노어가 만화를 훔쳐보고 있다는 걸 이 바보 같은 동양인 남자애는 진작에 알고 있었다. 심지어 책장을 넘기기 전에 엘레노어 쪽을 한 번씩 힐끗거리기까지 했다. 마치 그 정도 매너는 있다는 듯이.

확실히 이 동양애는 버스의 악마 무리랑 한패는 아니었다. 얘는 버스에서 아무랑도 말을 안 했다. (특히나 엘레노어랑은 더더욱.) 그렇다고 다른 애들과 전혀 한패가 아니라기에는 또 어딘가 애매한 게, 이 애 옆자리에 앉아 있는 동안에는 쟤들이 엘레노어를 괴롭히지 않았다. 심지어 티나마저도. 엘레노어는 하루 종일 얘 옆에 붙어 있고 싶은 마음까지 들었다.

오늘 아침 버스에 탔을 때 엘레노어는 그 동양인 애가 왠지 자신을 기다리고 있었던 것 같은 느낌이 들었다. 손에는 『왓치맨』이라는 만화를 들고 있었는데, 표지가 영 별로라 엘레노어는 오늘 만화는 보지 않기로 했다. 훔쳐보지 않기로 했다고 해야 하나. 아무튼.

(엘레노어는 얘가 『엑스맨』을 읽을 때가 제일 좋았다. 비록 줄거리를 전부 다 파악하진 못했지만 말이다. 이건 드라마 〈제너럴 호스피털〉보

다 더했다. 스콧 서머스와 사이클롭스가 동일 인물이란 걸 아는 데 무려 2주가 걸렸고, 피닉스에 대해서는 아직도 뭐가 뭔지 모르겠다.)

그렇지만 달리 할 것도 없고 해서 엘레노어의 시선은 방황하다가 결국 그 별로인 만화책을 향했고…… 그러다 만화를 읽게 되었다. 그리고 어느새 학교에 도착했다. 그런데 정말 이상한 게, 오늘은 평소의 반도 다 못 읽었다.

확 짜증이 났다. 아마 버스에서 못 읽은 부분을 얘는 학교에서 다 읽어버릴 거고 결국 집에 가는 길엔 『롬 스페이스나이트』처럼 구린 만화를 읽을 게 뻔했기 때문이다.

그런데 그렇지가 않았다.

그날 오후 엘레노어가 버스에 오르자 이 동양애는 아침에 읽다 만 『왓치맨』의 바로 그 페이지를 다시 펼쳤다.

거의 내릴 때가 됐는데 『왓치맨』을 다 보려면 아직 한참이나 더 남았고 — 이것저것 진행되는 얘기가 하도 많아서 두 사람 다 글상자 하나 읽는 데 한참이 걸렸다 — 그런 상황에서 엘레노어가 버스에서 내리려고 막 일어서는데 그 애가 엘레노어에게 만화책을 건넸다.

엘레노어는 너무 놀라서 다시 돌려주려고 했지만 그 앤 이미 고개를 휙 돌려버렸다. 엘레노어는 마치 들키면 안 되는 물건이라도 되는 양 그것을 자기 책 사이에 쑤셔 넣고는 버스에서 내렸다.

그날 밤 엘레노어는 침대 위 칸에서 꾀죄죄한 늙은 고양이를 쓰다듬으며 『왓치맨』을 세 번이나 더 읽었다. 그런 다음 밤사이 별 탈 없도록 만화책을 자몽 상자에 넣어두었다.

파크

그 애가 책을 안 돌려주면 어떡하지?

『왓치맨』1권인데 내가 이걸 끝까지 다 못 보게 되면 어쩐다? 파크는 고민이 됐다. 빌려달라고 부탁하지도 않았을뿐더러 앨런 무어가 누군지 알지도 못할 게 뻔한 애한테 책을 빌려주고 말았으니.

돌려받지 못하게 된다면, 그럼 비긴 거다. 그러면 앉으라면서 욕을 했던 건 이걸로 갚은 셈 치는 거고.

으이구…… 그럴 리는 없겠지.

근데 돌려주면, 그땐 어떡하지? 그럼 뭐라고 한다? 고맙다고 해야 하나?

#

엘레노어

엘레노어가 버스에 탔을 때 그 애는 창밖을 내다보고 있었다. 엘레노어는 만화책을 돌려주었다. 그 애가 책을 받아 들었다.

10

엘레노어

다음 날 아침 버스를 타니 엘레노어 자리에 만화책이 잔뜩 쌓여 있었다.

엘레노어는 만화책을 집어 든 다음 자리에 앉았다. 그 앤 이미 독서 삼매경이었다.

엘레노어는 만화책들을 자기 책 사이에 집어넣고 창밖만 노려보았다. 왠지 얘가 보는 앞에서 만화책을 읽고 싶지가 않았다. 눈앞의 먹이를 게걸스레 퍼먹는 꼴을 보여주는 것 같아서랄까. 그러니까 뭐랄까…… 뭔가 속마음을 들키는 기분이랄까.

그러나 하루 종일 엘레노어 머릿속엔 만화책이 아른댔고, 집에 도착하자마자 엘레노어는 침대로 직행해 그것들을 꺼냈다. 전부 같은 제목이었다. 『스웜프 씽』

엘레노어는 침대에서 양반다리를 하고 앉아 행여나 책에 뭐라도 흘릴까 엄청나게 조심하면서 저녁을 먹었다. 책마다 어느 한 군데 접힌 구석이라곤 없이 다 너무 새것 같은 상태였기 때문이다. (바보같이, 깔끔떨기는.)

그날 밤 동생들이 잠든 후 엘레노어는 책을 보려고 다시 불을 켰다. 저렇게 요란하게 자는 애들도 또 없을 거다. 벤은 잠꼬대를 하고 메이지와 아기는 둘 다 코를 골았다. 마우스는 이부자리에 실수를 했다. 물론 마우스야 시끄러운 건 아니지만, 그래도 전반적으로 평화로운 분위기에 방해가 됐다. 불빛에 동생들이 잠을 설치는 것 같진 않았다.

리치야 십중팔구 옆방에서 TV를 보고 있겠거니 했는데 갑자기 나타나 방문을 여는 바람에 엘레노어는 거의 침대에서 굴러떨어질 뻔했다. 아마 한밤중에 잠 안 자고 소란 피우는 녀석이나 하나 딱 걸려라 하는 마음이었나 본데, 깨어 있는 건 엘레노어뿐이고 그마저도 책을 보고 있으니 리치는 그냥 투덜대면서 꼬맹이들 자게 불 끄라고만 했다.

리치가 문을 닫자 엘레노어는 자리에서 일어나 불을 껐다. (엘레노어는 이제 누구 하나 밟지 않고 침대를 빠져나올 수 있었다. 아침마다 제일 먼저 일어나는 사람이 엘레노어였으니 모두에게 다행인 일이었다.)

불을 끄지 않고 버틸 수도 있었겠지만, 굳이 그렇게 위험을 감수할 필요가 없었다. 엘레노어는 리치를 다시 마주치고 싶지 않았다.

리치는 정말 딱 쥐새끼처럼 생겼다. 들쥐의 인간 버전 같았다. 돈 블루스 감독 디즈니 영화에 나오는 악당 같았다. 엄마는 대체 리치가 어디가 좋은 건지 참. 하기야 엘레노어 친아빠도 외모는 영 아니었다.

정말 어쩌다 한 번, 리치가 목욕도 하고 옷도 말끔하게 입고 술도 안 마신 그런 날이면 정말 드물게, 아마도 엄마가 뭘 보고 리치가 잘생겼다고 생각했을지 약간 이해가 될 것도 같았다. 참으로 다행히도 그런 날이 자주 있진 않았다. 그런 날이면 엘레노어는 화장실로 달려가 목구멍까지 손가락을 집어넣고 토악질을 하고 싶었다.

아무튼. 어쨌든. 그래도 책은 읽을 수 있으니까. 창문으로 들어오는 빛이면 충분했다.

#

파크

빌려주면 빌려주는 족족 그 애는 만화책을 금세 다 읽어버렸다. 그리고 다음 날 아침이면 깨질 것 같은 물건이라도 되는 듯이, 아주 소중한 무엇이라도 되는 듯이 무척이나 조심스럽게 책을 내밀었다. 냄새가 아니었으면 과연 그 애가 책에 손은 대기나 했는지조차 몰랐을 거다.

그 애한테서 책을 돌려받을 때면 늘 향수 냄새가 났다. 엄마가 쓰는 그런 향수(에이본 이마리) 냄새는 아니었다. 그 애한테서 나는 향기도 아니었다. 갠 바닐라 향이 났다.

그런데 그 애 손을 거쳐서 돌아오기만 하면 만화책에서 장미 향이 났다. 그것도 엄청 진한 향이.

그 애가 앨런 무어의 전작을 독파하기까지는 3주가 채 안 걸렸다. 이제 파크는 걔한테 『엑스맨』 시리즈를 한 번에 다섯 권씩 빌려줬다. 얘도 그 만화를 좋아하는구나 싶은 게, 자기 교과서에 밴드 이름이나 노래 가사를 끄적거려놓은 사이사이 거기 나오는 캐릭터들 이름도 낙서를 해둔 게 보였다.

여전히 서로 대화를 나누진 않았지만 이제 침묵이라도 예전처럼 적대적인 분위긴 아니었다. 이젠 침묵도 거의 호의적이랄까. (그러니까 완전히는 아니고.)

오늘은 그 애한테 꼭 말을 걸어야 한다. 오늘은 만화책 못 빌려준다고. 늦잠을 자는 바람에 파크는 어젯밤 챙겨놓은 책들을 갖고 나오는 것도 깜박해버렸다. 아침 먹을 시간은커녕 이 닦을 시간도 없었는데 그 애와 딱 붙어 앉아 갈 생각을 하니 이 못 닦은 게 영 신경 쓰였다.

그러나 그 애가 버스에 타서 어제 빌려간 만화책을 돌려줬을 때, 파크는 그냥 어깨만 으쓱하고 말았다. 그 애는 시선을 돌렸다. 그리고 둘 다 땅만 쳐다보았다.

그 애는 그 흉측한 넥타이를 또 매고 왔다. 이번엔 팔목에 감고 왔다. 옅고 짙은 금빛, 분홍빛 주근깨들이 그 애 팔뚝부터 손목, 그리고 손등까지 덮고 있었다. 바짝 자른 손톱, 정리 안 된 큐티클. 엄마가 봤으면 아마 꼬마 남자애 손이라고 했겠지.

그 애는 무릎에 놓인 책들만 내려다보고 있었다. 어쩌면 파크가 화가 났다고 생각할지도 모른다. 파크도 같이 그 책들을 쳐다보았다. 책에는 잉크며 아르누보 스타일 낙서가 잔뜩이었다.

"근데," 파크는 무슨 말을 하겠단 준비도 없이 운을 뗐다. "너도 '더 스미스' 좋아해?" 혹시라도 그 애 있는 데까지 입 냄새가 날아갈세라 파크는 조심조심 말했다.

그 애가 놀란 듯 고개를 들었다. 어리둥절해하는 것 같았다. 파크는 그 애 무릎에 놓인 책을 가리켰다. 책에는 더 스미스의 노래 제목인 '지금이란 언제일까How Soon Is Now'가 초록색 글씨로 큼지막하게 쓰여 있었다.

"글쎄." 그 애가 대답했다. "한 번도 안 들어봐서."

"아, 그럼 그냥 더 스미스를 좋아하는 사람처럼 보이고 싶었던 거구나?" 파크는 도저히 말이 곱게 나오지 않았다.

"응," 그 애는 그러면서 버스를 둘러보았다. "여기 애들한테 좀 있어 보이려고."

애가 지금 일부러 재수 없는 척을 하는 건지 뭔지는 모르겠지만, 딱히 일부러 그러는 것 같진 않았다. 두 사람 사이 분위기가 다시 싸해졌다. 파크는 벽 쪽으로 더 붙어 앉았고, 그 애는 통로 너머 저쪽 창문으로 시선을 돌렸다.

영어 시간에는 파크가 아무리 시선을 끌어보려고 해도 그 애는 눈길 한번 주지 않았다. 파크는 그 애가 자기 시선을 피하는 데 너무 애쓰느라 아예 수업까지 뒷전으로 하고 있다는 느낌마저 들었다.

스테스만 선생님은 끊임없이 그 애를 수업에 참여시키려 하고 있었다. 이제 수업이 좀 지루해진다 싶으면 선생님은 전학생을 단골로 불러냈다. 오늘 수업은 「로미오와 줄리엣」 토론 시간이었지만 아무도 입을 열려고 하지 않았다.

"더글러스 양은 두 사람의 죽음이 괴롭지 않은 모양이군."

"네?" 엘레노어는 선생님을 보며 눈을 가늘게 떴다.

"이 이야기가 전혀 슬프지가 않아?" 스테스만 선생님이 물었다. "어린 연인이 시체가 되어 누워 있어. *이보다 더 애통한 이야기가 있을까.* 이 슬픔이 와닿지가 않아?"

"별로요."

"그렇게 냉정하다고? 너무 쿨한 건가?" 선생님은 책상 옆에 서서 전학생에게 호소하는 척 연기했다.

"그게 아니라…… 전 그냥 비극이라고 생각하지 않을 뿐이에요."

"이건 비극 중의 비극인걸."

전학생이 눈을 위로 굴렸다. 오늘 그 애는 낡은 모조 진주 목걸이를 두세 개 걸치고 왔는데, 딱 파크 할머니가 교회 갈 때 하는 그런 목걸이 같았다.

그 애는 목걸이를 배배 꼬면서 대답했다.

"하지만 두 사람을 조롱하고 있다는 게 빤히 보이는걸요."

"누가?"

"셰익스피어가요."

"계속해봐."

전학생이 다시금 눈을 굴렸다. 이제 그 애도 스테스만 선생님 스타일을 다 파악했다.

"로미오와 줄리엣은 원하는 건 뭐든 가질 수 있는 부잣집 자제들이잖아요. 그런데 이제 애네는 자기네가 서로를 *원하는* 줄 생각하는 거죠."

"사랑에 빠진 거야……." 스테스만 선생님은 심장을 부여잡았다.

"서로 알지도 못하는 사이인데요."

"첫눈에 반한 거지."

"첫눈에 '어머, 쟤 너무 귀엽다.' 이거였죠. 정말로 두 사람이 사랑에 빠졌다고 관객들이 생각하게끔 하고 싶었으면 첫 장면부터 로미오가 로잘린에게 폭 빠져 있는 내용을 넣지는 않았겠죠…… 그러니까 셰익스피어가 사랑을 조롱한 거예요."

"그럼 어떻게 이 이야기가 살아남았을까?"

"글쎄요. 셰익스피어가 아주 훌륭한 작가라서?"

"틀렸어!" 스테스만 선생님이 말했다. "다른 의견? 감정이란 게 있는 사람이 한번 얘기해봐. 그래, 셰리던 군, 자네의 가슴을 때리는 건 뭔가? 자, 왜 「로미오와 줄리엣」이 400년을 살아남았을까?"

파크는 수업 시간에 발표하는 걸 싫어했다. 엘레노어는 인상을 쓰고 파크를 쳐다보다가 시선을 돌렸다. 파크는 스스로 얼굴이 붉어지는 게 느껴졌다.

"왜냐하면……" 파크는 책상을 내려다보며 조용히 말했다. "왜냐하면 사람들이 청춘이란 걸 기억하고 싶어하니까요? 그리고 사랑에 빠진 감정을?"

스테스만 선생님은 다시 칠판에 등을 기대곤 턱수염을 만지작댔다.

"맞나요?" 파크가 물었다.

"그럼, 당연히 맞는 말이지." 스테스만 선생님이 대답했다. "바로 그 이유 때문에 「로미오와 줄리엣」이 지금껏 그렇게 사랑받은 것인지는 나도 모른다. 하지만 셰리던 군, 맞아. 진실은 듣기 어려운 법이지."

역사 시간에 그 애는 파크가 있는지조차도 몰랐다. 어차피 원래도 그랬지만.

오후에 버스를 타니 그 애가 먼저 자리에 앉아 있었다. 그 애는 파크가 창가 자리로 들어갈 수 있게 일어나 자리를 비켜주더니, 곧이어 생각지도 못하게 파크에게 말을 걸었다. 거의 속삭이듯 작은 목소리였지만, 그래도 파크한테 하는 말이었다.

"위시리스트 같은 거야."

"뭐?"

"들어보고 싶은 노래들이라고. 궁금한 밴드들이거나. 관심이 가는 그런 류."

"노래를 안 들어봤으면 그럼 '더 스미스'는 어떻게 아는데?"

"글쎄." 그 애가 방어적으로 말했다. "친구들, 옛날 친구들⋯⋯ 잡지. 나도 몰라. 그냥 여기저기서 들었겠지."

"그냥 들어보면 되잖아?"

그 애는 너 진짜 바보 맞는구나 하는 표정으로 파크를 쳐다보았다. "스윗 98* 같은 데서 '더 스미스' 노래를 틀어주고 그러진 않잖아."

그러더니 파크가 아무 말 없자 짙은 갈색 눈동자를 뒤통수까지 굴리며 말했다. "참나."

집까지 가는 내내 두 사람은 더는 아무 말도 하지 않았다.

그날 밤 파크는 숙제를 하면서 제일 좋아하는 더 스미스 노래들이랑 에코, 버니맨, 조이 디비전 같은 밴드들 노래도 같이 넣어 믹스 테이프를 만들었다.

자기 전 파크는 그 테이프랑 『엑스맨』 만화 다섯 권을 더 가방 속에 챙겨 넣었다.

* 지역 음악방송 라디오 채널.

11

엘레노어

"왜 그렇게 조용해?" 엄마가 물었다. 엘레노어는 목욕 중이었고 엄마는 혼합콩 15종 패키지로 콩 수프를 만들고 있었다. "그럼 한 사람당 세 개씩 먹으면 되겠네." 예전에 벤은 엘레노어에게 그렇게 농담을 했었다.

"조용하긴요. 목욕 중이잖아요."

"평소에는 목욕하면서 흥얼흥얼하잖아."

"아닌데요."

"맞는데요. 비틀즈의 「록키 라쿤*Rocky Raccoon*」 자주 부르면서."

"참나. 예, 예, 말해줘서 고맙네요. 앞으론 안 부를게요. 참나."

엘레노어는 얼른 옷을 입고 빨리 엄마 옆을 지나가려고 했다. 엄마가 엘레노어의 손목을 꽉 잡았다. "너 흥얼거리는 거 듣기 좋아." 엄마는 엘레노어 뒤쪽으로 손을 뻗어 조리대에서 병 하나를 집더니 엘레노어 양쪽 귀 뒤에 바닐라 한 방울씩을 문질러주었다. 엘레노어는 간지러운 듯 어깨를 들어올렸다.

"왜 맨날 이렇게 하는 건데요? 나한테서 스트로베리 쇼트케이크* 인형 냄새나요."

"그건 말이지," 엄마가 대답했다. "향수보다 싼데 향은 향수 못지않으니까." 엄마는 자기 귀 뒤에도 바닐라를 문지르더니 웃음을 터뜨렸다.

엘레노어도 엄마랑 같이 웃고는 잠깐 그대로 미소를 띤 채 서 있었다. 엄마는 흐물흐물해진 낡은 청바지에 티셔츠 차림이었고, 머리는 깔끔하게 하나로 묶고 있었다. 거의 예전 엄마 모습처럼 보였다. 옛날 사진 중에 엄마가 메이지 생일 파티에서 아이스크림콘을 채우고 있는 사진이 있는데, 지금이 딱 그때의 그 포니테일 스타일 머리다.

"괜찮은 거지?" 엄마가 물었다.

"네……" 엘레노어가 대답했다. "네, 그냥 좀 피곤해서요. 이제 가서 숙제하고 잘래요." 엄마는 엘레노어가 오늘 뭔가 이상하단 걸 눈치챈 듯했지만 더는 묻지 않았다. 예전엔 엄마가 엘레노어에게 전부 다 털어놓게 했었다. 노크하듯 엘레노어 머리를 똑똑 두드리면서 말했었다. "지금 여기서 무슨 일이 벌어지고 있는 거야? 혼자서 미쳐가는 거야?" 엘레노어가 집으로 돌아온 후 엄마는 한 번도 그런 말을 하지 않았다. 이제 엄마한테는 노크할 권리가 없단 걸 깨달은 것 같았다.

---

* 원래 카드 일러스트였던 소녀 캐릭터로, 나중에는 인형으로 만들어지는 등 널리 사랑받았다.

엘레노어는 자기 침대로 올라가 고양이를 저 끝으로 밀어냈다. 읽을 게 없었다. 어쨌거나 새로운 건 없었다. 걘 이제 만화는 안 갖고 오기로 한 건가? 애초에 왜 갖다줬대? 엘레노어는 수학책에 낙서해놓은 노래 제목들을 손가락으로 만져보았다. '매력적인 이 남자This Charming Man' 그리고 '지금이란 언제일까How Soon Is Now'. 싹 다 지워버리고 싶었지만 아마 그럼 걘 눈치를 채고 우쭐해하겠지.

진짜 피곤하긴 했다. 거의 매일 밤 만화를 읽느라 늦게까지 깨어 있었던 터라. 이날 밤은 저녁을 먹자마자 곧바로 잠들었다.

#

고함 소리에 엘레노어는 잠을 깼다. 리치가 소리를 치고 있었다. 뭘 가지고 저러는지 말소리가 잘 들리진 않았다.

리치의 목소리 밑에 엄마의 울음소리가 깔렸다. 벌써 한참을 울었던 것 같은 소리였다. 애들도 다 들을 걸 뻔히 알면서 저런다는 건 엄마도 아마 지금 전혀 정상인 상태는 아니란 얘기였다.

보아하니 동생들도 이미 다 깨어 있었다. 엘레노어는 어둠 속에서 동생들 실루엣을 확인하느라 위층 침대 난간에 붙어 아래를 내려다보았다. 이불은 죄다 한 덩어리로 돌돌 말려 있고 거기 동생들 네 명이 다 같이 앉아 있었다. 메이지는 품에 아기를 안고 거의 미친 듯이 양쪽으로 흔들고 있었다. 엘레노어는 미끄러지듯 조용히 침대를 내려가 동생들과 함께 옹송그리고 앉았다. 마우스가 곧장 엘레노어 무릎 위로 올라왔다. 옷이 축축해진 마

72

우스는 바들바들 떨면서 원숭이처럼 엘레노어에게 팔다리를 감은 채 안겼다. 건너 건넛방에서 엄마는 날카로운 비명을 질렀고 다섯 명의 아이들은 하나같이 제자리에서 화들짝 놀랐다.

2년 전 여름이었다면 엘레노어는 엄마 방으로 달려가 방문에 온몸을 던졌을 것이다. 그만하라고 리치에게 소리를 질렀을 것이다. 최소한, 정말 진짜 최소한으로 911에 전화라도 했을 거다. 그러나 이제 그런 건 어린아이 아니면 바보나 할 법한 짓 같았다. 지금 엘레노어는 아기가 큰 소리로 울기 시작하면 어떡하나 그 생각뿐이었다. 다행히 아기는 울지 않았다. 이 상황을 멈추려고 애써봐야 상황이 더 악화될 뿐이란 걸 심지어 아기마저도 아는 모양이었다.

#

다음 날 아침 알람 소리에 일어난 엘레노어는 어떻게 다시 잠이 들었는지조차 기억나질 않았다. 엄마가 울음을 그친 기억도 없었다.

갑자기 끔찍한 생각이 들어 엘레노어는 벌떡 일어나 동생들 안 밟게 이불 위로 발을 잘 디디면서 문으로 향했다. 방문을 열자 베이컨 굽는 냄새가 났다.

그렇다는 건 엄마가 살아 있단 뜻이었다.

그리고 새아버지가 아직 아침을 먹는 중이란 뜻이기도 했고.

엘레노어는 깊은숨을 들이마셨다. 오줌 냄새가 났다. 망했다. 어제 입은 옷이 제일 깨끗한 옷인데, 그대로 입고 가면 티나가 분명 지적을 하겠지. 왜냐면 오늘은 하필이면 또 체육 수업이 있는 날이었으니까.

엘레노어는 옷자락을 꼭 쥐고 일부러 거실로 걸어 나갔다. 혹시 리치가 있으면 절대 눈은 안 마주치리라 다짐하고서. 리치는 거기 있었다. (저 악마 같은 새끼. 개새끼.) 엄마는 평소보다도 더 꼼짝 않고 가만히 가스 불 옆에 서 있었다. 엄마 옆얼굴의 멍든 자국을 안 볼래야 안 볼 수가 없었다. 턱밑에 키스마크도. (미친. 더러운 새끼.)

"엄마." 엘레노어가 다급하게 속삭였다. "나 씻어야 되는데." 엄마의 눈이 천천히 엘레노어 쪽을 향했다.

"뭐라고?"

엘레노어는 옷을 가리켜 보였다. 겉으론 그냥 구김이 간 정도밖엔 안 보이겠지만. "마우스랑 바닥에서 같이 잤어요."

엄마는 긴장한 눈빛으로 거실을 흘끔 쳐다보았다. 리치가 알면 마우스한테 벌을 줄 것이다. "그래, 얼른." 엄마는 엘레노어를 화장실로 밀어 넣었다. "옷 이리 줘, 엄마가 망볼 테니까. 절대 저 사람 냄새 못 맡게 하고. 오늘 아침은 제발 조용히 넘어가자."

마치 온 사방에 오줌을 지려놓은 게 엘레노어 짓이라도 되는 것처럼.

엘레노어는 완전히 나체는 안 되게 상반신 먼저 씻고 그런 다음 하반신을 씻었다. 그리고 어제 입은 옷을 입고 최대한 오줌 냄새 안 풍기려 애쓰면서 거실을 지나갔다.

책가방은 방에 있었지만 방문을 열고 지린내를 풍길 수는 없었다. 그래서 그냥 빈손으로 나갔다.

엘레노어는 15분이나 일찍 버스정류장에 도착했다. 아직도 어딘가 위축되고 무서웠고, 그 와중에 베이컨 냄새 덕분에 배 속은 요동을 치고 있었다.

12

파크

파크는 버스에 오른 다음 만화책이랑 스미스 테이프를 꺼내 옆좌석에 다 준비해놓고 그 애가 타기만을 기다렸다. 이렇게 하면 걔한테 따로 말을 안 걸어도 될 테니까.

몇 분 후 그 애가 버스에 탔을 때는 뭔가 느낌이 이상했다. 딱 길을 잃고 걷다 보니 어쩌다 여기까지 오게 된 사람 같은 인상이었다. 옷도 어제 입은 그대로였다. 워낙에 늘 거기서 거기인 옷들만 바꿔 입고 다니는 애라 딱히 그 자체로 이상할 건 없는데, 오늘은 좀 달랐다. 목에도, 손목에도 걸친 것 하나 없이 휑했고 머리도 난리였다. 그냥 빨간 곱슬머리 뭉텅이 하나가 떡하니 얹혀 있는 모양새랄까.

그 애는 자리에 와서 멈춰 서더니 파크가 준비해놓은 것들을 내려다보았다. (가방은 또 어디 두고 온 거야?) 그러더니 언제나처럼 그것들을 전부 조심스럽게 들어올린 다음 자리에 앉았다.

파크는 그 애 표정을 확인하고 싶었지만 그럴 수가 없었다. 대신 손목만 노려보았다. 그 애가 테이프를 집어 들었다. 파크는 얇은 하얀 스티커에 'How Soon is Now 외'라고 적어두었다.

그 애가 파크에게 테이프를 내밀었다.

"고마워⋯⋯" 그 애가 말했다. 그야말로 이건 진짜 장족의 발전이었다. "하지만 받을 수 없어."

파크는 돌려받지 않았다.

"네 거야, 받아." 파크가 속닥였다. 파크의 시선은 이제 고개 숙인 그 애 손에서 턱까지 올라갔다.

"못 받아. 그러니까 내 말은, 고맙긴 한데⋯⋯ 받을 수 없을 것 같아." 그 애가 테이프를 내밀었지만 파크는 받지 않았다. 얘는 왜 이렇게 뭐 하나 그냥 순순히 넘어가는 법이 없을까.

"난 필요 없어." 파크가 대답했다.

그 애는 이를 악물고 노려보았다. 파크가 진짜 싫은가 보다.

"아니," 그 애 목소리가 이제 다른 애들 귀에 들릴 정도로 커졌다. "안 받는' 게 아니라 '못 받'는'다고. 테이프를 들을 방법이 없어 나는. 아 진짜, 그냥 다시 가져가라고."

파크는 테이프를 받아 들었다. 그 애는 두 손에 얼굴을 파묻었다. 건너편에서 이름만 '주니어(하급생)'인 덜떨어진 상급생 하나가 두 사람을 쳐다보고 있었다.

파크는 주니어가 시선을 돌릴 때까지 인상을 팍 썼다. 그런 다음 다시 그 애 쪽으로 고개를 돌렸다.

파크는 트렌치코트 주머니에서 워크맨을 꺼내 안에 들어 있던 데드 케네디스 테이프를 빼냈다. 그리고 워크맨에 새 테이프를 집어넣고 '재생' 버튼을 누른 다음 — 조심스럽게 — 그 애 머리 위로 헤드폰을 끼워주었다. 얼마나 조심스러웠던지 파크의 손에 그 애 머리카락 한 올 닿지 않았다.

질척한 기타 도입부에 이어 시작되는 가사가 헤드폰 너머로 들려왔다. "나는 아들이고 상속자이지…… *I am the son and the heir*……"

그 애는 살짝 고개만 들었을 뿐 파크를 쳐다보진 않았다. 얼굴은 그대로 손에 파묻은 채.

학교에 도착하자 그 애는 헤드폰을 벗어 파크에게 돌려주었다.

둘은 버스에서 같이 내렸고 학교까지 내내 같이 걸어갔다. 이상한 일이었다. 보통은 보도에 발을 딱 딛자마자 갈라지는 둘이었다. 지금 와서 생각하니 파크는 그게 도리어 이상한 것 같았다. 두 사람은 매일 같은 길을 걸어갔고, 그 애의 사물함은 파크 사물함 바로 근처에 있었다. 어떻게 지금까지 매일 아침 따로 걸어갔던 거지?

파크는 그 애 사물함 앞에서 잠깐 걸음을 멈췄다. 가까이 다가간 건 아니고, 그냥 걸음을 멈췄다. 그 애도 걸음을 멈췄다.

"그럼," 파크는 시선을 복도 저 멀리 두고 말했다. "이제 더 스미스 들어본 거네."

그 애가…….

엘레노어가 웃음을 터뜨렸다.

#

엘레노어

그냥 테이프를 받았어야 했다.

우리 집에 뭐가 있니 없니, 그런 걸 동네방네 떠벌릴 필욘 없었다. 저 이상한 동양인 남자애한테 별 시시콜콜한 것까지 다 이야기할 필요가 없었다.

이상한 동양인 녀석.

동양인은 맞는 것 같았다. 헷갈리긴 했다.

눈은 녹색이었다. 그리고 피부색은 꿀통에 비친 햇살 같은 색이었다.

혹시 필리핀인인가. 필리핀이 아시아던가? 맞겠지. 아시아는 무지막지 크니까.

엘레노어가 평생 알고 지낸 동양인은 예전 학교에서 수학 수업을 같이 받던 폴, 딱 한 명이었다. 폴은 중국계였다. 걔네 부모님은 중국 정부를 피해 오마하로 왔다. (너무 극단적인 거 아닌가? 무슨 세계지도 한번 쫙 훑어본 다음에 "그래. 여기가 제일 멀다." 이러면서 오마하를 고른 거야 뭐야.)

엘레노어에게 동양인은 '오리엔탈'이 아니라 '아시안'이라고 가르쳐준 것도 폴이었다. "'오리엔탈'이라는 형용사는 음식에 붙이는 거야." 폴은 그렇게 설명했었다. 그래서 엘레노어도 대꾸했다. "알았거든, 이 라초이* 놈아."

---

* La Choy. 미국 내 중국음식 가공식품 브랜드.

그나저나 플랫츠에 동양인이라니 무슨 사연인지 알 수가 없었다. 이 동네는 그야말로 전부 백인 일색이었다. 뭐랄까, 선택적으로 백인 인구가 많은 곳이랄까. 엘레노어는 이 동네에 오기 전까진 '니'로 시작하는 그 단어(니그로: 흑인)를 입 밖으로 내는 경우를 본 적이 없었는데 여기 스쿨버스를 타는 애들은 마치 흑인을 부르는 말은 그것뿐인 양 '니'로 시작하는 그 단어를 썼다. 그것 말고는 도저히 대안이 없다는 듯이.

엘레노어는 심지어 머릿속으로도 '니'로 시작하는 그 단어는 멀리했다. 이미 리치의 영향으로 만나는 사람마다 전부 속으로 '개새끼'라고 부르고 있으니(참 아이러니다) 이 정도만 해도 이미 입은 충분히 거칠었다.

학교에는 동양계 애들이 서너 명 정도 있었다. 다 사촌지간이었다. 걔네 중 한 명이 라오스에서 망명한 이야기를 에세이로 쓴 적이 있었다.

그리고 다른 한 명이 우리 녹색 눈의 동양애.

엘레노어는 아마 이제 걔한테 자신의 인생사를 털어놓게 되리라. 어쩌면 집에 가는 길에 말할지도 모르겠다. 우리 집엔 전화기도 없고 세탁기도 없고 칫솔도 없어.

칫솔에 대해선 상담 선생님한테 말이라도 한번 꺼내볼까 생각하던 참이었다.

등교 첫날 던 선생님은 엘레노어를 앉혀놓고 자기한텐 뭐든지 다 얘기해도 된다고 일장 연설을 했었다. 그리고 얘기를 하는 내내 선생님은 엘레노어 팔에서 살집 제일 많은 부분을 계속 꼬집었다.

던 선생님에게 *뭐든지 다* 얘기하면, 그러니까 리치 얘기며 엄마 얘기며 다 한다면, 그러면 무슨 일이 벌어질지는 엘레노어도 알 수 없었다.

그러나 칫솔이라면…… 칫솔이라면 던 선생님이 어쩌면 구해줄 수 있을지도 모른다. 그럼 엘레노어도 더는 점심시간 후 몰래 화장실에 가서 소금으로 이를 문지르지 않아도 될 거다. (서부영화에서 본 적이 있었다. 아마 별로 효과는 없었던 것 같다.)

종이 울렸다. 10시 12분이었다.

두 시간 후면 영어 시간이었다. 엘레노어는 영어 시간에 걔가 과연 말을 걸까 궁금했다. 어쩌면 이제 둘은 대화도 나누는 사이가 된 건지도 모르지.

아직도 귓가에 그 목소리가 들리는 것 같았다. 아, 걔 말고 보컬 말이다. 더 스미스의. 노래를 부를 때 영국 억양이 들렸다. 보컬의 목소리가 마치 울부짖는 것처럼 들렸다.

"I am the sun…… And the air…… "

#

처음엔 오늘 체육 시간에 딱히 아무도 엘레노어한테 못되게 굴지 않았단 걸 깨닫지 못했다. (버스에 정신을 두고 왔다.) 오늘은 배구를 했는데 티나가 "네 차례야, 이년아."라고 하긴 했지만 그게 다였고, 그마저도 사실상 농담조였다. 티나는 그런 데만 관심 있는 애였고.

탈의실에 들어가니 오늘 티나가 왜 그렇게 조용했는지 답이 나왔다. 티나는 그냥 이 순간을 기다리고 있었던 거다. 티나와 그 무리들, 심지어는 흑인 애들까지 전부 이 장면을 기다리고 있었다. 엘레노어의 로커가 있는 그 줄 끝에 서서, 엘레노어가 자기 로커로 걸어가기만을.

엘레노어의 로커는 코텍스 생리대로 뒤덮여 있었다. 아마 한 상자를 다 쓴 모양이었다.

처음엔 정말로 생리대에 피가 묻은 줄 알았는데 가까이서 보니 그냥 빨간색 펜으로 칠한 거였다. '걸레머리', '빅레드', 이렇게 적혀 있는 생리대도 있었는데 나름 고급 라인 생리대라 잉크가 벌써 스며들고 있었다.

옷이 그 로커 안에 들어 있지만 않았어도, 이 체육복만 아니었어도 그대로 그냥 가버렸을 텐데.

대신 엘레노어는 최대한 고개를 똑바로 들고 구경꾼들을 지나쳐 로커로 가서 생리대를 하나하나 떼어냈다. 로커 안에까지 들어가서 엘레노어 옷에 붙은 것들도 있었다.

눈물이 좀 났다. 참을 수가 없었다. 그래도 엘레노어는 구경꾼들을 등지고 서서 눈물을 보이진 않았다. 어차피 점심시간에 늘 장 부릴 애들은 없어서 몇 분 걸리지도 않았다. 다른 여자애들 역시 옷 갈아입고 머리도 다시 묶어야 했으니까.

다들 자리를 뜬 후에도 흑인 애들 둘은 남았다. 두 사람은 엘레노어에게 다가가 같이 생리대를 떼어내기 시작했다. "별거 아니야." 둘 중 한 명이 생리대를 구겨 공처럼 만들면서 속삭였다. 그 아이 이름은 드니스였는데, 10학년 치고는 너무 어려 보였다. 작은 체구에 양갈래로 땋은 머리를 하고 있었다.

엘레노어는 고개를 저으면서도 별다른 대꾸는 하지 않았다.

"쟤넨 아무것도 아니야." 드니스가 위로했다. "너무 하찮은 것들이라 하느님한테 보이지도 않을걸."

"그럼, 그럼." 다른 애가 동의했다. 그 애 이름은 비비였던 것 같다. 비비는 엘레노어 엄마 기준으로 치자면 '빅 걸'이었다. 엘레노어보다 훨씬 컸다. 비비의 체육복은 별도로 맞춤 주문이라도 한 건지 다른 애들이랑 색깔도 달랐다. 그걸 보니 엘레노어는 스스로 자기 몸에 대해 그렇게 부정적으로 생각했다는 게 속상했다. 동시에 어쩌다 엘레노어가 반에서 공식 뚱녀가 된 건지도 궁금해졌다.

세 사람은 생리대를 쓰레기통에 던져 넣고 생리대가 안 보이게 그 위로 젖은 종이 타월을 덮었다.

드니스랑 비비만 없었다면 엘레노어는 글씨 안 써진 생리대 몇 장 정도는 챙겼을지도 모른다. 아니, 얼마나 낭비야 저게.

엘레노어는 점심시간도, 영어 시간도 지각했다. 그리고 혹시나 엘레노어가 그 빌어먹을 바보 같은 동양애를 좋아한단 사실을 지금까지 깨닫지 못하고 있었다면, 이제는 확실히 알았다.

아닌 게 아니라 지난 45분간 벌어진 일들 — 그리고 지난 24시간 동안 엘레노어가 겪었던 그 모든 일들 — 에도 불구하고 엘레노어의 머릿속은 파크를 만날 생각뿐이었다.

#

파크

하굣길에는 그 애도 별말 없이 워크맨을 받아 들었다. 파크가 헤드폰을 귀에 씌워줄 필요도 없었다. 내리기 바로 전 정류장에서 그 애가 워크맨을 돌려주었다.

"빌려가도 돼." 파크가 조용히 말했다. "테이프 끝까지 다 들어봐."

"고장낼까봐 싫어." 그 애가 대답했다.

"고장 안 나."

"건전지 다 닳을까봐 싫어."

"그런 거 상관없어."

그 애는 파크의 눈을 정면으로 쳐다보았다. 이렇게 마주 보는 게 아마 처음이었을 거다. 그 애 머리 상태는 아침보다도 더 난리였다. 곱슬거리는 수준을 넘어 거의 무슨 지져놓은 머리 같달까, 흡사 거대한 빨간 머리 아프로 헤어스타일(1970년대에 유행했던, 흑인들의 둥근 곱슬머리 모양)을 지향하는 것 같았다. 그러나 눈빛만큼은 아주 진지하고 차분했다. 클린트 이스트우드를 묘사할 때 쓰는 온갖 그 진부한 표현들이 엘레노어의 눈을 묘사하는 데에도 찰떡같이 어울렸다.

"정말이야?" 엘레노어가 물었다. "정말로 상관없다는 거지."

"그냥 건전진데 뭐." 파크가 대답했다.

엘레노어는 워크맨에서 건전지와 테이프를 꺼내더니 워크맨을 다시 파크에게 돌려주고는 뒤도 안 돌아보고 그대로 버스에서 내렸다. 아니, 진짜 이상한 애 아냐.

#

엘레노어

새벽 1시쯤 되니 건전지가 닳기 시작했지만, 엘레노어는 노랫소리가 느려지다 결국 멈춰버릴 때까지 한 시간을 더 들었다.

13

엘레노어

오늘은 책가방도 챙겼고 깨끗하게 빨아놓은 옷도 입었다. 어젯밤 막 욕조에서 청바지를 빨아 아직 약간 축축했지만…… 전반적으로 어제보다 기분이 한 천 배쯤 나았다. 심지어 머리도 이정도면 협조적이었다. 엘레노어는 머리를 하나로 모아서 틀어 올린 다음 고무줄로 묶었다. 고무줄 풀 때 눈물 나게 아프긴 하겠지만 최소한 지금은 풀어지지 않고 잘 붙어 있었다.

제일 좋은 건 파크의 노래들이 엘레노어의 머릿속에, 그리고 어쩐지 가슴속에 남아 있단 거였다.

그 믹스 테이프 노래들에는 뭔가가 있었다. 느낌이 달랐다. 폐랑 배가 막 이상해지는 느낌이었다. 테이프를 들으면 뭔가 신이 나면서도, 어딘가 또 긴장감이 느껴졌다. 알고 보니 모든 것이, 이 세상이 생각했던 거랑은 다르구나 싶은 느낌이 들었다. 기분 좋은 일이었다. 최고였다.

이날 아침 버스에 타자마자 엘레노어는 고개를 쭉 빼고 파크를 찾았다. 파크도 마찬가지로 엘레노어를 기다리고 있었다는 듯이 고개를 쳐들었다. 자기도 모르게 엘레노어는 씩 웃었다. 순간적으로.

자리에 앉자마자 엘레노어는 머리꼭지 위로 자기가 지금 얼마나 행복한지 드러나 보이기라도 할까봐, 행여 버스 뒤 저 깡패들한테 그걸 들킬까봐 그대로 자리 깊숙이 눌러앉았다.

최소 15센티미터 이상은 떨어져 있는데도 엘레노어는 파크가 바로 옆에 붙어 앉아 있단 느낌이 들었다.

엘레노어는 만화책을 돌려준 다음 긴장한 듯 손목에 감고 온 녹색 리본을 잡아당겼다. 무슨 말을 할지 생각이 나질 않았다. 이러다 한마디도 못 할 수도 있겠다, 고맙단 인사조차 못 할 수도 있겠단 생각에 걱정이 되기 시작했다.

파크의 손은 무릎 위에 완벽한 자태로 고이 놓여 있었다. 이보다 더 완벽할 순 없었다. 꿀색 피부, 깨끗한 분홍 손톱. 파크는 어느 하나 단단하고 호리호리하지 않은 구석이 없었다. 동작 하나하나에 다 이유가 있었다.

학교에 거의 도착해서 파크가 침묵을 깨뜨렸다.

"들어봤어?"

엘레노어는 고개를 끄덕였다. 이제 시선은 파크의 어깨까지 올라갔다.

"좋았어?" 파크가 물었다.

엘레노어는 눈동자를 한 바퀴 굴렸다. "와아아아. 진짜…… 완전…… — 엘레노어는 열 손가락을 전부 쭉 펴 보였다 — 환상이었어."

"비꼬는 거야? 헷갈리는데."

엘레노어는 파크의 얼굴을 올려다보았다. 그 애의 얼굴을 보는 순간 어디서 갈고리가 날아와 엘레노어의 가슴속을 확 뒤집어 까 보여줄 것만 같은 기분이 들 게 뻔했지만 말이다.

"아니야. 진짜 좋았어. 계속 듣고 싶더라. 그중에 그, 「사랑이 우릴 갈라놓을걸*Love Will Tear Us Apart*」이던가? 맞아?"

"응, 조이 디비전."

"와우, 그거 도입부 진짜 최고야."

파크는 기타와 드럼 연주를 흉내내 보였다.

"그래, 그래, 그거." 엘레노어가 말했다. "그 3초만 계속 반복 재생하고 싶었어."

"하면 되지."

입은 싱긋 정도인데 파크의 눈이 활짝 웃고 있었다.

"건전지가 아까워서."

파크는 엘레노어가 바보 같다는 듯 고개를 절레절레 저었다.

"그리고," 엘레노어가 말을 이어갔다. "나머지 부분도 도입부 못지않게 좋았어. 클라이맥스 부분도, 멜로디도. '다, 다디다다, 디-다, 디 다' 이거."

파크는 고개를 끄덕였다.

"그리고 마지막에 보컬 목소리. 거의 자기 음역대보다 높게 올라갔을 때 있잖아⋯⋯ 그리고 맨 끝에 그 드럼 연주는 막 싸우는 것 같고, 노래 절대 안 끝날 것 같고⋯⋯."

파크는 입으로 "추추추, 추추추" 하면서 드럼 소리를 내 보였다.

"그냥 그 노래를 조각조각 분해하고 싶어. 그래서 그 한 조각 한 조각 다 죽을 때까지 사랑할래."

엘레노어의 말에 파크는 웃음을 터뜨렸다.

"더 스미스는 어땠어?" 파크가 물었다.

"누가 누군지를 몰라서."

"내가 적어줄게."

"다 맘에 들었어."

"잘됐네."

"너무 좋았어."

파크는 씩 웃었지만 곧 고개를 돌려 창밖을 내다보았다. 엘레노어는 시선을 떨궜다.

버스가 이제 막 주차장으로 들어서고 있었다. 엘레노어는 새롭게 시작된 이 대화 비슷한 것, 그러니까 진짜 주거니 받거니 말이 오가고 서로 웃어 보이고 하는 그 흐름이 지속됐으면 했다.

"그리고……" 엘레노어가 재빨리 덧붙였다. "엑스맨도 진짜 좋아. 근데 사이클롭스는 싫어."

파크가 고개를 휙 돌렸다.

"사이클롭스가 싫다니. 사이클롭스가 캡틴인데."

"재미없어. 배트맨보다도 별로야."

"뭐? 너 배트맨 싫어해?"

"어휴. 진짜 지루해. 그 시리즈는 읽을 엄두도 안 나. 네가『배트맨』들고 오는 날엔 스티브 목소리가 다 들릴 정도라니까. 아님 '지금 초수면 상태면 좋겠다' 이러면서 막 창밖이나 보게 되고." 버스가 멈춰 섰다.

"아하." 자리에서 일어서며 파크는 알겠다는 투로 말했다.

"왜?"

"이제 네가 창밖을 볼 때 무슨 생각을 하는지 알겠어."

"아니거든." 엘레노어가 대꾸했다. "그럴 때도 있고 아닐 때도 있어."

두 사람을 지나 모두들 빠르게 버스를 빠져나갔다. 엘레노어도 자리에서 일어섰다.

"『다크나이트 리턴즈』를 보여줘야겠네." 파크가 말했다.

"그게 뭔데?"

"제일 덜 지루한 배트맨 이야기."

"제일 덜 지루한 배트맨 이야기라고? 아, 배트맨이 눈썹을 양쪽 다 들어올리기라도 해?"

파크가 다시 소리 내어 웃었다. 파크는 웃으면 얼굴이 완전히 달라졌다. 엄밀히 보조개가 있는 건 아닌데 얼굴 측면이 거의 서로 접혔고, 눈은 거의 사라지다시피 했다.

"기다려봐." 파크가 말했다.

#

파크

그날 아침 영어 시간, 엘레노어 목 뒤쪽으로 보드라운 붉은 솜털 같은 머리칼이 파크의 눈에 들어왔다.

엘레노어

그날 오후 역사 시간, 엘레노어는 파크가 생각에 잠길 때면 연필을 씹는단 걸 알아차렸다. 그리고 그 뒷자리 여자애 — 이름이 뭐더라, 킴인가. 하여간 가슴 엄청 크고 주황색 에스프리 가방 들고 다니는 애 — 는 파크를 좋아하는 게 확실했다.

#

파크

그날 밤, 파크는 조이 디비전 그 노래만 계속 나오게 테이프를 만들었다.

그리고 게임기랑 조쉬의 무선 조종카에서 건전지를 다 뺀 다음 할머니에게 전화해선 올해 11월 생일선물은 AA건전지면 충분하다고 얘기했다.

14

엘레노어

"선생님은 설마 내가 저걸 넘을 거라고 생각하진 않겠지." 드
니스가 말했다.

드니스 그리고 다른 한 애, 덩치 큰 여자애 비비는 이제 체육
시간에 엘레노어와 이야기를 나누는 사이가 됐다. (생리대로 괴
롭힘을 당하니 그 덕에 친구도 생기고 다른 사람들에게 영향력도 생기
고, 이보다 더 좋을 수가 없다.)

오늘 체육 시간에 버트 선생님은 한 천 년쯤 묵은 것 같은 뜀
틀을 직접 넘어 보이며 시범을 보였다. 다음 시간에는 전부 돌아
가며 한 번씩 해볼 거라고 하면서.

"선생님이 잘못 생각한 거지." 수업이 끝나고 탈의실에서 드니
스가 말했다. "내가 메리 루 레턴*이냐고?"

비비가 킥킥댔다. "너는 위티스 시리얼 안 먹었다고 해."

사실 어떻게 보면 드니스가 체조선수처럼 보이는 구석이 있기
는 했다. 꼬마 여자애 같은 앞머리하며 땋은 머리하며. 고등학생

이라기엔 한참 어려 보였고 거기다 옷차림 때문에 더 아이 같아 보였다. 공주소매 블라우스, 멜빵바지, 머리 묶는 방울…… 드니스는 체육복도 헐렁하게, 꼭 롬퍼처럼 입었다.

엘레노어는 뜀틀을 넘는 것 자체는 무섭지 않은데 다른 애들 앞에서 매트를 달려가야 한단 게 싫었다. 뛰기 싫었다. 그게 다였다. 뛰면 가슴이 떨어져 나갈 것 같은 기분이 들었다.

"난 엄마가 처녀막 찢어질 수 있는 그런 운동은 절대 하지 말라는 입장이라고 얘기하려고." 엘레노어가 말했다. "종교적인 이유로 말이야."

"진짜야?" 비비가 물었다.

"아니." 엘레노어가 킥킥댔다. "뭐. 사실은……."

"못됐다." 드니스가 멜빵바지를 끌어올리며 말했다.

엘레노어는 머리만 티셔츠 밖으로 빼고 티셔츠 안에서 꿈틀꿈틀 팔을 움직여 체육복을 벗었다.

"올 거야?" 드니스가 물었다.

"체조 때문에 벌써부터 수업을 빠지고 그럴 순 없지 않겠니." 엘레노어는 콩콩 뛰면서 청바지를 끌어올렸다.

"아니, 점심 먹으러 올 거냐고?"

"아." 엘레노어가 고개를 들었다. 드니스와 비비는 로커 저 끝에서 엘레노어를 기다리고 있었다. "응."

* 미국의 스타 체조선수. 1984년 로스앤젤레스 올림픽에서 금메달을 획득하며 '위티스' 시리얼을 비롯한 각종 광고모델로 활약하는 등 큰 인기를 얻었다.

"그럼 서둘러, 못된 재닛 잭슨 씨."*

엘레노어는 평소 드니스와 비비가 앉는 창가 테이블에 같이 앉았다. 엘레노어는 쉬는 시간에 지나가는 파크를 보았다.

#

파크

"왜 홈커밍 파티 때까지 면허를 못 딴다는 건데?" 칼이 물었다.

스테스만 선생님은 아이들을 소규모 조로 나누었다. 오늘은 줄리엣과 오필리아를 비교하는 시간이었다.

"왜냐면 난 시공간을 조정할 수 없으니까." 파크가 대답했다. 엘레노어는 교실 저편 창문가에 앉아 있었다. 엘레노어는 에릭이라는 농구선수랑 같은 조였다. 에릭이 뭐라고 얘기를 하고 있었고, 엘레노어는 에릭을 보면서 인상을 쓰고 있었다.

"네가 차가 있으면 킴한테 물어볼 수 있는 건데." 칼이 말했다.

"물어보면 되지." 파크는 말했다.

에릭은 늘 엉덩이보다 어깨를 한 30센티미터쯤 뒤로 빼고 걷는 그런 키 큰 애들 중 하나였다. 걔들은 늘 림보하듯 걸었다. 문틱에 머리를 부딪힐까 겁이라도 나는 것처럼.

"킴은 다 같이 가고 싶어해. 그리고," 칼이 덧붙였다. "킴이 널 좋아하는 거 같아."

"뭐? 나는 킴이랑 홈커밍 안 가고 싶어. 걔를 좋아하지도 않고, 아니, 그러니까…… 킴을 좋아하는 건 너지."

94

"알아. 그래서 이런 계획이 가능한 거고. 우리 다 같이 홈커밍에 가는 거야. 킴은 네가 자길 좋아하지 않는다는 걸 알고 처참한 기분이 되겠지. 바로 그때 옆에 서 있다가 킴한테 같이 춤을 추겠냐고 신청하는 사람이 누굴까?"

"나 때문에 킴이 처참한 기분 되는 건 싫거든."

"야, 킴이 처참해지든 내가 처참해지든 둘 중 하나야."

에릭이 또 뭐라고 하니까 다시 한번 엘레노어가 인상을 썼다. 그러더니 엘레노어가 파크 쪽으로 시선을 돌리자 표정이 환해졌다. 파크는 씩 웃어 보였다.

"1분 남았다." 스테스만 선생님이 말했다.

"망했다." 칼이 서둘렀다. "뭐였더라…… 오필리아가 그 또라이지? 줄리엣은 뭐야, 열세 살짜리 갠가?"

#

엘레노어

"그러니까 사일록 이 여자도 텔레파시가 있는 거야?"

"그렇지." 파크가 대답했다.

매일 아침 버스에 오르면서 엘레노어는 혹시 파크가 헤드폰을

---

* 미국 팝스타 재닛 잭슨이 1986년 '못됐다'라는 뜻의 곡 「Nasty」를 발표했다. 위에서 엘레노어의 말에 "못됐다"고 한 말을 두고 엘레노어를 재닛 잭슨이라고 부른 것.

벗지 않으면 어떡하나 걱정됐다. 어느 날 갑자기 말을 걸었듯 어느 날 갑자기 엘레노어에게 더는 말을 하지 않는다면…… 그리고 그런 일이 일어난다면, 그러니까 엘레노어가 버스에 탔는데 어느 날 갑자기 파크가 자신을 쳐다보지 않는다면, 엘레노어는 괴로워하는 자신의 모습을 파크에게 보이고 싶지 않았다.

아직까진 그런 일이 일어나지 않았다.

아직까진 대화가 끊이지 않았다. 정말 말 그대로 끊이지 않았다. 나란히 앉아서 가는 동안 두 사람은 잠시도 쉬지 않고 이야기를 나눴다. 그리고 거의 모든 대화의 시작은 "넌 OO 어떻게 생각해?"였다.

엘레노어, 넌 그 U2 앨범 어떻게 생각해? 엄청 좋았어.

파크, 넌 〈마이애미 바이스〉 어떻게 봤어? 지루했어.

"맞아." 서로 의견이 같을 땐 그랬다. 주거니 받거니. "맞아." "맞아." "맞아!"

"그러니까."

"내 말이."

"그치?"

중요한 것들에 있어서는 두 사람 생각이 같았지만 그 밖의 다른 것들에 대해서는 전부 생각이 달랐다. 그것도 나쁘지 않았던 게, 엘레노어가 다른 의견을 이야기하면 그때마다 파크는 늘 웃음이 터졌다.

"『엑스맨』에 텔레파시 있는 여자가 왜 또 필요한데?" 엘레노어가 질문을 던졌다.

"머리색이 다르잖아. 사일록은 머리가 보라색이고."

"너무 성차별적이야."

파크의 눈이 뚱그레졌다. 활짝 열렸다고 할까. 엘레노어는 이따금씩 파크의 눈 모양이 파크가 사물을 바라보는 시선에도 영향을 줄까 궁금했다. 아마 이건 역대 최악의 인종차별적인 호기심이겠지.

"엑스맨은 성차별적이지 않아." 파크는 고개를 저었다. "엑스맨은 수용에 대한 은유야. 자기들을 싫어하고 무서워하는 세계인데도 그 세계를 지키기로 맹세했잖아."

"그래. 하지만……."

"'하지만' 같은 건 없어." 파크가 웃으며 말했다.

"*하지만,*" 엘레노어는 그래도 말을 이어나갔다. "『엑스맨』 여자 캐릭터들은 너무 전형적으로 여성적이고 수동적이야. 그중 절반은 생각만 진짜 열심히 해. 생각, 그게 걔네 초능력이라니까. 새도캣은 심지어 더하지. 초능력이란 게 고작 사라지는 거라니."

"투명 인간이 되는 거지. 사라지는 게 아니라. 그건 엄연히 다른 거야."

"그래도 한창 티파티 중에 쓸 수도 있는 그런 능력이잖아."

"뜨거운 차를 들고 있으면 못 하지. 그리고 스톰도 있잖아."

"안 그래도 지금 막 스톰 얘기하려고 했어. 스톰은 머리를 써서 날씨를 조정하잖아. 역시나 생각하는 거고. 그런 부츠를 신고 발휘할 수 있는 능력이 그것뿐이라고."

"모호크 헤어스타일은 멋있던데……."

"그건 상관없는 요소고."

파크는 웃음 띤 얼굴로 등받이에 머리를 기대곤 천장을 쳐다보았다. "엑스맨은 성차별적이지 않아."

"지금 혹시 진짜 초능력 있는 엑스우먼 캐릭터 찾는 중?" 엘레노어가 물었다. "대즐러는 어때? 번쩍번쩍 살아 있는 디스코볼이 잖아. 아니면 얼룩 한 점 없는 흰 속옷 차림으로 생각만 엄청 열심히 하는 화이트 퀸?"

"그럼 너는? 너라면 어떤 능력을 갖고 싶은데?"

파크는 화제를 바꿔 질문을 던졌다. 고개를 돌려 엘레노어를 쳐다보는 파크의 뺨이 등받이 위쪽에 닿아 있었다. 얼굴엔 여전히 미소를 띤 채였다.

"나는 날고 싶어." 엘레노어는 파크에게서 시선을 거두며 말했다. "그리 유용한 능력은 아니지만…… 그래도 어쨌든 나는 거니까."

"맞아." 파크가 말했다.

#

파크

"이야, 파크, 너 어디 무슨 닌자 출동이라도 나가냐?"

"닌자 옷은 검은색이야, 스티브."

"뭐?"

태권도 끝나고 원래는 들어가 옷을 갈아입었어야 했는데, 아빠가 9시까지 들어오라고 하니 엘레노어에게 보여주려면 그때까지 한 시간도 채 안 남은 상황이었다.

스티브는 자기 포드 카마로로 운전 연습 중이었다. 스티브도 아직 면허는 없었지만 이제 운전을 시작할 준비를 하고 있었다.

"여자친구 보러 가냐?" 스티브가 파크에게 물었다.

"뭐?"

"몰래 여자친구 만나러 가느냐고? 블러디 메리, 걔?"

"여자친구 아니야." 파크는 그렇게 대꾸하곤 침을 삼켰다.

"몰래 만나는 것도 닌자 스타일이네." 스티브가 말했다.

파크는 고개를 저으며 내달리기 시작했다. 뭐, 엘레노어가 여자친구는 아니지. 파크는 골목길을 가로지르며 스스로 되뇌었다.

엘레노어네 집이 정확히 어디인지는 알지 못했다. 그래도 어디서 버스를 타는지, 그리고 집이 학교 바로 근처라는 건 알고 있었으니까…….

아, 이 집인 모양이다. 파크는 작은 흰 집 앞에서 멈춰 섰다. 마당에는 부서진 장난감 몇 개가 널려 있었고, 현관에는 커다란 로트와일러가 잠을 자고 있었다.

파크는 천천히 그 집을 향해 걸어갔다. 개는 고개를 들어 파크를 잠시 쳐다보더니 다시 잠을 청했다. 파크가 계단을 올라가 문을 두드려도 개는 옴짝달싹하지 않았다.

노크 소리에 문을 열고 나온 남자는 엘레노어 아빠라기엔 너무 젊어 보였다. 확실히 이 동네에서 본 적이 있는 사람 같긴 했다. 파크는 어떤 사람이 문을 열고 나올 거라고 기대한 걸까. 좀 더 이국적인 사람. 엘레노어랑 닮은, 그런 사람을 예상했던가 보다.

남자는 말없이 서 있었다. 그냥 문간에 가만히 서서 기다렸다.

"엘레노어 집에 있나요?" 파크가 물었다.

"그러는 넌 누군데?" 남자의 코는 칼날 같았다. 남자가 파크를 내려다보았다.

"학교 친구인데요." 파크가 말했다.

남자는 파크를 잠시 가만히 쳐다보다가 문을 닫았다. 파크는 어찌해야 할지 알 수가 없었다. 몇 분 정도 기다리다가 그냥 가야 하나 생각하던 차에 엘레노어가 문을 빼꼼히 열고 나왔다.

깜짝 놀란 엘레노어의 눈이 동그래졌다. 너무 어두워서 엘레노어의 눈동자조차 보이지 않았다.

엘레노어를 보는 순간 파크는 아차, 잘못 왔구나 싶었다. 진작 알아챘어야 했는데, 딱 그 느낌이었다. 그저 엘레노어에게 빨리 보여주고 싶은 생각에…….

"저기." 파크가 말했다.

"안녕."

"난……."

"……나랑 무술 대결이라도 하러 온 거야?"

파크는 도복 앞섶에서 『왓치맨』 2권을 꺼냈다. 엘레노어의 얼굴이 환해졌다. 그냥 관용적인 표현 같은 게 아니라, 가로등 불빛 아래 비친 엘레노어의 피부가 정말로 너무나 창백하고 밝았다.

"넌 읽었어?" 엘레노어가 물었다.

파크가 고개를 저었다. "같이…… 읽으면 좋을 것 같아서."

엘레노어는 집을 한번 흘긋 돌아보더니 재빨리 계단을 걸어 내려왔다. 파크는 엘레노어를 따라 계단을 내려간 다음 자갈길 진입로를 지나 초등학교 뒷문 쪽으로 갔다. 문 위에 커다란 안전

등이 있었다. 엘레노어는 맨 윗 계단에 앉았고, 파크가 그 옆에 앉았다.

『왓치맨』은 다른 만화보다도 읽는 데 시간이 두 배는 더 걸리는데 오늘 밤은 특히나 더 오래 걸린 게, 버스 말고 다른 곳에서 둘이 나란히 앉아 있는 게 너무 낯설었기 때문이다. 학교 밖에서 서로를 만났다는 것이. 엘레노어의 머리는 젖어 있었고, 짙은 색 긴 곱슬머리가 얼굴을 감싸고 있었다.

마지막 페이지까지 다 읽었을 때 파크는 그대로 앉아서 이야기를 하고 싶었다. (파크가 진짜 하고 싶었던 건 엘레노어랑 앉아서 이야기를 하는 거였다.) 그러나 엘레노어는 이미 자리에서 일어나 집 쪽을 바라보고 있었다.

"가봐야 해." 엘레노어가 말했다.

"아," 파크는 대답했다. "그래. 나도 가야 할 것 같아."

초등학교 계단에 앉아 있는 파크를 혼자 남겨둔 채 엘레노어는 가버렸다. 잘 가란 인사를 미처 생각해내기도 전에 엘레노어는 벌써 집 안으로 사라져버렸다.

#

엘레노어

집에 들어오니 거실 불은 꺼져 있었지만 TV는 아직 켜져 있었다. 리치는 소파에 앉아 있고 엄마는 주방 문간에 서 있었다.

방까지 딱 몇 걸음만 가면 된다…….

"남자친구냐?" 방에 거의 다 왔는데 결국 리치를 피해 가지 못했다. 리치는 TV에서 눈도 떼지 않고 물었다.

"아뇨. 그냥 학교 친구예요."

"왜 왔대?"

"과제 때문에 할 말이 있어서요."

엘레노어는 자기 방 문간에서 기다렸다. 리치가 더는 아무 말이 없자 엘레노어는 방 안으로 들어가 문을 닫았다.

"이제부터 뭘 하시려나?" 문이 닫히자 리치는 목소리를 높였다. "뻔하지 뭐. 달아오를 일만 남았네."

리치의 말이 엘레노어를 강타했지만 엘레노어는 반발하지 않았다. 그냥 고스란히 감내하는 수밖에 없었다.

엘레노어는 침대로 올라가 눈과 이와 주먹을 모두 앙다물었다. 소리를 지르지 않고도 숨을 쉴 수 있을 때까지 엘레노어는 동원할 수 있는 건 모조리 꽉 앙다물었다.

지금까지 엘레노어는 파크를 리치가 절대 침범할 수 없을 법한 머릿속 공간에 남겨두었다. 이 집, 여기서 벌어지는 모든 일과는 완전히 분리된 그런 곳에. (꽤나 멋진 공간이었다. 엘레노어의 머릿속에서 기도가 가능한 유일한 장소랄까.)

그러나 이제 리치가 그곳에 나타나 온 사방에 오줌을 눠대고 있었다. 모든 것이 리치처럼 악취를 풍기고 썩어빠진 것 같은 기분이 들게끔.

이제 엘레노어는 파크를 마음대로 떠올릴 수 없게 돼버렸다…….

어둠 속에서 슈퍼히어로처럼 흰옷을 입고 있던 그 모습을.

땀 냄새와 비누 냄새가 섞인 그 체취를.

뭔가 좋은 일이 있을 때 씨-익 양 입꼬리가 올라가던 그 미소를……

이제 파크를 떠올리면 리치의 음흉한 시선이 느껴졌다.

엘레노어는 괜한 데 화풀이 삼아 애꿎은 고양이를 침대 밖으로 차버렸다. 고양이는 날카로운 울음소리를 냈지만 곧바로 다시 침대로 올라왔다.

"언니," 메이지가 아래층에서 속삭였다. "언니 남자친구야?"

엘레노어는 이를 악물었다. "아니." 그러고는 차갑게 중얼거렸다. "그냥 남자애야."

15

엘레노어

이튿날 아침 엘레노어가 학교 갈 준비를 하는 동안 엄마는 방에 들어와 있었다. "됐다." 엄마는 빗을 들고 엘레노어의 곱슬머리를 반쯤만 빗은 다음 하나로 묶어주었다.

"엘레노어……."

"엄마가 왜 여기까지 들어와서 이러는지 아는데요," 엘레노어는 경계하듯 물러나며 말했다. "별로 얘기하고 싶지 않아요."

"엄마 말 들어나 봐."

"싫어요. 안다고요. 걔 다시는 안 올 거예요, 됐죠? 내가 오라고 한 적도 없지만 그래도 얘기는 해둘 테니까, 어쨌든 다시는 안 와요."

"그래, 그럼 됐어." 엄마는 팔짱을 끼며 여전히 낮은 목소리로 말했다. "그냥 네가 아직 너무 어리니까."

"아뇨." 엘레노어가 대꾸했다. "그게 이유는 아니죠. 어차피 이유가 중요한 것도 아니지만요. 그 애 다시는 안 와요, 됐죠? 애초에 그런 사이도 아니고요."

엄마가 방을 나갔다. 리치는 아직 집에 있었다. 화장실에서 세면대 물 트는 소리가 들리자 엘레노어는 밖으로 달려 나갔다.

애초에 그런 사이도 아닌데. 엘레노어는 정류장으로 걸어가며 생각했다. 그리고 그런 생각이 들자 울고 싶어졌다. 사실이었으니까.

그러다 이젠 또 울고 싶어진다는 것 자체에 화가 다 났다.

울고 싶은 기분이 든다면 그건 이 시궁창 같은 인생 때문이어야지, 어떤 괜찮은 남자애가 남들이 생각하는 그런 사이인 것처럼 날 좋아하는 게 아니어서, 그 때문에 울고 싶어져서는 안 되는 거였다.

특히나 파크와 친구가 된 게 엘레노어 인생 거의 최고의 일이라고 할 만한 이 시점에서는.

이제 막 버스에 오른 엘레노어가 화가 나 보였던지 파크는 엘레노어가 자리에 앉는데도 인사 한마디 건네지 못했다.

엘레노어는 통로 쪽을 쳐다보았다.

잠시 후 파크가 가까이 다가오더니 엘레노어의 손목에 둘린 낡은 실크 스카프를 잡아당겼다.

"미안해." 파크가 말했다.

"뭐가?" 화가 단단히 난 것 같은 말투였다. 어휴, 이 바보야.

"그게 말이야……" 파크가 대답했다. "어젯밤 나 때문에 네가 곤란해진 것 같아서."

파크가 다시 스카프를 당기자 엘레노어는 파크 쪽을 쳐다보았다. 화가 난 것처럼 보이지 않으려고 노력은 했지만, 차라리 그렇게 보이는 게 더 나을지도 몰랐다. 어제 밤새도록 파크의 입술이 얼마나 예쁜지 그 생각만 하고 있었다는 걸 들키기보다.

"너희 아빠야?" 파크가 물었다.

엘레노어가 홱 돌아보았다. "아니. 그건 아니고 우리…… 엄마의 남편이지. 나랑은 전혀 상관없는 사람이야. 굳이 설명하자면 나한텐 골칫덩이라고나 할까."

"혼났어?"

"그냥 뭐." 엘레노어는 파크에게 리치 얘기를 별로 하고 싶지 않았다. 엘레노어는 파크가 차지하고 있는 자기 머릿속 공간에서 리치를 모조리 긁어내버리고 싶었다.

"미안해." 파크가 다시 사과했다.

"아니야, 네 잘못도 아니잖아. 아무튼 『왓치맨』 가지고 와줘서 고마워. 덕분에 잘 읽었어."

"재밌었지?"

"응, 그럼. 약간 잔인하기도 하고. 그 코미디언 나오는 부분 말야……."

"맞아…… 미안해."

"아니, 그런 뜻은 아니고. 내 말은…… 다시 읽어봐야 할 것 같아."

"나는 어젯밤에 두 번이나 읽었어. 오늘은 네가 가져가."

"정말? 고마워."

파크는 엄지손가락과 검지로 여전히 엘레노어의 스카프 끝자락을 쥔 채 계속 만지작댔다. 엘레노어는 파크의 손만 보고 있었다.

지금 파크가 고개를 들어 엘레노어를 쳐다본다면 엘레노어가 얼마나 바보 같은지 빤히 보일 거다. 엘레노어는 얼굴 근육이 흐물흐물해지면서 잇몸이 드러나는 게 느껴졌다. 파크가 지금 엘레노어 얼굴을 보면 다 알아챌 텐데.

파크는 고개를 들지 않았다. 파크는 손가락에 스카프를 감았고 이제 엘레노어의 손은 둘 곳을 잃은 채 파크의 손가락 사이에서 엉거주춤하고 있었다.

이어 파크는 엘레노어의 손바닥에 스카프를 쥔 자기 손가락을 밀어 넣었다.

엘레노어는 그대로 그 자리에서 사라져버리는 것 같은 느낌이었다.

#

파크

엘레노어의 손을 잡으니 손안에서 나비가 날아다니는 느낌이었다. 아니 손안에서 심장이 팔딱대는 느낌이랄까? 온전하면서도 생명력이 느껴지는 무언가를 손에 쥐고 있는 느낌이었다.

#

엘레노어의 손에 닿자마자 파크는 어떻게 이제야 이 손을 잡았을까 싶어졌다. 파크는 엄지로 엘레노어의 손바닥을 문지르며 손가락을 건드렸다. 엘레노어의 숨결이 하나하나 다 느껴졌다.

파크가 여자애 손을 잡은 게 처음은 아니었다. 스케이트랜드에서 잡아본 적이 있고, 작년 9학년 무도회에서도 여자애 손을 잡아봤다. (그 애하고는 걔네 아빠가 데리러 오기 전에 키스도 했다.) 심지어 티나 손도 잡아봤는데, 그 옛날 6학년 때 둘이 '사귀던' 시절이었다.

예전엔 늘 아무렇지도 않았다. 어릴 적 조쉬랑 손잡고 길 건널 때와 별반 다르지 않았고 할머니랑 손잡고 교회 갈 때와도 별반 다르지 않았다. 뭐 그보다는 살짝 더 기분 좋고, 살짝 더 어색한 느낌이야 있었겠지만.

작년 무도회 때 그 여자애와 키스할 때는 입안도 바싹 마르고 눈도 감기지 않아서 파크는 뭐가 잘못되기라도 한 게 아닌가 싶었다.

심지어 자신의 정체성을 의심하기까지 했다. 게이가 아닌가 하고. 키스를 하는 와중에 정말 심각하게 그런 생각까지 했다. 다만 다른 남자랑 키스하고 싶은 생각은 전혀 안 들었다. 그리고 쉬헐크나 스톰만 떠올려도(던이라고 하는 이 여자애 대신) 키스가 훨씬 괜찮아졌다.

어쩌면 현실의 여자한텐 흥미가 안 생기는지도 모르지. 당시에 파크는 그렇게 생각했었다. 어쩌면 만화 캐릭터만 좋아하는 그런 변태 비슷한 건지도 모른다고.

아니면 이제 와 드는 생각이지만, 그냥 그 여자애들은 머릿속에 인식 자체가 안 된 거였는지도 모르겠다. 포맷된 걸 인식하지 못하면 컴퓨터 드라이브에서 디스크가 튕겨 나오듯이 말이다.

엘레노어의 손을 잡았을 때, 파크는 그 애를 인식했다. 제대로 알아차린 거였다.

#

엘레노어

그 자리에서 사라져버리는 것 같은 느낌이었다.

〈스타트렉〉에서 뭔가 잘못되면 스타쉽 엔터프라이즈 호로 순간이동 할 때처럼.

혹시나 그게 어떤 기분인지 궁금한 사람이 있다면 음, 녹아내리는 기분이랑 엄청 비슷하긴 한데 그보다는 더 격렬했다.

그렇게 공중에서 미세하게 분해돼버린 상태에서도 엘레노어는 아직 파크가 자기 손을 잡고 있는 게 느껴졌다. 파크의 엄지손가락이 여전히 자기 손바닥을 탐색하고 있는 게 느껴졌다. 달리 선택지가 없으니 엘레노어는 그야말로 꼼짝 않고 가만히 앉아 있었다. 잡아먹기 전에 그 먹잇감을 마비시키는 동물이 뭐였더라 기억해내려고 애쓰면서……

어쩌면 파크는 닌자 마법으로, 벌칸족 수법으로 엘레노어를 마비시킨 다음 엘레노어를 잡아먹으려는 건지도 모른다.

그거 진짜 괜찮겠는걸.

#

버스가 멈추자 그제야 두 사람은 서로 떨어져 앉았다. 갑자기 현실의 홍수가 밀려들면서 파크는 누가 보고 있진 않았는지 긴장한 채 주변을 둘러보았다. 그러고는 자기가 그렇게 신경 쓰고 있는 걸 혹시나 엘레노어가 눈치채진 않았는지 조심스럽게 그 애 쪽을 살폈다.

엘레노어는 아직도 바닥만 뚫어져라 쳐다보고 있었다. 책을 챙기면서도, 버스 통로에 서서도 계속 그 상태였다.

누군가 봤다면 이 둘은 다른 사람 눈에 어떻게 비쳤을까? 엘레노어의 손을 잡으면서 자기가 어떤 표정을 지었을지 파크는 짐작도 되지 않았다. 펩시 다이어트 콜라 광고에서 본, 처음 한 모금을 마셨을 때의 그 짜릿한 표정 같았을까. 더없이 행복하다는 표정.

버스에서 내릴 때 파크는 엘레노어 뒤에 섰다. 엘레노어는 파크하고 키가 거의 비슷했다. 높이 끌어올려 하나로 묶은 머리 아래로 보이는 뒷목은 붉고 주근깨가 진 피부였다. 파크는 그 목에 뺨을 갖다 대고 싶은 욕구를 간신히 참았다.

파크는 엘레노어의 사물함까지 계속 같이 걸어갔고, 엘레노어가 사물함을 열 때 벽에 기대섰다. 엘레노어는 아무 말 없이 그냥 책 몇 권을 집어넣고 몇 권은 사물함에서 꺼냈다.

엘레노어의 손을 잡고 난 후 붕 뜬 기분이 가라앉자 파크는 정작 그 앤 자기 손을 잡지 않았다는 것을 새삼 깨달았다. 엘레노어는 손가락을 구부려 파크와 손을 맞잡지 않았다. 파크를 쳐다보지도 않았다. 지금까지도 여전히 파크 쪽으로는 눈길조차 주지 않고 있었다. *어떡하지.*

파크는 부드럽게 엘레노어의 사물함 문을 두드렸다.

"저기." 파크가 말했다.

엘레노어가 사물함 문을 닫았다. "응, 왜?"

"괜찮아?"

엘레노어는 고개를 끄덕였다.

"이따 영어 시간에 보는 거지?"

엘레노어는 고개를 끄덕이고 가버렸다.

맙소사.

#

엘레노어

한 시간, 두 시간, 세 시간째 엘레노어는 제 손바닥을 문지르고 있었다.

아무 일도 없었다.

어떻게 한 부위에 온 말초신경이 다 쏠릴 수가 있는 거지?

말초신경이란 게 원래부터 거기 있었나? 아님 기분 내킬 때만 튀어나오는 건가? 아니, 원래 거기 있는 거였으면 어떻게 지금껏 기절 안 하고 문손잡이를 돌렸느냐 말이지.

어쩌면 그래서 다들 운전할 때 수동이 낫다고 하는 모양이다.

파크

어떡하지…… 손을 강간하는 게 있을 수 있는 일인가?

영어 시간, 역사 시간에도 엘레노어는 파크를 쳐다보지 않았다. 방과 후 엘레노어 사물함 쪽으로 가봤지만 그 애는 거기 없었다.

버스를 타고 보니 엘레노어는 이미 자리에 앉아 있었다. 창가쪽, 원래 파크 자리에. 파크는 너무 당황해서 아무 말도 나오지 않았다. 파크는 엘레노어 옆에 앉았고 양손을 두 무릎 사이에 내려놓았다.

그래서 엘레노어는 파크의 손목을 잡아 자기 쪽으로 끌어당기기 위해 팔을 길게 뻗어야 했다. 엘레노어는 파크의 손가락을 감싸면서 엄지로 파크의 손바닥을 건드렸다.

엘레노어의 손가락이 떨렸다.

파크는 앉은 자리에서 몸을 뒤척여 등을 통로 쪽으로 돌렸다.

"괜찮아?" 엘레노어가 속삭이듯 물었다.

파크는 깊이 숨을 들이마시면서 고개를 끄덕였다. 둘 다 서로의 손을 내려다보았다.

오 하느님.

16

엘레노어

토요일이 최악이었다.

일요일엔 월요일이 코앞이다, 그 생각만 하루 종일 하고 있으면 됐다. 하지만 토요일은 꼭 10년 같았다.

엘레노어는 이미 숙제를 다 끝냈다. 웬 변태가 지리 교과서에 "흥분돼?" 이렇게 낙서를 해놓는 바람에 엘레노어는 그걸 지우느라 검은색 펜을 한참 붙들고 있었다. 엘레노어는 낙서를 꽃 비슷하게 바꿔놓았다.

엘레노어는 꼬맹이들과 만화 영화를 보다가 골프 중계가 시작돼서 그때부턴 메이지랑 둘 다 지루해 죽을 때까지 더블 솔리테어 카드 게임을 하고 놀았다.

그다음엔 음악을 들었다. 엘레노어는 파크가 준 마지막 건전지 두 개를 잘 아껴뒀다가 그 애가 제일 보고 싶은 토요일에 음악을 들었다. 이제 파크한테 받은 테이프는 다섯 개가 됐다. 그 애긴 곧, 건전지만 있으면 엘레노어는 머릿속에서 파크와 450분

동안 손을 잡고 함께 있을 수 있단 뜻이었다.

바보 같을지 몰라도, 상상 속에서조차 그러니까 심지어 뭐든지 가능한 상상 속에서조차 엘레노어는 파크와 손만 잡고 있었다. 그게 다였다. 그만큼 엘레노어는 파크의 손을 잡는 게 너무나 좋았던 거다.

(게다가 손을 그냥 잡고만 있는 게 아니었다. 무슨 귀하고 소중한 물건이라도 되는 듯이 파크는 엘레노어의 손을 어루만졌다. 그 손가락들이 엘레노어의 다른 부분들과 아주 내밀하게 연결돼 있기라도 한 듯이. 물론 틀린 말은 아니었다. 한데 설명이 잘 안 됐다. 파크가 손을 잡으면 엘레노어는 그냥 생명체 이상이 되는 기분이었다.)

새로운 규칙이 되어버린 버스 안에서의 그 일상으로 안 좋은 것 한 가지는 이제 두 사람 사이에 대화가 엄청나게 줄었단 거였다. 파크가 손을 잡고 있을 땐 거의 그 애를 쳐다볼 수가 없었다. 그리고 파크 역시 무슨 말인가를 하려고 입을 뗐지만 결국은 말을 끝맺지 못하는 것 같았다. (그건 바로 파크도 엘레노어를 좋아한단 뜻이었다. 하.)

어제는 하굣길에 하수도관 하나가 터져서 버스가 다른 길로 돌아가느라 15분이 더 걸렸다. 주유소에서 아르바이트를 시작한 스티브는 지각하면 안 된다며 욕을 하고 있었다. 파크가 입을 열었다. "와……."

"왜?" 이제는 엘레노어가 안쪽 자리에 앉았다. 그래야 남들 눈에도 덜 보이고 더 편안한 느낌이 들었기 때문이다. 엘레노어는 이제 버스에서 파크와 거의 단둘이 있는 것처럼 행동할 수도 있었다.

"머릿속으로 생각만 했는데 진짜 하수도관이 터지다니." 파크가 말했다.

"굉장히 특별한 초능력이네." 엘레노어가 대꾸했다. "그 초능력은 뭐라고 불러?"

"뭐냐면 말이지…… 음……." 그러더니 파크는 웃음을 터뜨리면서 엘레노어의 곱슬머리 한 가닥을 잡아당겼다. (새롭게 한 단계 더 나아간 굉장한 발전이었다. 머리 만지는 거. 파크는 간혹 하굣길에 엘레노어 뒤에서 포니테일을 잡아당기거나 동그랗게 말아 올린 머리끝을 툭 건드리며 나타났다.)

"나도…… 잘 모르겠다." 파크가 말했다.

"퍼블릭 워크? 공공정비사업 같은 느낌으로 말야." 엘레노어는 파크의 손 위에 제 손을 포개며 손가락을 서로 나란히 맞추었다. 엘레노어의 손끝이 파크의 손끝 관절에 닿았다. 파크보다 엘레노어가 유일하게 더 작은 신체 부위는 손가락뿐일지도 모르겠다.

"너는 꼭 꼬마애 같아." 파크가 말했다.

"그게 무슨 말이야?"

"네 손. 너는 손이 꼭……" 파크는 양손으로 엘레노어의 손을 쥐었다. "뭐랄까…… 부서질 거 같달까."

"하수도관…… 파이프니까 '파이프마스터' 어때." 엘레노어가 속삭이듯 말했다.

"뭐?"

"네 슈퍼히어로 이름 말이야. 아니다, '파이퍼'로 하자. 피리 부는 사나이도 '파이퍼'니까. 그럼 이런 대사도 가능하잖아. '값을 치르라!'*"

파크는 웃으면서 다시 엘레노어의 머리카락을 잡아당겼다.

대략 2주 만에 가장 길게 나눈 대화였다. 엘레노어는 파크에게 편지를 써볼까도 했는데 — 시작만 한 백만 번쯤 했다 — 왠지 편지는 중학생들이나 쓰는 게 아닌가 싶었다. 뭐라고 써야 할지……

"파크, 난 네가 좋아. 넌 머리 스타일이 멋있어."

파크 머리는 정말로 예뻤다. 진짜 진심으로. 뒤는 짧은데 앞머리는 이마 전체를 가리고 있었다. 완전 직모에 머리색은 거의 검정에 가까웠는데, 아마도 이건 파크의 취향에 따른 선택인 것 같았다. 파크는 늘 머리부터 발끝까지 검은색 차림이었다. 검은색 펑크록 티셔츠에, 안으로는 검은색 긴팔 언더셔츠를 받쳐 입었다. 검은색 운동화. 블랙진. 거의 날마다 검정 일색이었다. (흰 티셔츠도 하나 있기는 했는데, 그마저도 가슴에 검은색 글씨로 커다랗게 '블랙 플래그'라고 쓰여 있었다.)

엘레노어가 검은 옷을 입을 때마다 엄마는 장례식에 가느냐고 했었다. 그것도 관에 실려서. 하여간 옛날에는 엄마가 그런 식으로 말했었다. 어쨌든 그것도 다 엘레노어가 무슨 옷을 입고 다니는지 가끔 눈치라도 채던 시절 얘기지만 말이다. 엘레노어가 구멍 난 청바지를 실크며 벨벳 천 조각으로 기우려고 반짇고리에서 옷핀을 탈탈 털어와도 엄마는 말 한마디 없었다.

파크는 검정이 잘 어울렸다. 꼭 목탄으로 그린 사람 같았다. 두껍고 반달 같은 검은 눈썹. 짧고 검은 속눈썹. 툭 불거진 광대와 윤이 나는 피부.

"파크, 난 네가 정말 좋아. 넌 얼굴선이 너무 멋있어."

엘레노어가 파크에 대해 유일하게 생각하고 싶지 않은 점이 있다면, 파크는 대체 엘레노어의 어디가 매력이라고 느낄까 하는 것이었다.

#

파크

픽업트럭 시동은 자꾸만 꺼졌다.

아빠는 아무 말도 하지 않았지만 파크는 아빠가 화나 있다는 걸 알았다.

"다시 해봐." 아빠가 말했다. "먼저 엔진 소리를 들은 다음에 기어를 바꾸라고."

그렇게까지 단순한 일도 아니었거니와 파크 귀에는 그 소리가 안 들렸다. 엔진 소리 듣고, 클러치 밟고, 기어 바꾸고, 액셀, 발 떼고, 운전대 잡고, 백미러와 사이드미러 확인하고, 깜빡이, 오토바이 없는지 재차 확인하고…….

파크는 분통이 터졌다. 아빠가 옆에서 저렇게 발끈하며 앉아 있지만 않았어도 이 정도는 가뿐히 성공하고도 남았을 거다. 생

* '값을 치를 때(time to pay the piper)'라는 표현은 독일 설화 '하멜른의 피리 부는 사나이'에서 유래한 표현이다. 쥐가 출몰한 동네에서 쥐를 잡아주었는데 대가를 받지 못한 피리 부는 사나이('파이퍼')가 값을 치르라며 동네 아이들을 데려가버렸다는 내용의 이야기이다. 여기서는 하수도관과 피리 모두 '파이프pipe'인 것을 이용한 엘레노어의 말장난.

각 같아서는 충분히 혼자 할 수 있는 일이었다.

태권도를 할 때도 가끔 이런 경우가 있었다. 아빠가 직접 가르치면 파크는 절대 새로운 동작을 익힐 수가 없었다.

클러치, 기어, 액셀.

시동이 또 꺼졌다.

"너는 생각이 너무 많아." 아빠가 툭 쏘아붙였다.

아빠가 늘 파크한테 하는 말이었다. 어렸을 때는 그러는 아빠에게 말대꾸도 해봤다. "어떻게 생각을 안 해요." 파크는 대련 중에 그랬었다. "뇌에 버튼이 있어서 끌 수 있는 것도 아니고."

"그렇게 싸우다가는 상대가 네 뇌를 꺼버리는 수가 있어."

클러치, 기어, 끼이익.

"처음부터 다시…… 자, 생각하지 말고 그냥 기어 변경…… 생각하지 말라니까."

또다시 시동이 꺼졌다. 파크는 10시와 2시 방향으로 운전대를 붙잡고서 그 사이에 얼굴을 파묻으며 마음을 다잡았다. 아빠의 좌절감이 온몸으로 느껴졌다.

"야 이 자식아, 대체 너를 어떻게 하면 좋을지 모르겠다. 지금 1년째 이러고 있잖아. 조쉬는 2주 만에 운전 다 뗐어."

엄마가 있었으면 이 말에 반기를 들었을 텐데. "그건 아니지." 엄마라면 그랬을 거다. "파크랑 조쉬, 얘들은 엄연히 달라."

그럼 아빠는 이를 꽉 물겠지.

"조쉬는 생각을 안 하는 게 쉬운가 보죠." 파크가 말했다.

"지금 네 동생은 멍청하다, 그 말을 하고 싶은 거냐? 그래? 그래도 걔는 수동 운전이 되잖아."

"어쨌거나 제가 타고 다닐 건 임팔라잖아요." 파크는 계기판에 대고 웅얼댔다. "임팔라는 자동인데."

"중요한 건 그게 아니지." 아빠가 거의 소리치다시피 말했다. 엄마가 있었으면 이랬을 거다. "이것 보세요, 그건 아니죠. 그렇게 화가 나면 밖에 나가서 하늘에다 대고 소리치세요."

엄마가 따라다니면서 편들어주면 좋겠다고 생각하는 걸 보고 뭐라고 하더라?

계집애라고 하지.

아빠 분명 그렇게 생각했다. 지금 이 순간도 그 생각 중일 거다. 아마 입 밖으로 그 단어를 안 꺼내려고 아빠가 지금 저렇게 조용한 걸 거다.

"다시 해봐." 아빠가 말했다.

"싫어요, 그만할래요."

"아빠가 그만하자고 할 때 그만하는 거야."

"싫어요. 지금 그만할래요."

"아빠는 집까지 운전 안 할 거야. 다시 해봐."

파크는 다시 트럭에 시동을 걸었다. 시동이 꺼졌다. 아빠는 그 거대한 손으로 글러브박스를 내려쳤다. 파크는 차 문을 열고 뛰어내렸다. 아빠가 불렀지만 파크는 돌아보지 않고 걸어갔다. 집까지 그래 봐야 3킬로미터 정도였다.

아빠가 트럭을 몰고 지나쳐 가도 파크는 눈치채지 못했다. 해 질 무렵 동네로 돌아와서 파크는 자기 집이 아닌 엘레노어네 집 쪽으로 방향을 틀었다. 꽤 쌀쌀한 날씨임에도 엘레노어네 집 마당에서는 붉은 기가 도는 금발 머리 아이들 둘이 놀고 있었다.

집 안까지 들여다보이진 않았다. 여기 계속 서 있으면 엘레노어가 밖을 내다볼지도 모른다. 파크는 그냥 엘레노어 얼굴이 보고 싶었다. 그 커다란 갈색 눈, 완전 분홍색인 입술. 엘레노어의 입은 꼭 조커처럼 — 누가 그렸냐에 따라 다르긴 하겠지만 — 아주 큰 곡선이었다. 사이코 같단 얘긴 절대 아니다…… 엘레노어한테 이 말은 절대 안 해야겠다. 전혀 칭찬처럼 안 들렸다.

엘레노어는 창밖을 내다보지 않았다. 하지만 아이들이 쳐다보고 있어서 파크는 집으로 돌아갔다.

토요일이 최악이었다.

17

엘레노어

월요일이 최고였다.

오늘, 버스를 타자 파크가 엘레노어에게 미소를 지어 보였다. 통로를 지나 자리로 걸어가는 엘레노어를 보며 파크는 내내 그렇게 웃고 있었다.

엘레노어가 곧장 파크에게 미소로 화답할 수는 없었다. 보는 눈들이 있는데 안 되지. 하지만 올라가는 입꼬리는 어쩔 수가 없어서 엘레노어는 바닥을 보고 웃다가 몇 초에 한 번씩 고개를 들어 여전히 파크가 자신을 보고 있는지 확인했다.

보고 있었다.

티나도 엘레노어를 쳐다보고 있었지만, 엘레노어는 티나를 무시했다.

엘레노어가 다가오자 파크는 자리에서 일어났다. 그러더니 엘레노어가 앉자마자 엘레노어의 손을 잡곤 손에 키스했다. 너무 순식간에 벌어진 일이라 엘레노어는 황홀함인지 부끄러움인지, 하여간 죽을 지경인 그 순간을 제대로 느낄 새도 없었다.

엘레노어는 파크의 어깨에, 검은색 트렌치코트 소매에 얼마간 머리를 기대고 있었다. 파크는 엘레노어의 손을 꼭 쥐었다.

"보고 싶었어." 파크가 속삭였다. 엘레노어는 눈물이 날 것 같아 창문 쪽으로 고개를 돌렸다.

두 사람은 학교에 도착할 때까지 아무 말도 하지 않았다. 파크는 엘레노어와 사물함까지 같이 걸어갔고 종이 울릴 때까지 두 사람은 말없이 벽에 기대서 있었다.

복도에는 이미 아무도 없었다.

그때 파크가 손을 뻗어 그 꿀색 손가락에 엘레노어의 붉은색 곱슬머리를 감았다.

"이제부터 다시 보고 싶어지겠네." 그렇게 말하고서 파크는 돌돌 감은 머리카락을 풀었다.

#

엘레노어는 아침 조회 시간에 늦어서 상담실로 오란 말을 전해듣지 못했다. 사피 선생님은 엘레노어의 책상에 수업을 빠져도 된다는 허가증을 탁 하고 내려놓았다.

"엘레노어, 일어나! 상담 선생님께서 부르신다." 이야, 정말 짜증나는 인간이었다. 엘레노어는 사피 선생님한테 교과목 수업 듣는 게 없어서 다행이라고 생각했다. 상담실로 걸어가는 동안 엘레노어는 벽돌벽을 손끝으로 따라가면서 파크가 준 노래를 흥얼댔다.

엘레노어는 너무 행복한 나머지 상담실로 들어가면서 던 선생님에게 웃어 보이기까지 했다.

"엘레노어." 선생님이 엘레노어를 안으며 인사했다. 던 선생님은 포옹을 참 좋아했다. 처음 만났을 때도 던 선생님은 엘레노어를 안으며 인사했다. "어떻게 지내니?"

"잘 지내요."

"좋아 보이는구나."

엘레노어는 오늘 입고 온 스웨터(아마 1968년쯤 아주아주 뚱뚱한 남자가 골프복으로 산 옷이었을 거다)와 구멍 난 청바지를 내려다보았다. 이런, 평소에 얼마나 가관이길래 좋아 보인다는 건지. "네, 뭐. 감사합니다."

"네가 듣는 과목 선생님들과 이야기를 나누었거든." 던 선생님이 말했다. "거의 전 과목 성적이 A던데 너도 알고 있니?"

엘레노어는 어깨를 으쓱해 보였다. 케이블도 없고 전화도 없고, 집이라고 해봐야 거의 지하에서 사는 거나 다름없으니…… 숙제할 시간이 차고 넘쳤다.

"아무튼 대단해. 선생님은 네가 참 자랑스럽구나."

엘레노어는 두 사람 사이에 책상이 있어서 참 다행이라고 생각했다. 선생님이 다시 한번 포옹을 하려 들 것 같았기 때문이다.

"사실 그 얘기를 하려고 보자고 한 건 아니고. 오늘 선생님이 널 부른 이유는 아침에 전화를 한 통 받아서야. 너희 아빠라는 분한테 전화가 왔는데, 집 전화번호를 몰라서 학교로 전화를 하셨다고 하더라……."

"집에 전화가 없거든요." 엘레노어가 말했다.

"아, 그렇구나. 아빠도 아시니?"

"아마 모르실걸요." 엘레노어가 어느 학교를 다니는지 아빠가 알고 있다는 사실이 놀라울 따름이었다.

"전화 한번 해볼래? 여기 선생님 사무실 전화 써도 돼."

전화를 해보겠냐고? 아빠가 왜 통화를 하고자 했을까? 어쩌면 뭔가 끔찍한 일(진짜 끔찍한 일)이 생겼는지도 모르지. 설마 할머니가 돌아가셨나? 맙소사.

"그러죠…… 뭐."

"그리고 말이다," 던 선생님이 말했다. "언제든 필요하면 상담실에 와서 전화 써도 돼." 선생님은 자리에서 일어나 책상 모서리에 앉더니 한 손을 엘레노어의 무릎에 얹었다. 칫솔을 구해달라는 말이 목구멍까지 차올랐지만, 그 말을 꺼냈다간 선생님이 연달아서 몇 번을 더 포옹하고 무릎에 손을 올리고 그럴지 몰라 꾹 참았다.

"감사합니다." 엘레노어는 대신 그렇게 말했다.

"그래." 던 선생님이 환한 얼굴로 말했다. "선생님은 조금 이따 올게. 립스틱만 고쳐 바르고."

던 선생님이 자리를 비우자 엘레노어는 아빠에게 전화를 걸었다. 아직도 아빠 전화번호를 기억하고 있다는 사실이 놀라웠다. 벨이 세 번 울린 후 아빠가 전화를 받았다.

"아빠. 엘레노어예요."

"아, 우리 딸. 어떻게 지내?"

한순간 사실대로 말할까 생각했다. "좋아요." 엘레노어는 대답했다.

"다른 애들은?"

"좋아요."

"다들 전화 한번 안 하더구나."

집에 전화가 없다고 굳이 아빠한테 말할 필요가 없었다. 그나마 전화를 쓸 수 있었을 때 아빠 역시 전화 한번 안 하지 않았더냐고 지적할 필요도 없었고. 자식들이랑 얘기하고 싶다면 전화와 차는 물론이고 자기 삶이 따로 있는 아빠가 방법을 찾아야 하는 것 아니냔 말도 굳이 할 필요 없었다.

그 어떤 것도 아빠한테는 말할 필요가 없었다. 그렇게 결론을 내린 지도 너무 오래돼서 애초에 왜 그렇게 생각을 하게 됐는지도 기억이 나질 않았다.

"엘레노어, 아빠가 좋은 제안이 하나 있어서 연락했어. 금요일 밤에 아빠 있는 데로 오면 어떨까 해서." 아빠의 목소리는 꼭 TV 광고에 나오는 사람 같았다. 70년대 디스코 히트곡 모음집 음반이나 최신호 《타임》《라이프》지 묶음 딜 같은 거 파는.

"결혼식이 있는데 도나가 아빠한테 같이 가자고 해서 내가 그랬거든, 네가 아마 맷을 봐줄 수 있을 것 같다고. 너도 아기 봐주면서 용돈 벌면 좋잖아."

"도나가 누군데요?"

"도나 있잖아, 아빠 약혼녀. 지난번에 아빠 보러 왔을 때 만났잖아."

거의 일 년 전이었다. "이웃집 여자요?" 엘레노어가 물었다.

"그래, 도나. 와서 자고 가도 돼. 맷 봐주고, 피자 먹고, 전화도 쓰고…… 10달러를 이렇게 쉽게 어디서 벌어."

그리고 사실 처음이기도 했다.

"알았어요." 엘레노어는 대답했다. "데리러 올 거예요? 지금 사는 데 어딘지 알아요?"

"아빠가 학교로 데리러 갈게. 이번엔 너만 가자. 너한테 애들 전부 다 보라고 할 수는 없으니까. 학교 언제 끝나니?"

"3시요."

"그래. 금요일 3시에 보자."

"알았어요."

"그래, 알겠다. 사랑해, 우리 딸. 공부 열심히 하고."

던 선생님이 문간에서 양팔을 벌린 채 기다리고 있었다.

좋아요. 엘레노어는 복도를 걸어가며 생각했다. 다 좋아요. 전부 좋아요. 엘레노어는 제 손등에 키스했다. 입술에 닿으면 어떤 느낌인가 싶어서.

#

파크

"난 홈커밍 안 간다." 파크가 말했다.

"그렇겠지…… 무도회는 안 가지." 칼이 말했다. "어차피 지금 턱시도 빌리기도 힘들어."

아직 영어 수업 때까진 시간이 꽤 남았다. 칼이 파크로부터 두 줄 뒤에 앉아 있어서 파크는 엘레노어가 오는지 계속 칼의 어깨 너머로 확인을 해야 했다.

"너 턱시도 빌리게?" 파크가 물었다.

"어, 그럼." 칼이 대답했다.

"학년 초 홈커밍 파티에는 턱시도 빌리는 사람 없는데."

"그러니까 턱시도를 입고 있으면 얼마나 고전적으로 보이겠니. 거기다, 네가 뭘 알겠냐. 가지도 않는 무도회에 대해서 말이다. 하지만 풋볼 경기라면? 그건 얘기가 다르지."

"풋볼은 좋아하지도 않거든."

파크는 뒷문 쪽을 돌아보며 말했다.

"딱 5분만이라도 최악의 친구에서 좀 벗어나주면 안 될까?"

파크는 시계를 올려다보았다. "됐다."

"제발," 칼이 말했다. "이번 딱 한 번만. 간다는 애들 중에 괜찮은 애들도 엄청 많아. 너 간다고 하면 킴도 같이 앉을걸. 네가 킴 자석이라고."

"너는 지금 뭐가 문제인지가 안 보여?"

"안 보여. 난 그냥 '킴 덫'에 놓을 완벽한 미끼를 발견한 것뿐이야."

"걔 이름 그런 식으로 갖다 붙이지 좀 마."

"왜? 킴 왔어? 아직 안 왔잖아?"

파크는 어깨 너머로 얼른 문 쪽을 살폈다. "그냥 널 좋아해주는 그런 애를 좋아하면 안 돼?"

"걔네 중에 날 좋아해주는 애들은 없어." 칼이 말했다. "나도 내가 진짜 사귀고 싶은 애를 좋아할 수 있는 거고. 제발, 파크. 금요일에 풋볼 시합 같이 가자. 친구를 위해서."

"글쎄다……." 파크가 말했다.

"와, 쟤 왜 저러냐. 재미 삼아 누구 죽이기라도 하고 온 얼굴이 네."

파크는 잽싸게 고개를 돌렸다. 엘레노어다. 파크를 향해 웃고 있는. 엘레노어는 치약 광고에서나 나올 법한, 치아가 전부 다 드러나는 환한 미소를 짓고 있었다. 맨날 저렇게 좀 웃고 다니지. 저렇게 웃으니 하나도 이상하지 않고 아름다웠다. 파크는 항상 엘레노어가 저런 미소를 짓게 만들고 싶었다.

스테스만 선생님은 교실로 들어오며 칠판 쪽으로 쓰러지듯 연기를 해 보였다. "세상에, 엘레노어, 그만해. 너 때문에 선생님 눈이 멀 것 같다. 그래서 평소에 그렇게도 미소를 감추고 다녔던 거니? 결국은 죽을 한갓 인간에겐 너무 강렬한 미소라서?"

엘레노어는 겸연쩍은 듯 시선을 떨구곤 환한 미소에서 히죽거리는 정도로 표정 관리를 했다.

"쉿." 칼이 말했다. 킴이 칼과 파크 사이에 앉았다. 칼은 거의 애원하듯 두 손을 깍지 껴 보였다. 파크는 한숨을 내쉬며 고개를 끄덕였다.

#

엘레노어

엘레노어는 아빠와 통화를 하고 나서 곧 기분이 나빠지겠거니 했다. (아빠하고의 대화는 꼭 채찍질 같달까, 곧바로 통증이 느껴지지 않는다.)

그러나 기분이 나빠지지 않았다. 아무것도 엘레노어의 기분을 망치지 못했다. 엘레노어의 머릿속에서 파크의 말을 지워낼 수 있는 건 아무것도 없었다.

파크가 그랬다. *보고 싶었다고……*

정확히 뭐가 보고 싶었는진 모르지. 뚱뚱한 몸? 이상한 성격? 다른 사람들처럼 평범하게는 말 못 하는 그 화법이 그리웠을지도. 아무튼. 엘레노어를 좋아하는 게 이상한 취향 탓이든 뭐든 그건 파크 본인 문제고. 하여간 파크는 엘레노어를 좋아했다. 그건 분명했다.

최소한 지금은.

오늘만큼은.

파크는 엘레노어를 *좋아했다.*

엘레노어를 보고 싶어했다.

얼마나 정신이 팔렸던지 체육 시간 엘레노어는 별로 열심히 할 생각도 없었는데 그마저도 잊어버리고 있었다. 오늘 수업 중에 농구를 했는데, 엘레노어가 공을 잡았고 티나 무리 중 하늘하늘하고 휘청휘청하는 아넷이라는 애랑 부딪혔다.

"지금 싸우자는 거야?" 아넷은 엘레노어 쪽으로 다가와 공을 엘레노어 가슴으로 밀면서 따지듯 물었다. "그래? 좋아, 해보자는 거지. 어디 한번 해봐."

엘레노어는 코트 밖으로 몇 걸음 물러선 채 버트 선생님이 호루라기를 불길 기다렸다.

이후로 아넷은 경기 내내 화가 난 상태였지만, 엘레노어는 별로 개의치 않았다.

버스에서 파크 옆에 앉아 있을 때의 그 기분을 — 내가 있어야 할 자리에 있다는, 지금은 안전하다는 그 기분을 — 이제 다시 불러올 수 있었다. 보이지 않는 힘의 장이 펼쳐지는 것만 같았다. 엘레노어는 '인비저블 우먼*'이 된 것 같았다.

그럼 파크는 '미스터 판타스틱*'이 되는 건가.

* 마블 코믹스 시리즈 『판타스틱 포』의 캐릭터로, 투명 인간이 될 수 있는 초능력의 소유자다.
** 『판타스틱 포』의 캐릭터. '인비저블 우먼'과는 부부 사이로 등장한다.

18

엘레노어

엄마는 엘레노어가 아기 봐주러 가는 걸 좀처럼 허락해주지 않았다.

"제 자식을 넷이나 두고서," 엄마는 토르티야 반죽을 밀대로 밀면서 말했다. "그 사실은 잊었대?"

엄마와 얘기할 때 바보같이 동생들 다 있는 데서 아빠한테 전화가 왔었다고 말해버리는 바람에 동생들은 다들 엄청 신이 났다. 그래서 엘레노어는 동생들한테 너희는 같이 안 간다고, 어차피 그냥 아기 봐주러 가는 거고 아빠도 집에 없을 거라고 얘기하는 수밖에 없었다.

마우스는 울음을 디뜨렸고 메이시는 버럭 화를 내며 나가버렸다. 벤은 엘레노어에게 자기도 따라가서 도와주면 안 되는지 아빠한테 다시 전화해서 물어봐달라고 했다. "나 맨날 아기 본다고 해." 벤이 말했다.

"너네 아빠란 사람 참 대책 없는 인간이야. 매번 이렇게 애들 가슴을 찢어놓고. 그 뒤치다꺼리는 또 맨날 내가 하고."

뒤치다꺼리를 한다기보다는 그냥 무시하는 것에 가까웠지만 뭐, 어디까지나 엄마 생각에 그렇다는 거니까. 엘레노어는 굳이 따지지 않았다.

"허락해줘요, 엄마." 엘레노어가 말했다.

"왜 가고 싶은데? 아빠한테 네가 뭣 하러 신경을 써? 그 작자는 너 신경도 안 쓰는데."

세상에. 아무리 그렇다지만 맘 아프게 꼭 그렇게까지 말을 해야 하나.

"신경을 써서 그러는 게 아니라, 그냥 어디든 좀 다녀오고 싶어서 그래요. 두 달간 학교, 집만 왔다 갔다 했잖아요. 게다가 아르바이트비도 준다는데."

"남아도는 돈이 있으면 애들 양육비나 주지 그런다니."

"엄마…… 10달러라고요. 제발."

엄마는 한숨을 쉬었다. "알았어. 리치하고 얘기해볼게."

"안 돼요. *아, 진짜.* 리치한테 말하지 마요. 무조건 안 된다고 할 텐데. 리치가 나한테 아빠 보러 가지 말라고 할 권리도 없지만."

"리치가 이 집안의 가장이야. 우리 집 식탁에 음식이 올라가는 건 리치 덕분이라고."

무슨 음식이요? 엘레노어는 그렇게 묻고 싶었다. 그리고 말이 나왔으니 말인데, 식탁이라니? 전부 소파나 바닥, 아님 집 뒤편 계단에 앉아서 일회용 접시에다 밥을 먹는데 식탁은 무슨. 그리고 리치는 그냥 안 된다는 그 말을 하고 싶어서 허락을 안 할 사람이었다. 안 된다고 하면 스페인 왕이라도 된 기분인가 보지.

엄마는 그래서 아마 리치한테 그 기회를 주려는 걸 테고.

"엄마." 엘레노어는 냉장고에 기대며 양손에 얼굴을 묻었다. "제발 허락해줘요."

"알았어, 가." 엄마는 못마땅해하며 말했다. "갔다 와. 하지만 아빠한테 용돈을 받으면 동생들이랑 나눠 갖는 거야. 최소한 그 정도는 할 수 있겠지."

동생들한테 10달러 다 줘도 된다. 엘레노어가 원하는 건 파크랑 전화 통화를 할 기회, 그뿐이었다. 지옥에서 나고 자란 것 같은 이곳 플랫츠 애들 그 누구도 애초에 절대 엿들을 일 없이 파크와 이야기할 수 있는 절호의 기회.

#

이튿날 아침 버스에서 파크는 엘레노어의 팔찌 안으로 손가락을 넣어 엘레노어의 팔을 만지작대고 있었다. 엘레노어는 파크에게 전화번호를 물어보았다.

파크는 웃음을 터뜨렸다.

"뭐가 웃긴데?" 엘레노어가 물었다.

"뭐가 웃기냐면," 파크가 낮은 목소리로 말했다. 두 사람은 항상 낮은 목소리로 얘기했다. 버스 안에서 다른 애들 목소리가 아무리 쩌렁쩌렁 울리는 수준이라 해도, 욕설이며 저 한심한 헛소리들에 묻혀 어지간한 대화 소리는 메가폰에 대고 소리치지 않는 이상 다른 애들 귀에 들릴 리 없다고 하더라도 말이다. "네가 꼭 작업 거는 거 같아서." 파크가 대답했다.

"묻지 말걸 그랬네. 너도 나한테 번호 물은 적 없고." 엘레노어가 말했다.

파크는 앞머리 너머로 엘레노어를 쳐다보았다.

"나는 너, 전화 쓰면 안 되는 줄 알고…… 그때 너희 새아빠 일 이후로 말이야."

"응, 아마 안 될 거야. 우리 집에 전화가 있다면." 엘레노어는 파크에게 평소 그런 이야기는 되도록 하지 않으려고 했다. 그러니까 집에 뭐가 있느니 없느니, 뭐 그런 얘기. 엘레노어는 파크가 대꾸하길 기다렸지만 파크는 아무 말이 없었다. 파크는 그냥 엄지손가락으로 엘레노어 손목의 핏줄을 따라가고만 있었다.

"그럼 우리 집 전화번호가 왜 궁금한데?"

아휴, 됐다 됐어. "싫으면 알려주지 않아도 돼."

파크는 눈을 굴리며 가방에서 펜을 꺼내더니 팔을 뻗어 엘레노어의 책 한 권을 가져갔다.

"거긴 안 돼." 엘레노어가 속삭이듯 말했다. "하지 마. 엄마가 볼 수도 있단 말야."

파크는 엘레노어의 책을 보더니 인상을 찌푸렸다. "이거야말로 너희 엄마가 진짜 보시면 안 될 것 같은데."

엘레노어는 책 쪽으로 시선을 떨구었다. 망했다. 누구 짓인진 모르지만 하여간 지리 교과서에 그 변태 같은 낙서를 해놨던 인간이 글쎄 역사책에까지 낙서를 해놨다.

빨아줘. 이렇게 괴발개발 파란색으로 쓰여 있었다.

엘레노어는 파크의 펜으로 낙서를 지우기 시작했다.

"그런 걸 왜 거기 써? 노래 제목이야?" 파크가 물었다.

"내가 쓴 거 아니야." 엘레노어는 대답했다. 목 피부가 빨갛게 달아오르는 게 느껴졌다.

"그럼 누가 쓴 건데?"

엘레노어는 최대한 매서운 표정으로 파크를 쳐다보았다. (파크를 말랑말랑한 눈빛이 아닌 다른 눈빛으로 쳐다보기란 여간 힘든 일이 아니었다.)

"나도 몰라." 엘레노어가 대답했다.

"누가 그런 걸 굳이 쓰느냐고?"

"모른다고, 나도." 엘레노어는 양팔로 책을 끌어안았다.

"엘레노어." 파크가 엘레노어를 불렀다.

엘레노어는 파크를 무시하고 창밖으로 시선을 돌렸다. 파크에게 그런 낙서를 보이다니 믿기지가 않았다. 이런 콩가루 같은 생활을 파크에게 한꺼번에 들키고 싶진 않았는데…… 그래, 그 형편없는 사람이 우리 새아빠야. 우리 집엔 전화도 없어. 주방세제가 다 떨어져서 없는 날도 있어. 난 개 샴푸로 머리를 감을 때도 있는걸…….

이것만 봐도 엘레노어가 학교에서 어떤 이미지인지 답이 딱 나왔다. 아예 이참에 파크를 체육 시간에 초대라도 한번 할까 보다. 아님 다른 애들이 엘레노어를 뭐라고 부르는지 목록으로 정리해서 파크한테 보여줄까.

엉덩이 뚱땡이.

빨간 머리 재수탱이.

파크라면 엘레노어가 왜 그런 이미지냐고 또 물어보겠지.

"엘레노어." 파크가 다시 불렀다.

엘레노어는 고개를 저었다.

이전 학교에선 그런 이미지가 아니었다고 얘기해봤자 딱히 나아질 것도 없다. 예전에도 놀림이야 늘 당했다. 못된 남자애들은 항상 있었다. (그리고 언제나, 어김없이, 못된 여자애들도 있었다.) 하지만 이전 학교에서는 친구들이 있었다. 점심을 같이 먹고 쪽지를 주고받을 애들이 있었다. 엘레노어가 착하고 재밌다는 이유만으로 체육 시간에 같은 팀 하자고 뽑아줄 애들이 있었다.

"야, 엘레노어……." 파크가 또다시 불렀다.

하지만 이전 학교에 파크 같은 애는 없었다.

파크 같은 애는 어디에도 없었다.

"왜." 엘레노어는 창문에 대고 대답했다.

"내 전화번호 모르면 전화 어떻게 하게?"

"누가 너한테 전화한대?" 엘레노어는 책을 꼭 끌어안았다.

파크는 엘레노어 쪽으로 몸을 기울였다. 파크의 어깨가 엘레노어의 어깨를 지그시 눌렀다.

"나한테 화내지 마." 파크가 한숨을 쉬며 말했다. "너 그럴 때마다 미치겠어."

"너한테 화 안 났어." 엘레노어가 말했다.

"아, 그래."

"화 안 났다니까."

"그럼 나한테 화는 안 났는데 내 주변으로 심기가 엄청 불편한 뭔가가 있나 보네."

엘레노어는 어깨로 파크를 밀어내면서 마지못해 씩 웃어 보였다.

"금요일 밤에 아기 봐주러 친아빠네 가는데, 아빠가 전화 써도 된대."

파크가 반가운 표정으로 고개를 돌렸다. 파크의 얼굴은 엘레노어에게 이제 괴로우리만치 가까웠다. 이 정도 거리면 파크가 채 물러나기 전에 키스(나 박치기)도 할 수 있다. "아, 그래?" 파크가 물었다.

"응."

"아, 그으래." 파크는 생글생글 웃으며 말했다. "그런데 전화번호는 적어주지 마?"

"그냥 말해줘. 외울 수 있어."

"적어줄게."

"번호음으로 알려주면 노래처럼 외울게. 그럼 안 잊어버릴 거야."

파크는 노래 부르듯 번호음으로 전화번호 '867-5309'를 알려주었고, 엘레노어는 웃음이 터져버렸다.

#

파크

파크는 엘레노어를 처음 본 그날을 떠올리려고 해보았다.

왜냐하면, 지금도 기억나는데, 그날은 분명 파크도 엘레노어를 보면서 다른 애들이랑 딱히 별다를 것 없는 생각이었단 말이다. 저건 거의 관심을 구걸하는 수준이네, 싶었고…….

곱슬인데 하필 또 빨간 머리라니. 얼굴형은 왜 또 초콜릿 상자 같아 가지고. 뭐, 그런 생각.

아니, 그건 아니다. 그때 들었던 생각은…….

주근깨 백만 개에 심지어 저렇게 토실토실 아기 같은 볼이라니.

정말이지 사랑스러운 볼이었다. 주근깨에 보조개로도 모자라 심지어 꽃사과처럼 둥글다니 말이야. 저 볼을 한번 꼬집어보려고 달려드는 사람들이 없다는 게 어찌 보면 놀라울 정도였다. 할머니라면 엘레노어를 보고 분명 그 볼을 꼬집어보려고 할 거다.

하지만 그때, 엘레노어를 버스에서 처음 봤을 때 들었던 생각은 그것도 아니었다. 그때 떠올랐던 생각은, 쟨 왜 저러고 다니나 하는 거였다…….

옷을 꼭 저렇게 입고 싶을까? 저렇게 행동을 하고? 굳이 저렇게 온몸으로 '난 남들과 달라'라고 외치고 싶을까?

엘레노어를 보고 파크는 자기가 다 민망해지는 느낌이었다.

그리고 지금은…….

지금은 엘레노어를 놀리는 애들 생각만 해도 목구멍에서 부아가 치밀어 올랐다.

엘레노어 책에 누가 험한 낙서를 해놓은 것만 생각하면…… 마치 헐크로 변하기 직전의 빌 빅스비가 된 기분이었다.

버스에서 아무렇지도 않은 척하고 있기란 정말 힘들었다. 엘레노어를 더 힘들게 하고 싶지 않았기에 파크는 주먹 쥔 손을 호주머니에 꾹 쑤셔 넣고만 있었다. 아침 내내 그러고 있었다.

아침 내내 뭐라도 주먹으로 한 대 쳐야 할 것 같은 기분이었다. 아님 뭐라도 발로 차거나. 점심시간 바로 다음이 체육 시간이었는데, 얼마나 미친 듯이 내달렸던지 점심에 먹은 피쉬 샌드위치가 다 올라올 것 같았다.

케이닉 선생님은 파크에게 그냥 수업 일찍 마치고 샤워하러 가라고 했다. "셰리던, 그냥 들어가. 지금 아주 무슨 〈불의 전차〉라도 찍으시겠어."

화가 나는 건 당연했다. 그리고 파크는 화가 난 지금 이 마음이 그냥 단순한 감정이기를 바랐다. 그러니까 엘레노어를 편들어주고, 보호해주고 싶은 마음…… 그런 마음에 화가 난 것뿐이기를.

다른 생각, 그러니까 다른 애들이 자신을 비웃고 있다는 생각이 들어 화가 나는 게 아니라.

엘레노어 때문에 갑자기 주변의 시선이 의식될 때가 있었다. 저쪽에서 애들 몇몇이 수군대고 있는데, 딱 봐도 파크랑 엘레노어 얘기를 하고 있다는 직감이 들 때. 오늘뿐만이 아니라 두 사람이 만나기 시작한 이후로 매일매일 그런 순간들이 있었다.

그리고 그런 순간마다 파크는 엘레노어랑 거리를 둘까도 생각했다.

헤어지는 건 아니고. 헤어지고 어쩌고 할 수 있는 사이도 아니긴 하지만. 그냥 뭐랄까…… 더 얕은 사이가 되는 거다. 다시 15센티미터 떨어져 앉는 사이가.

하지만 그런 생각은 엘레노어를 볼 때마다 다시 저 멀리 달아났다.

수업 시간 자리에 앉아 있는 엘레노어, 버스에서 파크를 기다리는 엘레노어, 식당에서 혼자 책을 읽고 있는 엘레노어.

엘레노어를 볼 때마다 엘레노어와 거리를 둘까 하는 생각은 사라졌다. 다른 생각은 아무것도 들지 않았다.

그냥 엘레노어를 만지고 싶은 생각뿐이었다.

어떻게 하면 엘레노어를 행복하게 할 수 있을까, 그 생각뿐이었다.

#

"오늘 밤에 같이 못 간다는 게 무슨 소리야?" 칼이 물었다.

자습실이었다. 칼은 버터스카치 맛 스낵팩 푸딩을 먹고 있었다. 파크는 목소리를 최대한 낮췄다. "일이 좀 생겨서."

"일?" 칼이 푸딩에 숟가락을 꽂아 넣으며 말했다. "변명 한번 궁색하네 진짜. 뭐, 일이 생겨? 그 일이란 게 요즘 참 자주 생긴다?"

"아니. 일이 생겼다고, 일. 여자 관련해서."

칼이 몸을 숙였다. "여자 관련해서?"

파크는 얼굴이 달아올랐다. "응, 그 비슷해. 지금 다 얘기할 순 없고."

"그래도 우리가 세운 계획이란 게 있는데."

"우리가 아니라 네가 혼자 세운 계획이었지. 그게 그리 훌륭한 계획도 아니었고 말이다."

"너는 진짜 최악의 친구다."

엘레노어

엘레노어는 너무 긴장이 돼서 점심도 먹는 둥 마는 둥 했다. 엘레노어는 드니스에게 크림 칠면조를, 비비에게 과일 칵테일을 주었다.

집에 가는 길 내내 파크는 자기 집 전화번호를 연습시켰다.

그리고 결국은 엘레노어 책에 전화번호를 적었다. 파크는 노래 제목으로 암호를 만들어 전화번호를 숨겼다.

"「포에버 영」"

"그건 '포'니까 4야. 기억하겠어?" 파크가 물었다.

"기억 안 해도 돼. 이미 네 번호 다 외웠어." 엘레노어가 대답했다.

"이건 그냥 5야. 5는 노래가 딱히 생각이 안 나더라고. 그리고……「서머 오브 '69」 이건 6만 기억해, 9는 잊어버려."

"나 그 노래 진짜 싫어하는데."

"아아, 알지…… 음, 2는 뭘로 할지 생각이 안 나네."

"「투 오브 어스」" 엘레노어가 말했다.

"그건 무슨 노랜데?"

"비틀즈 노래."

"아…… 그래서 내가 몰랐군." 파크는 받아 적었다.

"네 번호 다 외웠다니까." 엘레노어가 다시 말했다.

"그냥 네가 잊어버릴까 걱정돼서 그래." 파크가 조용히 말했다. 파크는 펜으로 엘레노어 옆얼굴의 머리카락을 걸어 올렸다.

"안 잊어버려." 엘레노어가 대답했다. 절대로. 아마 죽을 때도 파크 전화번호를 외칠 거다. 아님 파크가 엘레노어를 보고 이제 정말 지긋지긋하다고 할 때, 그럴 때 심장에 문신으로 새겨넣을 거다. "나 숫자 잘 외우는 편이야."

"금요일 밤에 네가 전화를 안 했다고 쳐. 근데 그 이유가 내 번호를 기억 못 해서다? 그러면……."

"이렇게 하자. 우리 아빠 집 번호를 알려줄게. 9시까지 내가 전화 안 하면 네가 전화해."

"아주 좋은 생각이야." 파크가 대답했다. "진심으로."

"근데 다른 날은 거기로 전화하면 안 돼."

"이거 꼭……." 파크가 막 웃으면서 시선을 돌렸다.

"뭐?" 엘레노어가 팔꿈치로 파크를 찌르며 물었다.

"꼭 데이트 약속한 것 같아. 바보 같나?"

"아니."

"매일 이렇게 만나는데도……."

"엄밀히 우리가 '만나는' 건 아니지." 엘레노어가 말했다.

"보호자가 한 50명쯤 지켜보고 있는 느낌이긴 하지."

"심지어 눈에 불을 켜고 지켜보는 느낌이지." 엘레노어가 속삭이듯 말했다.

"응." 파크가 대답했다.

파크는 펜을 주머니에 넣고 엘레노어의 손을 잡더니 한동안 자기 가슴에 가져다 대고 있었다.

이보다 더 기분 좋은 일이란 게 있을 수 있는지 엘레노어는 상

상조차 되지 않았다. 이제는 파크의 아이도 낳고 파크한테 신장
도 두 개 다 떼어주고 싶어져버렸다.

"데이트야." 파크가 말했다.

"거의 그렇다고 봐야지." 엘레노어가 덧붙였다.

19

엘레노어

아침에 눈을 뜨자 엘레노어는 마치 오늘이 꼭 생일이라도 된 기분이었다. 아, 그러니까 아직 잘하면 아이스크림이라도 먹을 수 있었던 그런 시절의 생일날 같은 기분이었단 얘기다.

어쩌면 아빠 집엔 아이스크림이 있을지도…… 있어도 아마 엘레노어가 가기 전에 버릴 테지만 말이다. 대놓고 말은 안 하지만 아빠는 늘 엘레노어에게 뚱뚱하다는 식의 눈치를 줬다. 뭐, 이것도 이젠 옛날 얘기다. 더는 딸 생각을 안 하게 됐으니 어쩌면 엘레노어의 체중에 대해서 이젠 관심이 없어졌을지도 모르겠다.

엘레노어는 낡은 남성용 줄무늬 셔츠를 입고 엄마에게 넥타이를 매달라고 했다. 양복에 하듯 그렇게 정석으로.

엄마는 웬일로 문 앞에서 엘레노어한테 잘 다녀오라고, 가서 재밌는 시간 보내고 오라고 볼에 뽀뽀도 해주었다. 그리고 아빠가 혹시 이상한 짓 하면 이웃집에 전화하라고도 했다.

알았어요, 아빠 약혼녀가 나한테 나쁜 년이라고 하고 문도 없는 화장실 쓰라고 하면 그땐 꼭 엄마한테 전화할게요. 잠깐, 뭔가 좀 이상한데…….

엘레노어는 약간 긴장이 됐다. 아빠를 못 본 지도 최소 1년은 됐고 사실 그전에도 아빠를 그리 자주 본 건 아니었다. 엘레노어가 힉먼 부부네 집에서 지내던 때에도 아빠는 전화 한 통 없었다. 어쩌면 아빠는 엘레노어가 그 집에 있는 것조차 몰랐을지도 모른다. 엘레노어가 직접 아빠한테 말한 적은 없었으니까.

리치가 처음 얼굴을 비치기 시작했을 때 벤은 엄청 화가 나서 자긴 아빠한테 가서 살 거라고 했었다. 물론 현실성이라곤 조금도 없는 말도 안 되는 소리였고, 다들 그걸 모르지 않았다. 심지어 그때 아직 말도 제대로 못 하던 마우스조차도 모르지 않았다.

아빠는 겨우 며칠이라고 해도 애들이랑은 같이 지낼 수가 없는 사람이었다. 아빠는 애들을 데리러 가면 그대로 자기네 엄마 집으로 가서 애들을 떨궈놓고 주말 동안 자기 할 일 하러 어디론가 가버렸다. (할 일이란 줄담배로 마리화나 피우는 거였겠지.)

파크는 엘레노어의 넥타이를 보고 웃음을 터뜨렸다. 엘레노어는 파크가 씩 웃을 때보다 크게 웃음을 터뜨릴 때가 더 좋았다.

"옷까지 갖춰 입어야 하는지 몰랐네." 엘레노어가 자리에 앉자 파크가 말했다.

"네가 어디 좋은 데 데려가겠지 싶어서." 엘레노어는 부드럽게 말했다.

"그럴 거야……" 파크는 두 손으로 넥타이를 잡고 빳빳하게 폈다. "언젠가는."

파크는 하굣길보다 등굣길에 이런 말을 더 곧잘 했다. 가끔씩 엘레노어는 애가 지금 아직 잠결인가 싶기도 했다.

파크는 엘레노어 쪽으로 거의 돌아앉았다. "그럼 학교 끝나고 바로 가는 거?"

"응."

"그럼 도착하자마자 나한테 전화를……."

"아니, 아기 상황 봐서 괜찮아지면 그때 전화할 거야. 아기는 제대로 봐야지."

"사적인 질문을 많이 할 거야." 파크가 엘레노어에게 가까이 다가오며 말했다. "이미 다 적어놨지."

"그래, 뭐 그 정도야."

"질문이 아주 많아. 대단히 사적인 내용이고."

"설마 대답을 기대하는 건 아니겠지……."

파크는 다시 등받이에 등을 대고 앉아 엘레노어를 쳐다보았다. "네가 빨리 아빠네 갔으면 좋겠어." 파크는 속삭이듯 말했다. "그럼 드디어 너랑 이야기할 수 있잖아."

#

엘레노어는 방과 후 학교 앞 계단에 서서 아빠를 기다렸다. 가기 전에 파크를 보고 싶었지만 아마도 파크는 이미 버스에 탄 후인 것 같았다.

무슨 차를 기다려야 하는지도 알 수가 없었다. 아빠는 늘 클래식카를 사서 타고 다니다가 형편이 쪼들린다 싶으면 팔기를 반복했다.

혹시 아빠가 아예 안 나타날까 걱정이 되기 시작했다. 다른 학교로 잘못 갔거나 마음을 바꿨을지도 모른다. 경적 소리가 들린 건 바로 그때였다.

낡은 폭스바겐 카르만기아 컨버터블이 엘레노어 앞에 멈춰 섰다. 제임스 딘이 사망 사고 당시 탔을 법한 그런 차였다. 아빠는 손에 담배를 든 채 팔을 문 위에 걸치고 있었다. "엘레노어!" 아빠가 소리쳤다.

엘레노어는 걸어가 차에 올라탔다. 안전벨트가 없었다.

"짐은 그게 다야?" 아빠는 엘레노어의 책가방을 보며 물었다.

"하룻밤인데요, 뭐." 엘레노어는 어깨를 으쓱해 보였다.

"그래." 아빠는 그러면서 고속으로 후진을 했다. 아빠가 얼마나 운전을 형편없이 하는 사람이었는지 잊어버리고 있었다. 후진이든 전진이든 뭐든 항상 속도는 너무 빨랐고 핸들은 꼭 한 손으로만 잡았다.

엘레노어는 차 앞쪽으로 손을 뻗으며 마음의 준비를 했다. 날씨가 꽤 쌀쌀한 데다 차가 달리기 시작하니 더 추워졌다. "지붕 덮으면 안 돼요?" 엘레노어가 소리쳤다.

"아직 못 고쳤어." 아빠는 그러면서 웃었다.

아빠는 엄마와 헤어지고 들어간 그 듀플렉스 주택에서 아직도 살고 있었다. 견고하고 단단한 집이었고, 엘레노어 학교에서는 차로 10분 거리였다.

집에 들어가니 아빠는 그제야 엘레노어가 눈에 들어온 모양이었다.

"요즘 잘나가는 애들은 그러고 입고 다니냐?" 아빠가 물었다.

엘레노어는 제 옷차림을 내려다보았다. 아주 큰 흰색 셔츠, 넓은 페이즐리 무늬 넥타이, 반쯤 색이 바랜 보라색 코듀로이 바지.

"네." 엘레노어는 무미건조하게 대답했다. "교복 수준이죠."

아빠의 여자친구(이자 약혼녀) 도나가 5시에 퇴근을 해 그때 어린이집에서 아이를 데려올 예정이었다. 그때까지 엘레노어는 아빠와 소파에 앉아 스포츠 채널을 시청했다.

아빠는 줄담배를 피우면서 위스키를 한 모금씩 마셨다. 그러다가 한 번씩 전화벨이 울리면 한참을 자동차나 사업이나 내기 이야기를 하며 웃고 떠들고 했다. 전화가 올 때마다 아빠랑 수화기 너머 상대랑 세상에서 가장 가까운 사이인가 싶은 생각이 들 정도였다. 백금발 가까운 머리색에 둥근 얼굴형의 아빠는 소년 같은 느낌이 있었다. 원래도 늘 웃는 상이긴 했지만 아빠가 미소를 지으면 전광판에 불이 켜지듯 얼굴 전체에 불이 들어오는 느낌이었다. 빤히 보고 있노라면 정나미가 떨어졌다.

아빠네 집은 엘레노어가 마지막으로 왔을 때와는 사뭇 달라져 있었다. 이제는 거실에 피셔프라이스* 장난감이 든 상자, 화장실에 화장품 말고도 다른 것들이 생겼다.

처음 이 집에 아빠를 보러 왔을 때 — 엄마가 아빠랑 이혼하고 아직 리치를 만나기 전일 때 — 에는 그야말로 남정네 혼자 사는, 살림이라곤 없는 집이었다. 심지어는 수프를 먹으려는데 그릇이 머릿수만큼 없을 정도였다. 한번은 아빠가 하이볼 유리잔에 클램차우더를 담아준 적도 있었다. 수건도 두 장뿐이었다. "하나는 젖은 거, 하나는 마른 거야." 아빠는 그렇게 설명했다.

이제 엘레노어는 집 안 구석구석 엿보이는 호화로움에 시선을 뗄 수가 없었다. 담배가 막 몇 갑씩 쌓여 있고, 신문에 잡지에…… 유명 브랜드 시리얼, 엠보싱 화장지라니. 냉장고도 맛있어 보이니까 아무런 고민 없이 장바구니에 던져 넣었을 법한 것들로 가득 차 있었다. 커스터드 요거트, 자몽 주스, 빨간 왁스로 개별 포장된 동글동글 작은 치즈들.

저것들 전부 다 당장 입에 털어 넣게 아빠가 얼른 좀 나갔으면. 팬트리에는 코카콜라가 쌓여 있었다. 밤새 콜라를 마셔야지. 콜라로 세수를 할 수도 있다. 피자도 시킬 거다. 아르바이트비에서 피자값을 제한다면 또 모르겠다만. (아빠라면 그러고도 남을 사람이었다. 계약서에 세부조항 같은 거 넣어서 등쳐먹을 사람이 아빠다.) 저 음식들 다 먹어 치웠다고 나중에 아빠가 열이 받든 아님 도나가 기겁을 하든 알 게 뭐람. 아빠든 도나든 다시 볼 일은 아마도 없을 것이다.

뒤늦게 여행 가방을 들고 올걸 하는 생각이 들었다. 쉐프 보야디랑 캠벨 치킨누들 캔 수프 몰래 넣어가서 꼬맹이들한테 줄 수 있는데. 그럼 집에 갈 때 산타클로스가 된 기분이겠지…….

지금 꼬맹이들 생각은 하고 싶지 않았다. 크리스마스 생각도.

엘레노어가 MTV로 채널을 바꾸려고 하자 아빠가 인상을 써 보였다. 아빠는 다시 전화 통화 중이었다.

"음악 들어도 돼요?" 엘레노어가 속삭이듯 말했다.

아빠는 고개를 끄덕였다.

---

* 영유아 용품 브랜드.

주머니에는 오래된 믹스 테이프가 들어 있었다. 엘레노어는 그 위에 다시 노래를 입혀 파크에게 줄 믹스 테이프를 만들 생각이었다. 하지만 아빠네 집 오디오 위에 맥셀 공테이프가 한 묶음 있었다. 엘레노어는 허락을 구하듯 아빠에게 공테이프를 집어들어 보였고, 아빠는 벌거벗은 아프리카 여인 형상의 재떨이에 담뱃재를 털면서 고개를 끄덕였다.

엘레노어는 레코드판이 가득 든 상자들 앞에 앉았다.

원래는 아빠 것이 아니라 아빠와 엄마, 두 사람 것이었다. 엄마는 전혀 원하지 않았던 모양이었다. 아니면 아빠가 묻지도 않고 다 가져간 거였든지.

엄마는 이 보니 레잇 앨범을 정말 좋아했었다. 아빠가 과연 이 음반을 한 번이라도 들은 적이 있을까 싶었다.

레코드판을 넘겨보며 엘레노어는 일곱 살로 돌아간 기분이었다. 엘레노어가 아직 어릴 적 레코드판을 직접 만지지 못했을 때는 바닥에 앨범들을 쭉 늘어놓고 앨범 커버만 뚫어져라 처다보곤 했다. 좀 더 크고 나니 아빠는 엘레노어에게 나무 손잡이가 달린 벨벳 브러시로 레코드판 먼지를 털어내는 법을 가르쳐주었다.

엘레노어는 엄마가 청소하기 전 먼저 향을 피우고 제일 좋아하는 음반들 — 주디 실, 주디 콜린스, 크로스비 스틸스 앤 내시 등 — 을 틀던 모습을 지금도 기억했다.

친구들이 놀러 오면 레코드판을 올리고 — 지미 헨드릭스, 딥 퍼플, 제쓰로 툴 등등 — 밤늦게까지 친구들과 시간을 보내던 아빠 모습도 아직 기억했다.

엘레노어는 낡은 페르시안 카펫에 엎드려 젤리 병에 포도 주스를 담아 마시면서, 옆방에서 자고 있는 동생이 깨지 않게 무척이나 조심하면서, 레코드판을 한 장 한 장 살펴보며 가수들 이름을 몇 번씩 웅얼웅얼 읽어보던 때가 떠올랐다. '크림'. '바닐라 퍼지'. '캔드 히트'.

레코드판 냄새는 예전 그대로였다. 아빠 침실에서 나는 냄새. 리치 외투에서 나는 그 냄새. 마리화나 냄새. 그걸 이제 와서야 알았다니. 그 당연한 것을. 이제 추억 놀이는 그만하고 원래 목적을 달성하려 엘레노어는 본격적으로 레코드판을 뒤졌다. 엘레노어가 찾는 건 비틀스의 '러버 소울'이랑 '리볼버' 앨범이었다.

이따금씩 파크가 선물해준 것들을 떠올려보면 엘레노어는 절대 자신은 파크에게 그런 선물들을 해주지 못할 것 같았다. 파크는 뭐랄까, 매일 아침 별생각 없이, 그게 얼마나 귀중한 것들인지도 잘 모르고 엘레노어에게 그냥 한 트럭씩 보물을 덥석덥석 안겨주는 것 같았다.

파크에게 지금까지 받은 것들은 갚을 수가 없었다. 심지어 제대로 고마워할 수조차 없었다. '더 큐어'의 노래를 들을 수 있게 된 것을 어떻게 고마워해야 하나. 『엑스맨』을 어떻게 고마워해야 할까. 가끔은 이 빚을 영영 갚을 수 없을지도 모른단 생각도 들었다.

파크가 비틀스를 모른다는 걸 깨달은 건 그때였다.

\#

파크

학교가 끝나고 파크는 공원에 농구를 하러 갔다. 그냥 시간 때우기였다. 하지만 내내 엘레노어 집 뒤편만 쳐다보고 있으라 도무지 게임에 집중이 안 됐다.

집에 돌아와 파크는 엄마를 찾았다. "엄마! 저 왔어요!"

"엄마 여깄어! 차고로 와."

파크는 냉동실에서 체리 아이스크림을 꺼내 들고 차고로 갔다. 문을 열자마자 미용 약품 냄새가 풍겼다.

아빠는 조쉬가 유치원을 다니고, 엄마가 미용학교를 다니기 시작하자 차고를 미용실로 꾸며주었다. 문 옆에는 작은 간판도 달았다. '민디의 헤어 & 네일'.

엄마의 운전면허증에는 엄마 이름이 '민자'로 돼 있었다.

이 동네에서 미용실 갈 돈이 있는 사람이면 전부 파크네 엄마를 찾아왔다. 홈커밍 파티랑 프롬 파티가 있는 주말이면 엄마는 하루 종일 차고에서 살았다. 가끔 파크와 조쉬도 불려 나와 뜨거운 고데기를 잡고 있기도 했다.

오늘 손님은 티나였다. 티나는 셋팅롤에 머리를 돌돌 감은 채 앉아 있었고 엄마는 플라스틱병을 들고 뭔가 짜내고 있었다. 약 냄새에 눈이 다 아팠다.

"엄마, 저 왔어요." 파크가 인사했다. "안녕, 티나."

"헌니, 왔구나." 엄마가 대답했다. 엄마는 허니를 '헌니'라고 발음했다.

티나는 파크를 보고 씨익 웃어 보였다.

"티나, 눈 그대로 감고 있어. 뜨면 안 돼." 엄마가 말했다.

"아줌마, 파크 여자친구 보셨어요?"

티나는 눈을 가린 흰 행주를 잡고서 말했다.

엄마는 티나의 머리에서 눈도 안 떼고 대답했다. "아아니." 그러면서 혀를 찼다. "무슨 여자친구야, 파크가."

"그런 줄 아셨죠?" 티나가 말했다. "파크, 엄마한테 말씀 안 드렸구나. 엘레노어라는 앤데, 올해 전학왔어요. 둘이 아주 버스에서 얼마나 찰싹 붙어 있는지 몰라요."

파크는 티나를 뚫어져라 쳐다보았다. 엄마한테 이딴 식으로 얘길 하다니, 그리고 버스에서 일을 그렇게나 장밋빛으로 보고 있었다니. 뭣보다도 파크한테, 또 엘레노어한테 그 정도로 관심이 많았다니. 엄마는 파크 쪽으로 시선을 돌리긴 했지만 딱히 파크를 살피거나 하진 않았다. 지금은 티나의 펌이 중요한 단계였다.

"아줌마는 여자친구 얘긴 하나도 못 들었는데." 엄마가 말했다.

"아마 동네에서 보신 적 있을걸요." 티나는 확실하다는 듯 말했다. "걔 머리색이 워낙 예쁜 빨간색이거든요. 머리도 자연 곱슬이고요."

"그래?" 엄마가 대꾸했다.

"아니야." 파크가 말했다. 분노와 기타 등등의 감정이 뱃속에서 모두 회오리처럼 뒤섞이고 있었다.

"파크, 너도 어쩔 수 없는 남자구나." 티나가 행주로 그대로 얼굴을 가린 채 말했다. "걔 자연 곱슬 맞거든."

"아니라고." 파크는 그렇게 대꾸하고서 엄마에게 말했다. "여자친구 아니에요. 여자친구 없어요."

"알았어, 알았어. 여자 얘기 그만해. 티나, 너도 그만. 파크, 넌 들어가서 저녁 어찌 되고 있나 확인 좀 해줘." 엄마가 말했다.

차고를 나오면서도 파크는 여전히 진정되지 않았다. 아직도 부정하고 싶고, 아니란 말이 목구멍에서 꿈틀댔다. 파크는 문을 쾅 닫고 주방으로 들어가 닥치는 대로 주먹질이며 발길질을 해 댔다. 오븐에, 찬장에, 쓰레기통에…….

"너는 도대체 애가 왜 그러냐?" 아빠가 주방으로 들어오며 말했다.

파크는 얼음이 됐다. 오늘 밤만큼은 아빠한테 책잡히면 안 된다. 절대로.

"아무것도 아니에요. 죄송해요. 정말로요."

"샌드백을 치면 되잖아. 너는 정말……." 차고에 구식 샌드백이 있긴 했다. 파크의 손이 닿지 않는 높이에 걸린 샌드백이.

"민디!" 아빠가 큰 소리로 엄마를 불렀다.

"여깄어요!"

#

저녁 식사 시간엔 엘레노어한테서 전화가 오지 않았다. 그건 다행이었다. 그때 전화하는 건 아빠가 질색하는 거니까.

하지만 저녁 식사 시간 후에도 엘레노어한테서 전화가 오지 않았다. 파크는 집 안을 맴돌며 아무거나 집어 들었다 내려놨다 했다. 말도 안 되는 얘기지만 그래도 파크는 혹시 아까 엘레노어는 여자친구 아니라고 했던 말을 엘레노어가 알게 돼서 전화를 안 하는 건 아닐까 걱정이 됐다. 어떻게인지는 몰라도 하여간 알게 된 게 아닐까. 뭔가 이상한 기운이 느껴졌다든가.

7시 15분에 전화벨이 울렸고 엄마가 전화를 받았다. 딱 봐도 할머니였다.

파크는 책장 선반을 손가락으로 톡톡 두드렸다. 도대체 엄마, 아빠는 왜 통화대기를 안 쓰는 거지? 다들 통화대기 기능을 쓰는데. 하다못해 할머니 집 전화도 통화대기가 되는데. 할머니는 할 얘기가 있으면 그냥 건너오시면 안 되나? 바로 옆집인데 무슨 전화냐고.

"아니, 아니에요." 엄마가 말했다. "〈60분〉은 원래 일요일에 해요…… 〈20/20〉이랑 착각하신 거 아니에요? 아니라고요? ……존 스토셀? 아니에요? 음…… 제랄도 리베라? 다이앤 소여?"*

파크는 거실 벽에 살포시 머리를 박았다.

"이 녀석이 진짜." 아빠가 짜증을 냈다. "파크 너 대체 왜 그래?"

아빠는 조쉬와 막 〈A 특공대〉를 보려던 참이었다.

"아무것도 아니에요. 아무 일 없어요. 죄송해요. 그냥 기다리는 전화가 있어서요."

"여자친구가 전화한대?" 조쉬가 물었다. "형 요즘 빅레드랑 사권대요."

---

* 〈60분〉, 〈20/20〉 모두 미국 시사 TV 프로그램. 존 스토셀, 제랄도 리베라, 다이앤 소여 모두 유명 시사 프로그램 진행자들이다.

"아니라고……" 파크는 목소리가 높아진 게 느껴져 주먹을 꽉 쥐었다. "한 번만 더 그렇게 부르면 너 죽여버린다. 말로만 아니고 진짜 죽여. 평생 감옥에서 썩는 한이 있어도, 엄마 속이 문드러지는 한이 있어도 내가 너 죽여버릴 거야."

아빠가 언제나처럼 딱 그 표정으로 파크를 쳐다보았다. 잰 도대체 왜 저러는 건지 알 수가 없다는 표정.

"파크가 여자친구가 있어? 왜 빅레드인데?" 아빠가 조쉬에게 물었다.

"빨간 머리에 왕가슴이라 그런 거 같아요." 조쉬가 대답했다.

"집에서 예쁜 말 쓰랬지." 엄마는 손으로 수화기를 가렸다. "너." 엄마가 조쉬를 가리키며 말했다. "방으로 들어가. 당장."

"지금 〈A 특공대〉 하는데."

"엄마 말 못 들었어? 이 집에서는 예쁜 말만 써." 아빠가 말했다.

"아빠도 예쁘게 말 안 하잖아요." 마지못해 소파에서 내려오며 조쉬가 말했다.

"훈장 받은 서른아홉 살 전역군인이랑 너랑 같으냐? 나는 내 맘대로 하고 싶은 말 다 할 거야."

엄마는 기다란 손톱을 아빠 쪽으로 콕 집어 가리키곤 다시 수화기를 손으로 가렸다. "당신도 방에 들어가."

"나야 방에 들어가면 좋지, 여보." 아빠는 엄마에게 쿠션을 던지며 말했다.

"휴 다운스?"* 엄마는 계속 통화하면서 바닥에 떨어진 쿠션을 집어 들었다. "아니에요? ……알겠어요. 생각해보고 있을게요.

네. 사랑해요. 네, 들어가세요."

엄마가 전화를 끊자마자 전화벨이 울렸다. 파크는 용수철처럼 벌떡 일어섰다. 아빠는 파크를 보고 씩 웃었다. 엄마가 전화를 받았다.

"여보세요? 그래, 잠깐만." 엄마가 파크를 쳐다보았다. "전화."

"제 방에서 받아도 돼요?"

엄마는 고개를 끄덕였다. 아빠가 입 모양으로 말했다. '빅레드.'

파크는 방으로 달려간 다음 수화기를 들기 전에 숨을 좀 고르려고 잠깐 멈춰 섰다. 숨이 별로 골라지지 않았다. 파크는 그냥 수화기를 들었다.

"전화 받았어요, 엄마. 고마워요."

파크는 딸깍 소리를 기다렸다가 전화를 받았다. "여보세요?"

"안녕." 엘레노어가 말했다. 긴장감이 쏴아 하고 빠져나갔다. 그러고 나니 그 자리에 그대로 서 있을 수가 없었다.

"안녕." 파크가 숨을 쉬었다.

엘레노어가 킥킥댔다.

"왜?" 파크가 말했다.

"글쎄." 엘레노어가 다시 인사했다. "안녕."

"전화 안 하는 줄 알았어."

"아직 7시 반도 안 됐거든."

"그래, 뭐…… 동생은 자?"

* 미국 TV 호스트.

"앤 동생 아니야." 엘레노어가 말했다. "아직은. 엄밀히 말하자면 그렇다는 거지. 아빠가 애네 엄마랑 약혼을 한 것 같긴 하지만 말야. 아무튼, 아니, 아직 안 자. 지금 같이 〈프래글 록〉* 보고 있어."

파크는 조심히 전화기를 들고 침대로 옮겨갔다. 침대에 앉을 때에도 조심했다. 수화기 너머로 다른 소리가 들릴까봐 싫었다. 엘레노어에게 트윈 사이즈 물침대와 페라리 모양 전화기를 들키고 싶지 않았다.

"아빠는 언제 돌아오셔?" 파크가 물었다.

"늦게. 내 희망사항. 평소엔 베이비시터 거의 안 부른대."

"좋네."

엘레노어는 다시 킥킥댔다.

"왜 그러는데?" 파크가 물었다.

"글쎄. 네가 내 귀에 대고 속삭이는 느낌이야."

"난 맨날 네 귀에 속삭이는데." 파크는 베개에 기대 누우며 말했다.

"그렇긴 한데 평소에는 뭐랄까, 거의 마그네토나 뭐 그런 얘기들 하잖아."

수화기 너머로 들리는 엘레노어의 목소리는 톤도 더 높고 더 깊었다. 헤드폰으로 듣는 것 같은 느낌이었다.

"오늘 밤엔 버스에서나 영어 시간에 할 수 있는 얘기들은 안 할 거야." 파크가 말했다.

"난 세 살짜리 앞에서 해선 안 되는 얘긴 안 할 거고."

"좋은데."

"농담이야. 아기는 다른 방에 있고 베이비시터 누나는 안중에
도 없어."

"그럼……"

"그럼…… 버스에서 못 하는 얘기."

"버스에서 못 하는 얘기, 시-작."

"걔네들 너무 싫어."

엘레노어의 말에 파크는 웃었다. 그리고 티나가 떠올랐다. 엘
레노어가 파크 표정을 못 봐서 다행이었다. "나도 그래, 가끔은.
뭐랄까, 난 걔네들한테 익숙해졌나 봐. 대부분은 내가 평생 봐온
애들이니까. 스티브는 우리 옆집 살고."

"어떻게 된 거야?"

"무슨 소리야?"

"아니, 네가 원래 그 동네 사람 같아 보이진 않잖아……"

"내가 한국계라서?"

"너 한국계야?"

"절반은."

"무슨 소린지 제대로 이해 못 했어."

"나도 그래."

"무슨 소리야? 너 입양아야?"

"아니. 우리 엄마가 한국 사람이야. 한국 얘기 잘 안 하지만."

"어떻게 플랫츠까지 오시게 됐대?"

---

* TV 아동 인형극 시리즈.

"아빠 때문에. 아빠가 한국에서 군 복무를 했는데 둘이 사랑에 빠져서 엄마를 여기까지 데려왔지."

"와우, 정말로?"

"응."

"되게 로맨틱하다."

엘레노어가 아직 잘 몰라서 그렇지, '로맨틱'은 너무 점잖은 표현이다. 엄마, 아빠는 아마 지금 이 순간에도 사랑을 나누고 있을 사람들이다. "그런 거 같아." 파크는 대답했다.

"근데 내가 원래 하려던 얘기는 그런 게 아니야. 그러니까…… 너는 그 동네 애들이랑 좀 다른 거 알아?"

당연히 알았다. 평생 그 소리 듣고 살았는데 모를 리가. 초등학교 때 스티브는 티나가 자신이 아닌 파크를 좋아하는 걸 알곤 이렇게 말했다. "네가 좀 계집애 같잖냐. 그래서 티나가 너랑 있으면 안전하다고 느끼는 것 같아." 파크는 미식축구를 싫어했다. 아빠가 꿩 사냥에 파크를 데리고 갔을 때는 울어버렸다. 이 동네 사람들 아무도 파크의 핼러윈 복장을 알아보지 못했다. ("닥터 후*야." "하포 막스**야." "플로이드 백작***이야.") 그리고 파크는 내심 엄마가 자기 머리에 금발 하이라이트를 넣어줬으면 했다. 자신이 다르단 걸 파크가 모를 리 없었다.

"아니," 파크는 대답했다. "글쎄."

"너는……" 엘레노어가 말했다. "너는…… 진짜 쿨하거든."

#

엘레노어

"쿨하다고?" 파크가 말했다.

세상에. 설마 그 말을 입 밖으로 꺼낼 줄이야. 그럼 쿨하지 않은 건 뭘까? '쿨하다'의 반대말은? '쿨하다'의 정의를 찾기 위해 사전을 펼치면 거기 쿨한 사람 사진이 딱 붙어 있을 거다. 그리고 그 사람 말풍선에는 이렇게 써 있겠지. *엘레노어, 넌 대체 왜 그러는 거니?*

"나 쿨하지 않은데. 쿨한 건 너지."

"하. 내가 지금 우유를 마시고 있었다고 쳐봐? 그리고 네가 여기 있었잖아? 그럼 방금 네 말에 내가 코로 우유를 내뿜어줬을 텐데, 그러지 못해서 아쉽네."

"장난해? 너는 '더티 해리'야."

"더티 해리?"

"클린트 이스트우드 영화 〈더티 해리〉 몰라?"

"몰라."

"너는 남들 시선은 하나도 신경 안 쓰잖아." 파크가 말했다.

"무슨 소리야. 남들 시선 하나부터 열까지 다 신경 쓰는데."

"하나도 모르겠어. 너는 주변에서 누가 뭐라건 상관없이 그냥

---

* 1960년대 시작된 영국 SF 시리즈.
** 1910~1960년대 활동했던 미국의 전설적인 코미디언.
*** 캐나다 코미디 시리즈 〈SCTV〉에 등장하는 캐릭터.

너다운 것 같아. 우리 할머니 식으로 말하면 네 껍데기를 편하게 느낀다고 할까."

"왜 그렇게 말씀을 하셔?"

"원래 말씀을 그렇게 하시는 분이야."

"편하게 느낀다기보다 이 껍데기에 갇혀 있는 거지." 엘레노어가 답했다. "그나저나 대화 주제가 왜 나로 넘어온 거야? 원래 네 이야기를 하고 있었는데."

"난 네 이야기를 하고 싶은걸." 파크의 목소리가 살짝 낮아졌다. 다른 소음 없이 파크의 목소리만 들을 수 있는 게 좋았다. (비록 옆방에서 TV 소리가 들려오긴 했지만 말이다.) 파크의 목소리는 엘레노어가 기억하는 것보다도 깊었고, 그 가운데 온기 같은 게 느껴졌다. 엘레노어는 파크를 보면 피터 가브리엘*이 떠올랐다. 물론 파크가 노래를 하진 않지만. 영국 억양도 아니고.

"너는 그럼 어디서 왔는데?" 파크가 물었다.

"미래에서."

#

파크

엘레노어가 대답을 못 하는 일은 없었다. 그러면서도 정작 파크의 질문 대부분을 용케도 빠져나갔다.

엘레노어는 가족이나 자기 집 얘긴 안 하려고 했다. 이 동네로 이사 오기 전 이야기나 버스에서 내린 이후 시간에 대한 이야기는 절대 안 하려고 했다.

9시쯤 이복동생 비슷한 애가 잠이 들자 엘레노어는 아기를 침대로 옮겨놓고 올 테니 15분 있다가 다시 전화를 해달라고 했다.

파크는 제발 엄마든 아빠든 마주치지 않았으면 하고 바라면서 화장실로 달려갔다. 아직까진 엄마, 아빠가 파크를 살피러 오거나 하진 않았다.

파크는 방으로 돌아왔다. 시계를 확인했다…… 8분 더 남았다. 파크는 카세트에 테이프를 넣었다. 옷도 잠옷 바지랑 티셔츠로 갈아입었다.

다시 엘레노어에게 전화를 걸었다.

"아직 15분 되려면 한참 남았거든." 엘레노어가 말했다.

"못 기다리겠어. 좀 이따 다시 전화할까?"

"아니야." 엘레노어의 목소리가 한층 부드러워져 있었다.

"아기는 계속 자?"

"응." 엘레노어가 말했다.

"넌 지금 어디야?"

"어디? 집 안의 어디냐고?"

"응, 어디야?"

"왜?" 알아서 뭐하게, 하는 식은 아니고 부드러운 말투였다.

"왜냐면 네 생각을 하고 있으니까." 파크는 이제 지긋지긋하다는 듯이 말했다.

---

* 영국 록 뮤지션.

"근데?"

"너랑 같이 있는 기분을 느끼고 싶단 말이야. 너는 어떻게 뭐 하나 순순히 그냥 말해주는 법이 없냐?"

"내가 좀 쿨하다 보니……." 엘레노어가 대답했다.

"하."

"거실 바닥에 누워 있어." 엘레노어가 희미한 목소리로 말했다. "앞에는 스테레오가 있고."

"불 꺼놓고? 왠지 느낌이 어두운 것 같아."

"응, 불 꺼놓고."

파크는 다시 등을 대고 침대에 누워 팔로 눈을 가렸다. 엘레노어가 보였다. 머릿속에서. 스테레오의 녹색 불빛도 그려졌다. 창문으로 비치는 가로등 불빛. 파크는 빛이 나는 엘레노어의 얼굴을 상상했다. 방 안에서 가장 쿨한 빛을.

"U2야?" 파크가 물었다. 수화기 너머로 U2의 노래 「Bad」가 들려왔다.

"응, 지금 이 순간 내가 제일 좋아하는 노래야. 계속 돌려감기 해서 듣고 또 듣고 하고 있어. 배터리 걱정 안 해도 되니까 좋다."

"어느 부분이 제일 좋은데?"

"이 노래 중에서?"

"응."

"다 좋은데, 특히 코러스 부분. 음, 그게 아마 코러스 부분인 것 같은데."

"나는 완전히 깨어 있어…… *I'm wide awake*……" 파크가 코

러스 부분을 흥얼거렸다.

"맞아……." 엘레노어는 부드럽게 대답했다.

파크는 계속 노래를 불렀다. 그다음엔 무슨 말을 해야 좋을지
몰라서.

#

엘레노어

"엘레노어?"

엘레노어는 답이 없었다.

"듣고 있어?"

얼마나 넋이 나가 있었는지 엘레노어는 실제로 고개를 끄덕이
기까지 했다.

"응." 엘레노어가 정신을 차리며 큰 소리로 대답했다.

"무슨 생각해?"

"무슨 생각을 하느냐면…… 아무 생각 안 해."

"좋은 거야? 아니면 나쁜 거야?"

"글쎄." 엘레노어는 빙그르르 굴러 배를 깔고 엎드리면서 카펫
에 얼굴을 댔다. "둘 다."

파크는 말이 없었다. 파크의 숨소리가 들려왔다. 파크에게 입
쪽으로 수화기를 더 가까이 가져가 달라고 말하고 싶었다.

"보고 싶어." 엘레노어가 말했다.

"여기 있잖아."

"네가 여기 있으면 좋겠어. 내가 거기 있든지. 오늘 밤 말고도 나중에 또 이렇게 이야기를 하든 만날 기회가 있으면 얼마나 좋을까. *진짜 만나는 거. 우리끼리만, 우리 둘만.*"

"그런 기회야 만들면 되지." 파크가 말했다.

엘레노어는 웃음을 터뜨렸다. 그제야 엘레노어는 자기가 울고 있단 걸 깨달았다.

"엘레노어……."

"하지 마. 내 이름 그렇게 부르지 마. 그래봐야 좋아질 게 없다고."

"뭐가?"

"뭐든."

파크는 말이 없었다.

엘레노어는 일어나 앉아 소매로 콧물을 닦았다.

"너 줄여 부르는 애칭 있어?" 파크의 전형적인 수법이었다. 엘레노어가 기분이 안 좋거나 짜증이 났을 때마다 파크는 최대한 다정하게 대화 주제를 바꾸었다.

"응." 엘레노어가 대답했다. "엘레노어."

"노라? 아님, 엘라? 음…… 레나, 레나 괜찮겠다. 아니면, 레니? 엘르?"

"지금 나한테 애칭을 지어주겠단 거야?"

"아니, 네 이름을 내가 얼마나 좋아하는데. 한 자도 빠뜨리고 싶지 않은걸."

"너도 진짜 특이해." 엘레노어는 눈을 비비며 눈물을 닦았다.

"엘레노어……" 파크가 물었다. "우리 왜 못 만나는데?"

"아, 진짜. 하지 말라니까. 이제 눈물 거의 멈췄단 말야."

"얘기해줘. 말해봐."

"*왜냐면*," 엘레노어가 입을 열었다. "왜냐면 새아빠가 날 죽이려 들 테니까."

"새아빠가 무슨 상관인데?"

"상관이야 안 하지. 그냥 나를 죽이고 싶어할 뿐."

"왜?"

"그만 좀 해." 엘레노어가 화를 내며 말했다. 이제 도저히 눈물이 멈추지 않았다. "너는 맨날 그러더라. *왜?* 세상만사에 다 답이 있기라도 한 듯이 말하잖아. 모든 사람이 다 너 같은 인생, 너 같은 가족이 있는 건 아니거든? 네 세계에서야 만사에 마땅한 이유가 있겠지. 이상한 사람들도 없고. 근데 *내 세계*에선 안 그래. 내 삶에는 도대체가 안 이상한 사람이 없어……."

"나도 그럼 이상한 사람이야?" 파크가 물었다.

"하. 너는 특히나 그렇지."

"왜 말을 꼭 그렇게 해?" 파크는 상처받은 목소리였다. 그게 어떻게 또 상처받을 일씩이나 된다고.

"왜, 왜, 왜……." 엘레노어가 말했다.

"맞아." 파크는 말했다. "왜? 왜 넌 맨날 나한테 화를 내?"

"너한테 화낸 적 없거든." 이제 엘레노어는 거의 흐느끼고 있었다. 바보 같은 파크.

"화내거든. 지금도 나한테 화가 나 있잖아. 뭔가 가까워졌다 싶으면 꼭 화를 내."

"뭐가 가까워져?"

"우리. 우리 사이. 몇 분 전만 해도 그래. 내가 보고 싶었다며. 네가 빈정대지 않고 방어벽 치지도 않고 말한 건 아마 거의 처음이었을걸. '너 바보야?' 그런 식의 말투도 아니었지. 지금은 어떤데? 나한테 소리를 지르고 있잖아."

"소리 안 질렀어."

"너 화났어. 왜 화가 났는데?"

엘레노어는 파크에게 우는 소리를 들키기 싫었다. 엘레노어는 숨을 참았다. 그러자 더 복받쳤다.

"엘레노어⋯⋯."

점점 더 복받쳤다.

"그만 좀 해."

"그럼 내가 뭐라고 해야 돼? 너도 나한테 왜냐고 물어보면 되잖아. 꼭 대답한다고 약속할게."

파크는 엘레노어 때문에 답답한 것 같긴 해도 화가 난 말투는 아니었다. 파크의 화난 목소리는 엘레노어가 기억하는 한 딱 한 번 들어봤다. 엘레노어가 스쿨버스를 처음 탄 날.

"나한테 왜냐고 물어봐도 돼." 파크는 다시금 말했다.

"아, 그래?" 엘레노어는 콧물을 훌쩍였다.

"응."

"좋아." 엘레노어는 턴테이블을 내려다보았다. 색이 입혀진 아크릴 뚜껑에 자신의 모습이 비쳐 보였다. 어렴풋이 비친 커다란 얼굴이 꼭 유령 같았다. 엘레노어는 눈을 감았다.

"넌 도대체 왜 날 좋아해?"

파크

파크는 눈을 떴다.

허리를 세우고 앉았다가 일어서서 작은 방 안을 서성였다. 그러고는 창가로 갔다. 엘레노어네 집 쪽으로 난 창문이었다. 어차피 한 블록은 떨어진 데다 엘레노어가 집에 있는 것도 아니었지만 그래도, 자동차 모양 전화기를 배 앞에다 들고 섰다.

엘레노어는 파크가 스스로에게조차 답하지 못할 그런 질문을 하면서 대답을 요구했다.

"널 좋아하는 게 아니야." 파크가 대답했다. "네가 필요해."

파크는 엘레노어가 끼어들기를 기다렸다. "하"라든가 "아, 진짜"라든가 "그거 무슨 브레드* 노래 가사 같다"라든가 하는 반응이 나오기를.

그러나 엘레노어는 말이 없었다.

파크는 다시 침대로 기어 올라갔다. 이번엔 엘레노어한테 물소리가 들리든 말든 개의치 않았다. "왜 네가 필요한지 물어봐도 돼." 파크는 속삭이듯 말했다. 별로 속삭여야 할 이유도 없었다. 이런 한밤중에 통화를 하면서는 전화기에 대고 그냥 입술만 움직이고 숨만 쉬면 됐다. "사실 나도 잘은 모르겠어. 근데 이것만

---

* 미국의 소프트 록 밴드.

큼은 알아……." 파크가 말을 이어갔다.

"엘레노어, 네가 보고 싶어. 항상 너랑 같이 있고 싶어. 넌 지금까지 내가 만난 여자애들 중에 제일 똑똑하고 제일 재미있고, 네 말과 행동 하나하나가 다 놀라움 그 자체야. 그래서 널 좋아한다고 얘기하고 싶거든? 그래야 그나마 좀 정상적으로 보이잖아……." 그러더니 이렇게 덧붙였다.

"근데 아무래도 네 머리가 빨간색이라서, 네 손이 부드러워서 그런 것 같아…… 그리고 너한테서 갓 구운 생일 케이크 냄새가 나서 그런 것도 같아."

파크는 엘레노어가 뭐라고 대꾸라도 하길 기다렸다. 엘레노어는 말이 없었다.

그때 누군가 파크의 방문을 두드렸다.

"잠깐만." 파크는 전화기에 대고 속삭였다. "네?"

엄마가 방문을 살짝 열고 고개만 들이밀었다. "너무 늦게까지 통화하진 말고."

"너무 늦게까진 안 할게요." 파크의 대답에 엄마는 싱긋 웃으며 문을 닫았다.

"여보세요? 듣고 있어?"

"듣고 있어." 엘레노어가 말했다.

"뭐든 얘기 좀 해봐."

"무슨 말을 할지 모르겠어."

"무슨 말이든 해줘, 그래야 내가 바보 같은 기분이 안 들지."

"바보 같다고 생각하지 마, 파크." 엘레노어가 말했다.

"좋네."

두 사람 다 말이 없었다.

"내가 널 왜 좋아하는지 물어봐." 드디어 엘레노어가 입을 열었다.

파크는 절로 입꼬리가 올라가는 게 느껴졌다. 가슴속에 슬며시 온기가 퍼졌다.

"엘레노어," 파크는 엘레노어가 시키는 대로 했다. "왜 날 좋아해?" 그냥 그걸 제 입으로 말해보고 싶어서.

"난 널 좋아하지 않아."

파크는 기다렸다. 계속 기다렸다…….

결국 파크가 웃음을 터뜨리며 말했다. "너 좀 못됐다."

"웃지 마. 웃으면 나 개그 본능 살아난단 말야."

엘레노어도 지금 웃고 있다는 게 수화기 너머로 느껴졌다. 파크는 엘레노어의 모습이 그려졌다. 미소 짓고 있는 모습이.

"파크, 난 널 좋아하지 않아." 엘레노어가 다시 입을 열었다. "난……" 그러더니 말을 멈췄다. "못하겠다."

"왜?"

"부끄러워."

"아직까진 나뿐인데, 뭐."

"쓸데없는 소리까지 다 해버릴 것 같아서 겁나."

"그런 게 어딨어."

"솔직하게 다 털어놓을까봐 무섭다고."

"엘레노어……."

"파크."

"엘레노어, 넌 날 좋아하지 않아. 왜냐하면……." 파크는 갈비뼈 맨 아래쪽에 전화기 몸통을 꾹 누른 채 엘레노어의 대답을 유도했다.

"파크, 난 널 좋아하지 않아." 한 1초쯤 엘레노어의 목소리는 진심인 것 같았다. "아마 난……" 엘레노어의 목소리는 거의 들릴 듯 말 듯 할 정도로 작아졌다. "너를 보려고 살아."

파크는 눈을 감고 베개에 머리를 기댔다.

"너랑 같이 있지 않을 땐 숨이나 쉬는 건지도 모르겠어." 엘레노어가 속삭였다. "무슨 말이냐면, 60시간 동안 숨을 안 쉬고 있다가 월요일 아침에 널 만난단 얘기야. 내 상태가 그렇게 엉망인 것도, 너한테 짜증을 내는 것도 아마 다 그래서일걸. 너랑 같이 있지 않을 땐 네 생각뿐인데, 너랑 같이 있으면 기절하기 직전이야. 왜냐고? 1초, 1초가 너무 소중해서. 그리고 이 정도로 스스로 주체가 안 되는데 내가 뭘 어쩌겠어? 이제 난 내 것이 아냐, 네 거야. 근데 네가 나 싫다고 하면 난 어떡해? 나에 대한 네 마음은 너에 대한 내 마음이랑은 비교조차 안 되는걸."

파크는 아무 말도 하지 않았다. 방금 엘레노어가 한 말이, 아직 의식이 깨어 있을 때 자신이 들은 마지막 말이길 바랐다. "너에 대한 내 마음"이라는 말이 그대로 귓가에 남아 있을 때 이대로 잠들고 싶었다.

"아, 진짜. 그래서 내가 안 한다고 했잖아. 정작 네 질문엔 대답도 못 했다고."

#

엘레노어

결국 파크가 얼마나 멋있는지에 대해서는 한마디도 못 했다. 어지간한 여자애들보다 네가 훨씬 예쁘단 말도, 네 피부는 꼭 태닝한 햇살 같단 말도 못 했다.

그러니까 더더욱 말하지 못한 것도 사실이었다. 왜냐면 파크에 대한 이 감정이란 게 엘레노어의 마음속에선 막 섹시하고 아름답고 그런데, 이게 입 밖으로 튀어나오는 순간 헛소리도 이런 헛소리가 없었다.

엘레노어는 테이프를 뒤집어 끼운 다음 재생 버튼을 누르고 기다리다가 로버트 스미스* 목소리가 흘러나오자 그제야 아빠의 갈색 가죽 소파로 기어 올라갔다.

"왜 널 못 봐?" 파크의 목소리는 꾸밈없고 순수했다. 갑자기 막 알에서 깨어나기라도 한 것처럼.

"왜냐면 우리 새아빠는 제정신이 아니거든."

"새아빠한테 꼭 말을 해야 해?"

"엄마가 말할걸."

"엄마한테 꼭 말을 해야 해?"

엘레노어는 커피 테이블 유리 가장자리를 손가락으로 매만졌다. "그게 무슨 뜻이야?"

"나도 잘 모르겠어. 난 널 꼭 봐야 해. 오늘처럼. 그건 알아."

---

* 영국 록밴드 '더 큐어'의 리드 싱어.

"난 남자애들이랑 말도 하면 안 돼."

"언제까지?"

"몰라, 평생? 도무지 납득이 안 되는 것들이 여러 가지가 있는데, 이것도 그런 것들 중 하나야. 우리 엄마는 새아빠 신경을 거스를 법한 일은 안 하려고 해. 그리고 새아빠는 남들 괴롭히는 걸 참 좋아하고. 그중에도 특히 나를. 날 엄청 싫어하거든."

"왜?"

"왜냐면 내가 자길 싫어하니까."

"왜?"

엘레노어는 너무나도 대화의 주제를 바꾸고 싶었지만, 그러지 않았다.

"왜냐면 나쁜 작자니까. 그냥…… 하여간 그래. 뭐든 좋은 건 다 없애버리려고 하는 악한 인간이야. 너에 대해 알면 나한테서 널 떼어내려고 별짓 다 할걸."

"너네 새아빠는 너한테서 날 떼어내지 못해." 파크가 말했다.

아니, 떼어낼 수 있어. "나를 너한테서 떼어내겠지." 엘레노어가 말했다. "지난번에 진짜 화가 났을 땐 날 집에서 쫓아냈는걸. 1년이나 집에 못 오게 했어."

"미친."

"응."

"미안해."

"괜찮아. 그냥 새아빠를 자극만 하지 마."

"놀이터에서 만나면 되지."

"동생들이 일러바칠걸."

"다른 데서 만나면 돼."

"어디?"

"여기." 파크가 말했다. "여기 오면 되지."

"그럼 너희 부모님이 뭐라고 하실 것 같아?"

"만나서 반갑다, 엘레노어. 저녁 먹고 가겠니?"

엘레노어는 소리 내어 웃었다. 그렇게 되진 않을 거라고 말하고 싶은데, 어쩌면 가능할지도 모른다. 어쩌면.

"정말 내가 너희 부모님 만나도 괜찮아?" 엘레노어가 물었다.

"응. 난 널 모든 사람한테 소개하고 싶은데. 너는 내 평생을 통틀어 내가 제일 좋아하는 사람인걸."

파크와 있으면 이렇게 웃고 있어도 안전하단 기분이 들었다. "나 때문에 네가 당황하는 건 싫어……." 엘레노어가 말했다.

"너 때문에 그런 일은 없을 거야."

전조등 불빛이 거실 안까지 비쳤다.

"망했다." 엘레노어가 말했다. "아빠가 왔나 봐." 엘레노어는 일어나 창밖을 내다보았다. 아빠와 도나가 차에서 막 내리고 있었다. 도나의 머리가 엉망진창이었다.

"젠장, 젠장. 젠장." 엘레노어가 말했다. "나 아직 널 좋아하는 이유도 말 못 했는데 이제 전화 끊어야 되잖아."

"괜찮아." 파크가 말했다.

"왜냐면, 넌 친절해." 엘레노어가 서둘렀다. "그리고 넌 내 농담도 다 알아듣고……."

"그래." 파크가 웃음을 터뜨렸다.

"넌 나보다 똑똑해."

"그렇지 않아."

"그리고 넌 주인공 같아." 엘레노어는 생각나는 대로 최대한 빠르게 쏟아냈다. "마지막에 결국은 승리하는 그런 사람 같아. 넌 아주 예쁘고 아주 훌륭해. 네 눈은 마법 같아." 엘레노어가 속삭였다. "그리고 널 보면 꼭 식인종이 되는 기분이야."

"너 진짜 웃기는 애야."

"이제 끊을게." 엘레노어는 허리를 숙여 수화기를 전화기 본체에 거의 내려놓기 직전이었다.

"엘레노어, 잠깐만." 파크 목소리가 들렸다. 주방 쪽에서 아빠의 기척이 났고 이제 엘레노어의 심장 박동이 온 사방에서 들려왔다.

"엘레노어, 잠깐만. *사랑해.*"

"엘레노어?" 아빠는 문간에 서 있었다. 혹시 엘레노어가 잠들었을까 아빠는 목소리를 낮추었다. 엘레노어는 전화를 끊고 잠든 척했다.

20

엘레노어

다음 날은 그냥 모든 게 다 흐리멍덩했다.

아빠가 엘레노어에게 요거트를 다 먹었다고 한 소리를 했다.

"제가 먹은 거 아니고 맷 줬거든요."

아빠 지갑엔 7달러뿐이라 결국 엘레노어도 7달러밖에 받지 못했다. 아빠가 집에 바래다준다기에 엘레노어는 먼저 화장실에 다녀오겠다고 했다. 그러고는 복도에 있는 수납장에서 새 칫솔을 세 개 찾아 바지 앞섶에 밀어 넣고 도브 비누도 하나 챙겼다. 도나가 봤을 수도 있었겠지만(도나는 바로 그 앞 안방에 있었다) 별말은 하지 않았다.

엘레노어는 도나가 안타까웠다. 아빠는 자기 농담에만 웃지 다른 사람 농담에는 전혀 웃지 않는 사람이었다.

#

집에 도착하자 꼬맹이들은 전부 아빠를 보러 달려 나왔다. 아빠는 새 차에 아이들을 태워 동네를 한 바퀴 돌았다.

집에 전화가 있다면 엘레노어는 경찰에 신고라도 하고 싶었다. "여기 플랫츠인데요, 어떤 아저씨가 컨버터블에 아이들을 태우고 다니고 있어요. 아무도 안전벨트를 안 메고 있어요. 운전하는 아저씨는 아침 내내 위스키를 마시곤 운전대를 잡고 있고요. 아, 기왕 오시는 김에 말인데, 저희 집 뒷마당에서 마리화나 피우는 아저씨도 있어요. *어린이 보호구역인데도요.*"

드디어 아빠가 떠났고 마우스는 내내 아빠 얘기만 했다. 몇 시간 후 리치는 전부 외투를 입으라고 했다. "영화관 가자. 다 같이." 리치가 엘레노어를 똑바로 쳐다보며 말했다.

트럭 뒤에 올라탄 엘레노어와 꼬맹이들은 운전실 쪽에 붙어 차창 안쪽 아기에게 우스꽝스러운 표정을 지어 보였다. 동네를 나서면서 파크네 집 앞을 지나쳐 갔지만 파크는 집 밖에 나와 있지 않았다. 천만다행이었다. 하지만 티나랑 티나의 네안데르탈인 남자친구가 밖에 나와 있었다. 그럼 그렇지. 엘레노어는 굳이 고개를 숙이려는 시도조차 하지 않았다. 숨겨봐야 무슨 의미가 있다고. 스티브가 엘레노어를 보고 휘파람을 불어댔다.

영화(〈조니 5 파괴작전〉)를 보고 돌아오는 길엔 눈발이 날렸다. 리치는 서행을 했고, 덕분에 트럭 뒤에 탄 애들은 눈도 더 많이 맞을 수밖에 없었다. 그래도 최소한 트럭에서 굴러떨어진 사람은 없었으니까.

잠깐. 내가 차를 타고 가면서 차에서 굴러떨어지는 상상을 안하고 있다니. 엘레노어는 스스로가 이상했다.

해가 진 후 다시 파크네 집 앞을 지나면서 엘레노어는 어느 창문이 파크네 방 창문일까 궁금했다.

#

파크

파크는 그 말을 한 걸 후회했다. 사실은 사실이었다. 파크는 엘레노어를 사랑했다. 당연히 사랑했다. 그것 말고는…… 파크가 느끼는 이 모든 감정들을 설명할 방법이 없었다.

하지만 그런 식으로 말할 생각은 아니었다. 그렇게 일찍. 그것도 전화 통화 중에. 특히나 엘레노어가 「로미오와 줄리엣」을 어떻게 생각하는지 알게 된 이 시점에서는.

파크는 조쉬가 옷을 갈아입기만 기다리고 있었다. 일요일마다 파크네 가족은 옷을 갖춰 입고 할머니 집에 가서 저녁을 먹었다. 하지만 조쉬는 슈퍼마리오 게임에 한창 열을 올리고 있었고 전혀 게임을 끌 생각이 없었다. (조쉬는 처음으로 인피니티 거북이를 보기 직전이었다.)

"저 먼저 가요." 파크는 부모님에게 큰 소리로 외쳤다. "할머니 집에서 봐요."

외투를 입기 싫어 파크는 마당을 가로질러 달려갔다.

할머니 집에 도착하니 치킨프라이드 치킨 냄새가 풍겼다. 할머니네 저녁 식사 메뉴는 치킨프라이드 치킨, 치킨프라이드 스테이크, 팟 로스트, 콘드비프, 딱 이 네 가지뿐이었지만 다 맛있었다.

할아버지는 거실에서 TV를 보고 있었다. 파크는 먼저 거실로 가서 할아버지와 인사를 나눈 다음 주방으로 가서 할머니를 꼭 안았다. 할머니는 워낙 체구가 작은 편이라 그 옆에선 파크도 키다리였다.

이 집안은 여자들은 다 작고 남자들은 다 컸다. 파크의 유전자만 그 전달체계를 놓친 모양이었다. 혹시 한국계 유전자 때문에 다 뒤죽박죽돼버린 건가.

하지만 그 논리라면 조쉬의 거대한 덩치가 설명이 안 됐다. 조쉬는 전반적으로 한국계 유전자가 별로 없는 것 같은 외모였다. 눈은 갈색에, 그다지 아몬드형 눈매도 아니었다. 아몬드 느낌만 살짝 있는 정도랄까. 머리색이 짙기는 했지만 검은색까진 아니었다. 조쉬는 웃으면 눈이 쪼그라드는, 기골이 장대한 독일인이나 폴란드인 정도로 보였다.

할머니는 그야말로 딱 아일랜드계 사람처럼 보였다. 아니, 친가 식구들이 하도 아일랜드계 혈통을 강조해대니까 파크 역시 자기도 모르게 그런 생각이 드는 건지도 모른다. 매해 크리스마스마다 파크는 '아일랜드인임. 키스하세요Kiss Me, I'm Irish'* 라고 쓰여 있는 티셔츠를 선물로 받았다.

누가 시키진 않았지만 파크는 테이블 세팅을 시작했다. 플레이스 매트와 커트러리를 놓는 건 늘 파크 몫이었다. 엄마가 도착해 주방에서 할머니와 이웃들 이야기를 나누는 동안 파크는 그 옆에 같이 앉아 이야기를 들었다.

"제이미 말이 파크가 리치 트라우트네 애를 만난다며." 할머니가 말했다.

아빠가 이미 할머니한테 얘길 했대도 놀랄 일이 아니었다. 아빠는 비밀이란 게 없는 사람이었다.

"다들 파크 여자친구가 궁금해 죽겠는데 정작 본인만 입 딱 다물고 있어요." 엄마가 대답했다.

"빨간 머리라며." 할머니가 말했다.

파크는 신문을 읽는 척했다. "할머니, 남들 말은 듣지 마세요."

"안 들어, 그럼." 할머니가 말했다. "파크 네가 그 아이를 직접 소개해주면 남들 말 뭣하러 듣겠어."

할머니 말에 파크는 눈을 굴렸다. 눈을 굴리니까 엘레노어가 떠올랐다. 그러자 할머니와 엄마에게 당장이라도 엘레노어 얘기를 다 털어놓고 싶어졌다. 그 구실로 엘레노어 이름이라도 불러보게.

"뭐, 그 집 애라면 누가 됐든 다 짠하지." 할머니가 말했다. "트라우트 그 녀석은 예전부터 한결같이 골칫덩이였어. 파크 너희 아빠 군대 가 있을 때 그 녀석이 한번은 할미 집 우편함도 부수고 가지 않았겠니? 어떻게 그 녀석 짓인 줄 알았느냐, 하면 그때 이 동네에 쉐보레 엘 카미노 타고 다니는 게 그 녀석뿐이었다 이 말이지. 원래 저기 저 집에서 나고 자랐는데 부모는 이사를 갔어. 와이오밍이던가, 아무튼 여기보다 더 시골 동네로 말이야. 저 녀석 때문에 못 살고 떠난 거지 싶어."

---

* 아일랜드 코크 지방 블라니성의 '블라니 스톤'에서 유래한 말. 블라니 스톤에 키스하면 행운을 얻고 달변이 된다는 전설이 있다.

"아, 어머니." 가끔 엄마한테는 할머니 말투가 좀 과격하게 느껴질 때가 있었다.

"저 녀석도 아마 서부로 떠났었을걸. 그러더니 웬 영화배우 같은 연상 부인을 얻어 가지고선 빨간 머리 의붓자식들을 잔뜩 데리고 돌아오데. 네 할아비가 길한테 듣기로는 그 집에 곰만 한 늙은 개도 한 마리 산다던데. 할미는 절대……."

파크는 뭐라도 엘레노어 편을 들어주고 싶었다. 하지만 방법을 알지 못했다.

"파크 네가 빨간 머리 여자를 좋아한대도 할미는 놀랍지가 않아. 네 할아비가 그렇게나 좋아했던 빨간 머리 여자가 있었지. 그 여자는 네 할아비한텐 하나도 관심이 없었어. 나한테야 잘된 일이었지."

파크가 엘레노어를 소개하면 할머니는 엘레노어에게 뭐라고 할까? 이웃들한텐 또 뭐라고 이야기를 할까?

그리고 과연 엄마는 뭐라고 할까?

파크는 자기 팔뚝만 한 매셔로 감자를 으깨는 엄마를 가만히 지켜보았다. 엄마는 물 빠진 청바지, 핑크색 브이넥 스웨터에 프린지 달린 가죽 부츠를 신고 있었다. 그리고 천사 펜던트의 금목걸이와 십자가 모양 금귀걸이를 하고 있었다. 엄마가 학창 시절 스쿨버스를 타고 다녔다면 제일 인기 많은 여자애였을 거다. 이곳 아닌 다른 곳에 있는 엄마의 모습이 파크는 전혀 그려지지 않았다.

#

엘레노어

엘레노어는 엄마에게 거짓말을 한 적이 없었다. 최소한 중요한 일에 대해서만큼은 거짓말을 하지 않았다. 그러나 일요일 밤 리치가 밖에서 술을 마시고 있는 동안 엘레노어는 엄마에게 내일 학교 끝나고 친구네 집에 들렀다 오겠다고 했다.

"친구 누구?" 엄마가 물었다.

"티나요." 제일 먼저 떠오르는 이름이 티나였다. "이 동네 살아요."

엄마는 다른 데에 정신이 팔려 있었다. 리치는 아직 돌아오지 않았고, 리치를 위해 준비한 스테이크는 오븐에서 말라가고 있었다. 스테이크를 꺼내놓으면 리치는 차갑다고 성질을 낼 테고, 오븐 안에 그대로 넣어두면 질기다고 성질을 낼 터이다.

"알았어." 엄마가 대답했다. "드디어 친구가 생겼다니 엄마도 좋네."

21

엘레노어

파크가 달라 보일까?

이제 파크가 날 사랑한단 걸 알고 있으니까? (사랑했었단 걸 알고 있으니까. 이렇게 말해야 하나? 최소한 금요일 밤 한 1~2분 정도, 최소한 그 말을 꺼낼 정도의 사랑은 했었다고.)

파크가 달라 보일까?

파크가 시선을 돌릴까?

파크가 정말 달라 보이긴 했다. 그 어느 때보다도 더 아름다웠다. 버스에 오르자 파크는 엘레노어가 금방 볼 수 있도록 허리를 똑바로 세우고 앉아 있었다. (본인이 엘레노어를 더 빨리 보려고 그렇게 앉아 있었을 수도 있고.) 그리고 엘레노어를 창가 좌석으로 들여보낸 다음 파크는 다시 엘레노어에게 붙어 앉았다. 둘 다 좌석 깊숙이 눌러앉았다.

"내 평생 제일 긴 주말이었어." 파크가 말했다.

엘레노어는 웃으며 파크 쪽으로 몸을 기댔다.

"나랑 끝내기로 했어?" 파크가 물었다. 엘레노어는 자기 입에서도 저런 말이 나올 수 있으면 참 좋겠다고 생각했다. 저런 농담이 나올 수 있으면 좋겠다고.

"응, 뭐." 엘레노어가 대답했다. "수십 번 끝냈지."

"그래?"

"응. 퍽이나 끝냈겠다."

엘레노어는 파크 재킷 쪽으로 팔을 뻗어 티셔츠 주머니 안에 비틀스 테이프를 쓱 밀어 넣었다. 파크는 엘레노어의 손을 잡고 제 가슴에 가져다 댔다.

"이게 뭔데?" 파크는 다른 손으로 테이프를 꺼냈다.

"역대 최고의 노래들. 고맙다고? 그래."

파크는 엘레노어의 손을 자기 가슴에 문질렀다. 그냥 살짝. 딱 엘레노어의 뺨이 불그스름해질 정도로만.

"고마워." 파크가 말했다.

사물함에 도착할 때까지 엘레노어는 다른 얘기를 꺼내지 않고 기다렸다. 아무도 안 들었으면 했다. 파크는 엘레노어 옆에 서서 가방으로 엘레노어 어깨를 톡톡 치고 있었다.

"엄마한테 오늘 학교 끝나고 친구네 갔다 올 수도 있다고 얘기했어."

"정말로?"

"응, 근데 꼭 오늘 가야 하는 건 아니고. 엄마가 나중에라도 갑자기 안 된다고 하진 않을 거야."

"아니야, 오늘 가자. 오늘 와."

"너희 엄마한테 여쭤봐야 하지 않아?"

파크는 고개를 저었다. "엄만 별로 신경 안 써. 방문만 열어놓으면 내 방에 여자애들 들어와도 괜찮아."

"여자애'들'? 무슨 배심원 앉혀놓고 재판이라도 했니?"

"어, 그럼." 파크가 대답했다. "내가 어떤 사람인지 알면서."

모르는데, 엘레노어는 속으로 생각했다. 잘은 모르지.

#

파크

하굣길 버스 안이면 늘 뱃속에서 느껴지던 긴장감이 몇 주 만에 처음으로 느껴지지 않았다. 다음 날 아침까지 엘레노어를 못 보고 버티려면 지금 엘레노어를 많이 저장해놔야 한단 조바심이 항상 있었다.

이번에 느껴지는 긴장감은 다른 종류였다. 이제는 정말로 엄마한테 엘레노어를 소개해야 하는 상황이었고, 파크는 엄마의 시선으로 엘레노어를 보지 않을 수가 없었다.

엄마는 에이본 판매사원이었고, 미용업계 종사자였다. 마스카라를 안 하고는 집 밖엘 나가지 않는 사람이었다. 패티 스미스가 〈새터데이 나이트 라이브〉에 나온 걸 보고는 화를 냈더랬다. "왜 남자같이 옷을 입는대? 참 별꼴이다, 정말."

오늘 엘레노어는 샤크스킨 정장 재킷, 낡은 카우보이 체크 셔츠 차림이었다. 오늘 패션으로 보면 엘레노어는 엄마 취향보다는 할아버지 취향에 더 가까웠다.

옷만 문제인 게 아니었다. 문제는 엘레노어 자체였다.

엘레노어는…… 상냥하지가 않았다.

사람 자체는 괜찮았다. 품위가 있고, 진솔했다. 길 건너 할머니를 보면 당연히 도움을 자청하고 나설 애였다. 하지만 엘레노어를 두고 이렇게 말하는 사람은 없을 거였다. "엘레노어 더글러스 알아? 참 상냥한 애야." 하다못해 길 건너 그 할머니마저도 그렇게는 말 안 할 거다.

파크의 엄마는 상냥한 걸 좋아했다. 상냥한 걸 엄청 중요하게 생각했다. 미소를 짓고, 인사차 가벼운 대화를 나누고, 눈을 맞추고, 이런 것들을 좋아했다. 그리고 엘레노어는 그런 것에 전부 젬병이었다.

엄마가 냉소적인 유머를 이해 못 하는 편이기도 했다. 그리고 파크 생각에는 그게 절대 언어의 문제는 아니었다. 엄만 그냥 그런 유머를 이해하지 못했다. 데이비드 레터먼을 보고 "조니 다음으로 온 그 못생기고 비열한 사람"이라고 하는 사람이 엄마였다.

파크는 손에서 땀이 나는 걸 깨닫고 엘레노어의 손을 놓았다. 대신 엘레노어의 무릎에 손을 얹었는데, 그게 또 너무 기분이 좋고 새로워서 파크는 잠시 잠깐 엄마 생각을 접을 수 있었다.

버스에서 내릴 때가 된 파크는 자리에서 일어나 통로에서 엘레노어를 기다렸다. 그러나 엘레노어는 고개를 저었다. "거기서 만나." 엘레노어가 말했다.

파크는 안심했다. 그러다 곧 죄책감이 뒤따랐다. 버스가 멈추자마자 파크는 집으로 달려갔다. 다행히 조쉬가 아직 집에 돌아오지 않았다. "엄마!"

"엄마 여깄어!" 엄마는 주방에서 손톱에 펄 핑크색 매니큐어를 바르고 있었다.

"엄마," 파크가 말했다. "음, 한 몇 분 있다가 엘레노어가 올 거예요. 그 엘레노어요. 뭐냐, 음, 제 엘레노어요. 지금 오는데, 괜찮아요?"

"지금 바로?" 엄마는 병을 흔들었다. 딸깍, 딸깍, 딸깍.

"네, 너무 막 호들갑 떨진 말고요. 그냥…… 쿨하게요, 엄마."

"알았어. 엄마 쿨해."

파크는 고개를 끄덕이고 나서 주방과 거실을 한번 쓱 둘러보며 뭐 이상한 게 나와 있진 않은지 확인했다. 자기 방도 확인했다. 침대는 엄마가 다 정리해뒀다.

파크는 엘레노어가 노크하기도 전에 문을 열었다.

"안녕." 엘레노어는 긴장한 것 같았다. 화가 나 보이긴 했는데, 파크 생각에 저건 분명 엘레노어가 긴장한 모습이었다.

"안녕." 오늘 아침 파크의 머릿속에는 어떻게 하면 매일매일 엘레노어를 좀 더 많이 보고 느끼고 할 수 있을까 하는 궁리뿐이었는데, 이제 엘레노어가 여기 와 있으니…… 이런 상황을 미리 그려보았더라면 좋았을걸 싶었다. "들어와." 그리고 집에 들어가기 바로 직전에 속삭이듯 말했다. "좀 웃고. 알았지?"

"뭐?"

"웃으라고."

"왜?"

"됐어."

엄마는 주방으로 들어가는 문간에 서 있었다.

"엄마, 엘레노어예요." 파크가 소개했다.

엄마는 활짝 웃어 보였다.

엘레노어도 웃어 보이기는 했는데, 그야말로 대참사였다. 엘레노어의 웃는 얼굴은 꼭 눈이 너무 부셔서 뜨질 못하는 얼굴 같거나, 아니면 누구에게 이제 곧 나쁜 소식을 전해야만 하는 사람 같은 얼굴이었다.

엄마의 눈동자가 커진 것 같았지만, 아마 파크의 착각일지도 몰랐다.

엘레노어는 파크의 엄마에게 악수를 청하러 다가갔다. 하지만 엄마는 공중에 손을 흔들어 보였다. "미안, 손톱이 아직 안 말라서."란 뜻이었는데 엘레노어가 그걸 제대로 알아들은 것 같진 않았다.

"만나서 반가워, 엘레노어." 엘-리-노.

"처음 뵙겠습니다." 엘레노어는 아직도 눈을 제대로 못 뜨고 어색한 표정 그대로였다.

"집이 여기서 가까운가 보구나?" 엄마가 물었다.

엘레노어는 고개를 끄덕였다.

"잘됐네." 엄마가 말했다.

엘레노어는 고개를 끄덕였다.

"음료수 좀 줄까? 간식 먹을래?"

"아뇨." 파크가 엘레노어의 대답이 나오기도 전에 끼어들었다. "아, 그……."

엘레노어는 고개를 저었다.

"그냥 TV 볼게요. 괜찮죠?"

"그럼." 엄마가 대답했다. "엄마 필요하면 어딨는지 알지?"

엄마는 다시 주방으로 들어갔고 파크는 소파로 걸어갔다. 파크는 2층이나 반지하층이 있는 집에 살고 싶었다. 칼네 집은 오마하 서부 쪽이었는데, 그 집에 가면 칼 엄마는 늘 두 사람을 지하로 내려보내곤 둘만 놀게 간섭하지 않았다.

파크가 소파에 앉자 엘레노어도 소파의 다른 쪽 끝에 앉았다. 엘레노어는 바닥을 노려보면서 손거스러미를 이로 뜯고 있었다.

파크는 MTV를 튼 다음 크게 숨을 들이마셨다.

몇 분 후 파크는 소파 중간으로 살짝 자리를 움직였다. "저기." 파크가 엘레노어를 불렀다. 엘레노어는 커피 테이블만 노려보고 있었다. 테이블 위에는 빨간 유리 포도가 잔뜩 있었다. 엄마는 포도를 좋아했다. "저기." 파크가 다시 불렀다.

파크는 엘레노어와 더 거리를 좁혔다.

"왜 웃으라고 했어?" 엘레노어가 작은 목소리로 물었다.

"글쎄, 나도 긴장해서 그랬나 봐."

"왜 긴장을 해? 여긴 너네 집인데."

"알아, 하지만 너 같은 애를 집에 데려온 건 처음이라서."

엘레노어는 TV를 쳐다보았다. 왕청 뮤직비디오가 나오고 있었다.

엘레노어는 갑자기 벌떡 일어섰다. "내일 보자."

"무슨 소리야," 파크도 같이 일어섰다. "뭐? 왜?"

"그냥. 내일 보자."

"아니야." 파크가 엘레노어 팔꿈치 쪽을 붙들었다. "이제 막 왔잖아. 왜 그러는데?"

엘레노어는 괴로운 얼굴로 파크를 쳐다보았다. "나 같은 애?"

"그런 뜻이 아니야. 내 말은, 내가 관심이 있는 사람이란 뜻이었어."

엘레노어는 크게 숨을 들이마신 후 고개를 저었다. 뺨에는 눈물이 흘렀다. "상관없어. 여기 오는 게 아니었는데. 나 때문에 네가 부끄럽기만 할 텐데. 집에 갈게."

"안 돼," 파크는 엘레노어를 더 가까이 잡아끌었다. "진정해, 응?"

"너희 엄마가 나 우는 거 보면 어쩌게?"

"그러면…… 좋을 건 없겠지만 그래도 네가 안 갔으면 좋겠어." 파크는 엘레노어가 지금 나가면 다시는 오지 않을 것 같아서 겁이 났다. "제발, 옆에 앉아."

파크는 소파에 앉아 엘레노어를 자기 옆으로 잡아끌었다. 이제 파크 저쪽으로는 주방이, 이쪽으로는 엘레노어가 있었다.

"새로운 사람 만나는 거 너무 싫어." 엘레노어가 속삭였다.

"왜?"

"처음 보는 사람들이 나를 좋아할 리가 없으니까."

"난 너 좋아했는데."

"아니, 안 좋아했어. 네가 지쳐 나가떨어질 때까지 내가 들러붙어 있었던 거지."

"지금은 널 좋아하잖아." 파크는 엘레노어의 어깨에 팔을 둘렀다.

"하지 마. 엄마 오시면 어쩌려고?"

"엄만 신경 안 써."

"난 신경 써." 엘레노어가 파크를 밀어내며 말했다. "부담스러워. 너 때문에 나 긴장돼."

"알았어." 파크는 엘레노어한테서 물러나며 말했다. "지금 가지만 마."

엘레노어는 고개를 끄덕이며 TV를 쳐다보았다.

잠시 후, 한 20분쯤 후에 엘레노어가 다시 일어섰다.

"조금만 더 있다 가." 파크가 말했다. "우리 아빠 안 보고 싶어?"

"전혀 안 보고 싶어."

"내일 다시 올 거야?"

"글쎄."

"집에 바래다줄게."

"문 앞까지만 데려다줘." 파크는 엘레노어를 안내했다.

"너희 엄마한테 내가 인사 남겼다고 좀 전해줄래? 무례하다고 생각하시면 안 되니까."

"알았어."

엘레노어는 파크네 현관 밖으로 나갔다.

"엘레노어," 파크의 목소리에서 괴로움과 좌절감이 느껴졌다. "내가 웃으라고 한 건 네가 웃을 때 예뻐서야."

엘레노어는 맨 마지막 계단까지 내려간 다음 파크를 돌아보았다. "내가 웃고 있지 않을 때 예쁘다고 생각하면 더 좋을 텐데."

"그 말이 아니잖아." 파크가 대꾸했다. 엘레노어는 저만치 가고 있었다.

파크가 집으로 들어가자 엄마가 나와서 파크를 보며 웃고 있었다.

"네 엘레노어 괜찮은 애 같네." 엄마가 말했다.

파크는 고개를 끄덕이고 방으로 갔다. 아뇨. 파크는 풀썩 침대 위에 쓰러졌다. 전혀 아니에요.

#

엘레노어

아마 내일 파크가 헤어지자고 하겠지. 그러든가 말든가. 그럼 최소한 파크 아빠는 안 만나도 된다. 와, 걔네 아빠 실제로 안 봐도 상상이 간다. 파크네 아빠는 배우 톰 셀릭 판박이었다. TV 장식장에 있던 가족사진을 봤다. 그나저나 초등학생 파크는 진짜 귀여웠다. 뭐랄까, 〈웹스터〉* 꼬마급으로 귀여웠다. 가족 전체가 다 귀여웠다. 심지어 백인 남동생마저도.

파크네 엄마는 무슨 인형 같았다. 왜, 영화 말고 책『오즈의 마법사』에 보면 도로시가 '데인티 차이나'라는 나라에 가는 내용이 나오지 않나. 앙증맞고 완벽한 사람들이 사는 곳. 어릴 적 엄마가『오즈의 마법사』를 읽어줄 때 엘레노어는 그 나라 사람들이 중국인이라고 생각했었다. 사실 그 '차이나'는 도자기였고, 이 사람들을 몰래 어디 빼내가려고 하면 도자기 인형으로 변해버리는 거였지만 말이다.

* 1983~1987년 미국에서 방송된 다섯 살 남자아이를 주인공으로 하는 시트콤.

엘레노어는 파크 아빠의 모습을 그려보았다. 방탄조끼를 입은 톰 셀릭이 조끼 안에 몰래 도자기 인형을 숨겨 한국을 떠나는 모습을.

파크 엄마를 보니 엘레노어는 거인이 된 기분이었다. 엘레노어가 파크 엄마보다 키가 막 엄청 크다거나 한 건 아니었다. 끽해야 한 8~10센티미터 정도 차이였다. 그런데 덩치 차이가 심했다. 이 지구에 사는 생명체를 조사하러 온 외계인이 있다면 엘레노어랑 파크네 엄마가 같은 종족이라고는 생각하지 않을 것이다.

이런 사람들, 그러니까 파크 엄마라든가 티나라든가, 하여간 이 동네 대부분 여자들을 보노라면 엘레노어는 대체 저 사람들은 오장육부가 어디 들었을까 싶었다. 아니, 위며 장이며 신장이 다 있으면 어떻게 저만한 청바지에 몸이 들어갈 수가 있지? 엘레노어도 자기가 통통한 편이라곤 인정했지만 그렇다고 뚱뚱한 수준이라고 생각하진 않았다. 지방이 엄청 많다기엔 근육이랑 뼈랑 또 큰 편이었다. 엘레노어의 흉곽을 파크 엄마한테 조끼처럼 씌워보면 낙낙하게 남을 거였다.

아마 내일이면 파크는 헤어지자고 할 거고, 엘레노어의 거대한 체구는 딱히 이별의 이유 축에도 못 낄 거다. 파크가 엘레노어와 헤어지려는 이유는 엘레노어 자체가 그냥 엉망진창이라서겠지. 엘레노어가 정상인 사람들 옆에서는 가만히 앉아 있지조차 못하는 애라서.

그냥 처음부터 끝까지 부담스러웠다. 예쁘고 완벽한 파크의 엄마를 만나는 것이. 평범하고 완벽한 파크네 가족을 보고 있는 것이. 엘레노어는 이렇게 형편없는 동네에 이런 집도 있는 줄 몰랐다. 바닥은 전부 카펫이 깔려 있고 집 안 곳곳에는 마른 꽃잎이 담긴 바구니가 있는 집. 이런 가족이 있는 줄도 몰랐다. 이 뭐 같은 동네에 살면서 장점이 딱 하나 있다면, 다른 집들도 다 뭐 같단 거였다. 엘레노어가 한 덩치 한다고, 이상하다고 싫어하는 애들은 있을지 몰라도 엘레노어네가 콩가루 집안이라서, 다 쓰러져가는 집에 산다는 이유로 싫어하는 애들은 없을 터였다. 이 동네의 암묵적 규칙이랄까.

파크네 가족은 이 동네에 어울리지 않았다. 파크네는 〈비버에게 맡겨둬〉에 나오는 클리버 가족이었다. 파크 말로는 할머니네도 바로 옆집이라던데, 세상에, 그 집엔 심지어 상자형 화단도 있었다. 파크네 가족은 사실상 〈베벌리 힐빌리즈〉의 월턴 가족이었다.*

엘레노어의 가족은 리치가 지옥으로 끌어내리기 전부터 이미 엉망진창이었다.

엘레노어는 절대 파크네 집 거실에 어울리는 존재가 될 수 없을 것이다. 엘레노어에게 자기가 있을 곳이라고 편안하게 느껴지는 공간은 제 침대뿐이었다. 그마저도 여긴 침대가 아니라고, 다른 어딘가라고 상상하며 누워 있을 때뿐이었다.

---

* 〈비버에게 맡겨둬〉, 〈베벌리 힐빌리즈〉는 모두 1960~70년대 미국 가족 시트콤. 〈비버〉의 '클리버' 가족과 〈베벌리〉의 '월턴' 가족은 거의 전형적으로 완벽한 가족의 모습을 묘사하고 있다.

22

엘레노어

이튿날 아침 엘레노어가 다가오자 파크는 엘레노어가 안쪽 자리로 들어가도록 일어서주지 않았다. 그냥 옆으로 살짝 비키기만 했다. 엘레노어를 별로 보고 싶지 않은 듯이 파크는 만화책 몇 권만 건네주곤 고개를 돌렸다.

스티브는 엄청 시끄러웠다. 어쩌면 늘 이렇게 시끄러웠는지도 모른다. 파크가 손을 잡고 있으면 엘레노어는 *생각*이란 걸 할 수가 없었다.

버스 뒤쪽 애들은 전부 네브래스카 풋볼팀 응원가 합창에 한창이었다. 이번 주말 오클라호마인가 오리건인가, 하여간 어디랑 빅게임이 있다는 것 같았다. 스테스만 선생님은 이번 주 내내 빨간 옷을 입고 오는 사람한테 추가점을 줬다. 스테스만 선생님이라면 이 풋볼 난리통에도 단련이 돼 있겠거니 싶은데, 아마 아무도 면역이 안 돼 있는 모양이었다.

파크만 빼고.

파크는 오늘 가슴팍에 어린 남자아이 사진이 새겨진 U2 티셔츠를 입고 왔다. 엘레노어는 밤새도록 파크와의 이별만 생각한 통에 이제 그 비참한 상태를 빨리 벗어나고 싶었다.

엘레노어가 파크의 소매 끝을 잡아당겼다.

"응?" 파크가 부드럽게 말했다.

"나랑 끝내기로 했어?" 엘레노어가 물었다. 농담조는 아니었다. 농담이 아니었으니까.

파크는 고개를 젓긴 했지만 창밖만 내다보았다.

"나한테 화났어?" 엘레노어가 물었다.

파크는 기도라도 하는 듯이 무릎 위에 양손을 느슨하게 깍지 끼고 올려두고 있었다. "약간."

"미안해."

"내가 왜 화가 났는지도 모르면서."

"그래도 미안해."

파크는 그제야 엘레노어를 향해 살짝 웃어 보였다.

"궁금해?" 파크가 물었다.

"아니."

"왜?"

"왜냐면 아마 내가 어떻게 고칠 수 없는 것 때문일 테니까."

"이를테면?" 파크가 물었다.

"이를테면 이상한 성격." 엘레노어가 대답했다. "아니면……
너희 집 거실에서 나타나는 과호흡 증상, 뭐 그런 거."

"내 탓도 있는 것 같은데."

"미안해."

"엘레노어, 그만. 나는, 내가 화가 난 이유는 네가 우리 집에 들어오자마자, 아니 어쩌면 오기 전부터 아예 떠날 생각부터 하고 온 것 같단 느낌이 들어서야."

"내가 가면 안 될 것 같단 느낌이 들었어." 엘레노어가 말했다. 뒤쪽에 저 짜증나는 애들 때문에 엘레노어 말이 잘 들리지 않았다. (진심으로, 쟤네 노랫소리는 그냥 시끄럽게 떠들 때랑은 비교가 안 됐다.) "네가 날 반기지 않는단 느낌이었어." 이번엔 조금 더 큰 목소리로 말했다.

그 말에 엘레노어를 바라보는 파크의 얼굴, 아랫입술을 깨물고 있는 그 표정에서 엘레노어는 최소한 자기가 받은 그 느낌이 영 틀렸던 건 아니란 걸 깨달았다.

전부 착각이었길 바랐는데.

네가 온다는데 당연히 반기지 무슨 소리냐고, 다시 우리 집에 왔으면 좋겠다고 파크가 말해주길 바랐는데.

파크가 뭐라고 말을 하는데 뒤쪽 애들이 이제 구호까지 외치고 있어서 파크의 목소리가 잘 들리지 않았다. 스티브는 통로 저 끝에 서서 지휘자라도 되는 듯이 고릴라 같은 팔뚝을 흔들고 있었다.

"고. 빅. 레드."

"고. 빅. 레드."

"고. 빅. 레드."

엘레노어는 주변을 둘러보았다. 모두가 구호를 외치고 있었다.

"고. 빅. 레드."

"고. 빅. 레드."

엘레노어의 손끝이 서늘해졌다. 다시 주변을 둘러보니 다들 엘레노어를 보고 있었다.

"고. 빅. 레드."

엘레노어한테 하는 말이었다.

"고. 빅. 레드."

엘레노어는 파크를 쳐다보았다. 파크도 알고 있었다. 파크는 앞만 노려보고 있었다. 파크는 양손 모두 주먹을 꽉 쥐고 있었다. 파크가 갑자기 낯선 사람 같았다.

"괜찮아." 엘레노어가 말했다.

파크는 눈을 감고 고개를 저었다.

버스가 학교 앞에서 멈춰 섰고, 엘레노어는 당장이라도 내리고 싶었다. 엘레노어는 버스가 완전히 멈출 때까지 간신히 자리에 앉아 있다가 차분하게 앞으로 걸어 나갔다. 구호 소리는 웃음으로 바뀌었다. 파크는 엘레노어 바로 뒤에 있었지만 버스에서 내리자마자 걸음을 멈췄다. 파크는 가방을 바닥에 내동댕이치고 외투를 벗었다.

엘레노어도 걸음을 멈췄다. "파크, 잠깐만. *하지 마*. 너 지금 뭐 하는 거야?"

"더는 못 참아."

"안 돼. 그러지 마. 그럴 기치가 없어."

"있어." 파크는 엘레노어를 보며 단호하게 말했다. "넌 그럴 가치가 있는 *애야*."

"이건 날 위하는 게 아니야." 엘레노어는 파크를 말리고 싶었지만 자기가 말릴 수 있는 입장은 아닌 것 같았다. "난 싫어."

"쟤들 때문에 너 불편해지는 거 이제 지긋지긋해."

스티브가 막 버스에서 내리고 있었고 파크는 다시 주먹을 꽉 쥐었다.

"내가 불편하다고?" 엘레노어가 말했다. "아님 네가 불편하다고?"

파크는 얼음이 돼서 엘레노어를 쳐다보았다. 다시 한번 엘레노어 말이 맞았다. 젠장. 터무니없는 얘긴데 왜 자꾸 아니라고 부정을 안 하는 거야?

"정말 날 위한다면," 엘레노어는 가능한 한 최대로 단호하게 말했다. "그러면 내 말 들어. 난 네가 이러는 거 싫어."

파크는 엘레노어의 눈을 들여다보았다. 파크의 녹색 눈은 이제 거의 노란색처럼 보일 정도였다. 파크는 씩씩 숨을 몰아쉬고 있었고 금빛 얼굴색은 검붉어져 있었다.

"날 위한 거 맞아?" 엘레노어가 물었다.

파크는 고개를 끄덕였다. 파크의 눈빛은 엘레노어한테서 뭔가를 다급하게 찾고 있었다. 뭔가 간절히 원하고 있었다.

"괜찮아." 엘레노어가 말했다. "*제발.* 이제 교실 들어가자."

파크는 눈을 감았고, 드디어 고개를 끄덕였다. 엘레노어가 몸을 굽혀 파크의 외투를 집어 드는데 그때 스티브의 목소리가 들렸다. "바로 그거야, 레드. 보여줘."

그리고 파크는 이미 옆에 없었다.

엘레노어가 고개를 돌렸을 땐 파크가 벌써 스티브를 버스 쪽으로 밀치고 있었다. 두 사람은 꼭 다윗과 골리앗 같았다. 다윗이 골리앗에게 본때를 보여주려 저만큼 가까이 갔다면 말이지만.

이미 아이들이 "싸움났다!" 하고 소리치며 온 사방에서 모여들었다. 엘레노어도 달렸다.

파크의 목소리가 엘레노어의 귀에 들려왔다. "네 입놀림 정말 지긋지긋해."

스티브의 목소리도 들렸다. "너 지금 진심이냐?"

스티브는 파크를 세게 밀었지만 파크는 나가떨어지지 않았다. 파크는 몇 걸음 뒤로 물러선 뒤 앞으로 어깨를 홱 돌리며 빙 그르르 공중으로 뛰어올라 스티브의 입 쪽으로 발차기를 날렸다. 구경꾼 인파 모두 헉 숨을 멈췄다.

티나가 비명을 질렀다.

파크의 발이 땅에 닿자마자 스티브가 거대한 주먹을 휘두르며 앞으로 뛰어나와 파크의 머리를 내려쳤다.

엘레노어는 파크의 마지막 순간을 지켜보고 있는 줄 알았다.

엘레노어는 두 사람 사이로 달려갔지만 티나가 먼저 와 있었다. 버스 기사도 그리고 교감 선생님도 왔다. 전부 두 사람을 떼어놓으려 하고 있었다.

파크는 헉헉대면서 머리를 툭 떨구고 있었다.

스티브는 입을 틀어막고 있었다. 턱으로 피가 철철 쏟아지고 있었다. "미친 새끼, 파크 너 이거 뭐냐? 나 이빨 나간 거 같은데."

파크는 고개를 들었다. 얼굴 전체가 피범벅이었다. 파크는 휘청대며 앞으로 나아갔고 교감 선생님이 파크를 붙잡았다. *"건들지 마…… 내…… 여자친구."*

"진짜 사귀는 사인지 몰랐지." 스티브가 소리쳤다. 입에서 또 피가 철철 흘러나왔다.

"젠장. 스티브, 그건 상관없어."

"상관있어." 스티브가 맞받아쳤다. "넌 내 친구야. 네가 쟤랑 진짜 사귀는지 몰랐어."

파크는 무릎 위에 손을 얹은 채 머리를 흔들면서 보도로 피를 잔뜩 튀겼다.

"이제 알았겠네."

"아, 예. 그럼요." 스티브가 말했다. "참나."

이제 두 사람을 데려갈 선생님들도 속속 달려 나왔다. 엘레노어는 파크의 외투와 가방을 챙겨 사물함으로 갔다. 파크 물건들을 어떡해야 좋을지 알 수가 없었다.

엘레노어도 어찌해야 좋을지 몰랐다. 어떤 기분이 들어야 하는 건지 알 수가 없었다.

파크가 자길 여자친구라고 했으니 기뻐해야 하나? 그 부분과 관련해서 엘레노어에겐 전혀 선택권이 주어지지 않았다. 게다가 파크가 그 말을 즐겁게 한 것도 아니었다. 그 말을 할 때 파크는 고개를 숙이고 있었고 얼굴에서는 피가 뚝뚝 흐르고 있었다.

파크를 걱정해야 하나? 말은 하던데, 그래도 뇌가 손상됐을 가능성이 있나? 이러다가도 갑자기 의식을 잃거나 식물인간 상태가 될 수도 있나? 집에서 누가 쌈박질을 하면 엄마는 그때마다 소리를 치곤 했다. "머리 조심해. 머리는 안 돼!"

그리고 혹시…… 파크 얼굴이 너무 걱정된다고 하면 좀 그런가?

스티브야 이가 있든 없든 별반 차이는 없는 얼굴이었다. 가득이나 그 덩치에 건들대고 다니는데, 딱히 앞니 빠진 얼굴로 씩 웃어 보인다고 뭐 그리 다른 사람이 될 것 같진 않았다.

하지만 파크의 얼굴은 예술작품 같았다. 이상하고 괴이한 그런 예술작품도 아니었다. 파크의 얼굴은 말하자면 역사 속으로 잊히지 않도록 그림으로 기록하는, 그런 얼굴이었다.

파크한테 계속 화가 나 있어야 하나? 기분 나빠해야 하나? 영어 시간에 파크를 만나면 버럭 화를 내야 할까? *그건 날 위한 거였어, 아님 널 위한 거였어?*

엘레노어는 파크의 트렌치코트를 자기 사물함 안에 걸어둔 다음 사물함에 기대 깊게 숨을 들이마셨다. 아이리쉬 스프링의 비누 향, 말린 꽃잎 냄새가 밀려왔다. 그리고 달리 설명할 방법이 없는 *남자애 냄새*가 함께 풍겨왔다.

#

파크는 영어 시간, 역사 시간에도 나타나지 않았고 하굣길 버스에도 없었다. 스티브도 마찬가지였다. 티나는 고개를 꼿꼿이 들고 엘레노어 옆을 지나갔고, 엘레노어는 시선을 돌렸다. 버스에 탄 애들 전부 그 싸움 얘기였다. 쿵후가 어쩌고 데이비드 캐러딘이 저쩌고 척 노리스가 어쩌고저쩌고 등등.

엘레노어는 파크네 집 앞 정류장에서 내렸다.

#

파크

파크는 이틀 정학 처분을 받았다.

스티브는 올해 들어 벌써 세 번째 싸움이라 2주 정학이었다. 먼저 싸움을 건 건 파크였던 탓에 파크는 스티브에게 약간 미안한 마음도 들었지만, 곧 스티브가 매일같이 별별 짓들을 다 하고 다니면서 용케도 지금까지 안 걸렸단 생각도 들었다.

파크의 엄마는 너무 화가 나서 학교에 파크를 데리러 오지도 않으려고 했다. 엄마는 아빠 회사로 전화를 했다. 아빠를 보고 교장 선생님은 스티브 아빠겠거니 했다.

"아," 아빠는 파크를 가리키며 말했다. "쟤가 제 아들인데요."

보건 선생님 말로는 파크가 병원에 가야 할 정도는 아닌데 그렇다고 상태가 썩 좋은 편도 아니라고 했다. 눈에는 멍이 들었고 코도 부러졌다.

스티브는 정말로 병원에 가야 했다. 이도 흔들거렸고 보건 선생님 말론 손가락도 확실히 부러진 것 같다고 했다.

파크는 아빠가 교장 선생님과 얘기하는 동안 얼굴에 얼음찜질을 하며 교무실에서 기다렸다. 교장 선생님 비서가 교사 탕비실에서 스프라이트를 갖다주었다.

아빠는 차에 탈 때까지 한마디도 없었다.

"태권도는 자기방어 기술이야." 아빠는 단호하게 말했다.

파크는 대답하지 않았다. 얼굴 전체가 욱신댔다. 보건 선생님은 타이레놀을 주지 못하게 돼 있었다.

"너 진짜 스티브 얼굴에 발차기 날렸어?" 아빠가 물었다.

파크가 고개를 끄덕였다.

"그럼 점프킥이었겠네."

"뛰어 돌려차기요." 파크가 신음하며 말했다.

"에이 설마."

파크는 아빠에게 화난 표정을 해 보이려 했지만 얼굴 근육을 조금만 움직일라치면 얼굴에 돌이라도 맞는 느낌이었다.

"그나마 네가 한겨울에도 그 테니스화 같은 걸 신고 다니는 게 그 녀석한텐 행운이었네." 아빠가 말했다. "근데, 너 정말로 뛰어 돌려차기였어?"

파크는 고개를 끄덕였다.

"그렇단 말이지. 아무튼 너희 엄마 지금 너 보면 머리끝까지 화가 나서 난리도 아닐걸. 엄마가 울면서 할머니 집 가서 아빠한테 전화했더라."

아빠 말이 맞았다. 파크가 집에 들어가자 엄마는 사실상 앞뒤를 가리지 않았다.

엄마는 파크 어깨를 턱 잡더니 파크의 얼굴을 올려다보며 고개를 세차게 흔들었다. "싸움이라니!" 엄마는 검지를 파크의 가슴팍에 찌르며 말했다. "쓰레기 같은 백인 멍청이 원숭이나 하는 싸움을……."

엄마가 조쉬한테 이만큼 화를 낸 적은 있었지만 ― 그때 엄마는 조쉬 머리에 조화를 집어 던졌었다 ― 파크한테 이런 적은 처음이었다.

"쓰레기." 엄마가 말했다. "쓰레기! 싸움이라니! 이젠 너란 녀석도 못 믿겠구나."

아빠가 엄마 어깨에 손을 올리려고 하자 엄마는 아빠 손을 뿌리쳤다.

"해롤드, 애 스테이크 한 점 구워줘요." 할머니는 파크를 주방 테이블에 앉히고 얼굴을 살펴보며 말했다.

"저러고 온 녀석한테 고기 낭비지." 할아버지가 말했다.

아빠는 찬장에서 타이레놀을 꺼내 물 한잔과 같이 가져다주었다.

"숨은 쉬어지니?" 할머니가 물었다.

"입으로요." 파크가 말했다.

"네 아비는 코를 하도 많이 부러뜨려 먹어서 콧구멍 하나로만 숨을 쉰단다. 코 고는 소리가 화물열차급인 것도 그래서야."

"태권도 관둬." 엄마가 말했다. "싸움은 이제 안 돼."

"민디……" 아빠가 끼어들었다. "겨우 한 번이었잖아. 그것도 애들이 웬 여자애 하나를 괴롭히니까 더는 못 참고 그런 거야."

"웬 여자애가 아니고." 파크가 으르렁대며 말했다. 성대를 쓰니까 두개골의 뼈란 뼈는 모조리 울리는 것같이 고통스러웠다. "여자친구요."

뭐, 엄밀히 아직 여자친구인 건 아니었지만.

"그 빨간 머리 얘기냐?" 할머니가 물었다.

"엘레노어요." 파크가 말했다. "걔도 이름이 있어요. 엘레노어."

"여자친구도 안 돼." 엄마는 팔짱을 끼며 말했다. "외출 금지야."

\#

엘레노어

엘레노어가 초인종을 누르자 '사립탐정 매그넘' 톰 셀릭이 나타났다.

"안녕하세요." 엘레노어는 최대한 웃어 보이려고 애를 썼다. "파크 학교 친구인데요. 파크 책이랑 짐이 저한테 있어서요."

파크네 아빠는 엘레노어를 위아래로 훑어보았다. 물론 남자가 여자를 보는 그런 시선은 당연히 아니었다. 그보다는 덩치를 가늠해보는 눈초리랄까. (이것도 물론 편친 않았지만.) "네가 헬렌이니?" 파크의 아빠가 물었다.

"엘레노어요."

"아, 그래. 엘레노어…… 잠깐만."

그냥 파크 물건만 갖다주러 왔다고 채 말을 꺼내기도 전에 파크 아빠는 집 안으로 들어가버렸다. 문은 그대로 열려 있었고 안에서는 파크 아빠가 누군가와 뭐라고 이야기를 하는 것 같았다. 아마 주방에 있는 파크의 엄마한테 하는 말 같았는데, 말소리가 문밖까지 다 들렸다. 처음엔 "민디, 웅?" 그리고 "잠깐 한 몇 분만……" 하는 말이 이어졌다. 그리고 막 문 앞에 다시 나타나기 직전 한마디 더 들려왔다. "빅레드 어쩌고 하길래 난 또 훨씬 덩치 큰 애인 줄 알았지."

"저 그냥 이것만 갖다주러 왔어요." 파크 아빠가 스크린 도어를 열자 엘레노어는 그렇게 말했다.

"고맙다." 파크 아빠가 말했다. "들어오렴."

엘레노어는 파크의 가방을 들어 보였다.

"얘야, 그냥 들어와. 들어와서 네가 직접 전해줘. 파크도 네가 보고 싶을 거다. 아저씨 생각엔 그렇다."

아닐 것 같은데요, 엘레노어는 속으로 생각했다.

그러나 엘레노어는 파크 아빠를 따라 거실에서 이어지는 짧은 복도를 지나 파크 방까지 갔다. 파크 아빠는 부드럽게 노크한 다음 문을 살짝 열어보았다.

"어이, 슈거 레이.* 손님 왔다. 코에 약 먼저 좀 뿌릴래?"

파크 아빠는 엘레노어를 위해 문을 열어준 다음 자리를 비켜주었다.

파크의 방은 작았지만 빈틈없이 꽉꽉 들어차 있었다. 잔뜩 쌓여 있는 책이며 테이프, 만화책, 모형 비행기, 모형 자동차, 보드게임 등등. 침대 위에는 아기침대 위에 걸어두는 것 같은 빙글빙글 돌아가는 태양계 모빌이 걸려 있었다.

침대에 누워 있던 파크는 엘레노어가 들어오자 팔꿈치로 몸을 일으켜 앉으려 했다.

파크의 얼굴을 보자마자 엘레노어는 숨이 턱 막혔다. 아침보다 상태가 훨씬 안 좋아 보였다.

눈 한쪽은 부어서 뜰 수도 없었고 코도 보라색에 탱탱 불어 있었다. 눈물이 날 것 같았다. 그리고 키스를 해주고 싶었다. (파크가 무슨 꼴을 하고 있든 파크한텐 그냥 늘 키스하고 싶은가 보다. 파크 머리에 이도 있고 파크가 나병환자고 입에 기생충이 있다고 해도 엘레노어는 챕스틱을 꺼내 바르고 앉아 있을 거다.)

"너 괜찮아?" 엘레노어가 물었다. 파크는 고개를 끄덕이곤 침대 헤드보드에 기대고 앉았다. 엘레노어는 파크 가방과 외투를 내려놓고 침대 쪽으로 걸어갔다. 파크가 옆으로 좀 비켜주어서 엘레노어도 침대에 앉았다.

"으앗." 엘레노어가 뒤로 넘어지면서 파크도 균형을 잃었다. 파크는 신음 소리를 내며 엘레노어의 팔을 잡았다.

"미안해. 으아아, 미안해, 괜찮아? 물침대일 거라고는 생각도 못 했어." '물침대'라는 말을 하는 순간 엘레노어는 웃음이 터져 버렸다. 파크도 살짝 웃었다. 돼지 콧소리 같은 소리가 났다.

"엄마가 산 거야." 파크가 대답했다. "엄마는 물침대가 허리에 좋다고 생각해."

파크는 멀쩡한 눈까지 전부 감고 있었고, 입도 거의 열지 않고 말을 했다.

"말을 하면 아파?" 엘레노어가 물었다.

파크는 고개를 끄덕였다. 엘레노어가 균형을 잡고 앉았는데 도 파크는 여전히 엘레노어 팔을 잡고 있었다. 오히려 더 꼭 잡고 있었다.

엘레노어는 다른 팔을 뻗어 가볍게 파크의 머리를 쓰다듬었다. 그러면서 머리카락을 옆으로 쓸어 넘겨주었다. 파크의 머리칼은 부드러우면서도 동시에 날카로웠다. 한 가닥 한 가닥이 손끝에 다 느껴지는 것 같았다.

"미안해." 파크가 말했다.

---

* 미국 권투선수 슈거 레이 레너드. 1976년 몬트리올 올림픽에서 금메달을 획득한 후 프로 선수로 활동했다.

엘레노어는 왜인지 묻지 않았다.

겨우 실눈을 뜨고 있는 파크의 왼눈에서 눈물이 고여 오른뺨으로 흘러내렸다. 엘레노어는 눈물을 닦아주면서도 파크에게 손은 안 닿게 하고 싶었다.

"괜찮아……." 엘레노어는 손을 무릎에 올렸다.

여전히 파크는 나랑 헤어지고 싶은 걸까? 엘레노어는 궁금했다. 헤어지고 싶다고 해도 파크를 미워하진 않을 거다.

"내가 망쳐버린 거야? 다?" 파크가 물었다.

"뭘?" 마치 큰 소리로 말하면 파크가 아프기라도 한 것처럼 엘레노어는 속삭이며 말했다.

"우리 사이. 우리 사이 모든 것."

파크는 아마 엘레노어를 볼 수 없겠지만 그래도 엘레노어는 고개를 저었다. "그럴 리가."

파크는 엘레노어의 팔을 손목까지 쓸어내린 다음 엘레노어의 손을 꼭 잡았다. 티셔츠 소매 바로 아래 파크의 팔뚝 근육이 움직이는 게 보였다.

"망친 건 네 얼굴일걸." 엘레노어가 말했다.

파크는 앓는 소리를 냈다.

"그렇다고 문제란 건 아니고. 어차피 넌 나한텐 지나치게 귀여웠어."

"내가 귀여워?" 파크는 잠긴 목소리로 엘레노어의 손을 잡아당기며 물었다.

지금 파크가 엘레노어의 얼굴을 보지 못해 다행이었다. "응, 나한텐……."

사실은 아름답지. 숨이 막히고. 그리스 신화에 나오는 신이기를 포기하게 만들 정도의 인간처럼.

멍들고 부어터진 파크는 어쩐 일인지 더욱 아름다웠다. 파크의 얼굴은 이제 막 고치를 벗을 준비가 된 것 같았다.

"걔들은 그래도 계속 날 놀릴 거야." 엘레노어가 불쑥 말했다. "오늘 싸움으로 그게 달라지진 않아. 날 보고 누가 이상하다, 못생겼다 할 때마다 발차기를 날릴 순 없잖아…… 다신 안 그러겠다고 약속해. 신경 안 쓰겠다고 약속해."

파크는 다시 엘레노어의 손을 잡아당기곤 조심조심 고개를 저었다.

"왜냐면 파크, 난 상관 안 해. 너만 날 좋아한다면," 엘레노어가 덧붙였다. "신에게 맹세코 정말 다른 건 하나도 안 중요해."

파크는 헤드보드에 등을 기대고는 엘레노어의 손을 제 가슴에 얹었다.

"엘레노어, 몇 번이나 더 얘기해줘야 해……" 파크는 이 사이로 말했다. "난 널 좋아하는 게 아니고……."

#

파크는 외출 금지를 당했고, 학교에도 금요일까진 안 올 터였다. 그러나 다음 날 버스에서 엘레노어를 괴롭히는 사람은 아무도 없었다. 하루 종일 괴로운 일이라곤 하나도 없었다.

체육 시간 후 엘레노어는 화학책에서 변태 같은 낙서를 또 발견했다. *벌려봐.* 보라색 둥근 글씨체였다. 다른 낙서로 덧칠하는 대신 엘레노어는 표지를 찢어버렸다. 아무리 가난하고 불쌍해도 갈색 종이가방 정도는 얼마든 더 모을 수 있었다.

학교에서 돌아와 방으로 들어가는데 엄마가 따라 들어왔다. 침대 위 칸에 중고 숍 굿윌에서 사온 청바지 두 벌이 놓여 있었다.

"빨래하다가 보니 돈이 좀 있길래." 엄마가 설명했다. 그 말은 리치가 우연히 주머니에 돈을 넣어두곤 잊어버렸단 뜻이었다. 취한 채로 집에 왔으면 절대 그 돈에 대해 캐묻진 않을 것이었다. 그냥 술집에서 썼으려니 할 테니까.

엄마는 그런 돈을 찾을 때마다 절대 리치가 눈치채지 못할 것들을 샀다. 엘레노어의 옷. 벤의 새 속옷. 참치캔과 밀가루 등등. 서랍장, 찬장에 넣어둘 수 있는 그런 것들.

리치랑 이렇게 된 후로 엄마는 뭐랄까, 이중생활의 달인이 됐다. 엄마는 모든 걸 리치 모르게 했다.

다들 돌아오기 전에 청바지를 입어보았다. 약간 크긴 했지만 지금 엘레노어한테 있는 다른 옷들보단 훨씬 상태가 나았다. 지금 엘레노어 바지는 지퍼가 고장났거나 가랑이가 찢어졌거나, 하여간 죄다 하나씩은 문제가 있어서 그걸 가리느라 계속 셔츠를 끌어내리는 것도 일이었다. 좀 헐렁한 것 빼곤 대체로 멀쩡한 청바지라니 얼마나 좋은지.

메이지가 받은 선물은 반만 옷을 입은 바비 인형 한 봉지였다. 집에 돌아온 메이지는 인형을 전부 아래층 침대에 늘어놓고 위아래 한 벌을 맞춰보려고 했다.

엘레노어는 메이지와 같이 침대에 앉아 해진 인형 머리카락을 같이 빗고 땋아주었다.

"켄이 있으면 좋겠다." 메이지가 말했다.

#

금요일 아침 엘레노어가 버스를 타니 파크가 이미 자리에서 엘레노어를 기다리고 있었다.

23

파크

파크의 눈두덩이 색은 보라색에서 파란색, 녹색, 노란색으로 바뀌어갔다.

"언제까지 외출 금지예요?" 파크가 엄마에게 물었다.

"싸움질한 거 반성할 때까지." 엄마는 대답했다.

"반성한다니까요." 파크가 말했다.

하지만 실상은 아니었다. 그 싸움 이후 버스에서 뭔가 달라졌다. 파크는 이제 초조한 기분이 덜 들었다. 더 편안해졌다. 파크가 스티브를 참고만 있지 않고 맞서 싸운 게 그 이유였을지도 모르겠다. 어쩌면 이제 파크에게 전혀 숨길 게 없어서일 수도 있......

게다가 버스 같이 타는 애들은 현실에서 그런 발차기를 모두 처음 봤다.

"진짜 멋있었던 건 인정해." 파크가 돌아오고 며칠 후 엘레노어는 학교 가는 길에 그렇게 말했다. "어디서 배운 거야?"

"아빠가 유치원 때부터 태권도를 시켰거든...... 사실 약간 보여주기 식이었지 막 제대로 된 킥은 아니었어. 스티브가 생각을 좀 했다면 내 다리를 잡든 나를 밀든 했겠지."

"스티브가 *생각*이란 걸 했으면 그랬겠지……." 엘레노어가 말했다.

"넌 시시해할 줄 알았는데." 파크가 말했다.

"응, 그랬어."

"시시한데 멋있다고?"

"네 중간이름이 '시시한데 멋있어'야."

"다시 해보고 싶어."

"뭘 다시 해? 〈베스트 키드〉* 흉내를 또 낸다고? 이번엔 그렇게 안 멋있을 것 같아. 사람이 떠나야 할 때를 알아야……."

"아니, 네가 다시 놀러 왔으면 좋겠어. 와줄래?"

"그게 문제가 아닐 텐데." 엘레노어가 말했다. "너 외출 금지잖아."

"그렇긴 한데……."

#

엘레노어

파크 셰리던이 스티브 딕슨의 턱에 발차기를 날린 이유가 엘

---

* 1984년 개봉해 미국 청소년들 사이에서 큰 인기를 얻었던 무술 액션영화.

레노어였단 걸 전교생이 알게 됐다.

이제 엘레노어가 복도를 걸어갈 때면 수군대는 소리들이 달라졌다.

지리 수업을 같이 듣는 애 하나는 엘레노어한테 걔들이 정말 너 때문에 싸운 거 맞느냐고 묻기까지 했다. "아니라고!" 엘레노어는 버럭 대꾸했다. "그만 좀 하자 정말."

나중엔 차라리 맞는다고 할걸 그랬나 싶은 생각도 들었다. 그소식이 티나 귀에까지 들어가면, 휴우, 걘 아마 난리가 날 텐데.

파크랑 스티브가 싸운 그날 드니스와 비비는 엘레노어에게 유혈이 낭자했던 그 사건을 처음부터 끝까지, 하나도 빠뜨리지 말고 자세하게 얘기해달라고 했다. 특히 피가 나오는 부분은 아주 디테일한 묘사를 부탁했다. 심지어 드니스는 축하하자며 엘레노어한테 아이스크림까지 사줬다.

"스티브 딕슨 놈한테 한 방 먹였으면 상을 받아 마땅하지." 드니스가 말했다.

"난 스티브 언저리엔 가지도 않았는데." 엘레노어가 답했다.

"한 방 먹인 이유가 근데 너잖아." 드니스가 말했다. "네 남친이 아주 제대로 발을 놀려서 스티브가 피를 줄줄 흘렸다며."

"아니거든." 엘레노어가 말했다.

"애야, 너 제 살 깎아먹기가 뭔지 아니?" 드니스가 훈계했다. "우리 존시가 스티브한테 한 방 먹였다, 그럼 나는 〈록키3〉 주제가를 부르고 다닌다 이거야. *빰, 빰빠빰~ 빰빠빰~*

드니스의 말에 비비가 킥킥댔다. 비비는 드니스가 무슨 말만 하면 킥킥댔다. 두 사람은 초등학교 때부터 절친이었고, 이 둘과 어울리면 어울릴수록 엘레노어는 두 사람이 자길 받아준 게 영광이란 기분이 들었다.

그래, 인정한다. 셋이 좀 이상한 조합이긴 하지.

드니스는 오늘 핑크색 티셔츠에 멜빵 바지, 머리에는 핑크랑 노랑 리본을 달고 다리에는 핑크색 반다나를 둘렀다. 아이스크림을 먹으려고 줄을 서 있는데 웬 남자애가 지나가면서 드니스한테 시트콤 〈내 이름은 펑키〉에 나오는 꼬마애 흑인 버전 같다고 하고 갔다.

드니스는 눈 하나 깜짝하지 않았다. "저런 꼬맹이 신경 써서 뭐하겠어." 드니스가 엘레노어에게 말했다. "어차피 난 내 남자가 있는데."

드니스는 존시와 약혼한 사이였다. 존시는 이미 학교를 졸업하고 숍코 마트에서 부매니저로 일하고 있었다. 두 사람은 드니스가 법적으로 혼인 가능한 나이가 되면 곧바로 결혼할 예정이었다.

"그리고 네 남자는 훌륭하지." 비비는 그러면서 피식피식 웃었다.

비비가 웃을 때 엘레노어도 같이 피식됐다. 비비의 웃음에는 전염성이 있었다. 그리고 비비는 늘 좀 다른 어딘가에 넋이 나간 듯한 눈빛을 하고 있었다. 왜, 사람들이 표정 관리가 잘 안 됐을 때 짓는 것 같은 그런 표정이랄까.

"엘레노어는 내 남자가 훌륭하다고 생각 안 할걸." 드니스가 놀렸다. "엘레노어 취향은 매정한 킬러거든."

#

파크

"저 외출 금지 언제까진데요?" 파크가 아빠에게 물었다.

"그 문제는 아빠가 어쩔 수 있는 게 아니고, 너희 엄마한테 달렸지."

아빠는 소파에 앉아 잡지 《솔저 오브 포춘》을 읽고 있었다.

"엄마는 절대 안 풀어준다고 하겠죠."

"그럼 그런가 보지."

크리스마스 방학이 코앞이었다. 크리스마스 방학 내내 외출 금지면 엘레노어를 3주나 못 보는 거였다.

"아빠……."

"이렇게 하자." 아빠는 잡지를 내려놓고 말했다. "수동기어 떼면 그때 외출 금지 해제하는 걸로. 그럼 여자친구 태우고 여기저기……."

"무슨 여자친구?" 엄마가 무거운 장바구니를 들고 현관문을 들어서고 있었다. 파크는 엄마를 도와주러 자리에서 일어났고 아빠는 엄마한테 환영의 프렌치 키스를 해주러 일어났다.

"파크한테 운전 제대로 익히면 외출 금지 해제해준다고 했어."

"운전할 줄 안다니까요." 파크가 주방에서 소리쳤다.

"자동은 여자들처럼 팔굽혀펴기를 하는 거랑 똑같은 거야." 아빠가 말했다.

"여자 안 돼." 엄마가 말했다. "외출 금지야."

"언제까지요?" 파크가 다시 거실로 걸어오며 물었다. 부모님은 소파에 앉아 있었다. "평생 외출 금지시킬 건 아니잖아요."

"안 될 건 또 뭔데?" 아빠가 말했다.

"뭐하려요?" 파크가 물었다.

엄마는 불안한 표정이었다. "그 문제아 생각 안 할 때까지 외출 금지야."

파크도 아빠도 동시에 깜짝 놀라 엄마를 쳐다보았다.

"문제아요?" 파크가 물었다.

"빅 레드 말이야?" 아빠가 물었다.

"걔 별로야." 엄마는 단호하게 말했다. "우리 집에 와서 울지를 않나, 이상한 애야. 그러더니 넌 학교에서 쌈박질을 하지, 학교에선 전화가 오지, 얼굴은 다 터져 가지곤…… 그리고 다들, 정말 한 사람도 빠짐없이 그 집안 문제 있다 그러더라. 그냥 문제 있대. 엄만 그거 싫어."

파크는 크게 숨을 한번 들이마신 다음 숨을 멈췄다. 몸속에서 부글부글 끓어오르는 이 화를 토해내자니 너무 뜨거웠다.

"민디……." 아빠가 파크에게 기다리라고 손짓을 하며 말했다.

"싫어." 엄마가 말했다. "안 돼. 이 집에 이상한 백인 여자앤 안 돼."

"엄마, 있죠. 내가 만날 수 있는 건 이상한 백인 여자애들밖에 없거든요." 파크는 최대한 목소리를 높였다. 이만큼 화가 났는데도 파크는 엄마에게 소리를 지를 수가 없었다.

"다른 애들도 있잖아. 참한 애들."

"엘레노어도 참해요. 엄만 엘레노어 알지도 못하면서."

아빠가 일어나 파크를 문 쪽으로 밀며 말했다. "가." 엄한 목소리였다. "농구를 하든지 뭘 하든지 하여간 나가."

"참한 애들은 남자처럼 옷 안 입어." 엄마가 말했다.

"나가라고." 아빠가 말했다.

농구를 할 기분도 아니었거니와 외투도 안 입고 밖에 있자니 날씨가 너무 추웠다. 파크는 집 앞에서 한 몇 분 서 있다가 할머니네로 걸음을 옮겼다.

일단 노크를 하고 문을 열었다. 할머니네는 절대 문을 잠그는 법이 없었다.

할머니, 할아버지 두 분 다 주방에서 〈발칙한 기부쇼〉를 보고 있었다. 할머니는 폴란드식 소시지 요리를 만들고 있었다.

"파크 왔구나!" 할머니가 말했다. "할미가 우리 파크가 올 줄 딱 알았나 보지? 감자요리를 이렇게나 많이 했으니 말이야."

"외출 금지 아니었어?" 할아버지가 물었다.

"쉿, 해롤드. 할미 집에도 못 가는 외출 금지가 어딨어…… 아가, 몸은 괜찮니? 얼굴이 빨갛네."

"그냥 좀 추워서요."

"저녁 먹고 갈 거니?"

"네."

저녁을 먹고 세 사람은 드라마 〈매트록〉을 보았다. 할머니는 코바늘 뜨개질을 했다. 곧 아기를 낳는 사람이 있어서 출산 파티 때 가져갈 담요를 만드는 중이었다. 파크는 뚫어져라 TV 화면을 쳐다보고는 있었지만 아무것도 귀에 들어오지 않았다.

TV 뒤쪽 벽에는 할머니가 사진 액자들을 잔뜩 걸어두었다. 베트남에서 전사했다는 큰아빠랑 아빠가 같이 찍은 사진도 있었고, 학년마다 찍은 파크와 조쉬 사진들도 있었다. 크기는 조금 더 작았지만 아빠랑 엄마 결혼식날 찍은 사진도 있었다. 아빠는 군 예복 차림, 엄마는 핑크색 미니스커트 차림이었다. 구석에 '1970년, 서울'이라고 쓰여 있었다. 아빠는 스물세 살이었다. 엄마는 열여덟 살이었으니까 지금 파크보다 겨우 두 살 많은 나이였다.

다들 엄마가 당연히 임신했겠거니 짐작했다고 아빠가 얘기한 적이 있었다. 그러나 엄마는 그때 임신하지 않았다. "거의 임신한 거나 다름없었지." 아빠는 그렇게 말했다. "그래도 엄밀히는 다른 거니까…… 엄마랑 아빠는 그냥 사랑에 빠졌었다."

파크도 엄마가 엘레노어를 좋아할 거라곤, 보자마자 좋아할 거라곤 생각 안 했다. 하지만 엄마가 엘레노어를 싫어할 거라고도 생각 못 했다. 엄마는 모두에게 너무나도 상냥한 사람이었다. "네 엄마는 천사야." 할머니가 늘 그랬듯이 모두가 늘 그렇게 말했다.

할머니, 할아버지는 경찰 드라마 〈힐 스트리트 블루스〉가 끝나자 파크를 집으로 돌려보냈다.

엄마는 이미 자러 가고 없었지만 아빠는 아직 소파에 앉아 파크를 기다리고 있었다. 파크는 재빨리 방으로 들어가려고 했다.

"앉아봐." 아빠가 말했다.

파크는 자리에 앉았다.

"외출 금지 해제됐어."

"왜요?"

"왜인진 상관없어. 하여간 외출 금지는 해제고, 엄마가 너한테 미안하대. 엄마가 한 말 전부."

"아빠가 그냥 하는 말이잖아요."

아빠는 한숨을 쉬었다. "그럴 수도 있지. 그렇다 해도 별로 상관은 없고. 엄마는 너한테 최선이 뭔지, 그 최선만 해주고 싶은 거야. 지금까지 엄마는 늘 그랬잖아? 항상 너에게 최선인 걸 찾아서 해주려고?"

"그런 거 같아요……."

"그러니까 엄만 그냥 걱정이 되는 거야. 엄마는 너 수업도 골라주고, 옷도 골라주고 하듯이 여자친구도 골라줄 수 있다고 생각하는 거지……."

"엄마가 옷을 골라주진 않는데요."

"후, 파크. 입 다물고 그냥 아빠 말 좀 들을래?"

파크는 파란색 의자에 말없이 앉아 있었다.

"우리 둘 다 이건 처음 겪는 일이잖아? 엄마가 미안하게 생각해. 네 마음 다치게 한 점 미안해하고, 네 여자친구 초대해서 저녁 같이 먹자고 했다."

"초대해서요? 그래서 엘레노어 불편하게, 어색하게 하려고요?"

"걔가 안 이상한 건 아니잖니?"

파크는 화를 낼 기운도 없었다. 파크는 한숨을 쉬곤 그대로 의자 뒤로 고개를 젖히고 앉았다.

아빠는 계속 말을 이어나갔다.

"너 그래서 걔 좋아하는 거 아니었어?"

#

아직 화가 나 있어야 정상이었다.

아직 완전히 정리되고 해결되지 않은 문젯거리가 그대로 덩어리째 남아 있는 걸 파크도 알고 있었다.

하지만 이제 파크는 외출 금지 상태가 아니었고, 엘레노어와도 더 많은 시간을 함께 보낼 거였으니까…… 어쩌면 두 사람만 있는 방법을 찾을 수 있을지도 모른다. 파크는 어서 빨리 엘레노어에게 얘기하고 싶었다. 아침까지 기다릴 수가 없었다.

24

엘레노어

참 끔찍한 소리이긴 한데, 엘레노어는 가끔 밤중에 고성이 오가는 와중에도 잠을 깨지 않고 곧잘 잤다.

특히 집으로 돌아와 한두 달쯤 지나고 나서는 정말 그렇게 됐다. 리치가 화를 낼 때마다 잠을 설쳤더라면…… 안방에서 리치 고함 소리가 들려올 때마다 겁을 먹었다면, 그랬더라면…….

가끔 메이지가 침대 위층으로 기어 올라와 엘레노어를 깨우곤 했다. 낮에는 엘레노어에게 우는 모습을 보이지 않으려는 메이지였지만, 밤이면 메이지는 아기처럼 덜덜 떨면서 엄지손가락을 빨았다. 다섯 명 다 소리 내지 않고 우는 법을 배웠다. "괜찮아." 엘레노어는 메이지를 안아주며 그렇게 다독이곤 했다. "괜찮아."

오늘 밤 잠을 깼을 땐 뭔가 좀 달랐다.

뒷문이 쾅 닫히는 소리가 들렸다. 이제 와서 생각해보니 잠이 완전히 깨기 전부터 밖에서 남자들 목소리가 들렸더랬다. 남자들이 욕하는 소리가.

주방 쪽에서 쾅 하고 문 닫는 소리가 더 들렸고, 총성이 뒤따랐다. 아무리 처음 듣는 소리라지만 총성이란 걸 엘레노어가 모를 순 없었다.

갱들이겠지, 엘레노어는 생각했다. 마약상들이거나. 강간범들인가? 강간범들한테 마약을 파는 갱들일지도. 기어이 리치의 해골을 보고야 말겠단 무시무시한 인간들이 한 천 명쯤은 있을 거다. 심지어 리치는 친구들마저도 무서운 사람들이었다.

아마 총성을 듣자마자 침대에서 나왔던 것 같다. 엘레노어는 이미 침대 아래 칸에 내려와 메이지 쪽으로 기어가고 있었다. "가만히 있어." 메이지가 자고 있는지 깨어났는지는 잘 모르겠지만 하여간 엘레노어는 그렇게 속삭였다.

엘레노어는 딱 몸이 빠져나갈 정도로만 창문을 빼꼼히 열었다. 창문엔 방충망이 없었다. 엘레노어는 벽을 타고 내려가 최대한 발소리를 죽이면서 현관 앞을 지나갔다. 그리고 길이라는 노인이 사는 옆집 문 앞에서 멈춰 섰다. 길은 티셔츠 차림에도 멜빵을 메는 사람이었는데, 집 앞 보도를 청소할 때면 엘레노어네 가족을 야비한 눈초리로 쳐다보았다.

길은 한참 있다가 문을 열었다. 문이 열리자 엘레노어는 여기이 문을 노크하기까지 이미 아드레날린을 다 써버린 것 같은 느낌이었다.

"안녕하세요." 엘레노어는 힘없이 인사했다.

인상만 봐선 비열하고 못돼먹은 인간 같았다. 티나와 한 테이블에라도 앉아 있으면 티나에게 야비한 눈길을 던지곤 곧이어 테이블 아래서는 발길질을 할 것만 같은 노인네였다.

"전화를 좀 쓸 수 있을까요?" 엘레노어가 물었다. "경찰에 신고를 해야 해서요."

"뭐?" 길은 성내듯 되물었다. 머리엔 개기름이 흘렀고 심지어 잠옷에도 멜빵을 하고 있었다.

"911에 전화를 해야 해요." 엘레노어는 마치 설탕 한 컵 얻으러 온 것처럼 얘기했다. "저 대신 직접 911에 전화를 해주셔도 되고요. 지금 저희 집에 누가 들어왔는데…… 총을 갖고 있어요. 제발요."

길은 엘레노어의 말에 그리 놀란 듯 보이진 않았지만 어쨌거나 엘레노어에게 들어오라고 했다. 집 안은 정말 깨끗했다. 엘레노어는 길이 예전엔 이 집에 부인과 함께 살았던 것인지, 아니면 이 노인이 정말 러플을 좋아하는 것인지 궁금했다. 전화기는 주방에 있었다. "저희 집에 누가 들어온 것 같아요." 엘레노어는 긴급전화 응답원에게 말했다. "총성을 들었어요."

길이 나가라고 쫓아내지는 않길래 엘레노어는 그 집 주방에서 경찰을 기다렸다. 주방 카운터에는 브라우니가 팬째 놓여 있었지만 길은 엘레노어에게 브라우니 좀 먹어보겠느냐고 권하지 않았다. 냉장고에는 미국의 각 주 모양 자석과 닭 모양 달걀 타이머가 붙어 있었다. 길은 식탁에 앉아 담배에 불을 붙였다. 물론 길은 담배도 권하지 않았다.

경찰이 나타나자 엘레노어는 집 밖으로 걸어 나왔다. 갑자기 맨발인 게 바보같이 느껴졌다. 길은 엘레노어의 등 뒤에서 문을 닫았다.

경찰은 차에서 내리지조차 않았다. "네가 911에 전화했냐?"

경찰 하나가 물었다.

"집에 누가 들어온 것 같아요." 엘레노어는 떨리는 목소리로 말했다. "고함 소리랑 총소리를 들었어요."

"알겠다. 잠깐만 기다려, 같이 들어가자."

'같이'라니. 엘레노어는 저 집엔 안 들어간다. 거실에 있는 지옥의 천사한텐 뭐라고 한단 말인가?

검은색 롱부츠를 신은 경찰 둘이 차를 세우고 엘레노어를 따라 현관으로 갔다.

"앞장서. 문 열어." 그중 하나가 말했다.

"어떻게요. 잠겨 있어요."

"너는 어떻게 나왔는데?"

"창문으로요."

"그럼 창문으로 다시 들어가."

나중에 911에 또 전화할 일이 생기면 그땐 점거된 공간에 혼자 들어가라는 소리는 안 하는 경찰을 보내달라고 해야지. 소방관들도 이러려나? 들어가서 문 좀 열어주시죠.

엘레노어는 벽을 타고 창문으로 들어가 (아직 잠들어 있는) 메이지를 넘어 거실로 달려간 뒤 현관문을 열고 그런 다음 다시 방으로 달려 들어가 아래층 침대에 앉았다.

"경찰이다." 경찰 소리가 들려왔다.

"뭐야?" 리치가 욕하는 소리도 들렸다.

"무슨 일인데?" 엄마 목소리.

"경찰이다."

동생들이 잠에서 깨어 정신 차릴 새도 없이 서로를 찾아 달려

들었다. 누군가 아기를 밟는 바람에 아기가 울기 시작했다.

경찰이 집 주변을 저벅저벅 걸어가는 소리가 들렸다. 리치가 소리를 쳤다. 방문이 활짝 열리더니 엄마가 로체스터 부인마냥 찢어진 긴 흰색 잠옷 차림으로 들어왔다.

"네가 전화했니?" 엄마가 엘레노어게 물었다.

엘레노어는 고개를 끄덕였다. "총성을 들었어요."

"쉬." 엄마는 서둘러 침대로 달려가 엘레노어의 입을 아주 꽉 틀어막았다. "더 얘기하지 말고." 엄마는 쉬쉬거렸다. "혹시 물어보면 실수였다고 해. 다 실수였다고."

문이 열리고 엄마는 손을 치웠다. 손전등 불빛 두 개가 방 여기저기를 비췄다. 동생들은 모두 잠에서 깨어 울고 있었다. 동생들 눈은 고양이 눈처럼 번뜩였다.

"그냥 무서워서 그래요." 엄마는 설명했다. "얘들은 지금 상황 파악도 안 됐어요."

"아무도 없어." 경찰이 엘레노어 쪽으로 불빛을 비추며 말했다. "마당이랑 지하실도 다 확인했다."

안심하라는 얘기라기보단 책망에 가까웠다.

"죄송해요." 엘레노어는 사과했다. "뭔가 소리를 들은 것 같아서……."

불빛이 꺼지고 거실에서 세 남자의 이야기 소리가 들려왔다. 무거운 부츠를 신은 경찰의 발소리가 현관으로 향했고, 곧 차가 떠나는 소리도 들렸다. 창문은 여전히 열려 있었다.

그제야 리치가 방으로 들어왔다. 리치는 절대 애들 방에 오는 법이 없었다. 엘레노어는 아드레날린이 마구 뿜어져 나오는 게 느껴졌다.

"무슨 생각이었지?" 리치가 부드럽게 말했다.

엘레노어는 아무 말 하지 않았다. 엄마가 엘레노어의 손을 잡았고 엘레노어는 입을 다물었다.

"리치, 몰랐대. 그냥 총소리를 들었대요." 엄마가 말했다.

"시발." 리치가 주먹으로 문을 쾅 쳤다. 베니어판이 부서졌다.

"가족들 걱정돼서 그랬대요. 실수였대."

"날 없애보시겠다?" 리치는 소리를 질렀다. "네가 날 없앨 수 있을 것 같아?"

엘레노어는 엄마의 어깨 뒤로 숨었다. 딱히 숨는다고 할 순 없었다. 거기 숨어봤자 이 방에서 리치의 주먹이 날아가기 제일 쉬운 게 엄마였으니까.

"실수였대요." 엄마는 부드럽게 말했다. "도와주려고 그런 거래."

"이 집에선 경찰에 전화 같은 건 안 한다." 리치가 엘레노어에게 말했다. 목소리는 차분해지고 있었지만 눈빛은 거칠었다. "앞으로 다시는 이런 일 없는 거야."

그러곤 다시 소리쳤다. "너희 전부 다 없애버리는 수도 있어." 리치는 나가면서 문을 쾅 닫았다.

"자, 이제 자자." 엄마가 말했다. "다들 어서……."

"하지만 엄마……." 엘레노어가 속삭였다.

"자자." 엄마는 엘레노어를 침대 위층으로 올려보냈다. 그러곤 침대 쪽으로 가까이 몸을 기울였다. 엄마의 입이 엘레노어의 귀에 거의 닿았다. "리치가 쏜 거야." 엄마는 속삭였다. "공원에서 농구하는 애들이 좀 시끄러워서…… 걔들 겁만 줄 목적이었어. 근데 리치가 총기 허가가 없어. 그리고 집안에 다른 문제될 것들도 있고…… 하마터면 체포됐을 수도 있어. 오늘 밤은 이 정도에서 끝내자. 숨소리도 내지 말고."

엄마는 무릎을 꿇고 잠시 동생들을 토닥이면서 조용히 시키더니 스르륵 방을 나갔다.

엘레노어는 심장 다섯 개가 쿵쾅대는 소리를 들을 수 있었다. 하나같이 울음을 꾹 참고 있었다. 다들 속으론 울고 있었다. 엘레노어는 제 침대에서 나와 메이지 침대로 갔다.

"괜찮아." 엘레노어는 방 안의 모두에게 속삭이듯 말했다. "이제 괜찮아."

25

파크

엘레노어는 오늘 아침 꼭 전원이 꺼져 있는 것만 같았다. 버스를 기다리면서도 아무 말이 없었다. 버스에 타서도 털썩 자리에 앉더니 창문에 기댔다.

파크는 엘레노어의 소매를 잡아당겼지만 엘레노어는 반쪽짜리 미소조차 짓지 않았다.

"괜찮아?" 파크가 물었다.

엘레노어는 파크를 올려다보았다. "지금은."

파크는 엘레노어의 대답을 믿지 않았다. 다시 엘레노어의 소매를 잡아당겼다.

엘레노어는 파크 쪽으로 푹 쓰러지더니 파크의 어깨에 얼굴을 묻었다.

"괜찮아?" 파크는 물었다.

"거의." 엘레노어가 대답했다.

버스가 멈추자 엘레노어도 고개를 들었다. 엘레노어는 일단 버스에서 내리면 파크가 손을 못 잡게 했다. 복도에서는 파크랑 손끝 하나도 닿지 않으려고 했다. "남들이 쳐다봐." 엘레노어는 늘 그렇게 말했다.

아직도 그런 게 엘레노어한테 중요하다니 믿을 수가 없었다. 남들 시선이 신경 쓰이는 애가 머리에 커튼 술 같은 걸 달고 다니진 않는다. 스파이크가 그대로 붙어 있는 남성 골프화를 신고 다니진 않는다.

그래서 파크는 엘레노어 사물함 옆에 서서 엘레노어 손이든 뭐든 잡을 생각만 했다. 파크는 엘레노어에게 어서 빨리 이 소식을 전하고 싶었다. 하지만 엘레노어가 하도 넋이 나가 보여서 무슨 말을 해도 엘레노어 귀에 들릴 것 같지가 않았다.

#

엘레노어

이번엔 어디가 될까?

다시 힉먼 부부네 집으로 가게 될까?

"저기, 혹시 저 기억하세요? 지난번에 저희 엄마가 며칠만 좀 봐달라고 맡겨놓고 1년을 안 데려갔던 그 집 딸인데요. 아동보호소로 넘기지 않으신 거 진짜 감사하게 생각하고 있어요. 정말 교인다운 모습이었어요. 혹시 아직도 그 접이식 소파 베드 그 집에 있나요?"

제기랄.

리치가 같이 살기 전까진 책이나 화장실 벽에서만 보던 욕이었다. *미친년. 재수 없는 새끼들. 젠장, 망할 년. 빌어먹을, 누가 내 스테레오 손댔어?*

전혀 예상 못 한 일이었다. 지난번 리치가 엘레노어를 쫓아냈을 때 말이다.

엘레노어가 예상 못 한 이유는 그런 일이 일어날 수도 있다고 상상조차 해본 적이 없었기 때문이었다. 리치가 감히 그런 시도를 할 거라고도 생각하지 못했지만 특히나 엄마가 리치 말을 들을 거라고는 절대, 단 한 번도 상상하지 못했다. (아마 리치는 엄마의 마음이 변한 걸 분명 엘레노어보다 먼저 알아채고 있었겠지.)

사건이 벌어진 그날을 떠올리면 당혹스러웠다. 다른 무엇보다 당혹스러운 마음이 가장 컸다. 그날은 정말로 엘레노어의 잘못이긴 했다. 제발 쫓아내주세요, 하는 짓이었다.

엘레노어는 방에서 엄마가 굿윌 중고 숍에서 들여온 낡은 수동 타자기로 노래 가사를 타이핑하고 있었다. 새 리본이 필요하긴 했지만(타자기에 안 맞는 카트리지만 한 상자 가득 있었다) 그래도 작동은 됐다. 엘레노어는 타자기 자판을 누르는 느낌이며 따각 따각 소리, 그 타자기의 모든 구석구석이 다 좋았다. 심지어 그 금속 냄새, 구두약 같은 냄새조차 좋았다.

사건이 일어났던 그날은 좀 지루한 날이었다.

날이 너무 더워서 그냥 누워 뒹굴뒹굴하거나 책을 읽거나 TV를 보거나, 그것 말곤 달리 뭘 할 수 있는 날씨가 아니었다. 리치는 거실에 있었다. 2시, 3시가 되도록 침대에서 일어나질 않아 다들 오늘 리치가 저기압이구나 했다. 엄마는 초조하게 집 안을 종종거리고 돌아다니면서 리치한테 레모네이드며 샌드위치며 아스피린을 갖다 바쳤다. 엘레노어는 엄마가 그럴 때가 싫었다. 끝도 없이 그렇게 시중을 들고 다닐 때가. 같은 공간에 있으면 부끄러웠다.

그래서 엘레노어는 위층에서 「스카버러 페어Scarborough Fair」* 가사를 타자로 치고 있었다.

리치가 불평하는 소리가 들려왔다.

"저건 또 뭔 소리야? 젠장, 사브리나, 쟤 조용히 좀 못 시켜?"

엄마는 뒤꿈치를 들고 위층으로 올라와 엘레노어의 방에 고개를 들이밀었다. "리치 기분이 안 좋대. 그거 좀 치우면 안 될까?" 엄마는 창백했고 긴장한 모습이었다. 엘레노어는 그런 엄마의 모습이 싫었다.

엘레노어는 엄마가 아래층으로 내려갈 때까지 기다렸다. 그런 다음 별로 깊이 생각하지 않고 그냥 일부러 다시 타자를 치기 시작했다.

스

따각.

자판 위 엘레노어의 손끝이 떨렸다.

카버러

따각. 따각. 따각.

아무 일도 없었다. 아무런 후폭풍도 없었다. 공기는 덥고 답답했고, 집 안은 지옥의 도서관만큼이나 조용했다. 엘레노어는 눈을 꼭 감고 턱을 공중으로 쳐들었다.

시장에 가니 파슬리 세이지 로즈마리 타임

리치가 얼마나 쏜살같이 달려왔던지, 엘레노어가 머릿속으로 그린 장면에서 리치는 거의 날아오다시피 했다. 엘레노어의 머릿속 그림에서 리치는 거의 불꽃 한 덩이를 던져 방문을 열었다.

리치는 엘레노어가 채 마음의 준비도 하기 전에 다가와 엘레노어의 손에서 타자기를 채어 벽으로 집어 던졌고, 타자기는 산산조각이 나면서 석고벽 안쪽 철망에 그대로 걸려 있었다.

엘레노어는 너무 충격을 받은 나머지 리치가 뭐라고 소리를 치고 있는지 처음엔 알아듣지도 못했다. *뚱보년. 이 망할 년.*

리치가 이 정도로 가까이 온 건 처음이었다. 리치에 대한 두려움의 감정이 엘레노어를 덮쳤다. 엘레노어는 자신의 눈에 어린 공포심을 리치에게 보이고 싶지 않아 두 손으로 얼굴을 가리고 배게 위로 얼굴을 파묻었다.

뚱보년. 망할 년. 사브리나, 젠장, 내가 경고했지.

"당신 너무 싫어." 엘레노어는 베개에 대고 속삭였다. 뭔가 퍽, 하는 소리가 들렸다. 문간에서 엄마의 부드러운 목소리가 들려왔다. 마치 잠에서 깬 아기를 다시 재우려는 것 같은 목소리였다.

뚱보년, 망할 년. 매를 벌어요.

"당신 너무 싫어." 엘레노어는 더 크게 말했다. "싫어. 싫어. 싫어."

썩을.

"당신 너무 싫어."

---

* 영국의 구전 노래로 1965년 사이먼 앤드 가펑클이 부른 버전이 유명하다.

전부 썩을 년들이야.

"뒈져버려."

멍청한 년들.

"꺼져버려. 꺼져."

너 방금 뭐랬어?

엘레노어의 머릿속에서 온 집안이 뒤흔들리고 있었다.

이제 엄마는 엘레노어를 침대 위에서 끌어내리려고 했다. 엘레노어는 엄마와 같이 가고 싶었지만 리치를 마주하기가 너무 무서웠다. 엘레노어는 바닥에 납작 엎드려 기어가고 싶었다. 방에 자욱한 연기가 끼어 있기라도 한 척 연기하고 싶었다.

리치가 으르렁대고 있었다. 엄마는 엘레노어를 계단까지 끌어낸 다음 아래로 밀었다. 리치가 두 사람 바로 뒤에 있었다.

엘레노어는 난간으로 떨어졌고 현관까지 사실상 네 발로 달려갔다. 엘레노어는 집 밖으로 나와 보도 끝까지 달렸다. 현관에 앉아 장난감을 갖고 놀고 있던 벤은 놀이를 멈추고 엘레노어가 달려가는 모습을 지켜보았다.

엘레노어는 언제까지 이렇게 달려야 하나 싶었다. 그런데 어디로 가지? 엘레노어는 아주 어릴 때부터 단 한 번도 집을 떠나는 상상을 한 적이 없었다. 한 번도 마당 가장자리를 벗어나는 상상을 한 적이 없었다. 어디로 가지? 누가 날 돌봐줄까?

다시 현관문이 열리는 걸 보고 엘레노어는 길가 쪽으로 몇 걸음을 옮겼다.

엄마 혼자였다. 엄마는 엘레노어의 팔을 잡고 이웃집을 향해 재빨리 걷기 시작했다.

앞으로 무슨 일이 벌어질지 그때 알았더라면 엘레노어는 달려가 벤에게 작별 인사를 했을 것이다. 메이지랑 마우스를 찾아서 볼에 진하게 뽀뽀를 해줬을 것이다. 어쩌면 집에 들어가 아기를 보고 와도 되겠느냐고 물었을 것이다.

그리고 집 안에 들어가 엘레노어를 기다리고 있는 리치를 마주쳤더라면, 그랬다면 엘레노어는 어쩌면 무릎을 꿇고 제발 쫓아내지만 말아달라고 빌었을 것이다. 리치가 듣고 싶어하는 말은 뭐든 다 해줬을지도 모른다.

#

지금 리치가 원하는 게 그거라면, 그러니까 엘레노어가 용서를 구하고 자비를 구하면서 싹싹 비는 거라면, 이 집에서 쫓겨나지 않기 위해 그래야 한다면, 엘레노어는 빌 거다.

부디 이런 마음을 리치가 알아채지 못했으면.

엘레노어가 이제 이렇게 변해버린 것을 부디 아무도 알아채지 못했으면.

#

파크

영어 시간 엘레노어는 스테스만 선생님 말씀도 듣는 둥 마는 둥 했다.

역사 시간에는 창밖만 내다보았다.

집에 오는 길 엘레노어는 발끈하지도 않았다. 어떤 기분이라고 말할 상태도 아니었다.

"괜찮아?" 파크가 물었다.

엘레노어는 파크에게 기대 고개를 끄덕였다.

엘레노어가 버스에서 내릴 때까지도 파크는 아직 얘기를 꺼내지 못했다. 그래서 파크는 엘레노어가 싫어하는 걸 알면서도 엘레노어를 따라 내렸다.

"파크……." 엘레노어는 긴장한 얼굴로 집으로 향하는 길을 내려다보았다.

"알아." 파크가 말했다. "근데 하고 싶은 말이 있어서…… 나 이제 외출 금지 아니야."

"아니야?"

"응, 아니야." 파크는 고개를 흔들며 말했다.

"잘됐네."

"응……."

엘레노어는 자기 집 쪽을 쳐다보았다.

"그러니까 네가 다시 놀러 와도 된다는 뜻이지." 파크가 말했다.

"아." 엘레노어가 대답했다.

"물론, 네가 원한다는 가정하에 그래도 된다는 얘기야." 파크가 예상한 시나리오대로 흘러갈 것 같진 않았다. 비록 엘레노어의 눈이 파크를 향해 있어도 엘레노어는 지금 파크를 보고 있는 게 아니었다.

"아." 엘레노어가 말했다.

"엘레노어? 별일 없는 거야?"

엘레노어는 고개를 끄덕였다.

"아직……" 파크는 가방끈을 가슴 쪽으로 잡아당겼다. "음, 그러니까 아직도 놀러 오고 싶은 생각 있어? 아직도 나 보고 싶어?"

엘레노어는 고개를 끄덕였다. 곧 울음을 터뜨릴 것 같은 얼굴이었다. 파크는 엘레노어가 또다시 집에 와서 눈물을 보이는 일은 없기를 바랐…… 혹시나 다시 엘레노어가 놀러 온다고 할 때 얘기지만. 엘레노어가 파크의 손을 스르륵 빠져나가는 느낌이었다.

"그냥 너무 피곤해서 그래." 엘레노어가 말했다.

엘레노어

파크가 보고 싶으냐고?

파크 외엔 아무것도 생각하고 싶지도, 보고 싶지도 않았다. 파크 팔을 지혈대마냥 이 몸뚱어리에 동여매놓고 싶었다.

파크가 자신에게 얼마나 필요한 존재인지를 그 애한테 보여주면, 아마 파크는 도망쳐버릴 거다.

엘레노어

이튿날 아침엔 기분이 좀 나아졌다. 아침에 기분 좋은 날은 드문 엘레노어였다.

아침에 눈을 뜨니 이 멍청한 고양이가 옆에 딱 붙어 똬리를 틀고 자고 있었다. 마치 이 여자애가 자길 싫어하는 건지 아님, 그냥 고양이를 일반적으로 싫어하는 건지 도통 모르겠다는 듯이.

엄마는 리치가 거부한 달걀프라이 샌드위치도 엘레노어에게 주고, 모서리에 이가 살짝 나간 낡은 꽃 모양 유리 브로치도 재킷에 달아주었다.

"중고가게에서 찾았지. 메이지가 갖고 싶어했는데 너 주려고 남겨뒀어." 엄마는 엘레노어의 귀 뒤에 바닐라를 슥 묻혀주었다.

"학교 끝나고 티나네 집에 놀러 갈지도 몰라요." 엘레노어가 말했다.

"알았어. 재밌게 놀아."

파크가 정류장에서 기다렸으면 하는 바람은 있었지만, 설사 기다리고 있지 않다고 하더라도 파크를 원망하진 않을 거다.

파크는 엘레노어를 기다리고 있었다. 회색 트렌치코트에 검은색 하이탑을 신고 저기 어스름 속에 서서 엘레노어가 오는 걸 바라보고 있었다.

엘레노어는 빨리 파크를 만나고 싶어 남은 거리를 쏜살같이 달려갔다.

"좋은 아침." 엘레노어가 양손으로 파크를 밀치며 인사했다.

파크는 웃으며 뒤로 한 발 물러섰다. "누구시죠?"

"파크 여자친구인데요. 주위에 물어보세요."

"아닌데요…… 제 여자친구는 말 한마디 않고 우울해하면서 밤새 남자친구 걱정하게 만드는 그런 사람인데요."

"진짜 별로네요. 새 여자친구 사귀세요."

파크는 웃으며 고개를 저었다.

날도 추웠고 아직 동이 채 트기 전이라 파크의 날숨이 다 보였다. 저 숨을 먹어 삼키고 싶은 충동을 엘레노어는 간신히 참았다.

"엄마한테 학교 끝나고 친구네 집 간다고 했어……." 엘레노어가 말했다.

"그래?"

백팩 스트랩을 한쪽 어깨에만 걸치는 게 아니라 정석으로 양쪽 어깨에 모두 걸치고 다니는 사람은 파크 말곤 본 적이 없었다. 그리고 파크는 늘 비행기나 어디서 이제 막 내린 사람처럼 양쪽 가방끈을 쥐고 있었다. 그게 진짜 귀여웠다. 부끄러워하면서 고개를 떨굴 때는 특히나 더.

엘레노어는 파크의 앞머리를 잡아당겼다. "응."

"좋다." 파크가 씩 웃었다. 볼에선 빛이 났고 입술은 통통했다.

그래도 저 얼굴을 깨물면 안 된다고 엘레노어는 스스로 되뇌었다. 그건 애정결핍인 사람이나 할 법한 아주 이상한 짓이니까. 엔딩에 행복한 키스 신이 나오는 영화나 시트콤 주인공들은 절대 상대의 얼굴을 깨물거나 하지 않았다.

"어제 일은 미안해." 엘레노어가 말했다.

파크는 가방끈을 쥐며 어깨를 으쓱했다. "어제는 어제고."

아, 정말. 이러면 내가 그 얼굴을 통째로 집어삼키고 싶어지잖아.

#

파크

하마터면 엘레노어한테 엄마 말을 전부 다 털어놓을 뻔했다.

엘레노어한테 뭔가를 숨기면 안 될 것 같았다.

하지만 그런 얘기를 굳이 엘레노어에게 하는 게 오히려 더 안 될 일 같기도 했다. 그럼 엘레노어는 더더욱 긴장을 하겠지. 아예 놀러 오지 않는다고 할지도 모르고…….

그리고 오늘은 엘레노어 기분이 무척 좋았다. 엘레노어는 아예 다른 사람이었다. 자꾸 파크의 손을 꽉 쥐었다. 심지어 버스에서 내리는데 파크의 어깨를 물기까지 했다.

게다가 파크가 엄마 얘길 꺼내면 엘레노어는 최소 자기 집에 돌아가 옷을 갈아입고 오고 싶어할 거다. 오늘 엘레노어는 커도

너무 큰 오렌지색 아가일 무늬 스웨터에 부들부들한 녹색 타이,
펑퍼짐한 페인터 진을 입고 있었다.

엘레노어 옷장에 여성복이라는 게 있기는 한지 모를 일이었
다. 어차피 파크도 별로 상관은 없었다. 뭐랄까, 엘레노어가 여
성스러운 옷을 안 입는 게 파크는 좋았다. 어쩌면 그게 파크의
또 다른 게이 성향인지도 모를 일이지만 사실 또 꼭 그렇다고도
할 수 없는 게, 엘레노어가 아무리 머리를 짧게 자르고 얼굴에 콧
수염을 단다고 해도 남자처럼 보일 것 같진 않았다. 그런 남성복
같은 옷들을 입고 다니니까 오히려 엘레노어의 여성스러움이 더
도드라졌다.

엄마 얘긴 엘레노어한테 하지 않을 거다. 엘레노어한테 웃으
라고도 안 할 거다. 하지만 엘레노어가 파크를 또 물면 무슨 얘
기든 털어놓게 될지도 모른다.

"누구세요?" 영어 시간 아직도 실실 웃고 있는 엘레노어를 보
고 파크는 물었다.

"주위에 물어보시죠." 엘레노어가 말했다.

#

엘레노어

오늘 스페인어 수업은 스페인어로 친구에게 편지 쓰기였다.
부손 선생님은 아이들이 편지를 쓰는 동안 시트콤 〈께 빠사,
USA?〉 한 편을 틀어두었다.

엘레노어는 파크에게 편지를 써보기로 했다. 그리 많이 쓰지는 못했다.

세리던 군에게Estimado Senor Sheridan,

네 얼굴을 먹고 싶어Mi gusta comer su cara.

키스를 보내며Besos,

엘레노어Leonor

하루 종일 엘레노어는 긴장이 되거나 겁이 날 때마다 행복해하라고 스스로에게 되뇌었다. (그렇다고 기분이 나아지는 건 아니었지만 최소한 기분이 나빠지는 건 막을 수 있었으니까…….)

파크처럼 자식을 잘 키우신 걸 보면 그 애 가족은 좋은 사람들일 거라고 엘레노어는 스스로를 진정시켰다. 엘레노어 집엔 안 통하는 논리였지만 일단 그건 별개로 하고. 파크네 가족을 엘레노어 혼자 만나는 것도 아니다. 파크도 같이 있을 거니까. 그게 핵심이었다. 파크랑 같이 있을 수 있는데 가고 싶지 않을 정도로 끔찍한 곳이 과연 세상에 있기는 할까?

엘레노어는 7교시가 끝나고 3층 복도에서 현미경을 가지고 가는 파크를 보았다. 거기서 파크를 본 건 처음이었다. 생각지도 못한 곳에서 파크를 보니 기분이 최소한 두 배는 더 좋았다.

파크

파크는 점심시간 집에 전화해서 학교 끝나고 엘레노어랑 같이 집에 갈 거라고 얘기했다. 상담 선생님이 전화를 쓰게 해줬다. (던 선생님은 학생들이 어려운 상황에서 도움을 줄 수 있는 기회를 워낙 좋아해 파크가 그냥 급한 일이라는 뉘앙스만 줘도 전화를 빌려 쓰는 건 어렵지 않았다.)

"그냥 오늘 학교 끝나고 엘레노어가 집에 놀러 온단 얘기 하려고요." 파크는 엄마에게 말했다. "아빠가 괜찮댔어요."

"그러든가." 엄마는 괜찮은 척조차 안 했다. "저녁 먹고 간대?"

"모르겠어요. 아마 안 먹고 갈 거예요."

엄마는 한숨을 쉬었다.

"엄마 진짜로, 엘레노어한테 잘해줘요."

"엄마가 잘 대해주지 않는 사람이 있니? 너도 잘 알면서."

#

버스에서 엘레노어는 확실히 긴장하고 있었다. 말도 없었고 아랫입술을 가만두질 못하고 계속 이로 잘근대고 있었다. 나중에는 입술이 하얘져서 입술 피부에 주근깨까지 다 보일 정도였다.

파크는 『왓치맨』으로 엘레노어 주의를 돌려보려고 했다. 두 사람은 막 네 번째 장을 읽은 터였다. "해적 이야기 어떻게 생각해?" 파크가 물었다.

"무슨 해적 이야기?"

"그 왜, 맨날 해적 만화 읽고 있는 캐릭터 있잖아. 액자 구조로 나오는 해적 이야기."

"그 부분은 맨날 건너뛰는데." 엘레노어가 대답했다.

"건너뛴다고?"

"지루해. 어쩌고저쩌고…… '해적이다!' 다시 어쩌고저쩌고……."

"앨런 무어는 절대 '어쩌고저쩌고' 따위 이야기를 쓰지 않아." 파크는 장엄한 목소리로 말했다.

엘레노어는 어깨를 으쓱해 보이곤 입술을 깨물었다.

"50년 만화의 역사를 완전히 뒤바꿔놓은 그런 책으로 이 장르에 입문하는 게 아니었는데 하는 생각이 든다." 파크가 말했다.

"장르가 어쩌고저쩌고. 아, 그래."

버스가 엘레노어 집 부근에서 멈췄다. 엘레노어는 파크를 쳐다보았다.

"우리 다음 정류장에서 내리면 될 것 같지?" 파크가 확인차 물었다.

엘레노어는 다시 어깨를 으쓱해 보였다.

두 사람은 스티브와 티나, 버스 뒤쪽 무리들이랑 같이 다음 정류장에서 내렸다. 버스 뒤쪽 무리는 스티브가 일하러 가는 날만 아니면 겨울에도 전부 스티브네 차고에 모여 놀았다.

파크와 엘레노어는 걔네 무리 뒤에서 걸어갔다.

"오늘 너무 머저리같이 보여서 미안." 엘레노어가 말했다.

"평소랑 똑같은데." 파크가 대꾸했다. 엘레노어의 팔 끝에 가방이 달랑달랑 걸려 있었다. 파크가 가방을 받아주려고 했지만 엘레노어는 거절했다.

"내가 맨날 머저리 같아 그럼?"

"그런 뜻이 아니라……."

"그랬잖아, 방금." 엘레노어는 얼버무리듯 말했다.

지금은 화내지 않으면 안 될까? 파크는 엘레노어에게 그렇게 부탁하고 싶었다. 그러니까 다른 때에는 화내도 괜찮은데 지금만 말이야. 내일은 네 마음대로 화내도 되니까. 하루 종일 화내도 돼.

"여심을 사는 법 잘 알면서." 엘레노어가 말했다.

"난 여심을 아는 척한 적 없는데." 파크가 대꾸했다.

"내 기억은 좀 다른데. 네 방에 여자애들이 들락거렸다며……."

"방에 오기야 했지. 그렇다고 내가 뭘 배운 건 없는데."

두 사람은 파크네 집 현관 앞에 멈춰 섰다. 파크는 엘레노어한테서 가방을 받아 든 다음 긴장한 티를 내지 않으려고 애썼다. 엘레노어는 곧 줄행랑이라도 칠 것처럼 진입로만 내려다보고 있었다.

"내가 하려던 말은 지금 네가 평소랑 하나도 다르지 않단 거였어." 파크는 혹시 엄마가 문 바로 앞에 서 있을 경우를 대비해 목소리를 낮춰 말했다. "그리고 넌 평소에도 늘 스타일 좋고."

"내가 무슨 평소에 스타일이 좋아." 너 바보니, 하는 말투로 엘레노어가 말했다.

"난 네 평소 스타일 좋은데." 파크의 말은 어쩌다 보니 칭찬보단 발끈하는 투가 돼버렸다.

"그럼 전혀 스타일 좋은 게 아니잖아." 엘레노어도 목소리를 낮춰 말했다.

"알겠어, 그럼. 너 부랑자 같아."

"부랑자?" 엘레노어의 눈에서 번쩍하고 빛이 났다.

"응, 집시 부랑자. 뮤지컬 〈가스펠〉에 막 캐스팅된 사람 같아."

"그게 뭔지도 모르겠다."

"아주 형편없어."

엘레노어는 파크에게 가까이 다가갔다. "내가 부랑자 같아?"

"그것보다 더하지." 파크가 말했다. "슬픈 부랑자 광대 같아."

"근데도 좋다고?"

"응, 엄청."

파크의 대답을 듣자마자 엘레노어는 환하게 미소 지었다. 그리고 엘레노어가 미소를 지을 때 파크의 마음속에서 무언가가 팟, 하고 깨졌다.

언제나 그렇듯이.

#

엘레노어

파크 엄마가 그 시점에서 문을 연 게 아마 다행이었지 싶다. 그 순간 엘레노어는 파크한테 키스할까 하는 생각을 하고 있었고, 거기서 키스하는 게 전혀 좋은 생각이었을 리는 없으니까. 엘레노어는 키스를 어떻게 하는 건지도 몰랐다.

물론 키스 신이야 TV에서 백만 번도 넘게 봤지만(이게 다 〈해피 데이즈〉의 폰지 덕분이다*) 실제로 키스를 어떻게 하는 건지는 TV에서 절대 보여주지 않았다. 엘레노어가 파크에게 키스를 시도하면 꼬맹이가 자기 바비 인형이랑 바비 남자친구 켄이랑 키스시킬 때, 딱 그런 인형 키스의 실사판이 될 거다. 막무가내 얼굴 박치기 같은.

게다가 그렇게 본격적으로 어색한 키스를 한창 하고 있는데 문이 열렸다? 그러면 파크 엄마는 엘레노어를 더 싫어하게 되겠지.

파크 엄마가 엘레노어를 싫어하는 건 확실했다. 빤히 다 보였다. 아니면 그냥 엘레노어가, 그러니까 여자애가 무려 자기 집 거실에 앉아 자기 큰아들을 유혹하고 있단 그 자체가 싫은 것일 수도 있고.

엘레노어는 파크를 따라 거실로 들어가 앉았다. 엘레노어는 특별히 더 예의 바르게 보이려고 애를 썼다. 파크 엄마가 간식 줄까, 묻자 엘레노어는 "주신다면 감사하죠. 잘 먹겠습니다."라고 대답했다. 파크 엄마는 하늘색 소파에 묻은 얼룩이라도 보는 것 같은 눈빛으로 엘레노어를 쳐다보고 있었다. 쿠키를 내주고 나서 파크 엄마는 두 사람만 있게 자리를 비켜주었다.

파크는 진짜 행복해 보였다. 엘레노어는 파크와 같이 있는 게 얼마나 좋은지 그 사실에만 집중하려고 했지만, 사실 아무렇지 않은 척 앉아 있는 것만으로도 이미 너무 에너지가 많이 소모됐다.

파크네 집에서 엘레노어가 정말 참기 힘든 건 아주 사소한 것들이었다. 이를테면 집 안 구석구석 걸려 있는 저 유리 포도송이들. 램프 깔개랑 소파를 통일한 걸로도 모자라 역시 같은 스타일로 맞춘 저 커튼.

이렇게 멀끔하고 개성이라곤 없는 집에서 자란 사람치고 절대 매력적인 사람은 없을 것 같겠지만, 사실 파크는 지금까지 엘레노어가 만난 사람 중 가장 똑똑하고 재밌는 애였고 이 집은 말하자면 파크의 고향별이었다.

엘레노어는 파크 엄마며 딱 에이본 아줌마스러운 이 집에 우월감을 느끼고 싶었다. 하지만 그 대신 이런 집에 살면 정말 좋겠다는 생각만 자꾸 들었다. 내 방이 있는 집. 친엄마, 친아빠랑 사는 집. 찬장에는 여섯 가지 다른 맛의 쿠키가 상비돼 있는 집.

#

* 1970년대 미국 인기 시트콤 〈해피 데이즈〉에서 '폰지'는 쿨하고 여자들에게 인기 많은 캐릭터로 등장한다.

파크

엘레노어 말이 맞았다. 엘레노어의 스타일은 보기 좋은 적이 없었다. 엘레노어는 예술 같았다. 예술은 보기 좋으라고 있는 게 아니라 뭔가 느끼라고 있는 거다.

엘레노어랑 소파에 나란히 앉아 있으니 누가 방 한가운데 있는 창문을 열어놓은 것 같은 느낌이 들었다. 방 안 공기를 전혀 다른, (청량함이 두 배로 올라간) 훨씬 상쾌한 공기로 환기해놓은 느낌이랄까.

엘레노어 덕분에 파크는 뭔가 특별한 일이 벌어지고 있는 것 같은 기분이 들었다. 그냥 소파에 가만히 앉아 있기만 해도 그랬다.

엘레노어는 최소 집 안에서는 손도 못 잡게 할 거고 저녁도 안 먹고 갈 거다. 그래도 엘레노어는 파크네 부모님만 허락하시면 내일 다시 온다고 했다. 부모님 허락이야 이미 당연한 거였고.

지금까지는 엄마도 완벽하게 잘해주고 있었다. 엄마는 고객들이나 이웃들을 대할 때처럼 너무 가식적으로 막 친절하게 굴지도 않았고, 그렇다고 무례하지도 않았다. 그리고 엘레노어가 올 때마다 엄마가 주방에 숨어 있고 싶다면야 뭐, 그건 엄마의 특권이었다.

엘레노어는 목요일 오후와 금요일 다시 놀러 왔다. 토요일, 조쉬랑 셋이서 닌텐도 게임을 하고 있는데 아빠가 엘레노어에게 저녁을 먹고 가라고 했다.

그러겠다는 엘레노어의 대답을 듣고 파크는 믿을 수가 없었다. 아빠가 식탁에 확장형 패널을 설치했고 엘레노어는 파크 바로 옆에 앉았다. 엘레노어가 긴장한 게 다 느껴졌다. 자기 슬로피 조 샌드위치*에는 손도 거의 안 댔고, 얼마 후엔 미소 띤 입가도 슬슬 처지기 시작했다.

저녁을 먹고 나서는 모두 함께 HBO에서 하는 〈백 투 더 퓨처〉를 보았고, 엄마는 팝콘을 만들었다. 엘레노어와 파크는 나란히 바닥에 앉아 소파에 등을 기댔고, 파크가 몰래 엘레노어 손을 잡자 엘레노어는 손을 빼지 않았다. 파크는 엘레노어의 손바닥을 문질렀다. 엘레노어가 그걸 좋아했기 때문이다. 엘레노어는 잠이라도 쏟아지는 것처럼 눈을 감았다.

영화가 끝나고 아빠는 파크에게 엘레노어를 집에 데려다주라고 신신당부했다.

"초대해주셔서 감사합니다, 셰리던 씨." 엘레노어는 아빠에게 인사했다. "저녁 잘 먹었습니다, 셰리던 부인. 아주 맛있었어요, 정말 즐거운 시간 보내고 가요." 심지어 엘레노어의 말에 빈정대는 투도 전혀 없었다.

문을 나서면서도 엘레노어는 뒤돌아서까지 인사를 했다. "즐거운 저녁 보내셔요!"

집 밖으로 나와서 파크는 문을 닫았다. 엘레노어를 채우고 있던 긴장감과 상냥함이 그 애 몸 밖으로 주르륵 흘러나오는 게 눈으로 보일 지경이었다. 파크는 엘레노어를 꼭 안고 그것들을 남

* 햄버거빵 사이에 패티 대신 양념한 다진 고기를 넣은 샌드위치.

김없이 같이 짜내어주고 싶었다.

"집에는 못 데려다줘." 엘레노어는 평소처럼 날 선 목소리로 말했다. "알지?"

"알아. 하지만 중간까진 바래다줄 수 있잖아."

"흠……."

"중간까지만, 응? 캄캄하잖아. 아무도 보는 사람 없을 거야."

"알았어." 엘레노어는 대답은 했지만 그래도 손은 제 주머니에 집어넣었다. 두 사람은 천천히 걷기 시작했다.

"너희 가족 정말 좋더라." 1분쯤 후에 엘레노어가 덧붙였다. "정말로."

파크가 엘레노어의 팔을 잡았다. "너한테 보여주고 싶은 게 있어." 파크는 엘레노어를 옆집 차량 진입로 쪽, 소나무랑 캠핑밴 사이로 끌고 갔다.

"파크, 이거 사유지 무단침입이야."

"아니야. 우리 할머니네거든."

"보여주고 싶은 게 뭔데?"

"실은 별거 아냐. 그냥 잠깐이라도 둘만 있고 싶어서."

"진심이야? 그건 좀 많이 유치했다."

"알아." 파크는 엘레노어를 돌아보며 말했다. "다음번에는 그냥 이렇게 말할게. '엘레노어, 어두운 골목으로 날 좀 따라올래? 너한테 키스하고 싶거든.'"

엘레노어는 눈을 굴리지 않았다. 엘레노어는 숨을 들이마신 다음 입술을 꼭 다물었다. 파크가 서서히 엘레노어의 경계를 풀었다.

엘레노어는 주머니에 손을 더 깊숙이 찔러 넣었고, 파크는 엘레노어의 팔꿈치에 손을 얹었다. "다음번에는," 파크가 다시 입을 열었다. "그냥 이렇게 말할게. '엘레노어, 여기 덤불 뒤에 잠깐 앉아봐. 너한테 지금 키스하지 않으면 미칠 것 같으니까.'"

엘레노어가 움직이지 않아서 파크는 그럼 엘레노어의 얼굴을 만져도 된다는 뜻이겠거니 해석했다. 엘레노어의 피부는 보이는 그대로 부드러웠다. 작은 점들이 흩뿌려진 흰 도자기마냥 하얗고 매끄러웠다.

"그냥 이렇게 말할게. '엘레노어, 여기 토끼굴로 날 따라와…….'"

파크는 엘레노어의 입술에 엄지를 얹고 엘레노어의 반응을 살폈다. 엘레노어는 거부하지 않았다. 파크는 더 가까이 다가갔다. 눈을 감고 싶었지만 혹시나 엘레노어가 파크를 그 자리에 그대로 남겨두고 가버릴지도 모른다는 의심이 들었다.

파크의 입술이 엘레노어의 입술에 거의 닿았을 때, 엘레노어가 고개를 흔들었다. 엘레노어의 코가 파크의 코와 가볍게 부딪혔다.

"나 이거 한 번도 안 해봤어." 엘레노어가 말했다.

"괜찮아." 파크는 말했다.

"안 괜찮아. 끔찍할 거야."

파크는 고개를 저었다. "아니야."

엘레노어는 고개를 조금 더 저었다. 아주 약간만.

"너 후회할걸."

그 말에 웃음이 터지는 바람에 파크는 잠깐 진정을 해야 했고, 그런 뒤 엘레노어에게 키스했다.

끔찍하지 않았다. 엘레노어의 입술은 부드럽고 따뜻했고, 볼에서는 맥박이 뛰는 게 느껴졌다. 엘레노어가 그렇게나 긴장을 하고 있는 게 차라리 나았다. 오히려 그래서 파크는 긴장하지 않을 수 있었다. 엘레노어의 떨림을 느끼며 파크는 오히려 차분할 수 있었다.

마음은 계속하고 싶었지만 파크는 입술을 뗐다. 어떻게 숨을 쉬어야 하는지를 알 수 있을 정도로 파크도 키스를 많이 해본 건 아니었다.

파크가 입술을 뗐을 때 엘레노어는 눈을 거의 감고 있었다. 절대 꺼져 있는 법 없는 할머니 집 현관 불빛이 엘레노어의 얼굴을 비추고 있었다. 엘레노어는 저 하늘의 달과 결혼이라도 할 것 같은 얼굴이었다.

잠시 후 엘레노어는 고개를 숙였고 파크의 손도 엘레노어의 어깨로 내려왔다.

"괜찮아?" 파크가 속삭였다.

엘레노어는 고개를 끄덕였다. 파크는 엘레노어를 더 가까이 끌어당겨 머리 위에 키스했다. 풍성한 머리숱 사이로 파크는 엘레노어의 귀를 찾아 더듬었다.

"이리 와봐." 파크가 말했다. "너한테 보여주고 싶은 게 있어."

엘레노어가 웃음을 터뜨렸다. 파크는 엘레노어의 턱을 들어 올렸다. 두 번째는 심지어 덜 끔찍했다.

#

엘레노어

두 사람은 파크 할머니네 집 차량 진입로에서부터 골목까지 함께 걸어 나왔고, 파크는 그림자 밑에 서서 엘레노어가 혼자 걸어가는 모습을 지켜보았다.

엘레노어는 뒤를 돌아보지 말라고 스스로 되뇌었다.

#

리치는 집에 있었고, 엄마만 빼고 다 TV를 보고 있었다. 그렇게까지 늦은 시간은 아니었다. 엘레노어는 해가 지고 나서 들어왔다고 이상할 게 뭐 있냐는 식으로 당당하게 행동하려고 했다.

"어디 갔다 오지?" 리치가 물었다.

"친구 집에요."

"무슨 친구?"

"자기야, 얘기했잖아." 엄마는 팬에 물기를 닦고 방으로 들어오면서 말했다. "엘레노어가 이 동네 사는 친구를 사귀었대. 리사라고."

"티나요." 엘레노어가 정정했다.

"그래? 여자친구?" 리치가 말했다. "남자는 벌써 포기했나 보지?" 리치는 그게 꽤 웃긴 농담이라고 생각했다.

엘레노어는 방으로 들어가 문을 닫았다. 불은 켜지 않았다. 외출복 차림 그대로 침대에 올라가 커튼을 걷고 김 서린 창문을 닦았다. 창밖으로는 골목도, 움직이는 물체도 전혀 보이지 않았다.

다시 창문은 뿌옇게 김이 서렸다. 엘레노어는 눈을 감고 유리창에 이마를 댔다.

29

엘레노어

월요일 아침 정류장에서 버스를 기다리고 서 있는 파크를 보고 엘레노어는 피식피식 웃기 시작했다. 아니 진짜, 꼭 만화 속한 장면처럼…… 뺨이 발그레해지고 귀에서는 작은 하트가 뿅뿅솟아 나올 때처럼 피식피식…….

정말 어이가 없었다.

#

파크

월요일 아침 걸어오는 엘레노어를 보고 파크는 달려가 두 팔로엘레노어를 획 안아 올리고 싶었다. 엄마가 보는 그런 연속극에나오는 남자처럼. 파크는 자제하려고 가방끈을 꼭 쥐었다…….

기분이 꽤…… 좋았다.

엘레노어

파크 키는 엘레노어랑 별로 차이가 없었는데, 보기엔 키가 더 커 보였다.

파크

엘레노어의 속눈썹은 주근깨랑 똑같은 색이었다.

엘레노어

학교 가는 길에 파크와 비틀스의 '화이트 앨범' 얘길 하긴 했지만, 사실 그건 그냥 서로의 입을 바라보고 있기 위한 구실에 불과했다. 누가 보면 독순술이라도 하고 있나 생각했을 것이다.

그래서 파크가 자꾸 웃었는지도 모르겠다. 심지어「헬터 스켈터」얘길 할 때마저도 웃었다. 지금이야 찰스 맨슨 때문에 더 유명해졌지만 원래도 비틀스 노래 중에 제일 웃긴 노랜 아니었는데도 말이다.

30

파크

"야." 립 바비큐 샌드위치를 한 입 베어 물며 칼이 말했다. "목요일에 같이 농구 보러 가자. 농구 안 좋아하느니 뭐 그런 개소리는 꺼낼 생각도 하지 말고."

"글쎄……."

"킴도 올 거야."

파크는 앓는 소리를 했다. "칼……."

"나랑 같이 앉을 거야." 칼이 말했다. "왜냐, 이건 데이트거든."

"잠깐, 진짜로?" 파크는 입안의 샌드위치가 튀어나올까봐 입을 막았다. "그때 그 킴 얘기하는 거 맞지?"

"그게 그렇게 안 믿기냐?" 칼은 우유팩 입구를 완전히 다 개봉하더니 그대로 컵처럼 들고 마셨다. "너한테 그렇게 빠진 것도 아니었더라고. 그냥 일상은 지루하고, 너는 뭔가 좀 신비해 보이고 조용하고 그러니까…… '잔잔한 물이 깊게 흐른다' 뭐 이런 생각이었던 거지. 그래서 내가 얘기해줬다. 잔잔한 물이 때로는 잔잔하기만 할 때도 있다고."

"고맙다."

"근데 지금은 나한테 푹 빠져 있어. 그러니까 같이 놀아도 돼. 농구 보러 가면 진짜 재밌어. 나초랑 이것저것 먹거리도 많아."

"생각해볼게." 파크가 대답했다.

생각은 무슨. 엘레노어 없인 아무 데도 안 간다. 그리고 엘레노어는 농구 같은 데 관심 있는 스타일 같진 않았다.

#

엘레노어

"엘레노어." 체육 시간이 끝나고 드니스가 탈의실에서 말을 걸었다. 다들 체육복을 갈아입는 중이었다. "생각해봤는데, 이번 주에 너 진짜 스프라이트 나이트 같이 가자. 존시 차도 고쳤고, 목요일이 쉬는 날이거든. 제대로 한번 밤새 놀아보자 이거야."

"나 외출 안 되는 거 알잖아." 엘레노어가 말했다.

"원래 남자친구 집도 가면 안 되는 건 줄은 내가 잘 알지." 드니스가 말했다.

"나도 그렇게 들은 기억나." 비비가 말했다.

애네들한테 파크네 집 얘길 하지 말았어야 했는데. 하지만 누구든 붙잡고 얘기하고 싶어 죽을 것 같았단 말이다. (이래서 완전 범죄를 저지르고도 감옥에 가는 사람들이 있는 모양이다.) "우리끼리 비밀이라니까. 아, 정말."

"진짜로 와라." 비비가 말했다. 비비 얼굴은 진짜 완벽한 동그라미에 보조개도 깊이 파여서 꼭 무슨 술 달린 쿠션 같았다. "진짜 재밌어. 거기 춤추러 가보면 신세계일걸."

"글쎄……." 엘레노어가 말했다.

"네 남자 때문에 그래?" 드니스가 물었다. "그런 거면 개도 같이 와. 별로 자리도 많이 차지 안 하는데 뭐."

비비가 킥킥대서 엘레노어도 같이 킥킥댔다. 엘레노어는 파크가 춤추는 모습이 상상이 되지 않았다. 파크는 춤도 진짜 잘 출 거다. 인기가요 40 차트의 노래들을 듣느라 귀에서 피가 날지도 모르는 게 문제라면 문제일까, 파크는 못하는 게 없었다.

하지만…… 드니스, 비비랑 같이 밖에서 파크를 만나는 건 그림이 그려지지가 않았다. 드니스와 비비가 아니더라도 누구와든, 파크랑 남들 앞에 나가는 생각을 하면 우주에서 헬멧을 벗는 순간을 상상할 때 같은 기분이 들었다.

#

파크

엄마는 맨날 그렇게 학교 끝나고 엘레노어랑 놀 거면 숙제를 해야 하지 않겠느냐고 했다. 물론 엘레노어와 매일 만나는 건 사실이었다.

"그건 엄마 말씀이 맞을걸." 엘레노어가 버스에서 말했다. "나 이번 주 내내 영어 숙제 아무렇게나 해서 냈잖아."

"오늘 그게 아무렇게나 한 거라고? 진짜? 전혀 그런 느낌 아니던데."

"작년에 이전 학교에서 셰익스피어 한 적 있었거든⋯⋯ 그치만 수학은 그렇게 못해. 수학은⋯⋯ '아무렇게나 한다' 반대말이 뭐지?"

"수학이라면 내가 도와줄 수 있는데. 나 대수학 이미 끝냈잖아."

"어우야, 우등생 월리* 납셨네."

"싫음 말고. 내가 수학 안 도와주면 되지."

깐죽대는 엘레노어의 저 얄미운 미소마저도 파크에겐 미치도록 매력적이었다.

#

두 사람은 거실에서 공부를 하려고 했지만 조쉬가 TV를 보고 싶어해서 짐을 다 들고 주방으로 갔다.

엄마는 괜찮다고 하더니 좀 이따 차고에서 할 일이 있다고 했다. 뭐, 그러거나 말거나.

교과서를 읽을 때 엘레노어의 입술이 움찔댔다⋯⋯.

파크는 식탁 아래에서 발로 엘레노어를 건드리기도 하고 종이로 공을 만들어 엘레노어 머리카락 쪽으로 던지기도 했다. 둘만 있을 일이 거의 없다가 사실상 거의 처음으로 둘뿐인 상태가 되자 파크는 어떻게든 엘레노어의 관심을 끌고 싶어 안달이 났다.

파크는 펜으로 엘레노어의 대수학 책을 탁 덮었다.

"너 지금 진심이야?" 엘레노어는 다시 책을 펴려고 했다.

"아니." 파크는 자기 쪽으로 책을 당기면서 말했다.

"우리 공부하는 거 아니었어?"

"그렇긴 한데. 그냥…… 우리뿐이잖아."

"사실상 그렇지……."

"그러니까 우리끼리 있을 때만 할 수 있는 거 해야지."

"너 방금 그 말 엄청 징그러운 거 알지……."

"아니, 이야기하자고." 스스로도 무슨 소릴 하는 건지 사실 파크도 잘 몰랐다. 파크는 식탁으로 시선을 돌렸다. 엘레노어의 대수학 책에는 그 애 손글씨가 가득했다. 노래 가사도 적혀 있었고 그 주변으로는 또 다른 노래 제목이 쓰여 있었다. 파크는 더 스미스 노래 코러스 부분 쪽에 필기체로 파크 이름이 쓰여 있는 걸 발견했다. 가려져 있어도 자기 이름은 늘 눈에 띄는 법이다.

파크의 입꼬리가 씩 올라갔다.

"왜?" 엘레노어가 물었다.

"아무것도 아니야."

"뭔데."

파크는 다시 엘레노어의 책을 보았다. 이따 엘레노어가 돌아가고 나면 그때 이 생각을 할 거다. 수업 시간 엘레노어가 자리에 앉아 파크를 떠올리면서, 남들 눈에 안 띌 것 같은 위치에 조심스레 파크의 이름을 적는 그 모습을 상상할 거다.

---

* 〈비버에게 맡겨둬〉 등장인물 월리 클리버. 전형적인 모범생 캐릭터다.

그때 무언가가 파크의 눈에 들어왔다. 그만큼 작은 글씨로, 그만큼 조심스럽게, 전부 소문자로 쓴 낙서였다. *걸레 냄새나는 헤픈 년.*

"뭐냐니깐." 엘레노어가 책을 뺏으려 들면서 말했다. 파크는 책을 놓지 않았다. 브루스 배너가 헐크로 변할 때처럼 파크는 얼굴로 피가 쏠리는 느낌이었다.

"아직도 이런 일 있다고 나한테 왜 말 안 했어?"

"아직도 이런 일? 그런 일이 뭔데?"

파크는 그걸 입에 담고 싶지 않았다. 가리켜 보이고 싶지도 않았다. 같이 그 낙서를 본다는 것 자체가 싫었다.

"이거." 파크는 낙서가 있는 쪽으로 손을 휘휘 저으며 말했다.

엘레노어의 시선이 그쪽을 향했다. 엘레노어는 당장에 자기 펜으로 그 낙서를 지우기 시작했다. 엘레노어의 얼굴색은 무지방 우유 같았고 목에는 빨간 반점들이 가득했다.

"왜 말 안 했어?" 파크가 물었다.

"나도 몰랐어."

"이제는 이런 일 없는 줄 알았어."

"왜 그렇게 생각했는데?"

왜 그렇게 생각했지? 이제 엘레노어는 파크 여자친구니까?

"그냥…… 왜 말 안 했어?"

"왜 말을 해야 하는데?" 엘레노어가 되물었다. "불편하고 당혹스럽잖아."

엘레노어는 아직도 낙서 위에 덧칠을 하고 있었다. 파크는 엘레노어의 손목에 손을 얹었다. "내가 도와줄 수 있어."

"어떻게 도와주는데?" 엘레노어는 책을 파크 쪽으로 밀었다. "여기다 발차기할래?"

파크는 이를 악물었다. 엘레노어는 다시 책을 가져가 가방에 넣었다.

"누가 한 짓인지 알아?" 파크가 물었다.

"걔들한테 발차기하게?"

"그럴 수도……"

"뭐……" 엘레노어가 말했다. "나를 싫어하는 애들로 범위는 좁혔어……"

"그냥 아무나는 아닐 거야. 네가 모르는 사이에 네 책을 가져 갈 수 있는 사람이겠지."

방금 전만 해도 엘레노어는 고양이마냥 앙칼진 모습이었다. 이제 엘레노어는 체념한 듯 식탁에 엎드리다시피 기대어 손가락 으로 관자놀이를 누르고 있었다.

"모르겠어……" 엘레노어는 고개를 저었다. "항상 체육 시간 있는 날만 이런 일이 있는 것 같아."

"탈의실에 책을 놔둬?"

엘레노어는 양손으로 눈을 비볐다. "이제 아예 일부러 바보 같 은 질문만 골라 하는 것 같네. 너 무슨 최악의 탐정, 뭐 그런 거 같다."

"체육 시간에 너를 싫어하는 사람이 누군데?"

"하." 엘레노어는 여전히 얼굴을 가리고 있었다. "체육 시간에 나를 싫어하는 사람이 누구냐."

"너 이거 진짜 심각한 문제야." 파크가 말했다.

"아니." 엘레노어는 주먹을 꽉 쥐었고 목소리는 단호했다. "이런 일이야말로 내가 심각하게 받아들이면 안 될 일이지. 티나랑 그 무수리들이 기대하는 장면이 딱 그거거든. 내가 좀 위축된 것 같지? 그럼 걔네가 나를 그냥 가만 놔둘 리가 없어."

"티나가 이거랑 무슨 상관인데?"

"체육 시간에 날 싫어하는 애들 중 우두머리가 티나야."

"티나는 이 정도로 형편없는 짓은 안 해."

엘레노어는 파크를 노려보았다. "뭐라고? 티나는 괴물이야. 악마랑 사악한 마녀랑 결혼해서 아기를 낳았어. 마귀를 곱게 다져서 그 마귀 가루에 아까 그 아기를 굴리면, 그게 티나야."

파크는 머리하러 와서 엄마한테 엘레노어 얘길 일러바치고 버스 타는 아이들을 놀리던 티나를 떠올려보았다. 음…… 하지만 또 스티브가 그렇게 파크를 괴롭힐 때마다 스티브를 말리던 것도 티나였다.

"티나는 내가 옛날부터 잘 알아. 그 정도로 형편없는 앤 아냐. 옛날엔 친구였는걸."

"친구처럼 보이진 않던데."

"뭐, 지금은 스티브랑 사귀니까."

"그게 무슨 상관인데?"

파크는 어떻게 대답해야 좋을지 알 수 없었다.

"그게 무슨 상관인데?" 엘레노어의 눈은 검은 선이 될 정도로 가늘어졌다. 엘레노어한테 거짓말을 하면 엘레노어는 파크를 절대 용서 안 할 것이다.

"지금은 아무 상관 없지." 파크가 말했다. "바보 같은 얘기

야…… 6학년 때 티나랑 사귀었어. 어디 데이트를 가고 그런 건
전혀 아니고."

"누구랑 사귀었다고? 티나?"

"6학년 때였다니까. 아무것도 아니었어."

"그치만 남자친구, 여자친구 사이였단 거잖아? 손도 잡았니?"

"기억 안 나."

"키스도 했어?"

"이거랑은 전혀 상관없는 일이야."

상관이 분명 있었다. 파크를 낯선 사람 보듯 하는 엘레노어의
저 눈빛을 보면 상관이 있었다. 졸지에 파크도 낯설어져버렸다.
티나가 좀 못된 구석이 있단 거야 알고 있었지만 동시에 그 정도
까지 할 애는 아니란 것도 파크는 알고 있었다.

엘레노어에 대해서는 얼마나 알고 있지? 별로 아는 게 없었
다. 엘레노어는 마치 파크가 자신을 더 알아가길 원하지 않는 것
같았다. 엘레노어라면 모든 게 다 좋은 파크였지만, 과연 파크는
엘레노어에 대해 얼마나 알고 있는 걸까?

"너는 항상 소문자 쓰잖아……" 막상 입 밖으로 그 말을 꺼내
보니 머릿속으로 생각했던 것만큼 좋은 생각인 것 같진 않았지
만, 어쨌거나 파크는 말을 멈추지 않았다. "네가 직접 쓴 거야?"

엘레노어의 창백한 얼굴이 이제 거의 잿빛이 됐다. 갑자기 몸
안에 돌던 피가 전부 심장으로 한꺼번에 확 쏠려버린 것마냥. 한
동안 주근깨 진 그 입술이 다물어지지 않았다.

그러다 엘레노어가 쏘아붙였다. 엘레노어는 책을 챙기기 시
작했다.

"내가 스스로 더러운 창녀라면서 직접 그런 낙서를 할 거라면," 엘레노어는 무미건조한 목소리로 말했다. "그래, 아마 대문자는 안 썼을 것도 같다. 하지만 소유격 맞춤법을 틀리진 않았을 거야…… 그리고 마침표도 썼을 거고. 내가 원래 맞춤법 틀리는 걸 워낙 싫어해서 말이야."

"지금 뭐 하는 거야?" 파크가 물었다.

엘레노어는 고개를 절레절레 흔들며 자리에서 일어났다. 파크는 도저히 엘레노어를 저지할 방법이 떠오르지 않았다.

"내 책에 누가 낙서를 자꾸 하는진 모르겠지만, 티나가 날 왜 그렇게 싫어하는지 이제 그 답은 드디어 알았네." 엘레노어의 목소리는 차가웠다.

"엘레노어……."

"됐어." 엘레노어의 목이 메었다. "더 얘기하기 싫어."

엘레노어는 주방을 나갔고 그때 막 파크 엄마가 차고에서 들어왔다. 엄마는 파크를 쳐다보았다. 그제야 서서히 엄마의 표정이 보였다. '넌 이 요상한 백인 여자애 어디가 그렇게 좋니?' 엄마는 딱 그런 표정이었다.

\#

파크

그날 밤 파크는 침대에 누워 엘레노어의 모습을 상상해보았다. 파크를 생각하며 파크의 이름을 책에 적어보는 엘레노어의

270

모습을. 엘레노어는 파크 이름마저도 이미 지워버렸겠지.

왜 티나 편을 들었을까, 파크는 그 답을 스스로 찾으려 했다.

티나가 착하든 나쁘든 그게 파크한테 왜 중요하지? 엘레노어 말이 맞았다. 파크와 티나는 친구 사이가 아니었다. 친구 사이랑은 거리가 멀었다. 6학년 때도 이미 친구가 아니었다.

티나가 파크에게 사귀자고 했고, 파크는 그러겠다고 했다. 티나가 학교에서 제일 인기 많은 애인 걸 모르는 사람은 없었으니까. 티나랑 사귀는 것은 사회적 가치가 대단히 높아지는 일이었고, 아직도 파크는 그 덕을 보고 있었다.

티나의 첫 번째 남자친구가 됨으로써 파크는 동네 카스트 제도에서 최하 계급은 늘 면할 수 있었다. 아무리 파크가 백인도 아니고 다들 파크를 좀 이상하다고 생각해도, 아무리 파크가 늘 아웃사이더였어도…… 파크를 괴짜 취급하거나 동양 놈, 게이 새끼라고 부르진 못했다. 뭐, 일단은 파크네 아빠가 원래 이 동네 출신인 데다 그 체구에 무려 참전용사인 탓이 컸다. 하지만 그 이유를 차치하고라도, 그럼 파크랑 사귄 티나는 뭐가 되겠는가?

그리고 티나는 파크를 모른 척하거나 파크랑 사귄 적 없는 것처럼 과거를 부정한 적도 없었다. 사실은…… 가끔 티나가 파크한테 다시 뭔가를 기대하는 것 같단 생각이 든 적은 몇 번 있었다.

예를 들어 티나가 머리를 한다고 예약해놓고 예약일 아닌 다른 날 파크네 집에 찾아온 적이 몇 번이나 있었다. 그런 날은 결국 티나가 파크 방까지 와서 뭔가 얘깃거리 구실을 찾곤 했다.

홈커밍 파티 날 밤 올림머리를 하러 왔을 때도 티나는 끈 없는 파란색 드레스를 입고 파크 방에 와서 드레스 어떤 것 같으냐고 물어봤었다. 티나는 파크한테 목덜미 둘레로 머리카락이 목걸이에 끼었다면서 빼달라고도 했다.

파크는 그런 기회들을 늘 못 본 척 그냥 지나쳤다.

티나를 만났다가는 스티브가 파크를 가만 안 둘 거다.

게다가 파크는 티나랑 만나고 싶지도 않았다. 두 사람은 공통점이 전혀 없었다. 정말이지 *하나도* 없었다. 색다른 매력이 있다든가 뭐 그런 식으로 공통점이 없다는 게 아니라, 그냥 지루했다.

파크는 자신에 대한 티나의 감정이 정말 진심이라고 생각하지도 않았다. 그보다 티나의 마음은 파크가 자길 잊지 않았으면 하는 바람에 가까웠다. 그리고 마음 아주 깊은 곳의 감정까진 아니지만 파크도 내심 티나가 자길 잊지 않았으면 했다.

동네에서 제일 인기 많은 여자애한테 가끔 대시를 받아서 나쁠 건 없었다.

파크는 돌아누워 엎드린 채 베개에 얼굴을 파묻었다. 남들의 시선을 신경 쓰면서 전전긍긍하는 건 이제 옛날 얘기가 됐다고 생각했었다. 엘레노어를 사랑하는 것으로 충분히 증명이 됐다고 생각했었다.

하지만 자꾸만 파크의 얄팍한 속마음이 드러나고 있었다. 파크는 자꾸만 엘레노어를 배신할 또 다른 방법들을 찾아내고 있었다.

31

엘레노어

크리스마스 방학까지는 딱 하루 남았다. 엘레노어는 학교에
가지 않았다. 엄마한테는 아프다고 했다.

#

파크

금요일 아침 정류장에 서 있을 때쯤엔 파크도 사과할 마음의
준비가 돼 있었다. 하지만 엘레노어는 나타나지 않았다. 그래서
사과할 마음도 확 사그라들었다…….

"뭐 어쩌잔 거야?" 파크는 엘레노어의 집을 향해 혼잣말을 했
다. 이게 헤어질 일이야? 앞으로 3주 동안 안 보겠다 이거야?

엘레노어 집에 전화가 없는 게 그 애 잘못은 아니지만, 그리고
엘레노어네 집이 말하자면 슈퍼맨의 '고독의 요새' 같은 곳이란

것도 알지만, 그렇지만…… 아, 진짜. 엘레노어한텐 맘 내키면 그냥 연락 두절 잠수 타는 게 너무나 쉬운 일이었다.

"미안하다고." 파크는 엘레노어네 집을 향해 말했다. 목소리가 너무 커 파크 뒤에 있던 남의 집 개가 마당에서 짖기 시작했다. "미안." 파크는 개에게 중얼중얼 사과했다.

버스는 모퉁이를 돌아 끼익 정류장에 멈춰 섰다. 버스 뒤편에서 창문으로 티나가 파크를 쳐다보고 있었다.

'미안하다고.' 파크는 뒤를 돌아보지 않았다.

#

엘레노어

리치는 일하러 나갔으니 굳이 방 안에 있을 필요는 없었지만, 어쨌거나 엘레노어는 방 밖으로 나가지 않았다. 개집을 나가고 싶어하지 않는 개마냥.

건전지가 다 떨어졌다. 읽을거리도 없었다…….

얼마나 오래 침대에 누워 있었던지 일요일 밤 저녁을 먹으러 일어났을 땐 진짜로 현기증이 났다. (엄마는 배고프면 안치실에서 나오지 그러느냐고 했다.) 엘레노어는 마우스 옆 거실 바닥에 자리를 잡고 앉았다.

"누나 왜 울어?" 마우스가 물었다. 마우스는 콩 부리토를 손에 든 채 옷이랑 바닥에 국물을 뚝뚝 흘리고 있었다.

"안 울어." 엘레노어가 대답했다.

마우스는 떨어지는 국물을 입으로 받아먹으려 부리토를 머리 위로 높이 추켜들었다. "우느 거 마짜나."

메이지가 엘레노어 쪽을 한번 쳐다보더니 다시 TV로 시선을 고정했다.

"아빠가 싫어서 그래?" 마우스가 물었다.

"응." 엘레노어가 대답했다.

"엘레노어." 엄마가 주방에서 걸어 나왔다.

"아니야." 엘레노어는 고개를 저으며 마우스에게 말했다. "말했잖아, 안 운다니까."

엘레노어는 다시 방으로 들어가 침대로 직행해 베개에 얼굴을 묻었다.

무슨 일이냐고 따라와 묻는 사람 하나 없었다.

어쩌면 엄마는 남의 집에 1년이나 엘레노어를 버려뒀을 때 앞으로 영원히 딸한테 뭐가 됐든 물어볼 권리가 없어졌단 걸 깨달았는지도 모른다.

아니면 그냥 관심이 없는 것일 수도 있고.

엘레노어는 돌아누워 작동하지 않는 워크맨을 집어 들었다. 그리고 테이프를 꺼내 불빛에 비춘 다음 손가락으로 테이프를 감으면서 레이블에 파크가 손수 쓴 글씨를 보았다.

"엘레노어 취향일 법한 노래들. 섹스 피스톨즈 있다고 싫어하지 말기."

파크는 그 끔찍한 말을 엘레노어더러 직접 적었느냐고 했다.

그러곤 엘레노어가 아니라 티나 편을 들었다. *티나 편을.*

엘레노어는 다시 눈을 감고 처음 파크가 엘레노어에게 키스했던 그때를 떠올렸다…… 고개를 뒤로 젖히던 순간, 입술을 열던 순간을. 파크가 엘레노어에게 넌 특별하다고 한 말을 믿었던 그 순간을.

#

파크

방학 일주일째, 아빠는 파크에게 엘레노어랑 헤어졌냐고 물었다.

"비슷해요." 파크가 대답했다.

"안됐네." 아빠가 말했다.

"그래요?"

"그런 것 같은데. 요즘 네 꼬락서니가 딱 케이마트에서 엄마 잃어버린 네 살짜리 수준이라……."

파크는 한숨을 쉬었다.

"엘레노어 맘은 다시 못 돌려?" 아빠가 물었다.

"말도 못 붙여요."

"네 엄마랑 이 얘기를 할 수 없다는 게 안타깝다. 아빠가 아는 여자 마음 돌리는 방법이라곤 제복 입고 멋있게 보이는 것밖에 없어서 말이야."

#

엘레노어

방학 일주일째, 엄마가 동도 트기 전에 엘레노어를 깨웠다.
"같이 장 보러 갈래?"

"싫어요."

"같이 가자, 엄마 짐꾼 좀 해줘."

엄마는 걸음이 빨랐고 다리도 길었다. 엘레노어는 엄마를 따라잡으려면 몇 걸음씩 더 걸어야 했다. "춥네요."

"모자 쓰라고 했잖아." 엄마가 양말도 신으라고 했지만 엘레노어의 반스에는 양말이 안 어울렸다.

걸어서 40분 거리였다.

마트에 도착해 엄마는 하루 지난 소라빵이랑 25센트짜리 커피를 두 개씩 사서 엘레노어와 하나씩 나눠 들었다. 엘레노어는 커피메이트 크림이랑 스윗앤로우 인공감미료를 잔뜩 쏟아부은 다음 엄마를 따라 할인상품 코너로 갔다. 엄마는 남들 오기 전에 겉포장이 뭉개진 시리얼, 찌그러진 통조림캔, 이런 것들을 확인하는 걸 좋아했다…….

그런 다음 두 사람은 중고가게에 갔다. 엘레노어는 오래된 《아날로그》 잡지 한 뭉텅이를 찾아 가구 코너에서 그나마 제일 깨끗해 보이는 소파에 자리를 잡고 앉았다.

집에 갈 시간이 되자 엄마가 머리에 딱 붙는 모자를 들고 엘레노어 뒤쪽에서 나타났다. 흉측한 그 모자를 엄마는 엘레노어 머리에 씌웠다.

"좋네요. 이제 머리에 이 옮는 건 일도 아니네."

집으로 가는 길에는 기분이 좀 나아졌다. (아마 그게 이 나들이의 목적이었겠지.) 날은 아직 추웠지만 이제 해도 나왔고 엄마는 구름과 서커스 어쩌고 하는 조니 미첼 노래를 흥얼거렸다.

하마터면 엄마한테 다 털어놓을 뻔했다.

파크와 티나와 스쿨버스와 싸움과 파크네 할머니 집이랑 캠핑밴 사이의 그 공간까지.

입안 깊숙이 혀뿌리, 목구멍으로 이어지는 바로 그곳에 무언가 폭탄처럼 자리잡고 있었다. 마치 호랑이처럼 웅크리고 앉아 있었다. 이것 때문에 엘레노어는 자꾸만 눈물이 났다.

비닐봉지 손잡이 때문에 손바닥이 아려왔다. 엘레노어는 고개를 절레절레 흔들곤 침을 꿀꺽 삼켰다.

#

파크

파크는 벌써 오늘만도 몇 번이나 자전거를 타고 엘레노어 집 앞을 지나갔다. 오늘은 드디어 양아버지 트럭도 없고 동생들 중 하나가 밖에 나와 눈 속에서 놀고 있었다.

아주 꼬맹이는 아니고 좀 더 큰 남자애였는데, 이름이 기억이 안 났다. 남자애는 파크가 집 앞에서 멈춰 서자 긴장해선 재빨리 계단을 올라갔다.

"잠깐만." 파크가 말을 걸었다. "잠깐만, 혹시…… 누나 집에 있어?"

"메이지!"

"아니, 엘레노어⋯⋯."

"형한테 한 말 아닌데요." 그러더니 남자애는 집 안으로 휙 들어가버렸다.

파크는 자전거를 휙 돌려 페달을 밟았다.

32

엘레노어

크리스마스 이브날 파인애플 상자가 도착했다. 누가 보면 산타클로스가 한 명 한 명 줄 장난감을 자루에 챙겨 들고 나타났나 싶었을 거다.

메이지와 벤은 이미 상자를 갖고 싸우는 중이었다. 메이지는 바비 인형용으로 상자를 갖고 싶어했다. 벤은 딱히 넣을 건 없었지만 그래도 엘레노어는 벤이 이겼으면 했다.

벤은 이제 막 열두 살이 됐는데, 리치 말에 따르면 벤이 여자 형제들과 아기와 한방을 쓰긴 너무 컸다나. 리치는 매트리스를 들고 나타나 지하실에 갖다 놓더니 벤에게 이제 지하실에서 자라고 했다. 개랑 리치 운동 기구가 있는 곳에서.

옛날 집에선 세탁기에 옷 넣으려도 지하에 내려가지 않던 벤이었다. 최소한 그땐 건식에 나름 집안 공간 일부인 것 같은 지하실이었는데도 그랬다. 벤은 쥐, 박쥐, 거미, 하여간 어두울 때 움직이는 것들은 다 무서워했다. 리치는 계단 꼭대기에서 잠을 자든 말든, 하여간 지하실에서 자라고 벤한테 벌써 두 번이나 소리를 친 터였다.

파인애플과 함께 삼촌과 숙모의 편지도 도착했다. 엄마는 편지를 먼저 읽더니 눈물을 글썽였다. "엘레노어." 엄마는 흥분해서 말했다. "삼촌이 너 여름에 와서 같이 지내도 된대. 삼촌네 대학에 영리한 고등학생들 대상으로 하는 프로그램 같은 게 있다고……."

세인트 폴. 엘레노어를 아는 사람도 없고 파크 같은 사람도 없는 그곳에서 여름 캠프라. 하지만 그 의미를 엘레노어가 채 따져 보기도 전에 리치는 단번에 안 된다고 했다.

"쟤를 미네소타에 혼자 보내면 안 되지."

"혼자가 아니라 오빠가 있잖아."

"너네 오빠가 십 대 여자애를 알아?"

"오빠가 십 대 여자애랑 같이 산 적은 있지. 나 고등학교 때."

"아, 그래. 그래서 여동생이 임신하는 걸 보고도 가만 놔뒀구먼……."

벤은 파인애플 상자 위에 꼼짝 않고 누워 있었고 메이지는 뒤에서 벤을 발로 차고 있었다. 둘 다 소리를 지르고 난리가 났다.

"그깟 상자 따위." 리치가 버럭 소리쳤다. "크리스마스 선물로 상자나 받고 싶어하는 줄 알았으면 헛돈 안 쓸걸 그랬네."

리치의 말에 모두 조용해졌다. 아무도 리치가 크리스마스 선물을 샀을 거라고 기대하지 않았다. "크리스마스 아침까지 기다리게 해야 하는 건데, 더는 이 꼴 못 보고 있겠다."

리치는 입에 담배를 물고 부츠를 신었다. 트럭 문 여는 소리가 들렸고, 머지않아 리치는 커다란 샵코 마트 쇼핑백을 들고 나타 났다. 리치는 바닥에 상자들을 던지기 시작했다.

"마우스." 리치가 마우스를 불렀다. 몬스터 트럭 RC 카였다.

"벤." 벤 선물은 커다란 경주트랙이었다.

"메이지…… 넌 노래 부르는 걸 좋아하니까." 리치는 키보드 를 꺼냈다, 진짜 전자 키보드였다. 아마도 그리 유명한 브랜드는 아니겠지만 그래도 키보드니까. 키보드는 바닥에 내던지지 않았 다. 리치는 메이지에게 직접 키보드를 건네줬다.

"리틀 리치…… 꼬맹이 리치 어딨어?"

"낮잠 자요." 엄마가 말했다.

리치는 어깨를 으쓱하더니 바닥에 테디베어를 던졌다. 가방 은 텅 비었고 엘레노어는 싸늘한 기분이 들었지만 안심이었다.

그때 리치가 지갑을 꺼내 지폐 한 장을 꺼냈다.

"자, 엘레노어. 받아라. 멀쩡한 옷 좀 사 입어라."

엘레노어는 주방 입구에 무표정으로 서 있던 엄마를 한번 쳐 다본 다음 가서 돈을 받았다. 50달러였다.

"감사합니다." 엘레노어는 최대한 무미건조한 말투로 대답했 다. 그런 다음 소파에 가서 앉았다. 꼬맹이들은 전부 자기 선물 을 열어보고 있었다.

"아빠, 고맙습니다." 마우스는 연신 인사했다. "우와, 고마워 요, 아빠!"

"그래. 고맙긴 무슨. 이런 게 크리스마스지." 리치가 대답했다.

리치는 하루 종일 집에서 장난감을 갖고 노는 꼬맹이들을 보 고 있었다. 브로큰 레일, 그 술집이 크리스마스이브엔 문을 안

여나 보다. 엘레노어는 리치 가까이 있고 싶지 않아서 방으로 들어갔다. (그리고 메이지 키보드 소리도 듣기 싫었고.)

파크를 그리워하기도 이제 지긋지긋했다. 그냥 파크가 보고 싶었다. 아무리 파크가 엘레노어를 맞춤법도 다 틀려가면서 자기 책에 직접 변태 같은 낙서나 하는 사이코패스라고 생각했다고 해도. 아무리 인성이 형성되는 시기에 파크가 티나랑 프렌치 키스를 하는 그런 사이였다고 해도 말이다. 아무것도 파크를 꼴도 보기 싫게 만들지 못했다. (파크가 꼴도 보기 싫어지려면 대체 얼마나 불쾌한 일이어야 할까.)

그냥 지금 당장 파크네 집으로 달려가 아무 일도 없었던 척해야 하는 건지도 모른다. 크리스마스이브만 아니었으면 그랬을지도 모른다. 예수님은 도대체가 어쩜 이렇게 엘레노어 평생 도움이란 게 되지를 않을까.

#

얼마 후 엄마가 방에 들어와 크리스마스 저녁 식사 준비를 위해 장을 보러 갈 거라고 했다.

"나가서 애들 볼게요." 엘레노어가 말했다.

"리치가 다 같이 가고 싶대." 엄마는 웃으며 말했다. "가족들 다 같이."

"엄마……."

"지금은 아냐, 엘레노어." 엄마가 부드럽게 말했다. "다들 즐거운 하루 보내고 있잖아."

"엄마, 진심이에요? 저 사람 지금 하루 종일 술 마시고 있는데."

엄마는 고개를 저었다. "리치는 괜찮아. 교통사고 난 적은 한 번도 없어."

"맨날 술 먹고 운전하는데 멀쩡하단 게 그리 설득력 있는 얘기 같진 않은데요."

"너는 그냥 남들이 행복한 꼴을 못 보지?" 엄마는 화가 나서 목소리를 낮추며 방문을 닫았다.

"엄마도 알아. 네가 지금……" 엄마는 엘레노어를 한번 쳐다보더니 다시 고개를 저었다. "힘든 *시간*을 겪고 있단 거 알아. 하지만 가족들 모두 오늘 하루 즐거워하고 있어. 우리 다 즐거운 하루를 보낼 권리가 있고."

엄마는 말을 이어갔다. "우린 가족이야, 엘레노어. 우리 다. 리치도 당연히 가족이고. 이유야 어찌 됐든 네가 그렇게 괴로운 건 엄마도 참 안타깝게 생각해. 너한텐 이 집 하나하나 다 못마땅한 거 미안하게 생각해…… 하지만 이게 이제 우리 삶이야. 짜증을 내도 안 되고 이 가족을 자꾸만 무시해도 안 돼. 네가 그러면 엄마는 가만 안 있어."

엘레노어는 이를 꽉 물었다.

"엄마는 모든 걸 다 생각해야 해. 알겠어? 엄마 생각도 해야 한다고. 몇 년 후면 너는 혼자 독립할 거지만 리치는 내 남편이야."

언뜻 듣기에는 엄마 말이 일리가 있는 것 같았다. 하지만 엘레노어는 엄마가 이미 한참은 제정신에서 멀어진 상태에서 이성적인 척을 하고 있는 중이란 걸 알았다.

"일어나. 외투 입어."

엘레노어는 외투를 입고 새 모자를 쓰고 동생들 뒤를 따라 이
스즈 트럭 뒤에 올라탔다.

푸드포레스 마트에 도착하자 리치는 트럭에서 기다렸고 나머
지는 전부 마트 안으로 들어갔다. 안에 들어가자마자 엘레노어
는 구겨진 50달러짜리 지폐를 엄마 손에 쥐여주었다.

엄마는 고맙단 말조차 하지 않았다.

#

파크

파크는 엄마와 함께 크리스마스 저녁 식사를 준비하러 장을
보러 나왔다. 할머니한테 요리를 대접할 때마다 긴장하는 엄마
때문에 장보기는 끝날 줄을 모르고 있었다.

"할머니가 칠면조 스터핑 뭘 좋아하시지?" 엄마가 물었다.

"페퍼리지 팜 거요." 파크는 카트 뒤쪽에 서서 카트를 튕기며
말했다.

"페퍼리지 팜 오리지널? 아니면 페퍼리지 팜 콘브레드?"

"잘 모르겠어요. 오리지널인가?"

"모르면 말하지 마…… 파크, 잠깐만." 엄마가 파크의 어깨 너
머를 보며 말했다. "저기 네 엘레노어다."

엘-리-노.

잽싸게 고개를 돌려보니 저쪽 고기 코너에 엘레노어가 빨간
머리 동생들 네 명과 함께 서 있었다. (엘레노어 옆에 있으니 다들

빨간 머리가 아니었다. 빨간 머리 축에도 못 들었다.)

어떤 여자가 카트 쪽으로 걸어가더니 칠면조를 거기 내려놓았다. 엘레노어 엄마인 듯했다. 엘레노어 엄마는 엘레노어랑 꼭 닮았다. 다만 선이 좀 더 날카롭고 진했다. 엘레노어 같은데 키가 더 컸다. 엘레노어 같은데 피곤해 보였다. 엘레노어 같은데 중년이었다.

파크 엄마도 엘레노어 가족을 쳐다보고 있었다.

"엄마, 가요." 파크가 속삭였다.

"가서 인사 안 해?" 엄마가 물었다.

파크는 고개를 저었지만 곧바로 고개를 돌리진 않았다. 파크가 인사해주길 엘레노어가 바랄 거라고도 생각하지 않았지만 설사 엘레노어가 그걸 바랐다고 해도 파크는 엘레노어를 곤란하게 하고 싶진 않았다. 새아빠가 같이 오기라도 했으면 어쩌게?

엘레노어는 달라 보였다. 평소보다 더 생기가 없었다. 머리에 주렁주렁 달고 있는 것도 없었고 손목에도 평소처럼 뭘 덕지덕지 감고 있지 않았다……

엘레노어는 여전히 아름다웠다. 파크의 눈은 무척이나 엘레노어를 그리워하고 있었다. 파크는 머리부터 발끝까지 온몸으로 엘레노어를 그리워했다. 당장 엘레노어에게 달려가서 얘기하고 싶었다. 정말 미안해하고 있다고, 그리고 내겐 엘레노어, 네가 너무나 필요하다고.

엘레노어는 파크를 보지 못했다.

"엄마." 파크가 다시 속삭였다. "가요."

차에서 엄마가 뭐라고 얘기를 꺼낼 줄 알았는데 엄마는 아무 말이 없었다. 집에 도착해서 엄마는 피곤하다고 했다. 파크한테 장 본 것들을 집 안에 들여놓으라고 부탁하더니 엄마는 오후 내내 방에 들어가 문을 닫고 있었다.

저녁 먹을 때쯤 돼서 아빠는 엄마가 어떤지 보러 방에 들어가더니 한 시간쯤 후 엄마랑 같이 나왔다. 그러더니 아빠는 피자헛에 저녁 먹으러 가자고 했다. "크리스마스이브에요?" 조쉬가 물었다. 크리스마스이브엔 늘 와플을 먹고 영화를 보는 파크네 가족이었다. 이미 〈빌리 잭〉도 빌려두었다. "차 타라." 아빠가 말했다. 엄마의 눈은 빨갰다. 엄마는 나가기 전 눈화장을 고치지도 않았다.

집에 돌아와 파크는 곧장 방으로 들어갔다. 그냥 아까 봤던 엘레노어를 혼자 떠올리고 싶었다. 하지만 몇 분 후 엄마가 방에 들어와 물침대에 앉았다. 침대는 조금도 출렁거리지 않았다.

엄마는 크리스마스 선물이라며 무언가를 내밀었다. "이거…… 네 엘레노어 거야. 엄마가 주는 선물."

파크는 선물을 내려다보았다. 일단 받아 들기는 했지만 파크는 고개를 저었다.

"엘레노어한테 줄 기회라도 있을지 모르겠어요."

"네 엘레노어," 엄마가 말했다. "걔네 집 대가족이더라."

파크는 선물을 살며시 흔들어보았다.

"엄마도 대가족이었어. 여동생 셋. 남동생 셋." 엄마는 마치 머리 여섯 개를 토닥이듯 손을 뻗어 보였다.

저녁을 먹으면서 와인 칵테일을 한잔 마시더니, 확실히 엄마한테서 취기가 느껴졌다. 엄마가 한국 얘기를 꺼내는 일은 거의 없었다.

"동생들 이름은 뭐였어요?" 파크가 물었다.

엄마는 무릎에 손을 올렸다.

"대가족은 있잖아, 뭐든…… 뭐든지 다 이렇게 얇게 나눠 가져야 돼. 얇디얇은 종잇장처럼. 무슨 말인지 알아?" 엄마는 종이 찢는 손짓을 해 보였다. "알아?"

엄마가 칵테일을 두 잔 마신 건지도 모르겠다.

"글쎄요."

"아무도 모르지. 아무도 뭐가 필요한지 몰라. 배가 고프면, 항상 머릿속부터 배가 고파." 엄마는 이마를 톡톡 두드렸다. "알겠어?"

파크는 뭐라고 말을 해야 좋을지 알 수가 없었다.

"넌 몰라." 엄마는 고개를 절레절레 흔들었다. "몰랐으면 좋겠다…… 미안해."

"미안해하지 마세요." 파크가 말했다.

"네 엘레노어한테 엄마가 그렇게 대해서 미안해."

"괜찮아요, 엄마. 엄마 탓도 아니고."

"이렇게 말하는 게 맞는 건지도 모르겠다만……."

"괜찮아, 민디." 아빠가 문 앞에서 부드러운 목소리로 말했다. "침대로 가자, 여보." 아빠는 파크의 침대로 와서 엄마를 일으킨 다음 엄마를 보호하듯 엄마 어깨에 팔을 둘렀다. "엄마는 그냥 파크 네가 행복했으면 하는 거야." 아빠가 말했다. "엄마랑 아빠 핑계로 계집애처럼 굴지는 마라."

엄마는 인상을 썼다. '계집애'라는 말이 욕인지 아닌지 헷갈린다는 표정이었다.

#

파크는 부모님 방 TV가 꺼질 때까지 기다렸다. 그리고 30분을 더 기다렸다. 그런 다음 외투를 들고 조용히 방에서 제일 멀리 떨어진 뒷문으로 빠져나갔다.

파크는 골목 끝까지 멈추지 않고 달렸다.

엘레노어가 바로 저기 있었다.

엘레노어 새아빠네 트럭은 진입로에 세워져 있었다. 어쩌면 이편이 나은 건지도 모른다. 파크가 현관에 서 있는데 갑자기 새아빠가 들이닥치는 건 싫으니까. 파크가 아는 선에서 불은 전부 꺼져 있었고 개는 기척도 없었다…….

파크는 최대한 조용히 계단을 올라갔다.

엘레노어 방이 어딘지는 알고 있었다. 엘레노어는 창가 쪽에서 잔다고 했었고, 엘레노어가 침대 위 칸을 쓴단 것도 알고 있었다. 파크는 그림자가 비치지 않도록 창문 옆에 섰다. 창문을 조용히 두드린 다음 혹시 엘레노어 말고 다른 사람이 창밖을 내다보면 냅다 달릴 작정이었다.

파크는 유리창 위쪽을 톡톡 두드렸다. 아무 반응도 없었다. 커튼인지 그냥 시트인지, 하여간 창문을 가리고 있는 천은 전혀 움직이지 않았다.

엘레노어는 아마 잠든 모양이었다. 파크는 조금 더 세게 창문을 두드린 다음 도망갈 준비를 했다. 천이 살짝 열렸지만 안까지 들여다보이진 않았다.

달려야 하나? 숨어야 하나?

파크는 창문 앞으로 한 발 나아갔다. 천이 좀 더 열렸다. 엘레노어의 얼굴이 보였다. 겁에 질린 얼굴이었다.

"가." 엘레노어가 입 모양으로 말했다.

파크는 고개를 저었다.

"가." 다시 엘레노어가 입 모양을 해 보였다. 그런 다음 손가락으로 저 멀리를 가리켰다. "학교." 엘레노어가 말했다. 그렇게 말한 것 같았다. 파크는 내달렸다.

#

엘레노어

이 방 창문으로 누가 침입하면 어떻게 도망쳐서 911에 전화해야 하지? 엘레노어는 그 생각뿐이었다.

지난번 일 이후로 과연 경찰이 나타나긴 할지 의문이었지만 말이다. 그래도 최소한 저 고약한 옆집 영감탱을 깨워서 그 브라우니를 맛볼 수는 있을 것이다.

거기 파크가 서 있을 거라곤 정말 생각도 못 했다.

미처 뭘 하기도 전에 엘레노어의 심장은 파크를 향해 튀어 나

290

가버렸다. 이러다간 우리 둘 다 죽는다. 훨씬 대수롭지 않은 일에도 총성이 났었다.

파크가 창가에서 사라지자마자 엘레노어는 멍청한 그 고양이처럼 사뿐히 침대에서 내려와 어둠 속에서 브래지어를 하고 신발을 신었다. 엘레노어는 엄청 큰 티셔츠에 아빠의 낡은 플란넬 잠옷 바지를 입고 있었다. 외투가 거실에 있어서 엘레노어는 스웨터만 껴입었다.

메이지가 TV를 보다 잠든 덕분에 메이지의 침대를 통해 창밖으로 나가기가 상대적으로 수월했다.

엘레노어는 뒤꿈치를 들고 현관을 지나면서 생각했다. 이번엔 진짜로 쫓겨나겠다. 그럼 그 작자한텐 최고의 크리스마스가 되겠지.

파크는 학교 계단에서 엘레노어를 기다리고 있었다. 두 사람이 앉아 같이 『왓치맨』을 읽었던 그곳.

파크는 엘레노어를 보자마자 벌떡 일어나 달려왔다. 진짜 말 그대로 다다다 달려왔다.

그러더니 양손으로 엘레노어의 얼굴을 감쌌고, 엘레노어가 싫다고 하기도 전에 엘레노어에게 키스했다. 그때 그 키스 때문에 얼마나 비참해졌는지를 생각하면 앞으로 다시는, 특히나 파크랑은 절대 키스하지 않을 거라고 다짐했건만 그때를 채 떠올리기도 전에 엘레노어는 이미 파크와 키스를 하고 있었다.

엘레노어는 울고 있었다. 파크도 마찬가지였다. 엘레노어가 양손으로 파크의 뺨을 감쌌을 때 뺨이 젖어 있었다.

그리고 따스했다. 파크는 너무나도 따스했다.

엘레노어는 고개를 젖혀 파크와 지금이 첫키스인 것처럼 입을 맞췄다. 이번엔 혹시 잘못하는 거면 어쩌나 겁내지 않았다.

파크는 잠시 입술을 떼고 미안하다고 말했다. 엘레노어는 고개를 저었다. 파크가 진짜 사과해야 할 일이긴 했지만, 일단 지금은 파크랑 더 오래 입을 맞추고 싶었다.

"미안해, 엘레노어." 파크는 엘레노어의 얼굴을 붙잡고 정면으로 마주 보며 말했다. "다 내 잘못이야. *전부 다.*"

"나도 미안해." 엘레노어가 말했다.

"뭐가?"

"너한테 맨날 화내는 것처럼 굴어서."

"괜찮아. 그게 항상 싫은 건 아냐."

"그렇다고 항상 좋은 것도 아니잖아."

파크는 인정했다.

"나도 내가 왜 그러는지 모르겠어." 엘레노어가 말했다.

"그건 별로 중요한 문제 아냐."

"티나 일로 화낸 건 미안하지 않아."

파크는 아플 정도로 엘레노어랑 이마를 꾹 맞댔다. "그 이름은 입 밖으로 꺼내지도 마." 파크가 말했다. "걘 아무것도 아니지만 넌…… 전부야. 엘레노어, 너는 전부야."

파크는 다시 엘레노어에게 키스했고 엘레노어는 입술을 열었다.

#

얼마나 밖에 오래 있었던지 이제 파크가 엘레노어 손을 문질러도 더는 온기가 전해지지 않았다. 엘레노어의 입술도 추위와 입맞춤으로 거의 감각이 없어졌다.

파크는 집까지 엘레노어를 바래다주고 싶어했지만 엘레노어는 자살행위나 다름없는 짓이라고 했다.

"내일 놀러 와." 파크가 말했다.

"안 돼, 크리스마스잖아."

"그럼 그다음 날."

"그다음 날." 엘레노어가 말했다.

"그리고 그다음 다음 날도."

엘레노어는 웃었다. "그건 너희 엄마가 싫어하실 것 같은데. 너네 엄마 나 별로 맘에 안 들어하셔서."

"아니야. 일단 놀러 와봐."

엘레노어가 집 앞 계단을 올라가는데 파크가 속삭이듯 엘레노어 이름을 불렀다. 엘레노어는 뒤를 돌아보았지만 어두워서 파크가 보이지는 않았다.

"메리 크리스마스." 파크가 말했다.

엘레노어는 씩 웃었지만 대답은 하지 않았다.

33

엘레노어

크리스마스 당일 엘레노어는 정오까지 늦잠을 잤다. 결국 엄마가 방에 들어와 일어나라며 엘레노어를 깨웠다.

"너 괜찮아?" 엄마가 물었다.

"자고 있잖아요."

"감기 걸린 거 같은데."

"그럼 다시 자도 돼요?"

"아마도. 엘레노어, 저기……" 엄마는 문에서 몇 발짝 떨어지더니 갑자기 목소리를 낮췄다. "리치한테 올여름 일 한번 얘기해 볼게. 여름 캠프 건은 엄마가 그 사람 마음을 돌릴 수 있을 것 같아."

엘레노어는 눈을 번쩍 떴다. "아니요. 싫어요, 저 안 가요."

"여기를 벗어날 기회만 있으면 신나서 팔짝팔짝 뛸 줄 알았더니."

"아니에요." 엘레노어가 말했다. "혼자만 떨어져 있고 싶지 않아요…… 다시는." 그 말을 입 밖으로 꺼내면서 엘레노어는 100 프로 머저리가 된 느낌이었지만, 파크와 여름을 같이 보낼 수 있다면 무슨 말이든 할 수 있었다. (그때쯤이면 파크도 아마 엘레노어한테 남은 정이 뚝 떨어질 테지, 같은 혼잣말도 안 할 거다.)

"집에 있고 싶어요."

엄마는 고개를 끄덕였다. "알았어. 그럼 얘기 안 할게. 그렇지만 혹시 마음이 바뀌면……."

"안 바뀌어요." 엘레노어는 대답했다.

엄마는 방을 나갔고 엘레노어는 다시 잠든 척했다.

#

파크

파크는 크리스마스 오전 내내 늦잠을 자다가 조쉬가 엄마 미용실에서 쓰는 분무기를 들고 와 물을 뿌리는 바람에 눈을 떴다.

"형 안 일어나면 아빠가 형 선물 내가 다 가져도 된대."

파크는 베개로 조쉬를 때렸다.

모두들 파크를 기다리는 중이었고 집 안에는 칠면조 냄새가 진동했다. 할머니는 파크에게 할머니 선물부터 뜯어보라고 했다. 이번에도 '아일랜드인임. 키스하세요' 티셔츠였다. 지난해 것보다 한 사이즈 컸으니까, 그 말인즉슨 파크가 입기에는 너무 클 것이다.

부모님 선물은 시내에 있는 펑크록 레코드 가게 '드라스틱 플라스틱'의 50달러 기프트 카드였다. (파크는 부모님이 이런 선물을 할 생각을 했단 것 자체에 놀랐다. 그리고 '드라스틱 플라스틱'에서 기프트 카드를 판다는 사실도 놀라웠다. 펑크하고 기프트 카드는 영 안 어울렸다.)

그것 말고도 파크가 진짜 입을 법한 검은색 스웨터 두 장, 전자기타 모양 병의 에이본 코롱, 열쇠고리도 선물로 받았다. 아빠는 아무도 모르지 않도록 열쇠고리에 열쇠가 지금은 없다는 점을 강조했다.

열여섯 살 생일이 돌아왔고, 또 지나갔지만 이제 파크는 면허를 따고 직접 운전해서 학교에 가는 일 따위엔 전혀 관심이 없었다. 엘레노어와 확실하게 함께 보낼 수 있는 시간을 파크는 포기하지 않을 거였다.

엘레노어는 파크가 찾아온 게 너무 좋긴 했지만(물론 파크에게도 그날 밤은 너무 좋았다) 그런 만큼 또다시 한밤중에 몰래 빠져나가는 위험을 감수할 순 없다고 이미 얘기한 터였다.

"그러다 동생들 중 누구 하나 깼을 수도 있었어. 앞으로라고 다르지 않고. 걔네라면 전부 다 얘기해버릴걸. 동맹이라는 개념을 이해 못 하는 애들이라."

"하지만 네가 조용히……."

그제야 엘레노어는 파크에게 이야기했다. 평소에 동생들이랑 한방에서 잔다고. 동생들 전부 다 같이. 파크 방만큼 작은 방에서. "물침대는 없지만 말야."

두 사람은 학교 뒷문 바로 앞에 앉아서 얘기를 나누었다. 주변 벽보다 움푹 들어가 있는 공간이라 누가 일부러 들여다보지 않는 이상은 밖에서 보일 일도 없었고, 덕분에 얼굴 위로 떨어지는 눈도 피할 수 있었다. 두 사람은 서로 얼굴을 마주 보며 손을 잡고 앉아 있었다.

두 사람 사이에는 이제 아무 장애물도 없었다. 이제는 둘 사이에 바보 같고 이기적인 감정들이 자리를 차지하고 있지 않았다.

"그럼 남동생이 둘, 여동생이 둘이야?"

"남동생 셋, 여동생 하나."

"이름이 뭐야?"

"왜?"

"그냥 궁금해서. 기밀이야?"

엘레노어가 한숨을 쉬었다. "벤, 메이지……."

"메이지?"

"응. 그리고 마우스, 본명은 제레마이어. 얘가 다섯 살. 그다음이 아직 아기인 리틀 리치."

파크는 웃음을 터뜨렸다. "아기 이름이 '리틀 리치'야?"

"뭐, 걔네 아빠가 빅 리치니까. 막 체구가 크고 이런 게 아니라……."

"알아, 근데 리틀 리처드 같잖아? 「투티 프루티」 부른 리틀 리처드."

"세상에. 그 생각은 한 번도 못 해봤어. 어떻게 지금까지 그 생각을 못 했지?"

파크는 엘레노어의 손을 끌어다 자기 가슴에 얹었다. 파크는 아직 엘레노어의 턱 아래나 팔꿈치 위로는 전혀 손을 대보지 못했다. 파크가 시도를 한다고 엘레노어가 절대 못 하게 할 것 같진 않았지만, 그래도 혹시나 못 하게 하면? 생각하기도 싫다. 어쨌든 엘레노어의 손과 얼굴만도 이미 훌륭했다.

"동생들이랑 자주 같이 놀아?"

"가끔…… 걔네는 제정신이 아냐."

"다섯 살짜리가 어떻게 제정신이 아닐 수가 있어?"

"마우스가 어떻게 제정신이 아니냐고? 걔가 최고야. 망치, 토끼…… 하여간 별걸 다 뒷주머니에 넣고 다닌다니까. 웃옷은 또절대 싫다고 안 입고 다니고 말야."

파크가 웃음을 터뜨렸다. "메이지는 어떻게 제정신이 아닌데?"

"음, 걔는 못돼 처먹었어. 일단 그거. 그리고 싸울 때 좀 길거리 출신 스타일이야. 너 그 귀걸이 빼봐, 이런 거 있잖아."

"메이지가 몇 살이라고?"

"여덟 살. 아니다, 아홉 살."

"벤은 어떤데?"

"벤은……" 엘레노어는 시선을 멀리로 돌렸다. "벤은 너도 본적 있잖아. 조쉬 나이랑 비슷할걸. 벤 머리 좀 잘라야 하는데."

"리치가 동생들도 싫어해?"

엘레노어는 파크의 손을 밀어냈다. "이런 얘기 왜 물어봐?"

파크는 다시 엘레노어 쪽으로 손을 가져갔다. "*왜*냐면, 너의일부니까. 내가 궁금하니까. 너는 이상하게 울타리를 이렇게 빙둘러 쳐놓고 딱 요만큼 열어주면서 '자, 들어와' 이러는데……."

"맞아." 엘레노어는 팔짱을 끼며 말했다. "울타리. 여기 '주의'테이프 쳐놓은 거 안 보여? 다 널 생각해서 그러는 거야."

"그러지 마. 나 충분히 감당할 수 있어." 파크는 엄지로 엘레노어의 미간에 잡힌 주름을 폈다. "우리 이렇게 바보같이 싸운 것도 다 비밀 때문이었잖아."

"악마 같은 네 전 여친의 존재를 비밀로 했으니 그렇지. 난 악마 같은 전 남친이나 뭐 그런 과거 자체가 없거든."

"리치가 네 동생들도 싫어해?"

"그 이름 좀 그만 얘기해." 엘레노어가 속삭이듯 말했다.

"미안해." 파크도 속삭이듯 말했다.

"리치는 누구든 다 싫어할걸."

"너희 엄마는 예외겠지."

"엄마는 더더욱이지."

"리치가 엄마한테 못되게 굴어?"

엘레노어는 눈을 굴리며 파자마 소매로 볼을 닦았다. "어, 그럼."

파크는 다시 엘레노어의 손을 잡았다. "엄마는 왜 안 헤어지시는데?"

엘레노어는 고개를 저었다. "못 헤어지는 걸 거야…… 엄마가 이제 예전 우리 엄마가 아니라서."

"엄마가 그 사람을 무서워해?" 파크가 물었다.

"응……"

"너도 무서워?"

"나?"

"쫓아낼까봐 겁이 나는 건 알겠어. 근데 너도 그 사람이 무서워?"

"아니." 엘레노어는 턱을 추켜들었다. "아니…… 나는 그냥 잘 웅크리고 있다고 해야 하나? 그 사람 눈에만 안 띄면 되는 거라.

그냥 투명 인간이 되는 거지."

파크가 씩 웃었다.

"왜?"

"투명 인간. 인비저블 우먼."

엘레노어도 씩 웃었다. 파크는 잡고 있던 엘레노어의 손을 놓고 엘레노어의 얼굴을 감쌌다. 엘레노어의 볼은 차가웠고 어둠 속에서 그 눈은 한없이 깊었다.

지금 파크의 눈엔 엘레노어밖에 보이지 않았다.

#

결국 추워서 더는 도저히 밖에 앉아 있을 수 없는 지경에 이르렀다. 둘 다 심지어 입안까지 얼어붙었다.

#

엘레노어

리치는 엘레노어에게 크리스마스 저녁만큼은 같이 먹게 방에서 나오라고 했다. 까짓거, 그러지 뭐. 진짜 감기 기운이 있어서 최소한 하루 종일 아픈 척 연기한 걸로 보이진 않았다.

저녁 식사는 환상적이었다. 엄마는 재료다운 재료만 있으면 진짜 요리를 할 줄 아는 사람이었다. (그러니까 콩 말고 다른 진짜 식재료 말이다.)

저녁 메뉴는 스터핑을 넣은 칠면조에 딜과 버터가 들어간 으깬 감자였다. 디저트는 라이스 푸딩과 페퍼 쿠키였는데, 전부 엄마의 크리스마스 특별 메뉴였다.

엄마가 일 년 내내 별별 쿠키를 다 굽던 그 시절에는 특별 메뉴였다는 말이다. 꼬맹이들은 지금 자기들이 뭘 놓치고 있는지 알지도 못했다. 엘레노어랑 벤의 어린 시절에는 엄마가 늘 베이킹을 했었다. 엘레노어가 학교에서 돌아오면 주방에는 언제나 갓 구운 쿠키가 있었다. 그리고 매일 아침 진짜 아침 식사를 해주었다…… 달걀과 베이컨, 아니면 팬케이크랑 소시지, 아니면 크림이랑 흑설탕을 넣은 오트밀.

엘레노어가 이렇게 살이 찐 이유도 다 그래서라고 생각했었다. 옛날에는 그랬다. 지금은 늘 배가 고픈 엘레노어인데도 덩치는 여전히 산만 했다.

다들 최후의 만찬이라도 되는 것처럼 음식에 달려들었다. 사실상 최후의 만찬이 맞았다. 최소한 당분간 식사다운 식사는 이게 마지막일 터였다. 벤은 칠면조 다리 두 개를 혼자 다 먹었고 마우스는 으깬 감자 한 접시를 깨끗하게 비웠다.

오늘도 하루 종일 술을 달고 있던 리치는 저녁때가 되자 그야말로 흥청망청 파티 분위기였다. 웃음은 헤펐고 목소리는 컸다. 그러나 리치가 기분이 좋다고 좋아할 필욘 없는 게, 이건 딱 리치가 기분이 나빠지기 직전의 상태였다. 이제 리치가 돌변하는 건 시간문제였고…….

아니나 다를까. 리치가 호박파이가 없다는 사실을 알게 된 바로 그때였다.

"이게 뭐야?" 리치가 숟가락으로 디저트를 툭툭 치며 말했다.

"라이스 푸딩이에요." 칠면조를 먹고 바보가 됐는지 벤이 그렇게 대답했다.

"푸딩인 건 나도 알아. 사브리나, 호박파이 어딨지?" 리치는 주방을 향해 소리쳤다. "제대로 된 크리스마스 음식 준비하라고 했지. 제대로 준비하라고 돈도 줬잖아."

엄마는 주방 문간에 서 있었다. 지금껏 자리에 앉아 먹을 새도 없이 일만 하면서. "그게⋯⋯."

'덴마크 정통 크리스마스 디저트예요. 우리 할머니, 할머니의 할머니가 만들던 디저트라고요. 호박파이보다 맛있고 특별한 요리고요.' 엘레노어는 속으로 소리쳤다.

"그게⋯⋯ 호박을 깜빡하고 못 샀어요." 엄마가 말했다.

"크리스마스에 호박을 잊어먹고 못 사?" 리치는 라이스 푸딩이 담긴 스테인리스 그릇을 내동댕이치며 말했다. 그릇은 엄마가 서 있는 쪽 벽에 부딪히면서 흐물흐물한 내용물이 사방으로 튀었다.

리치만 빼고 모두가 쥐 죽은 듯 조용했다.

리치는 휘청대며 자리에서 일어났다. "호박파이를 사러 가야겠어⋯⋯ 너희한테 제대로 된 크리스마스 요리를 맛보게 해주겠다 이거야."

리치는 뒷문으로 걸어 나갔다.

트럭 시동 소리를 듣자마자 엄마는 라이스 푸딩이 들어 있던 그릇을 집어 든 다음 바닥에 떨어진 푸딩을 윗부분만 살며시 떠냈다.

"체리 소스 먹을 사람?" 엄마가 물었다.

전부 손을 들었다.

엘레노어는 남은 푸딩을 치웠고 벤은 TV를 틀었다. 아이들은 〈그린치〉와 〈눈사람 프로스티〉, 〈크리스마스 캐롤〉을 보았다.

엄마도 같이 앉아 영화를 보았다.

엘레노어는 〈크리스마스 캐롤〉에 나오는 과거의 유령이 나타나 이 광경을 보고 한심해하는 장면이 상상됐다. 하지만 엘레노어는 배가 불렀고 행복하게 잠이 들었다.

엘레노어

다음 날 엘레노어가 온 걸 보고도 파크네 엄마는 별로 놀란 것 같지 않았다. 파크가 사전에 경고를 해둔 모양이었다.

"메리 크리스마스, 엘레노어." 파크 엄마는 유독 친절한 목소리였다. "어서 들어오렴."

거실로 들어가니 막 씻고 나온 파크가 있었는데, 어딘지 모르게 엘레노어는 부끄러운 기분이 들었다. 파크의 머리는 젖어 있었고 티셔츠는 몸에 약간 들러붙어 있었다. 엘레노어를 보자 파크는 정말로 기뻐했다. 그건 확실했다. (그리고 그건 기분 좋은 일이었고.)

엘레노어는 선물을 어떻게 전해줘야 할지 몰라 그냥 파크가 가까이 오자마자 다짜고짜 선물을 내밀었다.

파크는 기분 좋게 놀란 듯 씩 웃었다. "내 거야?"

"아니." 엘레노어는 일단 대답했다. "음⋯⋯." 재치 있는 대답이 전혀 떠오르지가 않았다. "응, 네 거 맞아."

"선물 안 챙겨도 되는데."

"안 챙겼어. 정말로."

"열어봐도 돼?"

엘레노어는 아직도 재치 있는 대답이 떠오르지 않아 그냥 고개만 끄덕였다. 파크네 가족들은 주방에 있어 최소 옆에서 지켜보고 있는 눈들이 있거나 하진 않았다.

선물은 포장지에 싸여 있었다. 엘레노어가 가장 좋아하는, 요정과 꽃이 그려진 수채화 포장지였다.

파크는 조심히 포장지를 벗겼다. 『호밀밭의 파수꾼』이었다. 아주 옛날 판본이었다. 겉표지에는 중고 숍에서 붙인 가격표가 그대로 붙어 있고 왁스 색연필로 가격도 적혀 있었다. 그래도 겉표지가 아주 더러운 편은 아니라서 엘레노어도 아마 굳이 벗기지 않고 그대로 남겨둔 모양이었다.

"젠체하는 선물인 줄은 아는데," 엘레노어가 설명했다. "원래 『워터십 다운』 주려다가 그게 또 토끼 얘기라…… 모든 사람이 다 토끼 얘길 좋아하는 건 아니니까."

파크는 책을 보고 씩 웃었다. 아주 잠깐, 엘레노어는 혹시 파크가 표지를 열어보려는 건가 싶어 기겁했다. 엘레노어가 책에 적어둔 메시지를 지금 읽으면 안 되는데. (최소한 엘레노어가 바로 옆에 서 있을 땐 절대 읽으면 안 된다.)

"네 책이야?" 파크가 물었다.

"응, 근데 난 이미 다 읽어서."

"고마워." 파크가 엘레노어를 보고 씩 웃으며 말했다. 진짜 기분이 좋으면 파크는 눈이 볼 뒤로 사라졌다. "고마워."

"천만에." 엘레노어는 땅만 보고 대답했다. "존 레넌이든 누구든 죽이지만 말아."

"가자." 파크는 엘레노어의 재킷 앞섶을 잡아당겼다.

엘레노어는 파크를 따라가다가 파크 방에 다 와서는 투명 울타리라도 쳐져 있는 것처럼 문 앞에서 멈춰 섰다. 파크는 책을 침대에 내려놓고 선반에서 작은 상자 두 개를 집어 들었다. 둘 다 크리스마스용 포장지랑 커다란 빨간 리본으로 포장돼 있었다.

파크는 엘레노어가 있는 문 쪽으로 와서 섰다. 엘레노어는 문틀에 기댔다.

"이건 우리 엄마 선물." 파크는 상자를 들어 보이며 설명했다. "향수야. 절대 뿌리지 마." 파크는 잠깐 시선을 떨구었다. "이건 내 선물." 파크는 다시 엘레노어를 쳐다보며 말했다.

"선물 준비 안 해도 되는데." 엘레노어가 말했다.

"바보 같은 소리 하지 말고."

엘레노어가 선물을 받지 않자 파크는 직접 엘레노어의 손을 들어 손바닥 위에 상자를 올려놓았다.

"너만 알아볼 수 있는 그런 선물이 뭐가 있을까 고민을 많이 했어." 파크는 앞머리를 걷으며 말했다. "엄마한테 설명할 필요 없게…… 아주 좋은 펜 같은 걸 사줄까도 생각했는데……."

파크가 지켜보는 자리에서 선물을 뜯어보려니 엘레노어는 긴장이 돼 포장지가 북 찢어져버렸다. 파크가 포장지를 받아 들었고 엘레노어는 작은 회색 상자를 열었다.

상자 안에 든 건 목걸이였다. 작은 팬지꽃 펜던트가 달린 얇은 은목걸이였다.

"네가 받을 수 없다고 해도 안 섭섭해할게." 파크가 말했다.

받아선 안 될 선물이었지만, 그래도 엘레노어는 받고 싶었다.

#

파크

이 멍충이. 그냥 펜 사줄걸. 액세서리는 너무 개인적이고……
그러면서도 공개적인 선물이었다. 그래서 산 거긴 했지만 말이
다. 엘레노어에게 줄 선물인데 펜이, 책갈피가 말이 되나. 엘레
노어에 대한 파크의 감정이 책갈피 수준은 아니었다.

파크는 목걸이를 사느라 카스테레오를 사려고 모아둔 돈을 거
의 다 썼다. 약혼반지로 인기가 많은 쇼핑몰의 주얼리 가게에서
산 목걸이였다.

"영수증 아직 안 버렸어." 파크가 말했다.

"아니야." 엘레노어는 파크를 쳐다보았다. 엘레노어의 표정이
걱정스러워 보이긴 했지만 그렇다고 엘레노어가 어떤 생각인지
는 파크도 확신이 없었다. "아니야. 진짜 예뻐. 고마워."

"목걸이 하고 다닐 거야?" 파크가 물었다.

엘레노어는 고개를 끄덕였다.

파크는 머리를 쓸어 넘긴 손을 그대로 뒤통수에 둔 채였다. 파
크는 최대한 진정하려고 했다. "지금 할래?"

엘레노어는 파크를 잠깐 쳐다보더니 다시 고개를 끄덕였다.
파크는 상자에서 목걸이를 꺼내 조심스레 엘레노어의 목에 채

위주었다. 목걸이를 사면서 상상했던 그 장면 그대로였다. 어쩌면 그래서 목걸이를 샀는지도 모른다. 머리카락 안쪽에 숨은 엘레노어의 따스한 뒷목에 파크의 손이 닿는 바로 그 순간 때문에. 파크는 손가락으로 목걸이 체인을 쭉 따라가다가 빗장뼈 사이에 걸려 있는 펜던트에서 손가락을 멈췄다.

엘레노어의 몸이 바르르 떨렸다.

파크는 목걸이 줄을 잡아당기고 싶었다. 그렇게 잡아당겨 여기 제 가슴에 엘레노어를 딱 정박해두고 싶었다.

파크는 스스로 의식이라도 한 듯 손을 떼고 다시 문틀에 기댔다.

#

엘레노어

두 사람은 주방에서 카드 게임을 하고 놀았다. 카드 게임 스피드. 엘레노어가 파크에게 스피드 하는 법을 알려주었고, 처음 몇 판은 엘레노어가 파크를 계속 이겼다. 그러나 몇 판 하고 나서부터는 엘레노어가 영 맥을 쓰지 못했다. (메이지랑 할 때도 처음 몇 판은 메이지가 내리 지다가 그다음부터는 늘 승패가 역전됐다.)

파크 엄마가 있긴 하지만 하여튼 주방에서 카드 게임을 하는 편이 거실에 앉아 지금 우리 둘뿐이면 뭘 할까, 그런 상상만 하고 있는 것보다는 나았다.

파크 엄마는 엘레노어에게 크리스마스는 어떻게 보냈느냐고 물었고, 엘레노어는 좋았다고 대답했다. "저녁에 맛있는 거 먹었어? 칠면조? 햄?" 파크 엄마가 물었다.

"칠면조요. 딜 넣은 감자랑요…… 엄마가 덴마크계이시거든요."

파크는 카드놀이를 멈추고 엘레노어를 쳐다보았다. 엘레노어는 눈을 커다랗게 뜨고 파크를 쳐다보았다. "뭐? 내가 덴마크 혈통이라는데 뭐 이상한 거라도 있어?" 파크 엄마만 없었어도 엘레노어는 그렇게 얘기했을 것이다.

"그랬구나. 어디서 이렇게 예쁜 빨간 머리를 물려받았나 했더니 말야." 파크네 엄마는 알겠다는 듯이 말했다.

파크는 엘레노어에게 씩 웃어 보였다. 엘레노어는 눈을 굴렸다.

파크 엄마가 할머니 댁에 뭘 좀 얼른 가지러 갔다 오겠다고 하고 자리를 비우자 파크는 식탁 아래에서 발로 엘레노어를 건드렸다. 파크는 신발을 신지 않고 있었다.

"덴마크계인지 몰랐네." 파크가 말했다.

"네가 말하는 서로 비밀 없는 사이에 나누는 재치 있는 대화라는 게 이런 거니?"

"응. 엄마가 덴마크계야?"

"응."

"그럼 아빠는?"

"머저리계."

파크가 미간을 찡그렸다.

"뭐? 솔직하고 가까운 사이가 되고 싶다며. '스코틀랜드계'보다 '머저리계'가 훨씬 솔직한 대답이야."

"스코틀랜드." 파크는 씩 웃었다.

엘레노어는 파크가 원했던 이 새로운 관계라는 걸 생각해봤다. 파크는 서로 전혀 숨기는 것 없이 솔직한 관계를 원했다. 엘레노어는 간밤의 그 흉측한 진실을 파크에게 털어놓을 수 있을 것 같지가 않았다.

혹시 파크가 틀렸으면? 혹시 파크가 감당할 수 없다면?

파크가 지금까지 엘레노어를 보고 신비롭고 매력적이라고 생각했던 부분들이 실상은 그렇지 않단 걸 깨달으면? 사실은 우울한 현실이었단 걸 알게 되면?

파크가 크리스마스는 어땠냐고 묻자 엘레노어는 엄마가 구워준 쿠키 얘기, 영화 얘기, 그리고 후빌 마을 아닌 "훗빌 마을에 훗트가 내려왔다"는 마우스의 〈그린치〉 감상평을 얘기해주었다.

이야기를 하면서도 엘레노어는 파크가 곧 "알겠어, 그럼 이제부터 진짜 크리스마스 어떻게 보냈는지 얘기해줘."라고 할 것 같았다. 하지만 그러는 대신 파크는 그냥 크게 웃었다.

"너희 엄마는 나 안 싫어하실까?" 파크가 물었다. "너희 새아빠야 별수 없겠지만 혹시 엄마는 어떠신가 해서 하는 말이야."

"글쎄……." 엘레노어는 어느새 팬지꽃 모양의 펜던트를 만지작대고 있었다.

#

엘레노어는 크리스마스 방학 절반을 파크네 집에서 보냈다. 파크 엄마도 신경 쓰지 않는 것 같았고 파크 아빠도 늘 엘레노어에게 저녁을 먹고 가라고 했다.

엘레노어의 엄마는 엘레노어가 계속 티나랑 있는 걸로 생각하고 하루는 이렇게 말했다. "너 친구네서 놀러 오라고 한다고 거기 너무 오래 눌러앉아 있는 건 아닌가 모르겠다." 이런 말을 한 적도 있었다. "너만 가지 말고 티나도 한번 놀러 오라고 해." 물론 엄마도, 엘레노어도 그 말이 빈말이란 건 잘 알고 있었다.

아무도 이 집엔 친구를 데려오지 않았다. 꼬맹이들도. 심지어 리치마저도. 그리고 엄마는 이제 친구랄 것 자체가 없었다.

예전엔 엄마도 친구가 있었다.

부모님이 아직 함께일 땐 주변에 늘 사람들이 많았다. 항상 파티가 열렸다. 머리 긴 남자들. 롱드레스를 입은 여자들. 레드 와인이 담겨 있는 유리잔들이 어디에나 있었다.

아빠가 떠난 뒤에도 여자들은 여전했다. 싱글맘들이 아이들을 데리고 바나나 다이키리 칵테일 재료까지 전부 챙겨 들고 왔으니까. 아줌마들이 밤늦게까지 쉬쉬해가며 전남편 얘기, 새 남자친구에 대한 기대감을 늘어놓는 사이 아이들은 옆방에서 트러블이나 쏘리 같은 보드게임을 하고 놀았다.

리치의 첫 등장도 그런 아줌마들의 대화 속에서였다.

엄마는 아침 일찍 아직 애들이 잘 때 장을 보러 가곤 했었다. 그때도 엄마는 차가 없었다. (엄마는 고등학교 때부터 자기 차란 걸 가져본 적이 없었다.) 그리고 그렇게 장을 보러 가던 엄마를 리치가 매일 아침 출근길 자주 보았다는 뻔한 스토리였다. 하루는 리치가 차를 세우더니 엄마한테 번호를 물었다. 리치는 엄마한테 지금까지 자기가 본 여자 중에 제일 예쁘다고 했다.

리치 이야기가 처음 나왔을 때 엘레노어는 옛날 소파에 기대 앉아 무알코올 바나나 다이키리를 마시면서《라이프》잡지를 읽고 있었다. 딱히 엄마 얘길 엿들은 건 아니었다. 엄마 친구들은 전부 엘레노어를 옆에 두는 걸 좋아했다. 엘레노어가 불평 없이 자기 아이들을 봐주는 걸 좋아했고, 엘레노어가 또래보다 똑똑하다고 했다. 엘레노어가 조용히 있으면 아줌마들은 엘레노어의 존재조차 잊어버렸다. 너무 취하면 엘레노어가 옆에 있는 걸 아예 신경도 안 썼다.

"엘레노어, 남자는 절대 믿지 마!" 아줌마들은 수다를 떨다가도 한 번씩 엘레노어에게 꼭 그렇게 소리치곤 했다.

"춤추는 걸 싫어하는 남자는 특히나!"

그러나 리치가 엄마한테 봄날처럼 예쁘다고 했더란 말을 엄마가 친구들 앞에서 했을 때는 다들 감탄하며 좀 더 이야기해보라고 재촉들을 했었다.

지금까지 본 여자 중에 제일 예쁘다고 하는 게 당연하지, 엘레노어는 생각했다. 의심의 여지 없이 사실이었을 테니.

그때 엘레노어는 열두 살이었고, 아빠보다 엄마의 인생을 더 망칠 수 있는 남자가 세상에 있을 거라고는 생각하지 못했다.

이기적인 것보다 더 나쁜 게 있단 걸 엘레노어는 알지 못했다.

#

아무튼 간에 엘레노어는 늘 저녁 식사 전에 집으로 돌아가려고 했다. 혹시나 더는 반갑지 않은 손님이 될 수도 있다는 엄마 말이 옳을 가능성도 있었고, 또 일찍 나오면 리치가 오기 전에 집에 들어갈 확률도 높았기 때문이다.

날마다 파크를 만나다 보니 목욕 시간이 완전히 어긋나버렸다. (아무리 서로 모든 걸 털어놓는 사이 어쩌고 해도 이 얘기만큼은 파크한테 절대 안 한다.)

집에서 목욕할 수 있는 안전한 시간대는 딱 방과 후 그때뿐이었다. 학교 끝나고 바로 파크네 집으로 놀러 가는 날이면 엘레노어는 저녁때 집에 들어갈 때 부디 리치가 아직 술집에 있길 바랄 뿐이었다. 목욕을 한다고 해도 또 뒷문은 화장실 바로 맞은편인데다 문이 언제 열릴지 모르니 여유롭게 할 수도 없었다.

이렇게 몰래 목욕을 하는 것 때문에 엄마가 긴장하는 게 눈에 빤히 보이긴 했지만, 그렇다고 이게 엘레노어 탓도 아니니까. 학교 탈의실에서 샤워를 하고 오는 방법도 생각해봤지만 그러면 또 다른 위험 요소가 있었다. 티나라든가, 등등.

요전 날에는 점심때 티나가 굳이굳이 엘레노어가 앉은 테이블 옆을 지나가면서 입 모양으로 아주 험한 욕을 했다. 여자한테 주로 쓰는 그 욕을 말이다. (리치도 그 욕은 안 한다. 아주 형용할 수 없는 수준으로 더러운 뜻을 가진 단어다.)

"쟨 또 왜 저래?" 드니스가 그렇게 묻긴 했지만 진짜 몰라서 하는 말은 아니었다.

"자기가 뭐라도 되는 줄 아는 거지." 비비가 말했다.

"지가 뭔데." 드니스가 콧방귀를 뀌었다. "저러고 다니니까 영락없이 미니스커트 입은 남자애 같네."

비비가 피식피식 웃었다.

"저 머리는 진짜 좀 아니다." 드니스는 아직도 티나 쪽을 쳐다 보며 말했다. "아침에 조금 일찍 일어나서 오늘 스타일은 파라 포셋*인지 아님 릭 제임스*인지 결정은 해야지."

비비와 엘레노어는 둘 다 피식피식 웃었다.

"아니, 하나만 골라야 할 거 아냐. 하. 나. 만." 드니스는 기회를 놓치지 않고 덧붙였다.

"오우, 야!" 비비가 엘레노어의 다리를 찰싹 때렸다. "저기 네 남자다." 세 사람은 모두 식당 유리벽 밖을 쳐다보았다. 파크는 다른 남자애들 몇몇이랑 같이 걸어가고 있었다. 청바지에 티셔 츠 차림이었고, 티셔츠에는 '미미한 위협Minor Threat'이라고 적혀 있었다. 파크는 식당 안을 들여다보다 엘레노어를 발견하곤 씩 웃어 보였다. 비비가 킥킥 웃었다.

"귀엽긴 하네." 드니스가 말했다. 마치 인정한다는 듯이.

"그러니깐." 엘레노어가 대답했다. "저 얼굴을 그냥 먹어버리 고 싶다니까."

세 사람은 드니스가 진정시킬 때까지 깔깔대고 웃었다.

#

파크

"그래서." 칼이 말을 걸었다.

파크는 아직도 생글생글 웃고 있었다. 식당은 아까 지나쳤는 데도.

"너랑 엘레노어랑? 그런 거야?"

"어…… 그렇게 됐어."

"그렇군." 칼은 고개를 끄덕였다. "모르는 사람은 없으니까. 아, 난 진작부터 알고 있었지. 네가 영어 시간에 쟬 쳐다보는 눈빛이 딱 티가 나더라…… 네가 나한테 직접 말할 날만 기다리고 있었다."

"아." 파크는 칼을 올려다보았다. "미안해. 나 엘레노어랑 같게."

"왜 말 안 했어?"

"알고 있었다면서."

"알았지. 그래도 너 말이야, 우린 친구잖냐. 원래 친구랑 이런 이야기를 하는 거야."

"네가 이해 못 할 거라고 생각했어……."

"이해는 못 하지. 오해하진 말고 들어. 난 아직도 쟤 좀 무섭더라. 그래도 네가 쟤랑 그렇고 그런 사이라고 하면 — 그렇고 그런 사이, 응? — 나도 궁금은 하잖아. 처음부터 끝까지 샅샅이 다 알아야겠다고."

"맞아. 사실은," 파크가 대꾸했다. "내가 이래서 너한테 말을 안 한 거였다."

* 1970년대 미국 TV 시리즈 〈미녀 삼총사〉의 주연 여배우. 바람에 날리는 듯 풍성한 헤어스타일로 유명했다.

** 미국의 싱어송라이터로 앞머리가 있는 장발의 헤어스타일을 자주 했다.

엘레노어

파크 엄마가 파크에게 저녁 먹게 테이블 세팅을 하라고 했다. 그 말이 나오면 엘레노어가 갈 시간이 됐단 얘기였다. 이미 해는 거의 저물었다. 엘레노어는 파크한테 붙잡히기 전에 서둘러 계단을 내려갔다…… 그러다 진입로에 서 있던 파크 아빠와 하마터면 부딪힐 뻔했다.

"아, 엘레노어."

엘레노어는 깜짝 놀랐다. 트럭 뒤쪽에서 뭔가 작업을 하고 있던 파크 아빠였다.

"안녕하세요." 엘레노어는 인사를 하고서 황급히 옆으로 지나갔다. 파크 아빠는 진짜 매그넘 탐정 톰 셀릭이랑 똑같이 생겼다. 봐도 봐도 익숙해지지가 않았다.

"잠깐만, 엘레노어. 잠깐 와보렴." 파크 아빠가 불렀다.

뱃속에서부터 벌써 뭔가 이상한 기운이 느껴졌다. 엘레노어는 걸음을 멈추고 파크 아파 쪽으로 몇 걸음만 겨우 옮겼다.

"있잖니." 파크 아빠는 말했다. "아저씨가 매번 너한테 저녁 먹고 가라고 하기도 힘들어."

"아, 네……."

"아저씨가 하려는 말은 뭐냐 하면, 네가 우리 집을 아무 때나 와도 되는 곳으로 생각했으면 좋겠단 거야. 너는…… 하여간 언제든 환영이라고. 알겠니?" 파크 아빠는 어딘가 불편해 보였고 그래서 졸지에 엘레노어도 그 상황이 불편했다. 평소 파크 아빠와 같이 있을 때보다도 훨씬 불편했다.

"네……." 엘레노어는 대답했다.

"엘레노어, 그…… 너희 새아빠, 아저씨도 알아."

그 문제라면 얘기가 어디로 튈지 알 수가 없었다. 가능성은 한 백만 가지쯤 있는데, 그중에 좋은 얘기일 가능성은 하나도 없었다.

파크 아빠는 한 손을 트럭 위에, 다른 한 손은 마치 뒷목이 당기기라도 한다는 듯이 목 뒤에 얹고 말을 이어갔다. "어릴 때부터 쭉 봤으니까. 내가 리치보다 나이는 좀 많다만 워낙 작은 동네라서. 아저씨도 브로큰 레일 많이 다녔었고……."

이제 해가 아예 져버려서 파크 아빠의 얼굴이 잘 보이지도 않았다. 엘레노어는 여전히 파크 아빠가 무슨 얘기를 하려는 건지 알 수가 없었다.

"너희 새아빠가 같이 있으면 편안하게 느껴지는 그런 사람은 아니지." 파크 아빠는 엘레노어 쪽으로 한 발짝 다가서며 드디어 말을 꺼냈다. "아저씨는 그냥, 뭐랄까, 네가 여기 와 있는 게 더 편하면 그냥 여기 있어도 된단 얘기야. 그러면 민디도, 나도 훨씬 덜 불편할 거고. 알겠니?"

"네." 엘레노어가 대답했다.

"그러니까 아저씨가 저녁 먹고 가란 소리는 오늘까지만 한 다?"

엘레노어는 씩 웃어 보였고, 파크 아빠도 엘레노어를 보고 씩 웃었다. 아주 잠깐 파크 아빠한테서 톰 셀릭보다 파크의 얼굴이 좀 더 많이 비쳐 보였다.

#

파크

엘레노어가 파크와 손을 잡고 소파에 같이 앉아 있었다. 저쪽 건너편 식탁에는 엘레노어의 숙제가 펼쳐져 있었다.

할머니가 장 봐오신 걸 파크가 나르는 동안 옆에서 거들어주기도 했고, 엄마 요리라면 간이랑 양파같이 진짜 맛없는 것까지도 예의 바르게 다 먹었다.

엘레노어는 늘 파크와 함께 있었다. 그래도 충분하지가 않았다.

파크는 아직도 엘레노어를 제대로 안을 방법을 찾지 못했다. 엘레노어에게 키스할 기회도 아직 찾지 못했다. 엘레노어는 파크 방에 같이 들어가려고 하지 않을 것이다.

"음악 들으면 되지." 파크가 그렇게 말하면 엘레노어는 이렇게 대꾸했다.

"너희 엄마는……."

"엄만 상관 안 하셔. 문을 열어두면 되지."

"어디 앉게?"

"침대에."

"으아. 안 돼."

"바닥에."

"너네 엄마가 나 보고 헤프다고 생각하실까봐 싫어."

사실 파크는 엄마가 과연 엘레노어를 여자애로 보긴 하는 걸까 싶었다.

그래도 엄마가 엘레노어를 좋아하긴 했으니까. 예전보다 더 좋아했다. 며칠 전만 해도 엄마는 엘레노어가 참 예의 바르다고 했다.

"애가 아주 조용해." 칭찬인 양 엄마는 말했다.

"그냥 긴장해서 그래요."

"긴장을 왜 해?"

"글쎄요. 그냥 원래 그래요."

엘레노어의 패션은 엄마가 아직도 싫어했다. 엄마는 엘레노어가 안 보고 있는 것 같으면 늘 위아래로 엘레노어를 훑어보곤 고개를 절레절레 흔들었다.

엘레노어는 엄마한테 예의 바르게 행동했고, 심지어는 예의 바른 행동이 수준급이었다. 급기야 엄마랑 잡담도 나누었다. 하루는 토요일 밤 저녁을 먹은 후였다. 파크 엄마는 에이본 제품들을 식탁에 쭉 늘어놓은 채 정리하고 있었고 파크랑 엘레노어는 카드 게임을 하고 있었다. "어머니는 언제부터 미용업계에 종사하신 거예요?" 엘레노어는 에이본 화장품병을 보면서 물었다.

엄마는 미용업계란 말을 참 좋아했다.

"조쉬가 학교 가기 시작하고부터지. 고등학교 검정고시 보고, 미용학교 다니고, 자격증 따고, 허가받고……."

"와우." 엘레노어가 말했다.

"머리는 원래 늘 하던 거라." 엄마는 부연했다. "훨씬 예전부터." 그러고는 분홍색 로션 병을 열어 냄새를 맡았다. "꼬맹이 때에도…… 인형 머리 자르고, 얼굴에 화장해주고."

"저희 여동생도 딱 그래요." 엘레노어가 말했다. "저는 그런 건 진짜 못하겠더라고요."

"별로 어렵지 않아……." 엄마는 엘레노어를 쳐다보았다. 엄마의 눈이 갑자기 반짝 빛났다. "엘레노어, 좋은 생각이 있어. 아줌마가 너 머리 해줄게. 메이크오버 쇼 한번 해보자."

엘레노어는 입을 다물지 못했다. 아마 엘레노어는 지금 머리에 깃털을 꼽고 가짜 속눈썹을 붙인 자기 모습을 상상하고 있을 거다.

"아, 아니요…… 저는 그런 건……."

"하자. 아주 재미있을 거야!"

"엄마, 아니에요." 파크가 나섰다. "엘레노어는 메이크오버 안 하고 싶대요…… 할 필요도 없고요." 파크는 얼른 생각이 나서 그렇게 덧붙였다.

"대변신 이런 거 말고." 엄마는 벌써 엘레노어 머리카락에 손을 뻗고 있었다. "커트는 안 할게. 물로 씻어서 지워지는 것만 하는 걸로."

파크는 제발 부탁한다는 눈빛으로 엘레노어를 쳐다보았다.

부디 엘레노어가 이상하다고 생각해서 그러는 게 아니라 그냥 엄마 기분 좋게 해주려고 이런다는 걸 엘레노어가 알아주기를 바라면서.

"머리는 정말 안 자르실 거죠?" 엘레노어가 말했다.

파크의 엄마는 손가락에 이미 머리카락을 감고 있었다. "차고 조명이 더 밝아. 가자." 엄마가 말했다.

#

엘레노어

파크 엄마는 엘레노어를 샴푸 의자에 앉히고 파크에게 손가락으로 신호를 했다. 여기 들어서서부터 가뜩이나 시종일관 안절부절못하고 있는데 심지어 파크가 가까이 와서 싱크대에 물을 채우기 시작했다. 파크는 잔뜩 쌓여 있는 핑크색 수건 더미에서 한 장을 가져와 엘레노어의 머리를 조심히 들어 올리고 전문가의 손길로 목 주변에 수건을 두르고 찍찍이로 여몄다.

"미안해." 파크가 속삭였다. "나 그냥 나가 있을까?"

"아니." 엘레노어는 파크의 셔츠 자락을 붙잡고 입 모양으로 말했다. '응.' 사실 속마음은 그랬다. 엘레노어는 이미 당혹감에 거의 녹아내리고 있었다. 손끝에 감각마저 없어졌다.

하지만 파크마저 여기 없으면 파크 엄마를 막아줄 사람이 없었다. 행여 엘레노어한테 거대한 집게 모양 앞머리를 만들어놓는다든가 스파이럴 펌이라도 하면? 둘 다 할지도 모르고 말이다.

엘레노어는 파크 엄마가 무슨 시도를 하든 절대 막을 수 없다. 엘레노어는 여기 손님으로 와 있는 거였다. 엘레노어는 이 여인이 해준 음식을 먹고 이 여인의 아들을 고생시키고 있었다. 한마디로, 전혀 맞서서 주장을 할 수 있는 그런 입장이 아니었다.

파크 엄마는 파크를 옆으로 밀어내고는 엘레노어의 고개를 안정적으로 싱크대 쪽으로 젖혔다. "샴푸는 뭐 쓰니?"

"글쎄요." 엘레노어가 말했다.

"샴푸 뭐 쓰는지 몰라?" 파크 엄마는 엘레노어의 머리를 만져 보았다. "엄청 건조하네. 곱슬머리가 원래 좀 건조해. 알아?"

엘레노어는 고개를 저었다.

"흠……." 파크 엄마는 엘레노어의 고개를 다시 물 쪽으로 젖히고 파크에게는 전자레인지에 뜨거운 오일 팩을 좀 돌려오라고 했다.

파크 엄마 손에 머리를 맡기고 있자니 기분이 너무 이상했다. 파크 엄마는 사실상 엘레노어 무릎 바로 옆에 서 있었고, 엘레노어의 입 위쪽으로 천사 목걸이가 대롱대롱 걸려 있었다. 게다가 이 모든 과정이 미친 듯이 간지러웠다. 엘레노어는 파크가 지금 보고 있는지 어떤지 알 수가 없었다. 부디 보고 있지 않았으면 했다.

몇 분 후 엘레노어는 머리에 뜨거운 오일 팩을 두르고 그 위에 수건을 단단히 감은 상태가 됐다. 이마가 다 아플 정도였다. 파크는 엘레노어 건너편에 앉아서 웃어 보이려고 애는 쓰고 있었지만 파크도 엘레노어만큼이나 불편해 보이긴 마찬가지였다.

파크 엄마는 에이본 샘플 박스를 몇 번쯤 뒤적뒤적했다. "여기

어디 있는데? 시나몬······ 시나몬, 시나몬······ 찾았다!"

파크 엄마는 바퀴 달린 의자를 밀어 엘레노어 쪽으로 왔다. "좋아. 눈 감아봐."

엘레노어는 파크 엄마를 쳐다보았다. 파크 엄마는 작은 갈색 연필을 들고 있었다.

"눈 감아봐." 파크 엄마가 다시 말했다.

"왜요?"

"걱정하지 말고. 다 지울 수 있으니까."

"화장은 안 하고 싶어요."

"왜?"

화장을 하면 안 된다고 할걸 그랬는지도 모르겠다. 화장은 거짓말이니까요, 이러는 것보단 그편이 좀 더 정중하게 들리니까.

"글쎄요, 그냥 제가 아니라서요."

"너 맞아." 파크 엄마는 연필을 보며 말했다. "너한테 아주 잘 어울리는 색이야. 시나몬 색."

"립스틱이에요?"

"아니, 아이라이너야."

아이라이너라면 특히나 엘레노어는 더더욱 하지 않는 거였다.

"아이라이너를 하면 뭐가 좋아요?"

"화장을 하는 거지." 파크 엄마는 이제 좀 짜증이 난 것 같았다. "더 예뻐지는 거야."

엘레노어는 눈에 뭔가 들어간 듯 눈이 불같이 뜨거웠다.

"엄마······." 파크가 만류했다.

"자, 이거 봐." 파크 엄마가 파크 쪽으로 돌아서더니 파크 눈가에 엄지손가락을 얹었다. 두 사람 다 지금 파크 엄마가 뭘 하려는 건지 제대로 상황 파악이 안 된 상태였다.

"시나몬은 너무 옅네." 파크 엄마는 중얼거리더니 다른 연필을 집어 들었다. "오닉스."

"엄마……." 파크는 고통스러운 목소리였지만 자리에서 움직이진 않았다.

파크 엄마는 엘레노어가 볼 수 있게 자리를 잡고 앉은 다음 파크의 속눈썹을 따라 재빨리 선을 그렸다. "눈 떠봐." 파크는 눈을 떴다. "좋다…… 감아봐." 엄마는 다른 쪽 눈에도 아이라인을 그렸다. 그런 다음 파크 눈 주변으로 언더라인도 그리고 엄지손가락에 침을 묻혀 번진 부분을 닦았다. "좋아, 잘됐네."

"이거 봐." 파크 엄마는 엘레노어도 볼 수 있게 뒤로 물러나 앉았다. "쉽잖아. 예쁘고."

파크가 예뻐 보이진 않았다. 위험해 보였다. 『플래시 고든』에 나오는 독재자 밍 같았다. 듀란듀란 멤버 같기도 했고.

"로버트 스미스* 같다." 엘레노어는 말했다. 하지만…… 그래, 더 예쁜 건 사실이었다.

파크는 시선을 내리깔았다. 엘레노어는 시선을 돌릴 수가 없었다.

파크 엄마가 갑자기 두 사람 사이로 쑥 끼어들었다. "좋아, 이제 눈 감아봐." 파크 엄마는 엘레노어에게 말했다. "떠봐. 좋아…… 다시 감아봐……." 정말 딱 누가 연필을 들고 눈 위에 뭔가 그리는 느낌이었다. 그런 다음 파크 엄마는 뭔가 차가운 걸 엘레노어 볼에 문질렀다.

"어려울 것 하나도 없어. 파운데이션, 파우더, 아이라이너, 아이섀도, 마스카라, 립라이너, 립스틱, 볼터치. 이렇게 8단계를 해도 15분이 걸릴까 말까야." 파크 엄마가 말했다.

파크 엄마는 진짜 영업사원 같았다. 꼭 PBS 요리쇼에 나오는 사람처럼. 잠시 후 파크 엄마는 엘레노어 머리에 둘러놓은 수건을 풀고 그 애 뒤쪽으로 섰다.

엘레노어는 다시 파크를 보고 싶었고, 이제 파크를 볼 수 있는데도 정작 파크가 자길 쳐다보는 게 싫었다. 엘레노어의 얼굴은 너무 무겁고 끈적끈적했다. 아마 지금 엘레노어의 얼굴은 딱 시트콤〈디자이닝 우먼〉에 나오는 그런 여자들 같겠지.

파크는 의자를 엘레노어 쪽으로 더 가까이 끌고 와서 엘레노어의 무릎에 주먹을 통통 튕기기 시작했다. 파크가 가위바위보를 하자는 것인 줄 엘레노어는 잠시 후 깨달았다.

엘레노어는 가위바위보를 했다. 아니, 파크를 만질 구실이 또 어딨다고. 파크를 똑바로 쳐다보지 않을 구실도 되고 말이다. 파크는 눈을 비벼서 이제는 얼굴에 그림을 그려놓은 느낌은 아니었다. 하지만 여전히 엘레노어가 뭐라 표현할 길이 없는 그런 얼굴이었다.

"꼬맹이들 머리 자를 때 파크가 이렇게 놀아주거든." 파크의 엄마가 말했다. "엘레노어가 겁먹은 것같이 보이나 보다. 걱정하지 마. 머리 안 자를게."

* 영국 밴드 더 큐어의 리드 싱어.

엘레노어와 파크 둘 다 가위를 냈다.

파크 엄마는 엘레노어 머리에 무스를 잔뜩 바른 다음 드라이기에 헤어디퓨저를 부착시켜 머리를 말렸다. (엘레노어는 헤어디퓨저라는 걸 처음 들었는데 아주 중요한 것인 모양이었다.)

파크 엄마 말로는 엘레노어의 평소 습관, 그러니까 머리 감을 때 아무 비누나 쓰고 머리를 방울이나 끈 아무거로나 막 묶고 다니는 게 전부 다 잘못된 행동이었다.

헤어디퓨저로 머리도 말리고, 물기도 완전히 없애야 하고, 되도록 잘 때 새틴 베개를 이용해야 한다고 했다.

"앞머리를 내면 정말 잘 어울릴 것 같아." 파크 엄마가 말했다. "다음번에는 앞머리 한번 잘라보든지."

다음번이란 없다. 엘레노어는 자기 자신과 하늘을 두고 맹세했다.

"좋아, 다 됐어." 파크 엄마는 환하게 웃었다. "너무 예쁘다…… 준비됐어?" 파크 엄마는 엘레노어가 거울을 볼 수 있게 돌려주었다. "짜잔!"

엘레노어는 제 무릎만 쳐다보았다.

"엘레노어, 네가 직접 확인해봐야지. 거울 봐봐, 너무 예쁘다."

엘레노어는 볼 수가 없었다. 옆에서 엘레노어를 보고 있는 시선이 느껴졌다. 엘레노어는 이대로 사라져버리고 싶었다. 바닥에 붙은 문으로 슝 하고 떨어져버리고 싶었다. 애초에 메이크오버를 하는 게 아니었다. 끔찍한 생각이었다. 이제 곧 눈물샘이 터질 거다. 한바탕 난리가 나겠지. 파크 엄마는 다시 엘레노어를 싫어하게 될 거다.

"민디." 파크 아빠가 문을 열고 차고를 들여다보았다. "전화 왔어. 오, 엘레노어. 이야, 무슨 〈솔리드 골드〉* 나오는 댄서 같다야."

"거봐. 아줌마가 예쁘다고 하니깐. 아줌마 올 때까지 거울 보지 말고 있어. 거울 볼 때가 제일 중요한 순간이란 말이야."

파크 엄마는 서둘러 집 안으로 들어갔고 엘레노어는 손에 얼굴을 파묻으면서도 화장을 되도록 망치지 않으려고 했다. 파크가 엘레노어 손목에 손을 올렸다.

"미안." 파크가 사과했다. "네가 싫어할 줄은 알았는데, 이 정도로 싫어할 줄은 몰랐어."

"너무 부끄러워서 그래."

"왜?"

"그냥…… 다 나만 보고 있으니까."

"난 항상 널 보고 있는데." 파크가 말했다.

"알아, 그만 봐."

"엄마는 그냥 너랑 친해지고 싶은 거야. 이게 엄마가 가장 잘 아는 거고."

"나 〈솔리드 골드〉 댄서 같아?"

"아……니."

"세상에. 그렇구나."

"아니야. 그냥…… 네가 직접 확인해봐."

* 1980년대 미국 TV 가요 프로그램.

"싫어."

"한번 봐." 파크가 말했다. "엄마 오기 전에."

"너 눈 감아 그럼."

"알았어. 눈 감았어."

엘레노어는 얼굴을 가린 손을 치우고 거울을 보았다. 생각했던 것보다 그렇게 부끄럽진 않았다. 그냥 다른 사람 같았다. 광대뼈도 있고 눈도 엄청 크고 입술도 엄청나게 촉촉한, 다른 사람. 머리는 여전히 곱슬이었지만, 사실 다른 때보다 더 곱슬거리는 상태였지만 이상하게 평소보다 더 차분해 보였다. 부스스해 보이지 않았다.

엘레노어는 이 모습이 맘에 안 들었다. 전부 다 맘에 안 들었다.

"눈 떠도 돼?" 파크가 물었다.

"안 돼."

"지금 우는 거야?"

"아니." 물론 엘레노어는 울고 있었다. 엘레노어는 눈물로 이 가짜 얼굴을 망쳐버릴 거고, 파크 엄마는 다시 엘레노어를 미워하게 될 거다.

파크는 눈을 뜨고 엘레노어 앞 화장대에 걸터앉았다. "그렇게 싫어?" 파크가 물었다.

"내가 아니야."

"너지 왜 아니야."

"그냥 내가 분장한 것 같아. 내가 아니라 다른 사람이 되려고 하고 있는 것 같아."

마치 예쁘고 인기 많은 애처럼 보이고 싶어 안달 난 사람처럼. 그렇게 보이고 싶어한다는 게 제일 짜증나는 부분이었다.

"난 지금 네 머리 진짜 예쁜 것 같아." 파크가 말했다.

"내 머리 아니거든."

"네 머리 맞거든……."

"너희 엄마한테 내가 이러고 있는 모습은 안 보이고 싶어. 너희 엄마 기분 상하게 하고 싶지 않아."

"키스해줘."

"뭐?"

파크는 엘레노어에게 키스했다. 엘레노어는 어깨에 힘이 빠지고 꼬였던 장이 풀리는 것 같았다. 다시 다른 방향으로 꼬이기 시작하긴 했지만. 엘레노어는 입술을 뗐다.

"너 지금 내가 다른 사람 같아서 키스하는 거야?"

"하나도 다른 사람 같지 않아. 그리고, 그게 말이 돼?"

"넌 내가 이런 모습인 게 더 좋아?" 엘레노어가 물었다. "앞으로 다시는 내가 이런 얼굴이진 않을 텐데."

"예나 지금이나 똑같이 좋아…… 네 주근깨가 약간 보고 싶긴 해." 파크는 소매로 볼화장을 문질렀다. "됐다."

"넌 아예 다른 사람 같아." 엘레노어가 말했다. "아이라이너 하나만 했는데도."

"넌 그래서 내가 더 좋아졌어?"

엘레노어는 눈을 굴렸지만 목에서는 열기가 올라왔다. "넌 느낌이 달라. 불안정한 그런 느낌이 들어."

"너는 딱 엘레노어 같아. 엘레노어인데, 약간 볼륨을 높인 느낌?" 파크가 말했다.

엘레노어는 다시 거울을 들여다보았다.

"그거 알아? 이거 우리 엄마 입장에선 꽤 많이 참은 거다? 엄마한텐 이게 내추럴 룩일걸."

엘레노어가 웃음을 터뜨렸다. 집으로 들어가는 문이 열렸다.

"아유, 기다리라니깐." 엄마가 말했다. "놀랐어?"

엘레노어가 고개를 끄덕였다.

"울었니? 아이, 놓쳐버렸네!"

"화장 망쳐버려서 죄송해요."

"망치긴. 마스카라도 워터프루프고 파운데이션도 지속력이 좋아서 괜찮아."

"감사합니다." 엘레노어는 조심스레 말했다. "거의 원래 제 모습 같아요."

"아줌마가 키트 하나 만들어줄게. 이건 어차피 내가 절대 안 쓰는 색들이라. 자, 파크, 너 앉아봐. 여기 왔으니까 엄마가 머리 다듬어줄게. 좀 지저분해졌으니까……."

엘레노어는 파크 앞에 앉아 파크 무릎에서 가위바위보를 했다.

#

파크

엘레노어는 다른 사람 같았다. 파크는 다른 사람 같은 엘레노어가 더 좋은지 아닌지 아리송했다. 아예 싫은 건지 어떤지도.

파크는 엘레노어가 왜 그렇게 화가 났는지 이해가 안 됐다. 엘레노어는 가끔 원래 타고나길 예쁜 부분이 있다고 하면 다 숨겨야만 할 것처럼 굴었다. 뭐랄까, 굳이 못생겨 보이고 싶어하는 것 같달까.

엄마가 하던 얘기도 그거였다. 엘레노어한테 굳이 그 말을 안한 것도 그래서였고. (이것도 솔직하게 털어놓지 않은 걸로 치나?)

파크는 엘레노어가 왜 그렇게 남들과 다르고 싶어하는지 어느 정도 이해는 됐다. 엘레노어는 정말 달랐으니까. 엘레노어는 남들이랑 다른 걸 두려워하지 않았다. (혹은 남들이랑 똑같은 게 엘레노어에겐 더 두려운 일일지도 모른다.)

그게 참 짜릿했다. 뭐랄까, 그런 용기와 대담함 가까이 있다는 느낌이 참 좋았다.

"불안정한 느낌이라고? 어떤 식으로?" 파크는 엘레노어에게 되묻고 싶었다.

이튿날 아침 파크는 오닉스 컬러 아이라이너를 들고 화장실로 들어가 눈에 펴 발랐다. 엄마가 해준 것보다는 지저분했지만 그게 더 멋있는 것 같았다. 좀 더 남성적이랄까.

파크는 거울을 보았다. "이렇게 하니까 눈이 훨씬 돋보이죠." 엄마는 고객들한테 늘 그렇게 말했다. 사실이었다. 아이라이너를 하면 정말 눈이 더 돋보였다. 아이라이너 효과로 피부도 덜 하얘 보였다.

그러고 나서 파크는 평소처럼, 정수리 쪽 머리를 천장까지 닿을 기세로 거칠게 세워 올렸다. 평소에는 그런 다음 다시 머리를 빗어 내렸다.

오늘은 그 상태 그대로 더는 손대지 않았다.

#

아침 식사 시간 아빠는 발칵 뒤집어졌다. 그야말로 뒤집어졌
다. 파크는 아빠를 마주치지 않고 몰래 나가려고 했지만 아침밥
이라면 엄마는 협상의 여지가 없었다. 파크는 시리얼 그릇에 고
개를 푹 박았다.

"너 머리 꼴이 왜 그래?" 아빠가 물었다.

"뭐가요."

"잠깐, 아빠 봐봐…… 아빠 보라고 했지."

파크는 고개를 들었지만 시선을 돌렸다.

"파크, 너 이 새끼 무슨 짓이야?"

"제이미!" 엄마가 소리를 쳤다.

"얘 좀 봐, 민디. 얘 화장을 했어! 파크, 너 지금 장난하냐?"

"그래도 욕은 안 돼." 엄마는 긴장한 얼굴로 파크를 쳐다보았
다. 어쩌면 이게 다 엄마 탓인지도 모른다. 어쩌면 말이다. 어쩌
면 엄마가 애초에 유치원생 파크한테 립스틱 샘플 테스트를 해
보는 게 아니었는지도 모른다. 파크가 립스틱까지 바르고 싶단
얘긴 아니고…….

음, 발라볼까.

"잘하는 짓이다." 아빠가 거칠게 말했다. "가서 씻고 와."

파크는 자리에서 움직이지 않았다.

"가서 씻으라고 했다, 파크."

파크는 시리얼을 한 숟갈 입에 넣었다.

"제이미⋯⋯." 엄마가 아빠를 말렸다.

"아니, 민디. 안 돼. 얘네들 하고 싶단 건 다 하게 내버려 두겠는데, 근데 이건 아냐. 파크 쟤, 여자처럼 저 꼴을 하고는 이 집에서 한 발짝도 못 나가."

"화장하는 남자도 엄청 많은데요." 파크가 말했다.

"뭐? 너 지금 뭔 소리야?"

"데이비드 보위." 파크는 록스타들 이름을 읊었다. "마크 볼란."

"됐고. 가서 씻으라고 했다."

"왜요?" 파크는 주먹으로 테이블을 꾹 눌렀다.

"왜? 아빠가 그렇게 말했으니까. 왜? 지금 네 꼴이 딱 여자애 같으니까."

"언제는 제가 여자애 같지 않았나요?" 파크는 시리얼 그릇을 앞으로 밀어냈다.

"뭐?"

"언제는 *제가 여자애 같지 않았냐고요.* 어차피 아빠는 원래 그렇게 생각했잖아요?"

눈물이 뺨을 타고 흘러내리는 게 느껴졌지만 파크는 눈을 만지고 싶지 않았다.

"학교 가, 파크." 엄마가 부드럽게 말했다. "버스 놓치겠다."

"민디⋯⋯." 아빠는 간신히 절제하며 말했다. "학교에서 애들이 쟤 가만 안 놔둘걸."

"파크도 이제 다 컸다며. 거의 성인이라며. 스스로 결정한다고 당신이 그랬잖아. 직접 결정하게 놔둬. 파크 가라고 해."

아빠는 아무 말도 하지 않았다. 엄마한텐 절대 목소리를 높이지 않는 아빠였다. 파크는 이때다 싶을 때를 기다렸다가 집을 나섰다.

#

파크는 엘레노어네 정류장 말고 집 앞 버스 정류장으로 갔다. 파크는 엘레노어를 보기 전에 스티브부터 상대하고 싶었다. 스티브가 이걸 가지고 파크를 때려눕힐 거라면, 그러면 엘레노어가 없는 데서 해치우고 싶었다.

그러나 스티브는 언급조차 거의 하지 않았다.

"파크. 너 뭐하냐? 화장했냐?"

"응." 파크는 가방끈을 쥔 채 말했다.

스티브 주변 애들 전부 킥킥대며 다음 벌어질 상황을 기다리고 있었다.

"오지 오스본 비슷한데." 스티브가 말했다. "그러다 너 박쥐 머리 물어뜯는 거 아니냐."

다들 웃음을 터뜨렸다. 스티브는 티나에게 이를 드러내면서 그르릉댔지만 그게 다였다.

엘레노어는 버스에 탔을 때 기분이 좋은 상태였다. "여기 있었구나! 우리 집 앞 정류장에 없어서 너 어디 아픈가 했어." 파크는 엘레노어를 쳐다보았다. 엘레노어는 놀란 것 같았지만 조용히 자리에 앉아 자기 손만 내려다보고 있었다.

"나 〈솔리드 골드〉 댄서들 같아?" 더는 침묵을 견디지 못하고 파크가 물었다.

"아니." 엘레노어는 곁눈질을 하며 말했다. "너는……."

"불안정해 보여?" 파크가 물었다.

엘레노어는 웃으며 고개를 끄덕였다.

"어떤 식으로?" 파크가 물었다.

#

엘레노어는 파크에게 혀를 써서 키스했다. 그것도 스쿨버스 안에서.

36

파크

파크는 엘레노어에게 학교 끝나고 집에 놀러 오지 말라고 했다. 외출 금지겠거니 지레짐작했다. 파크는 집에 오자마자 세수를 하고 자기 방으로 들어갔다.

엄마가 파크를 확인하러 왔다.

"저 외출 금지예요?" 파크가 물었다.

"글쎄." 엄마가 대답했다. "오늘 학교에선 어땠어?"

그 말은 즉, 누가 변기에다 네 얼굴 집어넣고 물 내리지 않았느냐는 뜻이다.

"괜찮았어요." 파크가 대답했다.

복도에서 한 두어 명 파크 이름을 부르긴 했지만 상상했던 것처럼 그렇게 괴롭진 않았다. 쿨해 보인다고 해준 애들도 많았다.

엄마는 파크 침대에 앉았다. 엄마는 긴 하루를 보낸 듯한 얼굴이었다. 립스틱이 다 지워져 립라인이 보일 정도였다.

엄마는 침대 머리맡에 잔뜩 쌓여 있는 〈스타워즈〉 액션 피규어를 한참 쳐다보았다. 파크가 몇 년째 손도 대지 않은 것들이었다.

"파크, 너 혹시…… 여자처럼 보이고 싶어? 그래서 이러는 거야? 엘레노어는 남자애처럼 입잖아. 너는 여자처럼 보이고 싶어?"

"아뇨…… 그냥 좋아서 그러는 것뿐이에요. 그 느낌이 좋아요."

"여자 같은 느낌?"

"아니요." 파크가 대답했다. "저다운 느낌이요."

"너희 아빠는……."

"아빠랑은 얘기하고 싶지 않아요." 엄마는 조금 더 앉아 있다가 방을 나갔다.

조쉬가 저녁 먹으라고 부를 때까지 파크는 방 밖을 나가지 않았다. 파크가 자리에 앉는데도 아빠는 파크 쪽으로 고개도 돌리지 않았다.

"엘레노어는 어됐냐?" 아빠가 물었다.

"외출 금지인 줄 알았는데요."

"외출 금지 아니야." 아빠는 미트로프 먹는 데에만 열중하며 말했다.

파크는 식사 중인 가족들을 빙 둘러보았다. 조쉬만 파크를 쳐다보았다. "오늘 아침 일 얘기할 거예요?" 파크가 물었다.

아빠는 미트로프를 한 입 베물고 한참을 씹은 다음 음식을 삼키고 나서 말했다. "아니, 지금은 파크 너랑 한마디도 할 얘기 없어."

37

엘레노어

파크 말이 맞았다. 파크랑은 단둘이만 있는 적이 없었다.

다시 밤중에 몰래 빠져나갈까 생각도 해봤지만 그에 따른 위험은 다 가늠도 되지 않거니와 날이 뭐같이 추워서 아마 그렇게 나갔다간 동상으로 귀 한쪽이 떨어져 나갈지도 모를 일이었다. 그럼 엄마가 눈치를 챌 게 뻔하고.

엄마는 벌써 마스카라도 알아챘다. (겉포장에 '은은한 내추럴 룩'이라고 돼 있는 갈색 마스카라였는데도.)

"티나가 줬어요." 엘레노어는 둘러댔다. "걔네 엄마가 에이본 판매하시거든요."

파크를 '티나'로 이름만 바꿔서 거짓말을 하면 사소한 거짓말 백만 번 대신 큰 거짓말 한 번으로 퉁친 느낌이었다.

매일 티나 집에서 논다고 상상해보면 웃기기도 했다. 티나랑 서로 네일도 발라주고, 립글로스도 발라보고…….

엄마가 실제로 티나를 마주치기라도 한다면 끔찍하겠지만 그럴 가능성은 낮아 보였다. 엘레노어의 엄마는 동네 사람하고는 얘기하는 법이 없었다. 태어나길 플랫츠 태생이 아니면(한 열 세 대쯤 거슬러 올라가고 같은 고조부모의 자손쯤이 아닌 이상), 그럼 이 동네에선 아웃사이더였다.

파크는 자기가 동양인에 괴짜인데도 주변 애들이 괴롭히지 않는 이유도 늘 그 때문이라고 했다. 이 동네가 아직 옥수수밭이던 시절부터 파크 일가가 여기 땅을 갖고 있었기 때문에.

파크. 엘레노어는 파크를 생각할 때마다 얼굴이 달아올랐다. 예전에도 안 그랬던 건 아닐 텐데 이제는 증세가 더 심각해졌다. 예전에도 파크는 귀엽고 쿨했지만 최근엔 훨씬 더 귀엽고 쿨해진 것 같아서.

드니스랑 비비마저도 그렇게 생각했다.

"록스타 같네." 드니스가 말했다.

"약간 엘 드바지 같아." 비비도 동의했다.

파크는 파크답되 뭔가 더 진해졌다. 파크는 파크인데, 볼륨을 한껏 높인 버전이랄까.

#

파크

엘레노어랑은 단둘이만 있는 적이 없었다.

버스에서 내려 집으로 가는 길을 한없이 세월아 네월아 걸어도 보고, 어떨 땐 문 앞 계단에서 한참을 노닥거려도 봤다. 결국 그러고 있으면 엄마가 문을 열고 추우니까 들어오라고 두 사람을 불렀다.

어쩌면 올여름엔 더 나을 수도 있다. 밖에 나갈 수도 있을 거다. 산책을 간다든가. 결국 운전면허를 따게 될 수도 있을 것이고…….

아, 면허는 아니겠네. 아빠랑 싸운 그날 이후 아빠는 파크에게 단 한 마디도 하지 않았다.

"너희 아빠는 왜 그러시는 거야?" 엘레노어가 문 앞 계단에 서서 물었다. 엘레노어는 파크보다 한 계단 아래 서 있었다.

"나한테 화가 나셨지, 뭐."

"뭣 때문에?"

"아들이 아버지를 똑 닮지 않아서."

엘레노어는 미심쩍은 표정이었다. "그럼 너한테 16년간 화가 나 있으시다, 그 얘기야?"

"기본적으로는 그렇지."

"하지만 넌 늘 아빠랑 잘 지내는 것 같던데……."

"아닌데." 파크는 대답했다. "그럴 리가. 한동안이야 그나마 사이가 좀 괜찮긴 했지. 내가 드디어 싸움이란 걸 했으니까. 그리고 엄마가 너한테 너무 매정하게 군 것도 있었고."

"그래, 날 안 좋아하시는 것 같더라니!" 엘레노어는 파크의 팔을 쿡 찔렀다.

"지금은 좋아하셔. 그래서 이제 아빠가 다시 날 안 좋아하게 됐지."

"너희 아빤 널 사랑하셔." 엘레노어한테는 그게 엄청 중요한 문제라도 되는 모양이었다.

파크는 고개를 저었다. "부모라면 그래야 하니까 그런 거야. 아빤 나한테 실망했어."

엘레노어는 파크의 가슴팍에 자기 손을 얹었다. 그때 파크 엄마가 문을 열었다.

"들어와, 어서 들어와." 엄마가 말했다. "너무 춥다."

#

엘레노어

"엘레노어, 머리 예쁘다." 파크 엄마가 칭찬했다.

"감사합니다."

헤어디퓨저인가 하는 걸 쓰진 않았지만 그래도 파크네 엄마가 준 컨디셔너는 엘레노어도 챙겨 쓰고 있었다. 그리고 옷장 속에 산처럼 쌓여 있는 수건들 사이에서 새틴 베갯잇도 찾아냈다. 이건 뭐 거의 엘레노어한테 머리 관리를 더 잘하라는 신의 뜻이나 다름없었다.

파크 엄마는 이제 정말로 엘레노어를 더 좋아하는 것 같았다. 다시 그 메이크오버 같은 걸 하겠다고 한 적은 없었지만, 파크 엄마는 엘레노어가 파크랑 주방에 같이 앉아 있으면 늘 새로운 아이섀도를 엘레노어한테 발라보거나 머리를 이리저리 만져보거나 했다.

"딸이 있어야 했는데." 파크 엄마는 그렇게 말했다.

저한텐 이런 가족이 있어야 했는데 말이죠, 엘레노어는 속으로 생각했다. 그런 생각을 한다고 가족들을 배신하는 것 같은 기분이 자주 들진 않았다.

38

엘레노어

수요일 밤이 최악이었다.

파크가 태권도를 하는 날이라 엘레노어는 학교 끝나고 곧장 집으로 가 목욕을 하고 밤새 방 안에 숨어서 책이나 보며 되도록 눈에 안 띄려고 했다.

밖에서 놀긴 날이 너무 추워 꼬맹이들은 집 안에서 난장판을 벌이고 있었다. 리치가 돌아왔을 땐 어디 멀리 가서 숨고 자시고 할 수도 없었다.

벤은 리치가 당장 지하실로 내려가라고 할까봐 방 안 옷장 속에 들어가 자동차를 갖고 놀고 있었다.

리치가 형사 드라마 〈마이크 해머〉를 틀자 엄마는 리치가 그냥 두라고 하는데도 메이지한테 방으로 들어가라고 신호를 보냈다.

심심하고 기분은 영 좋지 않던 메이지가 방 안을 서성이다 이층 침대 쪽으로 걸어왔다.

"올라가도 돼?"

"안 돼."

"언니……."

이 침대는 트윈 침대보다 작은 주니어 사이즈라 엘레노어가 누우면 공간도 별로 많이 남지 않았다. 게다가 메이지가 삐쩍 마른 깃털 같은 아홉 살짜리도 아니었고…… "알았어." 엘레노어는 마지못해 대답했다.

엘레노어는 침대가 얇게 언 얼음이라도 되는 것마냥 조심스럽게 옆으로 비킨 다음 뒤쪽에 있던 자몽 상자를 구석으로 밀었다.

메이지가 올라와 엘레노어의 베개 위에 앉았다. "뭐 읽어?"

"『워터십 다운』."

메이지는 관심이 없었다. 메이지는 팔짱을 낀 채 엘레노어 쪽으로 몸을 기울였다. "언니 남자친구 있는 거 우리 다 알아." 메이지가 속닥였다.

엘레노어의 심장이 그대로 멎어버렸다. "남자친구 없는데." 엘레노어는 딱 잘라 말했다. 그것도 곧장.

"다 알거든."

엘레노어는 옷장 속에 앉아 있는 벤을 쳐다보았다. 벤은 물러서지 않고 엘레노어를 빤히 쳐다보았다. 리치 덕분에 이 집 식구들 다 무표정 전문가가 됐다. 이거야 원 무슨 가족 포커 대회라도 나가야 할 판이었다.

"보비가 얘기해줬어. 걔네 큰언니랑 조쉬 셰리던이랑 사귀는데, 조쉬가 자기 형이랑 언니랑 사귄다고 했다더라. 벤이 아니라니까 보비가 막 웃었어."

벤은 눈 하나 깜짝 안 했다.

"엄마한테 말할 거야?" 엘레노어가 물었다. 바로 본론으로 들어가는 게 나았다.

"아직은 말 안 했어."

"말할 거냐고?" 메이지를 침대에서 밀어버리고 싶은 걸 엘레노어는 꾹 참았다. 메이지는 핵폭탄이 되겠지.

"그럼 난 쫓겨날걸. 알잖아." 엘레노어는 힘주어 말했다. "그나마 운이 좋아야 쫓겨나는 걸로 끝나지."

"말 안 할 거야." 벤이 속닥였다.

"하지만 불공평하잖아." 메이지는 벽에 미끄러지듯 등을 기대고 앉았다.

"뭐가." 엘레노어가 말했다.

"언니만 맨날 집을 나가는 건 불공평해." 메이지가 말했다.

"내가 뭘 어떻게 했으면 좋겠는데?" 엘레노어의 말에 벤과 메이지는 엘레노어를 빤히 쳐다보았다. 두 사람의 표정에선 절박함이 느껴졌고, 그리고…… 기대감이 엿보였다.

이 집에선 누가 입을 열기만 하면 늘 절박함이 묻어났다.

엘레노어에게 절박함은 그냥 거의 백색소음 배경음 같은 거였다. 엘레노어의 마음이 흔들린 건 그 기대감 때문이었다.

난 어딘가 잘못됐나 봐, 플러그가 어디 잘못 끼워졌나 봐, 엘레노어는 생각했다. 그도 그럴 것이 엘레노어는 지금 동생들을 부드럽게 달래는 대신 동생들에게 차갑고 매정하게 굴고 있었다. "난 너희 못 데려가. 혹시나 너희가 지금 그런 생각을 하고 있나 싶어서 하는 말이야."

"왜 안 되는데?" 벤이 물었다. "우리는 그냥 다른 애들이랑 놀면 되잖아."

"다른 애들이 어딨어. 전혀 그런 거 아니야."

"언닌 우리한텐 관심도 없지." 메이지가 말했다.

"관심 있어." 엘레노어가 쏘아붙였다. "그냥 그건…… 내 선에서 할 수 있는 일이 아니야."

문이 열리고 갑자기 마우스가 들이닥쳤다. "벤 형아, 형아야, 형아 내 차 어딨어? 내 차 어딨어? 형아?" 마우스는 아무 이유 없이 벤에게 달려들었다. 마우스가 저렇게 달려들 땐 대체 안아달라는 건지 아님, 싸우자는 건지 가끔 파악하기가 힘들었다.

벤은 최대한 조용히 마우스를 밀어내보았다. 엘레노어는 마우스에게 책을 던졌다. (당연히 소프트커버를 던졌지, 설마 하드커버였겠냐고.)

마우스는 방에서 달려 나갔고 엘레노어는 그대로 침대에서 몸을 기울여 문을 닫았다. 사실상 침대 안에서 서랍도 열 수 있었다.

"난 너희 못 챙겨줘." 깊은 바다에서 동생들 손을 그대로 놓아버리는 느낌이었다. "내 한 몸도 못 챙기는데 너흴 어떻게 챙겨."

메이지의 표정이 딱딱하게 굳었다.

"제발 말하지 마." 엘레노어가 부탁했다.

메이지와 벤이 다시 눈빛을 주고받더니 메이지는 여전히 굳은 얼굴로, 하지만 알 수 없는 표정으로 엘레노어를 돌아보았다.

"언니 거 우리 같이 써도 돼?"

"뭘?"

"누나 만화책." 벤이 말했다.

"그건 내 거 아냐."

"언니 화장품." 메이지가 말했다.

엘레노어 침대를 이미 샅샅이 뒤진 모양이었다. 요즘 자몽 상자에는 별별 장물들이 잔뜩 들어 있었다. 다 파크한테 받은 것들이었다…… 분명히 이미 다 뒤져봤을 거다.

"보거나 쓰고 나면 치워야 해." 엘레노어가 말했다. "그리고 벤, 만화책은 누나 게 아니고 빌린 거야. 깨끗하게 봐야 해……."

"그러다가 엄마 눈에 띄면," 엘레노어는 메이지를 돌아보며 말했다. "엄마가 전부 다 가져가버릴걸. 특히 화장품은. 그럼 아무도 못 쓰는 거야."

둘 다 고개를 끄덕였다.

"이렇게까지 안 해도 언니가 쓰라고 할 텐데. 먼저 물어봤으면 좋았잖아." 엘레노어가 메이지에게 말했다.

"거짓말하네."

메이지 말이 맞았다.

#

파크

수요일이 최악이었다.

엘레노어를 못 보는 날. 아빠는 저녁 식사 때며 태권도를 하는 중에도 내내 파크를 무시했다.

파크는 과연 아이라인이 진짜 문제일까 싶었다. 혹시 그동안 차근차근 쌓인 게 결국 아이라인으로 터져버린 건 아닌가 하고

말이다. 파크가 강한 남자 스타일도 아니고 뭔가 좀 이상한 구석
도 있고 여자같이 군 게 하루 이틀 일도 아닌데, 아빠는 16년 동
안 그 거대한 어깨로 지금까지 버텨내고 있었던 거지. 그러다가
어느 날 화장을 한 파크를 본 순간, 아빠는 어깨에서 그걸 전부
다 털어내버린 거다.

너희 아빠 널 사랑해서, 엘레노어는 그렇게 말했다. 맞는 말이
긴 했다. 그렇지만 그건 중요한 게 아니었다. 그건 기본비용이었
다. 파크가 조쉬를 사랑하듯, 아빠의 파크에 대한 사랑도 완전히
의무에 가까웠다.

아빠는 눈앞의 파크를 도저히 참지 못했다.

파크는 계속 아이라인을 그리고 학교에 갔다. 집에 와서는 늘
화장을 지웠다. 아빠는 계속 파크를 없는 셈 취급했다.

#

엘레노어

이제 시간문제였다. 메이지랑 벤이 알면 이제 엄마도 곧 알게
될 거다. 꼬맹이들이 말을 해서 알게 되든지, 아님 엘레노어가
미처 생각 못 한 단서를 엄마가 찾게 되든지…… 하여간 뭔가가
나오겠지.

이제 엘레노어는 비밀을 숨길 곳이 없었다. 침대 위 상자도,
한 블록 떨어진 파크의 집도 이제 안전하지 않았다.

파크와의 시간이 이제 얼마 남지 않았다.

39

엘레노어

목요일 밤 저녁을 먹은 후 파크 할머니가 머리를 하러 왔고 파크 엄마는 차고로 사라졌다. 파크 아빠는 음식물 처리기를 교체하느라 싱크 아래 배관을 손보고 있었다. 파크는 엘레노어한테 새로 산 테이프 이야기를 하고 있었다. 엘비스 코스텔로라나. 도대체 그 가수 얘기를 한도 끝도 없이 하고 있었다.

"약간 발라드풍으로 네가 좋아할 만한 곡도 한 두엇 있어. 근데 나머지는 전부 빠른 노래들이야."

"펑크 음악 같은 거야?" 엘레노어의 코에 찡긋 주름이 잡혔다. 엘레노어는 데드 밀크맨* 노래 몇 곡 정도는 참을 수 있었지만 그 정도를 제외하곤 파크가 듣는 펑크 음악을 좋아하지 않았다. "나한테 막 소리 지르는 것 같단 말이야." 파크가 엘레노어한테

---

* 미국 필라델피아 출신의 펑크록 밴드.

믹스 테이프를 만들어주면서 펑크 음악을 넣으려고 하면 엘레노어는 그렇게 말하곤 했다.

"글렌 댄지그,* 나한테 소리 지르지 마요!"

"이건 헨리 롤린스**인데."

"소리 지르는 목소리들은 다 똑같던데."

최근 파크는 뉴웨이브 음악에 푹 빠져 있었다. 아님 포스트 펑크라나 뭐라나. 엘레노어가 책을 한 권 읽고 그런 다음 새 책으로 넘어가듯이, 파크는 밴드들을 그렇게 듣고 넘기곤 했다.

"아니야." 파크가 대꾸했다. "엘비스 코스텔로는 훨씬 음악성 있어. 더 부드럽고. 내가 테이프 복사해줄게."

"그냥 틀어줘. 지금."

파크는 고개를 갸우뚱했다. "그럼 내 방에 들어가야 하는데."

"알았어." 엘레노어의 대답은 아주 가볍지만은 않았다.

"알았다고? 몇 달을 싫다더니 지금은 알았다고?"

"응. 네가 맨날 그랬잖아. 너희 엄마는 신경 안 쓰신다고……."

"엄만 신경 안 쓰시지."

"그러니까."

파크는 벌떡 일어나더니 씩 웃으며 엘레노어를 잡아끌었다. 파크는 주방에서 걸음을 멈췄다. "저희 방에서 같이 음악 듣고 있을게요."

"알았어." 파크 아빠는 싱크대 밑에서 대답했다. "임신만 시키지 마라."

민망할 법도 한 얘긴데 파크 아빠는 대수롭지 않게 말했다. 엘레노어는 부디 파크 아빠가 둘을 내내 그렇게 내버려 두지만

은 않기를 바랐다.

파크 엄마가 아마도 파크 방에 여자애들 출입하는 걸 내버려
둔 건 거실에서 사실상 파크 방이 다 들여다보이고, 또 화장실 가
는 길목에 파크 방을 지나치게 돼 있어서였을 것이다.

그러나 엘레노어에게는 파크 방이 아직도 너무나 내밀한 공간
같은 느낌이었다.

엘레노어는 파크가 이 방에서 대부분의 시간을 누워 보낸단
생각을 머릿속에서 떨쳐낼 수가 없었다. (그래봐야 90도 차이인데
파크가 누운 모습을 상상만 해도 엘레노어는 머릿속에서 퓨즈가 끊어
져버리는 느낌이었다.) 게다가 파크는 이 방에서 옷도 갈아입었다.

파크 침대에는 앉을 자리도 없었고, 엘레노어도 딱히 침대에
앉을 생각은 없었다. 그래서 둘은 침대랑 스테레오 사이에 자리
를 잡았다. 다리를 구부려 앉으면 딱 맞는 정도의 공간이었다.

자리에 앉자마자 파크는 엘비스 코스텔로 테이프를 앞으로 빨
리감기 했다. 차곡차곡 테이프가 몇 줄씩 정리돼 있어 엘레노어
는 한번 살펴나 볼 겸 그중 몇 개를 꺼냈다.

"아……." 파크가 괴로워하며 말했다.

"왜?"

"알파벳순으로 정리해놓은 거라서."

"괜찮아, 나 알파벳 알아."

* 미국 펑크록 밴드 미스피츠의 리드 싱어.
** 미국 펑크록 밴드 블랙 플래그 멤버.

"그렇지." 파크는 당황한 것 같았다. "미안. 칼은 놀러 와서 맨날 테이프를 어질러놓거든. 자, 네가 들어봤으면 하는 게 이 노래야. 들어봐."

"칼도 놀러 와?"

"응, 가끔." 파크는 음량을 키웠다. "안 온 지 한참 됐다."

"지금은 내가 오니까……."

"나한텐 잘된 일이지. 난 널 훨씬 더 좋아하니까."

"그래도 다른 친구들이 그립진 않아?" 엘레노어가 물었다.

"노래 안 들을 거야?" 파크가 말했다.

"너도 안 듣잖아."

파크는 마치 이 노래를 배경음악으로 낭비할 수는 없다는 듯이 정지 버튼을 눌렀다. "미안한데," 파크가 말했다. "지금 혹시 나한테 칼이 보고 싶으냐고 물은 거야? 나 칼이랑 점심 거의 매일 같이 먹어."

"칼은 네가 다른 시간에 나랑만 놀아도 괜찮대? 네 친구들은 아무도 신경 안 써?"

파크는 손가락으로 머리를 쓸어 넘겼다. "어차피 학교에서 보니까…… 글쎄, 별로 막 보고 싶고 그렇진 않아. 너 말고는 딱히 누가 보고 싶고 그런 적은 없었어."

"하지만 이제는 나 안 보고 싶잖아." 엘레노어가 말했다. "맨날 같이 있으니까."

"장난해? 나는 항상 네가 보고 싶어."

집에 와서 세수를 했다고는 하지만 파크 눈 주변에 검은색 아이라인이 깨끗하게 지워지지 않았다. 아이라인 때문에 파크의 최근 행동이 전부 더 극적으로 보이는 효과가 있었다.

"진짜 제정신은 아니구나." 엘레노어가 말했다.

파크는 웃기 시작했다. "그러게 말이야……."

엘레노어는 메이지와 벤, 파크와 앞으로 함께 있을 수 있는 시간들에 대해 이야기를 하고 싶었지만 파크는 이해하지 못할 거였다. 얘기한다고 해봐야 파크라고 할 수 있는 게 뭐가 있겠나 싶기도 하고 말이다.

파크는 재생 버튼을 눌렀다.

"노래 제목이 뭐라고?" 엘레노어가 물었다.

"앨리슨."

#

파크

파크는 엘레노어에게 엘비스 코스텔로를 들려주었다. 조 잭슨, 조너선 리치먼, 더 모던 러버스도 들려주었다.

엘레노어는 전부 말랑말랑한 선율 위주라면서 "홀앤오츠*랑 같은 계열"이라고 파크를 놀렸고 파크는 당장 나가라고 할 거라면서 엘레노어에게 으름장을 놓았다.

엄마가 뭘 좀 확인하러 왔을 때는 둘 사이로 카세트테이프가

---

* 미국 필라델피아 출신 팝록 듀오.

한 백 개쯤 바닥에 널려 있었고, 엄마가 방을 나가자마자 파크는 엘레노어 쪽으로 몸을 기울여 키스했다. 절대 걸리지 않을 최고의 타이밍인 것 같았다.

엘레노어가 조금 멀리 있어서 파크는 엘레노어 등에 손을 올리고 엘레노어를 가까이 끌어당겼다. 파크는 전혀 새로울 것 없는 일인 양 행동하려고 애를 썼다. 비록 엘레노어의 등에 손을 올린 건 처음이었지만 북서항로를 처음 발견한 사람처럼 호들갑을 떨진 않으려고 노력했다.

엘레노어가 좀 더 가까워졌다. 엘레노어는 파크 옆 바닥에 손을 짚더니 파크 쪽으로 몸을 기울였고, 여기에 자신감을 얻은 파크는 다른 손을 엘레노어의 허리에 얹었다. 이제 거의 껴안은 것 비슷한 상태인데 그렇다고 완전히 서로 껴안지는 않고 있는 부담스러운 자세가 됐다. 파크는 무릎을 지지대 삼아 엘레노어를 더욱 꼭 끌어당겼다.

카세트테이프가 한 대여섯 개 부서지는 소리가 났다. 엘레노어가 몸을 뺐고 파크는 앞으로 기우뚱했다.

"미안." 엘레노어가 말했다. "으앗…… 우리 더 스미스 2집 앨범에 무슨 짓을 한 거니."

파크가 뒤로 물러나 앉아 테이프를 쳐다보았다. 파크는 테이프를 전부 옆으로 밀어버리고 싶었다. "대부분은 공케이스일 거야. 걱정하지 마." 파크는 부서진 플라스틱 조각들을 치우기 시작했다.

"더 스미스랑 스미더린……" 엘레노어가 말했다. "심지어 우리 테이프도 알파벳순으로 부서뜨렸어."

파크는 엘레노어를 향해 미소 지어 보이려 했지만 엘레노어는 파크를 보고 있지 않았다. "가야겠다." 엘레노어가 말했다. "벌써 거의 8시가 다 된 것 같아."

"아, 그래. 바래다줄게."

엘레노어는 일어섰고 파크는 엘레노어의 뒤를 따랐다. 두 사람은 집 밖으로 나와 길을 따라 걸었다. 할머니 집 앞에 다 와서도 엘레노어는 걸음을 멈추지 않았다.

#

엘레노어

메이지는 에이본 판매사원 같은 냄새를 풍겼고 바빌론의 창녀 같은 화장을 하고 있었다. 분명 다 탄로 날 거다. 어차피 모래성 같은 집구석이니 멀쩡할 리가 없지. 그럼.

그리고 엘레노어는 당장 무슨 전략을 짤 수조차 없는 것이, 지금 엘레노어의 머릿속엔 허리와 등과 배를 만지던 파크의 손 생각뿐이었다. 아마 파크도 그런 느낌은 처음이었을 거다. 파크네 집안 사람들 전부 스페셜 K 시리얼 광고 모델을 해도 될 만큼 삐쩍 말랐으니까. 심지어는 할머니까지도.

그 시리얼 광고에 엘레노어가 나올 수 있는 장면은 딱 하나다. 여배우가 옆구리살 한 2센티 꼬집으면서 카메라를 보고 세상이 끝난 것 같은 표정을 짓는 장면.

사실 그 장면도 엘레노어는 살을 빼지 않으면 못 나온다. 몸

어느 곳을 꼬집어도 살은 딱 2센티가 잡혀야지 5센티, 7센티가 잡히면 안 되니까. 엘레노어 몸에서 살집 2센티만 잡힐 부분이라면 이마 정도일까.

손잡는 건 괜찮았다. 손이라면 엘레노어도 완전 민망한 수준은 아니었다. 키스도 괜찮은 거 같았다. 입술이 뚱뚱한 거야 그럭저럭 괜찮고, 또 파크가 대개는 눈을 감았으니까.

그러나 엘레노어의 상체에는 안전지대가 없었다. 엘레노어의 목부터 무릎 사이에는 구별되는 구조란 게 없었다.

파크 손이 허리에 닿자마자 엘레노어는 배에 힘을 주고 뱃살을 집어넣은 다음 상체를 앞으로 쭉 뺐다. 그래서 그 참사가 벌어진 거였고…… 엘레노어는 고질라가 된 기분이었다. (하지만 고질라도 그냥 거대한 거지 뚱뚱한 건 아니었다.)

진짜 괴로운 건, 그럼에도 불구하고 엘레노어는 다시 파크가 엘레노어의 허리를 만져주길 원한단 거였다. 엘레노어는 파크의 손길이 계속해서 엘레노어의 몸에 닿아 있기를 원했다. 그래서 결국 파크가 엘레노어를 여자친구라기보다 바다코끼리에 가깝다고 판단하는 일이 있어도…… 그 정도로 파크의 손길은 기분이 좋았다. 엘레노어는 뭐랄까, 말하자면 한번 인간의 피 맛을 보고 난 후로 더는 이빨을 감추지 못하는 개가 되어버렸달까. 인간의 피 맛을 알아버린 바다코끼리가 되어버렸다.

40

엘레노어

파크는 이제 엘레노어더러 교과서를 꼭 확인하라고 했다. 특히나 체육 시간 후에는 꼭.

"그게 정말 티나 짓이면," 파크는 아직도 그게 티나 짓인 걸 못 믿겠다는 말투였다. "얘기를 해야지."

"누구한테?" 엘레노어는 파크와 함께 침대에 기대앉아 있었다. 엘레노어가 카세트테이프를 뭉개버린 그날 이후 처음으로 파크가 엘레노어 어깨에 팔을 둘렀지만 둘 다 모르는 척했다. 어깨에 팔을 둘렀다고 해봐야 사실 어깨에 거우 걸쳐놓은 수준에 가까웠지만 말이다.

"던 선생님한테." 파크가 대답했다. "선생님이 너 예뻐하잖아."

"그래, 그럼 던 선생님한테 얘기한다고 치자. 티나가 맞춤법도 다 틀려가며 내 책에다 써놓은 끔찍한 낙서를 선생님한테 보여준다, 그럼 던 선생님이 그러시겠지. '티나가 범인인 건 어떻게 알지?' 선생님도 너처럼 회의적일걸. 선생님이야 물론 티나와 그렇고 그런 과거의 복잡한 관계 같은 건 없겠지만……."

"과거의 복잡한 관계 같은 건 없었다니까." 파크가 일축했다.

"키스도 했니?" 정말로 물을 생각은 아니었다. 그것도 그렇게 대놓고는. 머릿속으로 그 질문을 하도 수없이 던진 탓에 그 질문이 입 밖으로 새어 나가버린 것 같았다.

"던 선생님이랑? 아니. 포옹은 많이 했지."

"무슨 소린지 알잖아…… 키스도 했어?"

얘 분명히 키스했다. 다른 것도 했겠지. 티나는 워낙 작으니까 파크가 걔 허리에 두 팔을 두르고도 양손이 여유롭게 남았겠지.

"그 얘긴 안 하고 싶어." 파크가 말했다.

"했으니까 얘기 안 하고 싶은 거겠지." 엘레노어가 대꾸했다.

"그건 중요하지 않아."

"중요해. 첫키스였니?"

"웅. 더더욱 그게 무효인 이유 중 하나도 그거야. 약간 연습 같은 거였으니까."

"그게 무효인 다른 이유는?"

"상대가 티나였다는 것, 그때 난 열두 살이었고 아직 여자한테 관심도 없었다는 것 등등……."

"하지만 항상 기억하겠지. 첫키스인데."

"첫키스가 별로 중요하지 않다는 걸 기억하겠지." 파크가 대꾸했다.

엘레노어는 이쯤에서 이야기를 멈추고 싶었다. 머릿속에서 가장 믿음직한 목소리가 외치고 있었다. '그만해!'

"하지만……" 엘레노어는 멈추지 않았다. "어떻게 걔한테 키스를 해? *티나한테?*"

"열두 살이었다고요."

"하지만 걘 진짜 형편없는 애야."

"걔도 열두 살이었어."

"하지만…… 어떻게 걔한테 키스하고 나한테 키스할 수가 있어?"

"그땐 너란 애가 있는 것도 몰랐으니까." 파크의 팔이 갑자기 착, 하고 엘레노어의 허리를 감쌌다. 파크가 옆구리살을 눌러서 엘레노어는 본능적으로 최대한 살이 안 접히게 허리를 똑바로 세우고 앉았다.

"티나랑 나를 잇는 길도 없는데…… 어떻게 너는 우리 둘 다를 좋아할 수가 있어? 중학교 때 무슨 머리 부상이라도 당해서 사람이 확 달라지고 그런 거야?"

파크는 다른 팔을 엘레노어에게 둘렀다. "제발. 내 말 좀 들어줘. 아무것도 아니었어. 하나도 중요하지 않다고."

"중요해." 엘레노어가 속닥이듯 말했다. 이제 파크는 엘레노어에게 양팔을 모두 두르고 있어 둘은 거의 밀착된 상태였다. "왜냐면 넌 내 첫키스 상대니까. 그건 중요하다고."

파크가 엘레노어의 이마에 제 이마를 맞대었다. 엘레노어는 시선이며 손을 어디다 둬야 할지 알 수가 없었다.

"널 만나기 전은 전부 무효야." 파크가 말했다. "너 이후로도 상상할 수 없고."

엘레노어는 고개를 저었다. "하지 마."

"뭘?"

"이후 이야기는 하지 마."

"난 그냥…… 나도 너한테 마지막 키스 상대가 되고 싶어…… 무슨 죽음의 협박도 아니고 이렇게 말하니까 이상하다. 아무튼 내가 하고 싶은 말은, 난 너 하나면 충분해. 이제 더는 필요없어."

그러지 마. 엘레노어는 파크가 이러는 게 싫었다. 파크를 자극하려던 건 맞지만 이 정도까지 원한 건 아니었다.

"엘레노어……."

"나중 일은 생각 안 하고 싶어."

"내 말이 그 말이야. 우리한테 나중이란 게 없을지도 모른다니까."

"당연히 있지 왜 없어." 엘레노어는 언제든 파크를 밀어낼 수 있게 파크의 가슴에 두 손을 올렸다. "내 말은…… 어휴, 나중이란 게 당연히 있지. 우리가 결혼할 것도 아니고."

"지금 결혼할 건 아니지."

"그만해." 엘레노어는 눈을 굴려 보이려고 했지만 마음이 아팠다.

"내가 지금 청혼을 하는 게 아니라……" 파크가 말했다. "그냥…… 사랑한다고. 그리고 난 이 사랑의 끝이 상상이 안 돼……."

엘레노어는 고개를 저었다. "너 지금 열두 살처럼 구는 거 알지."

"나 지금은 열여섯 살인걸……" 파크가 말했다. "보노는 열다섯 살 때 지금 아내를 만났고 로버트 스미스는 열네 살에……."

"로미오, 오 다정한 로미오……."

"그런 거 아니야, 엘레노어. 알잖아." 엘레노어를 안은 파크의 두 팔이 더욱 단단해졌다. 파크의 목소리에서 활기가 싹 가셨다.

"우리가 서로 사랑하는 이 마음이 변할 거라고 생각할 이유가 없어." 파크가 말했다. "우리 마음이 변하지 않을 거라고 믿을 만한 이유는 충분하고 말이야."

난 너한테 사랑한다고 한 적 없어, 엘레노어는 속으로 생각했다.

파크가 키스를 한 후에도 엘레노어는 파크의 가슴에 올렸던 손을 내리지 않았다.

#

그래서, 하여튼. 파크는 엘레노어에게 교과서 표지를 꼭 확인해보라고 했다. 특히 체육 시간 후에는. 그래서 이제 엘레노어는 다른 애들이 대부분 옷을 갈아입고 탈의실을 나갈 때까지 기다렸다가 혹시 의심스러운 점은 없는지 조심히 책을 이리저리 살펴보았다.

아주 철저하게 살펴보았다.

드니스와 비비는 대부분 엘레노어와 함께 남아서 기다렸다. 그 얘기인즉슨 가끔 점심시간에 늦는 날도 있지만, 한편으론 상대적으로 남들 보는 눈 없을 때 자유롭게 얘기할 수 있단 뜻이기도 했다. 그 생각을 몇 달 전에 했어야 했는데.

오늘은 엘레노어 책에 그런 변태 같은 낙서는 없는 것 같았다. 사실 티나는 수업 시간 내내 엘레노어를 무시했다. 심지어 티나

무수리들조차(깡패 같은 아네트마저도) 이제 엘레노어한텐 관심이 없어진 것 같았다.

"이제 내 머리 갖고 놀릴 아이디어가 다 떨어졌나 봐." 엘레노어는 대수학 책을 살펴보면서 드니스에게 얘기했다.

"로널드 맥도날드도 있는데." 드니스가 말했다. "그렇게는 안 부르든?"

"웬디스에 웬디도 있지." 비비는 목소리를 낮추고 울부짖었다. "소고긴 어디 간 거야?"*

"*그만해라.*" 엘레노어가 탈의실을 둘러보며 말했다. "누가 들을라."

"다 나갔어." 드니스가 말했다. "전부 다. 다들 지금 식당에서 내 나초를 먹어 치우고 있겠지. 얼른 가자."

"먼저 가." 엘레노어가 말했다. "줄 서서 내 자리 맡아줘. 나 아직 옷도 못 갈아입어서."

"알았어. 근데 책은 이제 그만 보지? 너도 아무것도 없다고 하면서 그래. 가자, 비비."

엘레노어는 책을 가방에 넣기 시작했다. 탈의실 문 쪽에서 비비 목소리가 들려왔다. "소고긴 어디 간 거야?" 저, 저 돌아이. 엘레노어는 자기 로커를 열었다.

텅 비어 있었다.

흠.

바로 위 로커도 열어보았다.

역시 아무것도 들어 있지 않았다. 아래쪽 로커도 마찬가지였다. *아무것도……*

엘레노어는 최대한 당황하지 않으려고 애를 쓰면서 이쪽 벽에서부터 로커 문을 하나하나 처음부터 다 다시 열어보았다. 어쩌면 엘레노어 옷을 어디다 다 숨겨놓은 건지도 모른다. 하, 참 재밌네. 진짜 재밌는 장난이다, 티나.

"지금 여기서 뭐 하니?" 버트 선생님이 물었다.

"옷이 없어져서요." 엘레노어가 대답했다.

"항상 같은 로커를 써. 그래야 기억하기 쉽지."

"아니요, 그게 아니라…… 누가 제 옷을 가져간 것 같아요."

"못된 것들……." 버트 선생님은 한숨을 내쉬었다. 세상 제일 귀찮은 일이라는 듯이.

버트 선생님은 탈의실 반대편 끝에서부터 로커를 하나하나 열어보았다. 엘레노어는 쓰레기통과 샤워실을 확인했다. 그때 화장실에서 선생님 목소리가 들려왔다. "찾았다!"

엘레노어는 화장실로 걸어갔다. 바닥은 젖어 있었고 선생님은 화장실 칸 하나에 들어가 있었다. "가방 가지러 갔다 오마." 그러더니 선생님은 엘레노어를 제치고 화장실을 나갔다.

엘레노어는 화장실 바닥을 내려다보았다. 화장실 저 칸 안에서 어떤 상황이 벌어진 건지 모르지 않는데도 엘레노어는 귀싸대기를 맞은 느낌이었다. 새 청바지랑 카우보이 셔츠는 변기통

---

* 패스트푸드 체인 웬디스의 1984년 TV 광고 캐치프레이즈. 버거 번에 비해 패티가 너무 작은 가상의 타사 버거를 보고 광고 모델이 "소고긴 어디 간 거야(Where's the beef)?"라고 외치는 장면에서 파생된 것이다.

안에 깊숙이 박혀 흠뻑 젖은 상태였고 신발은 변기 입구 쪽 바로 아래 구겨 넣어져 있었다. 누군가 변기 물을 내렸는지 아직도 변기 주변으로 물이 흘러내리고 있었다. 엘레노어는 흘러내리는 물을 지켜보고 서 있었다.

"여기 있다." 버트 선생님은 엘레노어에게 노란색 푸드포레스 장바구니 가방을 건네주었다. "건져내."

"안 가져갈래요." 엘레노어는 한 발 뒤로 물러섰다. 어차피 저 옷들은 다시 못 입을 거였다. 다들 저게 화장실에 들어갔던 옷인 걸 알 테니까.

"저기 저렇게 놔둘 순 없잖니." 버트 선생님이 말했다. "건져내." 엘레노어는 그 옷들을 뚫어져라 쳐다보고 서 있었다. "자, 어서." 선생님이 재촉했다.

엘레노어는 변기 쪽으로 다가갔다. 눈물이 뺨을 타고 흘러내렸다. 버트 선생님은 가방 입구를 넓게 벌려 잡아주었다. "계속 이렇게 걔들 내버려 두면 안 돼." 선생님이 말했다. "네가 이러니까 쟤들이 자꾸 그러는 거야."

아, 네, 참 고맙습니다. 엘레노어는 변기 위에서 젖은 청바지의 물기를 짜냈다. 눈물을 닦고 싶었지만 손이 젖어 있었다.

버트 선생님은 가방을 건네주었다. "자. 수업 빠져도 된다고 허가증 써줄 테니까."

"허가증은 왜요?"

"상담 선생님한테 가야지."

엘레노어는 짧게 숨을 들이마셨다. "이 상태로는 못 나가요."

"그럼 선생님이 뭘 어떻게 해주랴?" 답을 기대하고 하는 질문은 분명 아니었다. 버트 선생님은 심지어 엘레노어를 쳐다보고 있지도 않았다. 엘레노어는 선생님이 허가증을 끊어주는 동안 선생님 방에서 기다렸다.

복도에 나오자마자 눈물이 쏟아질 것 같았다. 이렇게는, 이 체육복 차림으로는 학교를 돌아다닐 수 없다. 남자애들도 있고…… 남자애들 아니어도 이렇게는 못 나간다. 특히 티나 앞에는 절대 이렇게 못 나간다. 아마 지금쯤 티나는 식당에서 구경꾼들을 불러 모아놓고 대기 중이겠지. 엘레노어는 자신이 없었다. 이렇겐 못 나간다.

그냥 꼭 체육복이 흉측하고 그런 문제가 아니었다. (상 하의 한 벌로 된, 엄청 기다란 흰 지퍼가 붙은 빨간색-흰색 줄무늬 폴리에스터 체육복이 뭐 그리 대수겠는가.)

문제는 체육복이 정말 딱 달라붙는다는 거였다.

반바지 부분은 속옷만 겨우 가려지는 정도였고 가슴 부분은 가뜩이나 늘어난 천이 너무 꽉 끼어서 팔뚝 아래 솔기가 곧 터질 것 같았다.

체육복 차림의 엘레노어는 비극 그 자체였다. 한 10중 추돌사고 정도 될까.

다음 수업이 체육인 아이들이 벌써 속속 탈의실에 들어오고 있었다. 신입생 여자애들 몇몇이 엘레노어를 보더니 자기들끼리 속닥대기 시작했다. 엘레노어의 가방에서는 물이 뚝뚝 흐르고 있었다.

생각이란 걸 할 새도 없이 엘레노어는 상담실 말고 다른 쪽으로 나가 풋볼 경기장으로 연결된 문을 향해 걸어갔다. 아직 학교가 끝나려면 한참 남았지만, 비록 옷도 제대로 안 입고 울면서 물이 뚝뚝 떨어지는 가방을 들고 있었지만, 엘레노어는 꼭 건물 밖으로 나가야 하는 급한 일이라도 있는 양 행동했다.

문을 나서자 딸각하고 등 뒤에서 문이 닫히는 소리가 났고 엘레노어는 문에 등을 기댄 채 그 자리에 그대로 무너져내렸다. 딱 1분만 이러고 있자. 으악. 으아악.

엘레노어는 일어나 문밖에 바로 보이는 쓰레기통에 푸드포레스 장바구니를 그대로 휙 던져 넣었다. 그러고는 체육복으로 눈물을 닦았다. '좋아.' 엘레노어는 크게 숨을 들이마시며 다짐했다. '자, 정신 차려. 쟤들한테 지면 안 돼.' 쓰레기통에 던져버린 건 엘레노어의 새 청바지였다. 그리고 엘레노어가 제일 좋아하는 신발이었다. 반스 말이다. 엘레노어는 고개를 절레절레 흔들며 쓰레기통으로 걸어가 장바구니 가방에 손을 뻗었다. '엿 먹어라, 티나. 꺼져버려. 달나라로 꺼져버려.'

엘레노어는 다시 숨을 크게 들이마신 다음 걸음을 옮겼다.

학교 이쪽으로는 교실이 전혀 없어서 최소한 엘레노어를 보는 눈은 없었다. 엘레노어는 건물 가까이에 딱 붙어 걸었고 모퉁이를 돌아서는 줄줄이 이어진 창문 아래로 걸어갔다. 지금 바로 집으로 걸어가버릴까 생각도 했지만 그러면 상황이 더 나빠질 수도 있었다. 더 오래 걸리기도 할 테고.

정문까지만 가면 상담실은 바로 그 안쪽이었다. 던 선생님이라면 엘레노어를 도와줄 거다. 던 선생님이라면 울지 말라고 하지 않을 거다.

정문 경비는 체육복 차림으로 왔다 갔다 하는 여자애들 보는 게 하루 이틀은 아닌 듯 굴었다. 경비는 엘레노어의 허가증을 흘 끗 보더니 손짓으로 들어가라고 했다.

'거의 다 왔다. 자, 뛰지 말고. 이제 문 몇 개만 더 지나면 되니 까……'

그 문 몇 개 중 하나를 파크가 지나갈 거란 생각은 왜 하지 못 했을까.

파크를 만난 첫날 이후 엘레노어는 늘 예상치 못한 곳에서 파 크를 보았다. 마치 두 사람의 삶의 궤적이 어디에선가 꼭 겹치는 것 같았다. 꼭 두 사람에게 자신만의 중력이 있는 것 같았다. 대 부분의 경우는 그 뜻밖의 기분 좋은 만남이 엘레노어에게 이 우 주가 선사한 가장 큰 행운 같았다.

복도 저 반대편 문에서 걸어 나온 파크는 엘레노어를 보자마 자 그 자리에 멈춰 섰다. 엘레노어는 시선을 피하려 했지만 그렇 게 재빠르지 못했다. 파크의 얼굴이 붉어졌다. 파크는 엘레노어 를 빤히 쳐다보았다. 엘레노어는 반바지를 최대한 밑으로 잡아 당기고 상담실까지 얼마 남지 않은 거리를 빠르게 뛰어갔다.

\#

"굳이 그 학교로 돌아가지 않아도 돼."

엘레노어 이야기를 다 들은 엄마는 그렇게 말했다. (엘레노어 는 거의 모든 이야기를 다 했다.)

학교에 안 돌아가면 뭘 하나, 엘레노어는 잠시 생각했다. 하루 종일 이 집에 있는다? 그런 다음엔?

"괜찮아요." 엘레노어가 대답했다. 던 선생님은 직접 차로 엘레노어를 집까지 바래다주었고 엘레노어에게 탈의실용 자물쇠도 주겠다고 했다.

엄마는 욕조에 노란 가방을 던져 넣곤 전혀 냄새도 안 나는데 코를 찡긋거리며 옷을 헹구기 시작했다.

"여자애들이 참 못됐다……" 엄마가 말했다. "믿을 수 있는 친구가 하나는 있어 다행이네."

엘레노어가 저게 무슨 소린가 하는 표정이었던 모양이다.

"티나 말이야. 티나가 있어 다행이라고." 엄마가 부연했다.

엘레노어는 고개를 끄덕였다.

그날 밤 엘레노어는 집 밖으로 나가지 않았다. 금요일, 파크네 가족이 늘 팝콘 기계에 팝콘을 튀기고 영화를 보는 금요일이었지만 말이다.

파크를 똑바로 볼 수가 없었다.

엘레노어는 복도에서 파크를 마주쳤을 때 그 애의 그 표정이 잊히지가 않았다. 아직도 엘레노어는 체육복 차림으로 그 자리에 서 있는 것 같은 기분이었다.

41

파크

파크는 일찍 자러 들어갔다. 엄마가 엘레노어는 어딨냐며 자
꾸만 물었다. "엘레노어는?" "오늘은 늦는데?" "너희 싸웠니?"

엘레노어 이름을 들을 때마다 파크는 얼굴이 달아오르는 것
같았다.

"뭔가 문제가 있는 모양이네." 엄마는 저녁을 먹으며 말했다.
"싸웠어? 또 헤어진 거야?"

"아니에요. 아파서 집에 갔을걸요. 오후에 버스 안 탔어요."

"나도 여자친구 생겼는데." 조쉬가 말했다. "걔 데려와도 돼요?"

"여자친구는 안 돼." 엄마가 말했다. "넌 아직 어려."

"내일모레면 나도 열세 살인데!"

"안 될 거 있나." 아빠가 말했다. "여자친구 데려와. 대신 닌텐
도는 포기해야지."

"네?" 조쉬는 깜짝 놀랐다. "왜요?"

"아빠가 그러라고 하니까. 그렇게 할래?"

"안 돼요! 절대 안 돼요." 조쉬가 말했다. "그럼 형도 닌텐도 포기해요?"

"그럼. 파크, 어때? 그렇게 할래?"

"네."

"아빠는 말하자면 '빌리 잭'*이지." 아빠가 말했다. "아빤 전사야. 영적인 힘이 있는 전사."

많은 대화를 나눈 건 아니었지만 아빠가 파크에게 그렇게 길게 말을 건넨 게 몇 주 만이었다. 어쩌면 아빠는 파크가 아이라인을 그리고 나오자마자 혹시나 온 동네 사람들이 횃불이랑 쇠스랑을 들고 벌떼처럼 몰려올까봐, 그걸 대비하느라 바빴던 건지도 모르지······.

그러나 파크의 아이라인을 신경 쓰는 사람은 거의 없었다. 심지어는 할머니, 할아버지조차도. (할머니는 파크를 보고 루돌프 발렌티노 같다고 했고, 할아버지는 아빠에게 "네가 한국 가 있을 때 애들하고 다니는 꼴을 못 봐서 그렇지."라고도 했다.)

"그만 자러 갈게요." 파크는 식탁에서 일어나며 말했다. "저도 몸이 별로 안 좋아요."

"형은 이제 닌텐도 못 하니까 제 방에 둬도 돼요?" 조쉬가 물었다.

"파크는 하고 싶을 때 닌텐도 해도 돼." 아빠가 말했다.

"우이씨. 엄마, 아빠 다 너무해요." 조쉬가 말했다.

#

파크는 불을 끄고 침대로 기어 들어갔다. 파크는 등을 대고 누웠다. 앞쪽은 불안해서. 엄밀히 따지자면 불안한 건 손이지만 말이다. 혹은 머리든가.

아까 엘레노어를 보고도 파크는 엘레노어가 왜 체육복 차림으로 복도를 걸어가고 있었을까 궁금해하지 않았다. 최소 한 시간 정도는 그런 생각이 들지 않았다. 한 시간쯤 지나고 나서야 파크는 아까 엘레노어에게 뭐라고 말이라도 걸었어야 했단 생각이 들었다. "안녕"이라든가 "무슨 일 있어?"라든가 "괜찮아?" 이런 정도 말은 할 수도 있었는데. 그 대신 파크는 마치 엘레노어를 처음 보는 사람처럼 빤히 쳐다만 보고 있었다.

엘레노어를 처음 보는 것 같은 느낌이기는 했다.

파크도 물론 (많이는 아니고) 생각이야 했다. 그, 옷 안쪽의 엘레노어 말이다. 하지만 파크는 구체적인 그림을 전혀 채워 넣을 수가 없었다. 나체인 모습이 그려지는 여자라곤 아빠가 가끔 티를 팍팍 내면서 파크 침대 밑에 숨겨두는 잡지에 나오는 여자들뿐이었다.

엘레노어는 그런 잡지라면 기겁을 했다. 휴 헤프너** 이름만 꺼내도 엘레노어는 매춘과 노예제와 로마제국의 멸망에 대해 한 30분은 장광설을 늘어놓을 거였다. 파크는 엘레노어에게 20년

---

* 미국 서부를 배경으로 한 무술영화로, 미국 원주민 혼혈인 동명의 인물이 주인공으로 등장한다.
** 《플레이 보이》 사장.

된 아빠의 《플레이보이》 잡지 이야기는 하지 않았지만, 엘레노어를 만난 후로 파크는 그 잡지들에 손도 대지 않았다.

이제는 구체적인 그림이 그려졌다. 엘레노어를 상상할 수 있었다. 엘레노어를 상상하는 걸 멈출 수가 없었다. 지금까지 어떻게 모를 수가 있었을까? 체육복이 그렇게 몸에 딱 붙는단 걸? 길이는 또 그렇게 짧단 걸 왜 지금껏 몰랐지…….

그리고 엘레노어가 그렇게 성숙하단 걸 어떻게 지금껏 모르고 있었을까? 그렇게 채워 넣을 여백이 많은 걸 왜 몰랐을까?

눈을 감으니 다시 엘레노어가 눈에 선했다. 배경으론 하트가 주근깨처럼 쫙 깔려 있고 완벽한 데어리 퀸 아이스크림콘 형상이 보였다. 좀 더 풍만한 베티 부프 같았다.

'안녕. 무슨 일 있어? 괜찮아?'

엘레노어는 분명 괜찮지 않았다. 하굣길 버스도 안 탔다. 학교 끝나고 놀러도 안 왔다. 게다가 내일은 토요일이었다. 주말 내내 엘레노어를 만나지 못하면 어떡하지?

이제 엘레노어를 어떻게 보지? 아마 제대로 쳐다보지 못할 텐데. 그놈의 체육복 차림만 생각날 거다. 그 기다란 흰색 지퍼만 생각날 거다.

미치겠네.

42

파크

가족들은 내일 보트 쇼를 보러 갈 거고, 그다음엔 점심도 먹으러 가야 하고, 그럼 아마 쇼핑몰에 들를 거고…….

파크는 아침을 먹고 샤워를 하면서 엄청나게 늑장을 부렸다.

"파크, 서둘러." 아빠가 날카롭게 말했다. "옷 입고 화장도 해야 할 거 아냐."

아빠는 파크가 보트 쇼에 당연히 화장이라도 하고 갈 것처럼 얘기했다.

"얼른." 엄마가 복도 거울로 립스틱을 확인하며 얘기했다. "너희 아빠 사람들 많은 거 질색하는 거 알지?"

"꼭 가야 해요?"

"가기 싫어?" 엄마는 뒷머리를 막 헝클어 띄웠다.

"아니요, 가고는 싶죠." 거짓말이었다. "근데 엘레노어가 올까 봐서요. 엘레노어랑 얘기할 기회를 놓치고 싶진 않아요."

"무슨 문제라도 있어? 너희 정말 싸운 거 아니지?"

"아니요, 전혀 그런 건 아니에요. 그냥…… 걱정이 돼서요. 엘레노어 집에는 전화도 못 하잖아요."

엄마가 거울을 보다 말고 고개를 돌렸다. "좋아, 그럼……" 엄마는 인상을 쓰며 말했다. "넌 집에 있어. 대신 청소기 돌리는 거다? 그리고 네 방에 그 검정 옷 무더기도 치우고."

"엄마, 고마워요." 파크는 엄마를 껴안았다.

"파크! 민디!" 아빠는 현관에 서 있었다. "가자!"

"파크는 집에 있는대." 엄마가 말했다. "우리만 가."

아빠는 파크를 쏘아보았지만 그 이상 뭐라고 하진 않았다.

#

파크는 집에 혼자 있는 것이 어색했다. 청소기도 돌리고 옷도 치웠다. 샌드위치도 만들어 먹고 MTV에서 마라톤으로 방송하는 시트콤 〈더 영 원스〉를 본 다음 소파에서 잠이 들었다.

벨소리를 듣고 파크는 잠결에 잽싸게 일어났다. 어쩌다 낮잠이 너무 깊게 들어서 좀처럼 정신이 돌아오지 않는 그런 날처럼 심장이 쿵쾅대고 뛰었다.

저건 엘레노어다.

파크는 확인도 않고 문을 열었다.

#

엘레노어

집 앞 진입로에 차가 없어서 엘레노어는 파크네 가족이 집에 없겠거니 했다. 아마 가족끼리 뭔가 즐거운 시간을 보내고 있겠지. 보난자 식당에서 점심을 먹고 패밀리룩 스웨터를 맞춰 입고 가족사진을 찍고, 등등.

문이 열렸을 때쯤엔 이미 포기 상태였다. 엘레노어가 어제 일로 민망해하고 부끄러워할 틈도 없이, 혹은 그렇지 않은 척 연기할 틈도 없이 파크가 중문을 열고 엘레노어 소매를 끌어당기며 들어오라고 했다.

파크는 문도 닫지 않고 양팔을 벌려 엘레노어를 안더니 등을 막 어루만졌다.

대개는 춤출 때처럼 엘레노어 허리에 먼저 손을 얹는 파크였다. 이건 지금 춤추는 포즈가 아니었다. 뭔가…… 달랐다. 파크의 팔은 엘레노어를 안고 있고 얼굴은 엘레노어의 머리카락에 파묻혀 있고, 엘레노어는 파크와 밀착될 수밖에 없었다.

파크는 따뜻했다…… 아니, 정말로 체온이 느껴졌고 보들보들 보드라웠다. 꼭 잠든 아기 같았다. (진짜 아기 같다는 게 아니라 느낌이 비슷하다는 얘기다.)

엘레노어는 다시 이 상황에 민망함을 느껴보려 했다.

파크는 발로 문을 닫은 다음 문에 등을 기대더니 엘레노어를 제 품으로 더욱 세게 끌어당겼다. 파크의 머리카락은 아무것도 바르지 않은 생머리 그 상태로 눈 위에서 팔랑대고 있었고, 눈은 거의 감겨 있었다. 보들보들. 부들부들.

"자고 있었어?" 아직 잠결인 듯 보이는 파크에게 엘레노어가 속삭였다.

파크는 대답하지 않고 입을 벌린 채 그대로 엘레노어의 입술을 덮쳤고 엘레노어의 머리는 파크의 손에 안착했다. 파크가 워낙 꼭 껴안고 있어서 엘레노어는 살을 숨기고 어쩌고 할 수가 없었다. 허리를 똑바로 세우고 힘주어 배를 집어넣을 여지가 없었다.

파크가 무어라 소리를 냈고, 그 소리가 엘레노어의 목 안에서도 느껴졌다. 엘레노어는 목에서, 또 등에서 파크의 열 손가락을 모두 느낄 수 있었다…… 엘레노어의 양손은 바보같이 옆구리에 걸려 있었다. 마치 엘레노어의 손은 파크의 손과 한 장면에 등장하지 않는 것처럼. 엘레노어는 파크와 이 장면에 함께 등장하지 않는 사람처럼 서 있었다.

파크도 그렇게 느꼈는지 입술을 뗐다. 파크는 제 티셔츠 소매에 입을 막 닦으려고 하더니 언제 왔냐는 듯한 얼굴로 엘레노어를 쳐다보았다.

"안녕……" 파크는 숨을 한번 들이마시더니 정신을 차렸다. "별일 없지? 괜찮아?"

지금 파크의 얼굴은 구석구석 모두 엘레노어가 뭐라 형용하기 어려웠다. 턱은 꼭 파크의 입술이 엘레노어에게서 떨어지고 싶지 않아한다는 듯이 툭 튀어나와 있었다. 저 푸릇한 녹색의 눈은 이산화탄소도 산소로 바꿔버릴 것만 같았다.

파크가 만질까봐 엘레노어가 걱정했던 부분에 파크의 손이 닿아 있었다…….

엘레노어는 마지막으로 다시 한번 이 상황에 민망함을 느껴보려 했다.

#

파크

아주 잠깐, 혹시 선을 넘은 건가 싶었다.

애초에 그럴 생각이었던 것도 아니었고 그냥 잠결이었다. 그리고 엘레노어 생각을 얼마나 많이 하고 꿈을 얼마나 많이 꿨으면 이제 엘레노어를 원하다 못해 바보같이 되어버렸다.

엘레노어는 파크의 품 안에서 정말 가만히 있었다. 아주 잠깐, 혹시 선을 넘은 건가 걱정이 됐다. 혹시 실수로 넘어졌는데 뇌관을 밟은 건 아닌가 하고.

엘레노어의 손이 파크에게 닿은 건 그때였다. 엘레노어는 파크의 목을 어루만졌다.

지금 엘레노어의 손길이 평소와 뭐가 다른지는 설명하기 어려웠다. 그냥 엘레노어는 뭔가 달랐다. 가만히 있더니 갑자기 달라졌다.

엘레노어는 파크의 목을 어루만지더니 손가락으로 가슴팍을 훑어내렸다. 내 키가 조금만 더 컸다면, 어깨가 조금만 더 넓었다면 좋겠다, 하고 파크는 생각했다. 제발 엘레노어가 멈추지 말았으면 좋겠다.

엘레노어의 손길은 파크에 비하면 너무나도 섬세했다. 어쩌면 엘레노어는 파크가 엘레노어를 원하는 마음만큼 파크를 원하지는 않았는지도 모른다. 하지만 파크가 엘레노어를 원하는 마음의 그 절반만큼만 엘레노어가 파크를 원했어도……

#

엘레노어

엘레노어는 상상 속에서 꼭 이렇게 파크를 어루만졌더랬다.

턱에서 목으로, 또 어깨로.

파크는 엘레노어가 생각했던 것보다 훨씬 따뜻하고 단단했다. 모든 근육이며 뼈가 피부 바로 아래 있는 것 같달까. 꼭 티셔츠 자락을 들추면 곧바로 그 아래 뛰고 있는 심장이 보일 것처럼.

엘레노어는 파크를 부드럽게 어루만졌다. 혹시 어디 잘못되기라도 할까, 조심스럽게 어루만졌다.

#

파크

파크는 문에 기대어 긴장을 풀었다.

목젖 위로, 가슴으로 엘레노어의 손길이 느껴졌다. 파크는 엘레노어의 다른 한 손을 잡고 제 얼굴에 가져다 대었다. 파크는 아픈 사람마냥 신음 소리를 냈다. 부끄러워하는 건 나중으로 미뭐두기로 했다.

지금 부끄러워하면 아무것도 남지 않을 테니까.

#

엘레노어

파크는 살아 있었고 엘레노어는 깨어 있었다. 안 될 건 없었다.

파크는 엘레노어 것이었다.

가질 수 있고 안을 수 있었다. 영원히는 아니지만…… 영원히는 확실히 아니지. 딱히 비유적인 표현도 아니었다. 말 그대로였다. 지금, 바로 지금 파크는 엘레노어 것이었다. 그리고 파크는 엘레노어의 손길을 원했다. 파크는 엘레노어의 손에 머리를 들이미는 고양이 같았다.

엘레노어는 손가락을 쫙 펼쳐 파크의 가슴을 쓸어내린 다음 이번엔 셔츠 안쪽으로 손을 집어넣어 가슴을 어루만졌다.

엘레노어가 원해서였다. 그리고 일단 상상 속에서처럼 파크의 몸을 어루만지기 시작하니 이제 엘레노어도 멈출 수가 없었다. 그리고…… 어쩌면 이렇게 파크를 만질 기회가 다시는 오지 않을지도 모른다.

#

파크

엘레노어의 손가락이 배에 닿았을 때 다시 파크 입에서 신음소리 같은 게 튀어나왔다. 파크는 엘레노어를 안은 채 그대로 앞으로 엉거주춤, 엘레노어는 뒷걸음질로 거실 탁자를 지나 소파까지 나아갔다.

영화에서는 이런 장면이 참 매끄럽게, 아님 아예 코믹하게 그려지던데 파크네 집 거실에서 벌어지고 있는 이 광경은 그냥 어색함 그 자체였다. 두 사람 다 서로를 놓지 않으려고 해서 결국 엘레노어는 소파 한 귀퉁이에 벌렁 나자빠졌고 파크는 엘레노어 위로 엎어졌다.

파크는 엘레노어의 눈을 들여다보고 싶었지만 이 정도 가까운 거리에선 그것도 힘들었다. "엘레노어⋯⋯." 파크가 속삭였다.

엘레노어가 고개를 끄덕였다.

"사랑해." 파크가 말했다.

반짝이는 검은 눈으로 엘레노어는 파크를 한번 쳐다본 다음 시선을 돌렸다. "알아."

파크는 엘레노어 밑에 깔려 있던 팔을 움직여 소파에 앉은 엘레노어의 몸을 손으로 쓸어내렸다.

파크는 하루 종일 이렇게 있을 수도 있겠다 싶었다. 손으로 엘레노어의 갈비뼈, 허리, 골반을 쓸어내렸다 다시 등으로 손을 가져갔다가⋯⋯ 하루라는 시간이 주어지기만 한다면 그렇게 할 거다. 이 신체 말고도 엘레노어에겐 워낙 놀라운 매력도 많다는 게 문제라면 문제일 뿐이었다.

"알아?" 파크가 엘레노어의 대답을 따라했다. 미소를 지어 보이는 엘레노어에게 파크는 키스했다. "지금 네가 한 솔로*인 줄 아는 거 아니지?"

"당연히 내가 한 솔로지." 엘레노어가 속삭이듯 말했다. 파크는 엘레노어가 그렇게 대답해주는 게 좋았다. 낯선 이 육체 속 영혼이 엘레노어라는 걸 상기해주었다.

"흠, 내가 레아 공주는 아니잖아." 파크가 말했다.

"남녀 구분에 꼭 얽매일 필온 없지." 엘레노어가 말했다. 파크는 엘레노어의 골반까지 손을 쓸어내렸다 다시 올리면서 엄지손가락을 엘레노어의 스웨터 아래 걸쳤다. 엘레노어는 침을 삼키고 살짝 턱을 들어 보였다.

파크는 엘레노어의 스웨터를 조금 더 들어 올리곤 깊이 생각하지 않고 그냥 자기 티셔츠도 벗은 다음 맨살의 상체를 엘레노어의 배에 갖다 대었다.

엘레노어가 살짝 인상을 찡그렸고, 그 순간 파크는 나사가 풀려버렸다.

"네가 한 솔로 해." 파크는 엘레노어의 목에 키스하며 말했다. "난 보바 펫 할게. 널 위해서라면 하늘도 건널 수 있어."

#

---

* Han Solo. 영화 〈스타워즈 시리즈〉에 등장하는 가공의 인물.

두 시간 전만 해도 엘레노어는 알지 못했다.

— 파크의 온몸이 피부로 감싸여 있단 것을. 그리고 파크의 피부는 전부 파크의 손처럼 매끄럽고 꿀처럼 아름다웠다. 피부가 더 두껍고 풍성한 부분도 있었다. 뭐랄까, 실크라기보다 크링클 벨벳 같달까. 하지만 전부 파크의 피부였다. 그리고 모두 탁월했다.

— 엘레노어의 몸도 피부로 감싸여 있긴 했다. 엘레노어의 피부는 평생 뭐 하나 하는 일 없이 거기 그러고 있더니 파크 손만 닿으면 무슨 얼음과 불처럼, 벌침처럼 살아나는 신경 말단으로 아마 도배가 돼 있는 모양이었다. 파크 손이 닿을 때마다 엘레노어의 피부는 반응했다.

— 뱃살과 주근깨, 그리고 지금 하고 있는 브래지어가 후크가 없어 옷핀 두 개로 고정해놓은 상태인 건 무척이나 부끄러웠지만 엘레노어는 그 부끄러움 이상으로 파크의 손길을 원했다. 그리고 실제 파크의 손이 엘레노어의 몸에 닿았을 때 파크가 그런 걸 별로 신경 쓰는 것 같지도 않았다. 심지어 파크는 주근깨를 좋아하기까지 했다. 스프링클 캔디를 뿌린 것 같다나.

— 엘레노어의 몸은 파크의 손이 어디든 닿아주길 원했다.

— 파크의 손은 브래지어 끝자락에서 멈췄고 엘레노어의 청바지 뒤쪽으로는 손끝만 살짝 담근 정도였다. 하지만 파크를 멈춰 세운 건 엘레노어가 아니었다. 엘레노어라면 절대 거기서 멈출 리가 없었다. 파크의 손이 닿았을 때의 그 느낌은 엘레노어가 평생 경험해본 그 어떤 느낌보다도 좋은 것이었다. 정말 그 어떤

것보다도 말이다. 그리고 최대한 그 느낌을 많이 받고 싶었다. 파크를 비축해두고 싶었다.

— 아무것도 더럽지 않았다. 파크와 함께라면.

아무것도 부끄럽지 않았다.

파크는 태양이니까. 이 모든 걸 설명해줄 수 있는 답은 아무리 생각해도 그것뿐이었다.

#

파크

일단 날이 어두워지기 시작하자 파크는 부모님이 언제라도 곧 들이닥칠 것 같았다. 뭐랄까, 진작 들어오고도 남았을 시간인 것처럼 느껴졌다. 그리고 부모님이 돌아왔을 때 이런 모습을 보이고 싶지는 않았다. 지금 파크 무릎은 엘레노어 다리 사이에, 손은 엘레노어 골반에 걸쳐 있는 데다 입으론 엘레노어가 입고 있는 스웨터를 곧이라도 벗겨낼 것처럼 네크라인을 잡아당기고 있었다.

파크는 일어나 앉아 다시 정신을 가다듬어보려고 했다.

"어디 가?" 엘레노어가 물었다.

"글쎄. 아무 데도 안 가…… 부모님이 곧 오실 거야. 우리 진정해야 돼."

"알겠어."

엘레노어도 일어나 앉았다. 그러나 얼떨떨한 듯 너무나 아름다운 엘레노어의 모습에 파크는 다시 엘레노어를 눕히고 그 위로 기어 올라갔다.

30분 후, 파크는 다시 진정해보려고 시도했다. 이번엔 아예 자리에서 일어섰다.

"화장실에 가야겠어." 파크가 말했다.

"가." 엘레노어가 말했다. "뒤돌아보지 말고."

파크는 한 발을 떼더니 뒤를 돌아보았다.

"내가 갈래." 잠시 후 엘레노어가 말했다.

엘레노어가 자리를 비운 사이 파크는 TV 음량을 키웠다. 그리고 엘레노어 것까지 콜라를 두 개 준비한 다음 혹시 소파에 무슨 의심스러운 구석이라도 남아 있진 않은지 살펴보았다. 아무것도 이상해 보이진 않았다.

화장실에서 나온 엘레노어의 얼굴에는 물기가 묻어 있었다.

"세수했어?"

"응……." 엘레노어가 말했다.

"왜?"

"너무 이상해 보여서."

"근데 세수하면 괜찮을 것 같았어?"

파크는 소파를 점검하던 그 눈빛으로 다시금 엘레노어를 살펴보았다. 입술은 부풀어 있고 눈빛은 평소보다 거칠었다. 그러나 엘레노어의 스웨터는 항상 늘어나 있었고 머리는 늘 헝클어져 있었다.

"전혀 안 이상해." 파크가 말했다. "난 어때?"

엘레노어는 파크를 쳐다보더니 씩 웃었다. "좋아…… 그냥 진짜, 진짜 좋아."

파크는 손을 뻗어 엘레노어를 소파로 잡아당겼다. 이번엔 매끄러웠다.

엘레노어는 파크 옆에 앉아 자기 무릎을 내려다보았다.

파크가 엘레노어 쪽으로 몸을 기댔다. "이젠 안 이상할 거야, 그치?"

엘레노어는 고개를 저으며 웃었다. "안 이상해." 그러더니 덧붙여 말했다. "1분 정도? 그 정도만 이상할 거야."

파크는 이렇게 환한 엘레노어의 얼굴을 처음 봤다. 미간에도, 콧등에도 주름이 잡혀 있지 않았다. 파크는 엘레노어 어깨에 팔을 둘렀고, 엘레노어도 별다른 저항 없이 파크의 가슴에 머리를 기댔다.

"어, 저거 봐." 엘레노어가 말했다. "〈더 영 원스〉 한다."

"응…… 참, 아직 너한테 못 들은 얘기 있어. 어제 무슨 일 있었어? 우리 마주쳤을 때? 무슨 사건이라도 있었던 거야?"

엘레노어는 한숨을 내쉬었다. "체육 시간에 누가 내 옷을 숨겨놔서 던 선생님 방에 가던 중이었어."

"티나야?"

"모르겠어. 아마도."

"세상에…… 진짜 끔찍하네."

"괜찮아." 엘레노어는 정말로 괜찮은 목소리였다.

"찾았어? 네 옷은?"

"응…… 진심으로 나 그 얘긴 안 하고 싶어."

"알았어." 파크가 대답했다.

엘레노어는 파크의 가슴에 볼을 꾹 대었고 파크는 엘레노어를 꼭 안았다. 파크는 엘레노어와 이렇게 평생을 함께 살아가면 정말 좋겠다고 생각했다. 말 그대로 세상과 엘레노어 사이에서.

어쩌면 티나는 정말 괴물이었는지도 모른다.

"파크, 하나만. 나 뭐 하나만 물어봐도 돼?"

"그럼. 우리 그러기로 했잖아."

엘레노어는 파크의 심장 위에 손을 얹었다. "혹시 오늘 네 행동…… 그게 어제 나랑 마주친 거랑 관련이 있어?"

파크는 그 질문에 되도록 대답하지 않고 싶었다. 어제의 혼란스러웠던 그 욕망은 이제 우울한 뒷이야기를 알고 나니 더더욱 부적절한 것 같았다.

"응." 파크는 조용히 대답했다.

잠시 동안 엘레노어는 아무 말이 없었다. 그러더니 입을 열었다. "티나 엄청 열 받겠는걸."

#

엘레노어

집에 돌아온 파크 부모님은 정말로 엘레노어를 보고 반가워하는 것 같았다. 보트 쇼에서 사냥용 새 라이플을 사 온 파크 아빠는 엘레노어에게 라이플 작동법을 보여주고 싶어했다.

"보트 쇼에서 총을 팔아요?" 엘레노어가 물었다.

"보트 쇼에는 없는 게 없어." 파크 아빠가 말했다. "팔 만한 가치가 있는 건 다 있지."

"책도요?"

"총이랑 보트 관련 책이 있지."

토요일이라서 엘레노어는 늦게까지 파크네 집에서 놀았다. 돌아가는 길, 엘레노어는 파크와 할머니네 집 진입로에서 평소처럼 멈춰 섰다.

그러나 오늘은 파크가 엘레노어에게 키스하지 않았다. 대신 파크는 엘레노어를 꼭 껴안았다.

"다시 우리끼리만 그렇게 있는 시간이 또 올까?" 엘레노어의 눈에 눈물이 차올랐다.

"다시? 응. 곧? 글쎄……."

엘레노어는 가능한 한 힘껏 파크를 꼭 껴안은 다음 혼자 집으로 걸어갔다.

#

리치는 아직 자지 않고 〈새터데이 나잇 라이브〉를 보고 있었다. 벤은 바닥에서 잠들어 있었고 메이지는 리치 옆 소파에서 잠이 들어 있었다.

엘레노어는 곧장 방으로 직행하고 싶었지만 화장실에 가야 했다. 다시 말해서 리치와 TV 사이를 지나가야 한단 얘기였다. 그것도 두 번씩이나.

화장실에 가서 엘레노어는 머리를 하나로 묶고 다시 세수를 했다. 엘레노어는 고개도 안 들고 황급히 TV 앞을 지나갔다.

"지금까지 어딨었지?" 리치가 물었다. "맨날 어딜 그렇게 싸돌아다녀?"

"친구 집에요." 엘레노어가 말했다. 걸음은 멈추지 않았다.

"무슨 친구?"

"티나요." 엘레노어는 방문에 손을 얹었다.

"티나." 리치는 입에는 담배를 물고 손에는 올드 밀워키 맥주를 캔째 들고 있었다. "티나네 집은 디즈니랜드라도 되나? 그렇게 못 가서 안달이게."

엘레노어는 기다렸다.

"엘레노어?" 안방에서 엄마가 부르는 소리가 들렸다. 엄마는 반쯤 잠든 목소리였다.

"그래서, 크리스마스에 준 돈은 어디다 썼어? 제대로 된 옷이나 사 입으라고 했지."

엄마가 안방 문을 열고 나왔다. 엄마는 리치의 목욕가운을 걸치고 있었다. 붉은색 바탕에 호랑이가 커다랗게 그려진 동양풍의 천박한 새틴 가운이었다.

"엘레노어, 들어가서 자." 엄마가 나섰다.

"엘레노어한테 크리스마스에 준 돈으로는 뭐 샀냐고 물어봤어." 리치가 말했다.

지금 엘레노어가 뭐라고 대답을 꾸며내면 리치는 그게 뭐든 직접 확인하고 싶어할 거다. 그 돈을 안 썼다고 하면 돌려달라고 하겠지.

"목걸이요." 엘레노어가 대답했다.

"목걸이." 리치는 흐릿한 눈빛으로 엘레노어를 쳐다보았다.

어떤 형편없는 말로 대꾸해줄까 궁리라도 하는 것처럼. 그러나 리치는 술만 한 모금 더 들이켜곤 의자에 다시 등을 기댔다.

"잘 자, 엘레노어." 엄마가 말했다.

43

파크

부모님 사이에 부부 싸움은 무척 드문 일이었고, 드물게 두 분이 싸운다 하면 그건 파크나 조쉬 때문이었다.

부모님은 한 시간 넘게 안방에서 말다툼 중이었고, 일요일 저녁 식사를 하러 나갈 때쯤엔 엄마가 방에서 나와 파크와 조쉬에게 먼저 가라고 했다. "할머니한테는 엄마 머리가 좀 아프다고 해."

"너 뭔 짓 했냐?" 앞마당 잔디를 가로질러 가며 조쉬가 파크에게 물었다.

"무슨 짓을 해." 파크가 대꾸했다. "너야말로 무슨 짓을 했길래?"

"아무것도 안 했지. 형 때문이야. 화장실 지나갈 때 엄마가 형얘기하는 거 내가 들었지."

하지만 파크는 아무 잘못도 하지 않았다. 최소한 아이라인 사건 이후로는. 그 사건이야 완전히 끝난 건 아니었지만 그래도 용서는 받은 것 같았다. 혹시 부모님이 어찌어찌해서 어제 일을 알게 된 건가…….

설사 부모님이 알게 됐다고 하더라도 파크와 엘레노어가 무슨 하지 말아야 할 행동을 한 건 아니었다. 엄마가 파크한테 그런 짓을 하지 말라고 한 적은 없었다. 아빠도 파크가 5학년 때 성교육을 해준 이후로 "누구든 임신만 시키진 마라" 이상으로 뭐라 얘기한 적은 없었다. (아빠는 그때 조쉬에게도 똑같이 성교육을 했다. 파크에겐 모욕적인 일이었다.)

어쨌거나 그 정도까진 가지도 않았다. 파크는 TV에 나오지 않는 신체 부위에는 일절 손대지 않았다. 물론 마음이야 달랐지만 말이다.

이제야 말인데 그냥 마음 가는 대로 할걸. 엘레노어랑 단둘이 있으려면 몇 달이 걸릴지도 모르는데.

#

엘레노어

월요일 아침 수업 전 엘레노어는 상담실에 들렀고 던 선생님은 한 번도 안 쓴 새 자물쇠를 건네주었다. 핫핑크 색이었다.

"너희 반 애들 몇 명하고 얘기를 해봤는데," 선생님이 말했다. "다들 자기는 아무것도 모른대. 그래도 선생님이 꼭 진상을 밝혀내겠다고 약속할게."

진상이랄 게 없어요, 엘레노어는 생각했다. 그냥 티나었다.

"괜찮아요. 별로 상관 안 해요." 엘레노어는 던 선생님에게 말했다.

그날 아침 엘레노어가 버스를 타는데 티나가 혀를 윗입술에 붙이고 엘레노어를 지켜보고 있었다. 마치 엘레노어가 허둥대는 모습을 지켜보려고 기다리는 것처럼. 엘레노어가 변기에 처박혔던 옷을 입고 오진 않았나 확인이라도 하려는 것처럼. 그러나 파크가 함께 있었고, 파크는 엘레노어를 사실상 제 무릎 위로 잡아당기고 있었다. 그래서 티나든 누구든 무시하는 게 전혀 어렵지 않았다.

오늘 아침 파크는 진짜 귀여웠다. 평소 입고 다니는 무서운 검은색 록밴드 티셔츠 대신 '아일랜드인임. 키스하세요' 티셔츠를 입고 있었다.

파크는 상담실까지 엘레노어를 바래다주면서 혹시 오늘 누가 옷을 또 숨기면 당장 자길 찾아오라고 했다.

오늘은 아무도 옷을 숨기지 않았다.

비비와 드니스는 이미 다른 수업 시간에 자초지종을 들어 알고 있었다. 그 말은 전교생이 다 알고 있단 얘기였다. 두 사람은 엘레노어에게 다시는 혼자 점심 먹으러 가도록 내버려 두지 않을 거라고, 나초 따위 중요하지 않다고 했다.

"너한테도 친구들이 있단 걸 걔들도 알아야지." 드니스가 말했다.

"그럼, 그럼." 비비도 동의했다.

#

392

파크

월요일 오후 파크와 엘레노어가 버스에서 내리자 파크 엄마가 임팔라 안에서 파크를 기다리고 있었다. 엄마는 창문을 내렸다.

"엘레노어, 안녕. 미안한데 오늘 파크가 일이 좀 있어. 내일 보자, 괜찮지?"

"그럼요." 엘레노어는 파크를 쳐다보았고, 파크는 팔을 뻗어 엘레노어가 멀어질 때까지 엘레노어 손을 꼭 쥐었다.

파크는 차에 올라탔다. "얼른, 서둘러." 엄마가 재촉했다. "너는 뭐가 그렇게 늘 여유롭니? 자." 엄마는 책자 하나를 건넸다. 『네브라스카 주 운전자 매뉴얼』이었다. "연습시험 부분은 맨 뒤에 있어. 안전벨트 메고."

"어디 가는데요?"

"너 운전면허 따러 가지, 바보야."

"아빠도 알아요?"

엄마는 운전석에 쿠션을 깔고 앉은 채 운전대에 딱 붙어 운전을 했다. "아빠도 알지, 근데 굳이 아빠한테 말할 필욘 없어. 알겠지? 이건 엄마랑 너, 우리끼리 일이야. 자, 이제 시험 부분 한번 훑어봐. 안 어려워. 엄마도 한 번에 붙었어."

파크는 맨 끝으로 책장을 휘리릭 넘겨서 연습시험 부분을 펼쳐보았다. 매뉴얼이라면 열다섯 살 때 임시허가증을 따면서 다 공부했었다.

"아빠가 화내지 않을까요?" 파크가 물었다.

"아빠는 이 일이랑 상관이 있다, 없다?"

"없어요." 파크는 말했다.

"엄마랑 너, 우리끼리 일이랬다." 엄마는 재차 말했다.

#

파크는 한 번에 시험을 통과했다. 심지어 임팔라 평행주차에도 성공했다. 그건 거의 스타 디스트로이어 함선*을 평행주차하는 수준이었다. 엄마는 사진을 찍기 전 티슈로 파크의 눈꺼풀을 닦아주었다.

엄마는 집까지 파크더러 운전을 하고 가도록 했다. "아빠한테 말을 안 하면," 파크가 물었다. "그럼 언제 운전을 하고 나갈 수 있는데요?" 파크는 엘레노어를 태우고 드라이브를 하고 싶었다. 목적지가 어디든.

"그건 엄마가 알아서 해. 일단 면허증은 필요할지 모르니까 갖고 있어. 위급상황이 있을 수 있잖아."

운전면허를 몰래 따는 것치고는 변명이 너무 빈약해 보였다. 지금까지 16년 인생에 운전을 꼭 해야 하는 위급상황 같은 건 한 번도 없었는데 말이다.

#

이튿날 아침 버스에서 엘레노어는 어제 말 못 할 그 대단한 일이란 게 뭐였는지 물었다. 파크는 엘레노어에게 면허증을 보여주었다.

"뭐야? 운전면허라니, 멋있다!"

엘레노어는 면허증을 돌려주려 하지 않았다.

"나 네 사진 한 장도 없잖아." 엘레노어가 말했다.

"다른 사진 줄게."

"줄 거야? 정말로?"

"학교 앨범용으로 찍은 사진 중에 하나 줄게. 엄마한테 엄청 많아."

"뒷면에 메시지도 남겨줘야 해." 엘레노어가 말했다.

"뭐라고?"

"'안녕, 엘레노어. KIT, LYLAS,** 앞으로도 지금처럼 다정하길. 파크가.' 뭐, 이런 거."

"LY는 맞는데 LAS는 아닌걸. 그리고 너는 안 다정하잖아."

"다정하거든." 엘레노어는 발끈하며 파크의 면허증을 내어주지 않았다.

"흠······ 다른 장점이야 아주 많지." 파크는 엘레노어 손에서 면허증을 획 채갔다. "근데 다정하진 않아."

"이 시점에서 네가 나한테 '이 날건달!' 이러면 나는 '그래서 날 좋아하는 거면서', 이러는 거지? 〈스타워즈〉처럼? 내가 한 솔로를 하는 걸로 이미 끝난 얘기니까······."

---

* 〈스타워즈〉 시리즈에 등장하는 대형 함선.

** 1980년대 미국에서 즐겨 쓰던 줄임말. KIT는 '연락하고 지내자(keep in touch)', LYLAS는 '넌 내 동생/누나나 다름없어(love you like a sister)'라는 뜻이다.

"이렇게 적을래. '엘레노어에게, 사랑해. 파크가.'"

"으앗, 그건 안 돼. 엄마가 볼지도 몰라."

#

엘레노어

파크는 학교 앨범용으로 찍은 사진을 한 장 주었다. 10월에 찍은 거였는데 벌써 지금이랑 꽤 달라 보였다. 파크는 더 성숙해졌다. 결국 엘레노어가 만류한 탓에 파크는 사진 뒤에 아무 말도 적지 못했다. 엘레노어는 사진을 망가뜨리고 싶지 않았다.

두 사람은 저녁을 먹고(감자 캐서롤) 파크 방에서 파크의 옛날 학교 앨범 사진들을 넘겨보며 노는 가운데 몰래 키스도 했다. 어릴 때 파크의 사진을 보니 더 키스하고 싶어졌다. (징그러운 소리 같긴 한데, 진짜 어린애들 보면서 키스하고 싶어지는 건 아니니까 걱정할 일은 아니었다.)

파크가 엘레노어에게 자기한테도 사진을 한 장 달라고 했을 때 엘레노어는 마땅히 줄 사진이 없어 안심했다.

"새로 찍으면 되지." 파크가 말했다.

"어…… 그래."

"좋아, 잘됐다. 엄마 카메라 가져올게."

"지금?"

"왜, 안 돼?"

엘레노어는 마땅한 대답이 생각나지 않았다.

엘레노어 사진을 찍는단 얘기에 파크 엄마는 신이 났다. 메이크오버 제2탄을 찍을 수 있을 테니까. 물론 파크가 한마디로 일축했다. "엄마, 저는 진짜 평소 엘레노어 모습이 담긴 사진이었으면 좋겠어요." 천만다행이었다.

파크 엄마는 꼭 두 사람이 같이 있는 사진을 찍어야 한다고 했고, 파크도 흔쾌히 찍겠다고 했다. 파크가 엘레노어 어깨에 팔을 둘렀다.

"나중에 찍을까?" 엘레노어가 물었다. "명절이나 아님 뭐 특별한 날 찍게?"

"난 오늘 밤을 기억하고 싶은걸." 파크가 대답했다.

파크는 가끔 꼭 저렇게 바보처럼 귀여운 구석이 있었다.

#

집에 돌아왔을 때 엘레노어가 엄청 행복한 티를 낸 모양이었다. 엄마가 무슨 냄새라도 맡았는지 화장실까지 엘레노어를 따라온 걸 보면 말이다. (행복은 파크네 집 같은 냄새가 났다. 에이본 보디 브랜드 같은 냄새, 균형 잡힌 식단 같은 냄새랄까.)

"목욕할 거니?" 엄마가 물었다.

"그럼요."

"엄마가 망봐줄게."

엘레노어는 뜨거운 물을 틀고 빈 욕조로 들어갔다. 뒷문 옆은 냉기가 돌아서 욕조에 물이 다 차기도 전에 물이 식어버렸다. 워낙 서둘러 하다 보니 물이 식을 때쯤이면 엘레노어는 이미 목욕을 거의 마치는 편이었다.

"장 보러 갔다가 에일린 벤슨을 우연히 만났지 뭐야." 엄마가
말을 꺼냈다. "혹시 기억나? 교회 사람인데."

"글쎄요." 엘레노어네 가족이 교회에 안 간 지도 벌써 3년쯤
됐다.

"에일린 딸이 네 또래야. 트레이시라고."

"그랬나……."

"아무튼, 트레이시가 임신을 했다네. 에일린네 집이 발칵 뒤집
혔지, 뭐. 애 아빠는 동네 남자애인데 흑인이라네. 에일린 남편
은 쓰러지기 직전이래."

"잘 기억은 안 나요." 이제 머리를 헹굴 수 있을 만큼 욕조에
물이 찼다.

"뭐, 에일린 얘기 듣고 나니까 엄마는 참 운이 좋구나 싶더라
고."

"엄마가 흑인이랑 엮이지 않아서요?"

"아니. 너 말이야, 너. 네가 남자 문제로는 워낙 똑똑해서 엄마
가 참 운이 좋다고."

"저, 남자 문제에 별로 똑똑하지 않은데요." 엘레노어는 재빨
리 머리를 헹구고 일어나 수건을 두르고 옷을 입었다.

"남자애들이랑 가까이 지내진 않잖아. 그게 똑똑한 거지."

엘레노어는 배수구 마개를 빼고 조심스레 더러운 옷을 집어
들었다. 파크의 사진이 뒷주머니에 들어 있었고, 사진에 물을 묻
히고 싶지 않았다. 엄마는 가스레인지 옆에 서서 엘레노어를 쳐
다보고 있었다.

"엄마보다는 똑똑하지. 더 용감하고. 엄마는 8학년 이후로 혼자인 적이 없었는데."

엘레노어는 양팔로 더러운 청바지를 안아 들었다. "엄마는 꼭 여자애들이 두 종류뿐인 것처럼 말하네요. 똑똑한 애들, 아니면 남자애들한테 인기 많은 애들."

"거의 사실이잖아." 엄마는 엘레노어 어깨에 손을 올리려고 했다. 엘레노어는 한 걸음 물러났다. "너도 알게 될걸. 나이 들어보면 알 거야." 엄마가 말했다.

집 앞 진입로에서 리치가 트럭을 세우는 소리가 들렸다.

엘레노어는 엄마를 밀어내고 서둘러 방으로 들어갔다. 벤과 마우스가 바로 엘레노어 뒤를 따라 스윽 방으로 들어왔다.

#

아무리 생각해도 파크 사진을 안전하게 넣어둘 만한 곳이 도저히 떠오르지 않아 엘레노어는 결국 책가방 주머니 안에 사진을 넣고 지퍼를 닫았다. 물론 가방에 넣기 전 엘레노어는 파크의 사진을 한참이나 보고 또 보고 했다.

44

엘레노어

수요일 밤은 최악이 아니었다.

파크는 태권도를 하러 가고 없지만 엘레노어는 어디서든 파크와 함께, 파크의 기억과 함께 있었다. (파크의 손길이 닿는 곳은 어디든 끄떡없을 것 같았다. 파크의 손길이 닿는 곳은 어디든 안전하게 느껴졌다.)

그날 밤 리치는 야간 근무가 있어서 엄마는 저녁으로 토니토 냉동 피자를 구워주었다. 냉동실이 토니토 피자로 꽉 찬 걸 보니 아마 푸드포레스에서 세일 중이었던 모양이다.

다들 TV 앞에 앉아 〈천사 조나단〉을 보면서 저녁을 먹었다. 저녁 후에는 마우스를 앉혀놓고 엘레노어와 메이지가 '다운 다운 베이비' 손뼉놀이를 가르쳤다.

가망이 없었다. 마우스는 가사만 기억하거나 손뼉 순서만 기억하거나 했지, 둘 다 한꺼번에는 성공하지 못했다. 메이지는 거의 폭발 직전이었다.

"다시 해보자." 메이지는 몇 번이고 그 말을 반복했다.

"벤, 와서 도와줘." 엘레노어가 말했다. "네 명이 하면 더 쉬워."

다운 다운 베이비, 롤러코스터를 타자(Down, down baby, down by the roller coaster).

스윗 스윗 베이비, 단단히 붙잡을게(Sweet, sweet baby, I'll never let you go).

흔들흔들, 코코아 퍼프, 흔들……(Shimmy, shimmy, cocoa puff, shimmy……)

"으아, 마우스! 오른손 먼저라니까, 오른손. 좋아. 다시 해보자……."

다운 다운 베이비……

"마우스!"

45

파크

"오늘은 저녁 하기가 싫네." 엄마가 말했다.

집에는 파크와 엄마, 엘레노어 이렇게 셋뿐이었다. 세 사람은 소파에 앉아 게임쇼 〈휠 오브 포춘〉을 보는 중이었다. 아빠는 칠면조 사냥을 나가서 아주 늦게나 돌아올 터였고 조쉬는 친구네 집에서 자고 온다고 했다.

"피자 데울게요." 파크가 말했다.

"아니면 나가서 사오든지." 엄마는 대뜸 그렇게 말했다.

파크는 엘레노어를 쳐다보았다. 외출이라면 엘레노어와 미리 합의된 얘기가 없었다. 엘레노어는 눈을 크게 뜨더니 곧 어깨를 으쓱해 보였다.

"알겠어요," 파크는 씩 웃으며 대답했다. "피자 사러 가요."

"엄마 오늘은 아무것도 하기 싫어. 너희 둘이 가서 사와."

"제가 운전하라고요?"

"그럼. 무서워서 못하겠어?"

세상에, 이제 엄마까지 계집애 취급이었다.

"아뇨, 할 수 있어요. 피자헛 갈까요? 전화 주문해놓고 갈까요?"

"너 좋을 대로. 엄마는 배도 안 고프네. 너희 그냥 나가라. 저녁 사 먹어. 영화 보러 가든지 아님 다른 거 하든지."

파크와 엘레노어 둘 다 엄마를 쳐다보았다.

"진짜로요?" 파크가 물었다.

"그럼, 가. 엄마도 집에 혼자 좀 있어보자."

엄마는 하루 종일 집에 혼자 있었다. 매일매일 혼자 있었다. 그러나 그 점은 언급하지 않기로 했다. 파크와 엘레노어는 조심스럽게 소파에서 일어났다. 엄마가 "속았지롱!" 하면서 때늦은 만우절 농담이라도 한 건 아닌가 싶어서.

"열쇠 저기 걸려 있어. 지갑 좀 줘봐." 엄마는 지갑에서 20달러를 꺼내 파크에게 주더니 다시 10달러를 더 주었다.

"고마워요, 엄마……" 파크는 아직도 주춤주춤하고 있었다. "저희 그럼 지금 나가요?"

"잠깐만……" 엄마는 엘레노어 옷을 보더니 인상을 찌푸렸다. "엘레노어, 그 상태론 못 나가지." 옷 사이즈만 같았으면 지금쯤 엘레노어한테 강제로 자기 돌청 미니스커트라도 입혔을 엄마였다.

"저 하루 종일 이 차림이었는데요." 엘레노어가 대꾸했다. 엘레노어는 펑퍼짐한 군복 바지에 남성용 반소매 셔츠 차림이었다. 셔츠 아래에는 무슨 보라색 긴소매 셔츠도 받쳐 입었다. 파크는 엘레노어가 쿨하다고 생각했다. (사실은 사랑스럽다고 생각했지만 그 단어를 쓰면 엘레노어는 농담을 하려고 들 거다.)

"아줌마가 머리만 좀 손봐줄게." 엄마는 엘레노어를 화장실로 데리고 가더니 엄마 머리에서 실핀을 뺐다. "무릎 좀 굽혀봐. 더, 더."

파크는 문간에 기대서서 두 사람을 지켜보았다.

"네가 보고 있으니까 이상해." 엘레노어가 말했다.

"난 맨날 보던 장면인데." 파크가 말했다.

"파크는 아마 결혼식 날에도 네 머리 하는 거 도와줄걸." 엄마가 말했다.

파크와 엘레노어 둘 다 시선을 바닥으로 떨구었다. "난 거실에서 기다릴게." 파크가 말했다.

잠시 후 엘레노어는 나갈 준비를 마쳤다. 엘레노어의 머리는 완벽했다. 모든 컬이 반짝반짝, 탱글탱글했고 입술은 윤기 나는 분홍색이었다. 멀찍이서 봐도 엘레노어한테 딸기향이 나는 것 같았다.

"좋아." 엄마가 말했다. "가봐. 재밌게 놀고 오렴."

두 사람은 임팔라 쪽으로 걸어갔고 파크는 엘레노어를 위해 차 문을 열어주었다. "내가 직접 열 수 있거든." 엘레노어가 말했다. 그리고 파크가 운전석으로 갈 때쯤 엘레노어는 몸을 숙여 운전석 차 문을 열어주었다.

"어디로 갈까?" 파크가 물었다.

"글쎄." 엘레노어는 자리에 푹 눌러앉았다. "그냥 이 동네 밖으로 나가도 돼? 무슨 베를린 장벽이라도 몰래 넘는 기분이다."

"아, 그래." 파크는 시동을 걸고 엘레노어 쪽을 확인했다. "조금만 더 숙여볼래? 어두운데 네 머리만 빛이 나서 말이야."

"고오맙다."

"무슨 말인지 알면서."

파크는 서쪽으로 차를 몰았다. 플랫츠 동쪽으로는 강밖에 없었다.

"브로큰 레일 근처는 지나가지 마." 엘레노어가 말했다.

"어디?"

"여기서 우회전."

"알았어……."

파크는 엘레노어를 내려다보곤 웃음을 터뜨렸다. 엘레노어는 바닥에 거의 쭈그리고 앉아 있었다.

"안 웃기거든."

"꽤 웃기긴 해. 넌 바닥에 그러고 앉아 있지, 나는 그나마 아빠가 없으니까 운전대 잡을 수 있는 거잖아."

"너희 아빠도 네가 운전했으면 하서. 단지 내가 수동 모는 법은 배워야 한다는 거지."

"수동 운전할 줄 안다니까."

"그럼 뭐가 문제인데?"

"내가 문제지." 파크는 약간 짜증이 났다. "이제 동네 벗어났으니까 일어나서 제대로 앉지?"

"24번가까지 가면 그때 자리에 앉을게."

엘레노어는 24번가에서 똑바로 자리에 앉았지만, 42번가에 이를 때까지 두 사람은 아무 말도 하지 않았다.

"어디 가는 거야?" 엘레노어가 물었다.

"나도 몰라." 사실이었다. 파크는 학교 가는 길, 시내 나가는 길은 알았지만 그게 전부였다. "어디 가고 싶어?"

"몰라." 엘레노어가 답했다.

#

엘레노어

엘레노어가 가고 싶은 곳은 인스퍼레이션 포인트*였다. 엘레노어가 아는 한 시트콤 〈해피 데이스〉에만 존재하는 가상의 그곳.

그렇다고 파크한테 "혹시 창문에 김 서리는 거 하려면 다른 애들은 어디로 간대?" 이렇게 물을 수도 없었다. 그럼 파크가 엘레노어를 어떻게 생각하겠는가. 그리고 혹시나 파크가 답을 알고 있으면?

엘레노어는 운전하는 파크를 보고 너무 황홀해하지 않으려고 갖은 애를 쓰고 있었지만 파크가 차선을 바꿀 때마다, 백미러를 확인할 때마다 어느새 눈에서 하트가 가득 나왔다. 파크는 담배에 불도 붙이고 스카치 온더록스도 주문할 수 있을 것 같았다. 운전하는 파크는 훨씬 더 성숙한 남자 느낌이었다…….

엘레노어는 임시 운전허가증도 없었다. 엄마도 면허가 없는데 엘레노어라고 면허를 따게 될 리가 만무했다.

"어딜 꼭 가야 돼?" 엘레노어가 물었다.

"목적지가 있긴 해야지……." 파크가 대답했다.

"하지만 우리가 뭘 꼭 해야 하는 건 아니잖아?"

"무슨 뜻이야?"

"어딜 가든 상관없이 그냥 같이 있으면 되는 거잖아? 같이 있고 싶을 때 남들은 어디 가? 꼭 드라이브 아니더라도 괜찮은데……."

파크는 엘레노어를 쳐다보곤 다시 긴장한 얼굴로 정면을 바라보았다. "좋아," 파크가 말했다. "흠, 그래. 잠깐만……."

파크는 어느 주차장으로 들어가더니 차를 돌렸다.

"시내로 가자."

#

파크

두 사람은 정말로 차에서 내렸다. 일단 시내에 도착하니 파크는 엘레노어에게 드라스틱 플라스틱이랑 안티쿼리움, 그리고 다른 음반 가게들도 다 보여주고 싶었다. 엘레노어는 심지어 올드마켓도 처음이었다. 오마하에서 갈 만한 데라곤 사실상 올드마켓이 전부인데 말이다.

시내에는 자기들끼리 어울려 노는 애들도 보였는데, 대부분 엘레노어보다 훨씬 더 특이해 보였다. 파크는 제일 좋아하는 피

---

* 미국 시트콤 〈해피 데이즈〉에서 오붓한 시간을 보내고 싶은 커플들이 차를 몰고 데이트하러 가는 곳.

자집에 엘레노어를 데리고 갔다. 그런 다음 제일 좋아하는 아이스크림 가게에도 데리고 갔다. 세 번째로 좋아하는 만화책 가게에도 데리고 갔다.

파크는 엘레노어와 데이트를 하러 나온 것처럼 연기를 했다. 그러고 나서 생각해보니, 이건 진짜 데이트였다.

#

엘레노어

그날 저녁 내내 파크는 엘레노어 손을 잡고 있었다. 자기가 무슨 남자친구라도 된 것처럼. 그러고 보니 얘, 내 남자친구 맞잖아. 엘레노어는 스스로에게 자꾸만 그 사실을 상기시켰다.

음반 가게에서 일하는 애한텐 참 미안하게 됐다. 양쪽 귀에 각각 피어싱을 여덟 개씩 뚫은 여자애였는데, 아마 평소에 파크를 초특급 센스쟁이로 생각했던 모양이었다. 엘레노어를 본 걔 표정은 딱 이거였다. '진심이니?' 엘레노어도 표정으로 답해주었다. '그러게 말이야.'

두 사람은 마켓 주변 거리를 전부 돌아보고 나서 길 건너 공원으로 갔다. 엘레노어는 이런 것들이 있다는 것조차 알지 못했다. 오마하가 이렇게 살기 좋은 곳인지 지금까지 전혀 모르고 있었다. (엘레노어는 이것도 다 파크 덕분이라고 생각했다. 세계란 파크를 중심으로 해서 더 나은 곳이 되기 마련이니까.)

파크

결국 센트럴 파크까지 왔다. 오마하 버전의 센트럴 파크. 엘레노어는 센트럴 파크도 처음이었다. 산책을 하기에는 아직 산책로 상태도 썩 좋지 않았고 날씨도 쌀쌀한 편이었지만 엘레노어는 연신 좋다는 말만 반복했다.

"와, 저거 봐." 엘레노어가 말했다. "백조가 있어."

"쟤넨 거위일걸." 파크가 대답했다.

"저렇게 잘생긴 거위는 처음 봐."

두 사람은 공원 벤치에 앉아 인공호수 둑에 자리를 잡은 거위들을 구경했다. 파크는 엘레노어 어깨에 팔을 둘렀고 엘레노어는 파크에게 살포시 기댔다.

"이거 계속 하자." 파크가 말했다.

"뭘?"

"데이트."

"그래."

엘레노어는 수동 운전 어쩌고 하는 얘긴 하지 않았고, 그래서 파크는 고마웠다.

"우리 프롬 파티에 가자." 파크가 말했다.

"뭐?" 엘레노어가 고개를 들었다.

"프롬 말이야. 학년말 파티."

"나도 그게 뭔진 알아. 우리가 거길 왜 가?"

왜냐면 예쁜 드레스를 입은 엘레노어를 보고 싶으니까. 왜냐면 엄마가 엘레노어 머리를 해줄 때 옆에서 도와주고 싶으니까.

"프롬이니까." 파크는 대답했다.

"그래, 유치한 파티지." 엘레노어가 대꾸했다.

"네가 어떻게 알아?"

"프롬 주제가 「사랑이 뭔지 알고 싶어요」*거든."

"그 노래 나름 들을 만해." 파크가 말했다.

"너 취했니? 그거 포리너 노래거든?"

파크는 어깨를 으쓱해 보이곤 엘레노어의 곱슬머리 한 가닥을 쪽 폈다. "그래, 프롬이 좀 유치하긴 하지. 그래도 나중에 어른이 돼서 다시 갈 수 있는 게 아니잖아. 한 번뿐인 기회라고."

"엄밀히 말해 세 번의 기회가 있지……."

"알았어, 그럼 내년엔 나랑 프롬 같이 갈 거야?"

엘레노어는 소리 내어 웃기 시작했다. "그래." 엘레노어는 대답했다. "가자. 내년에 갈 수 있지. 내년이라면 새들이랑 생쥐 친구들이 내가 입을 드레스를 만들어줄 시간도 충분히 될 테니까. 좋아. 그래, 같이 가자."

"그런 일은 없을 거라 이거지? 두고 보면 알겠지. 난 아무 데도 안 가."

"그렇지, 수동 운전할 수 있게 될 때까지는 말야."

잔인한 엘레노어.

#

엘레노어

프롬. 그래, 그게 있었네.

엄마한테 말 안 하고 프롬을 가려면 거짓말을 얼마나 꾸며내야 할지 상상도 되지 않았다.

그래도 파크가 가자고 말을 꺼낸 이상 꼭 불가능한 일만은 아닌 것 같았다. 일단 엄마한텐 티나랑 프롬에 간다고 하면 될 거다. (나의 소중한 친구 티나.) 준비는 파크네 집에서 하면 되고, 그럼 파크 엄마가 제일 좋아하겠지. 단 하나 문제가 있다면 프롬에 입고 갈 드레스인데…….

근데 프롬용 드레스가 엘레노어 사이즈로도 나오나? 엘레노어는 신부 어머니 코너나 뒤져야겠지. 은행도 털어야 할 테고. 농담이 아니라 진심이다. 하늘에서 갑자기 100달러짜리 지폐가 뚝 떨어져도 그 돈을 웬 프롬 드레스 따위에 쓸 일은 없을 테니까 말이다.

반스나 새로 사면 모를까. 괜찮은 브래지어나. 아님 라디오라든가…….

사실, 아마 그 돈은 엄마를 주고 말 거다.

프롬이라. 퍽이나 갈 수 있겠다.

#

* 록밴드 포리너Foreigner의 노래 제목.

파크

엘레노어는 내년에 같이 프롬에 가겠다고 승낙하면서 파크의 첫 번째 사교 무도회, 아카데미 시상식 애프터 파티, 파크가 초대를 받는 모든 무도회에도 같이 가겠노라고 했다.

엘레노어가 얼마나 웃어댔으면, 거위들조차 항의를 했다.

"그래, 니들이 어디 한번 해봐라. 그 백조 같은 자태로 날 위협하면 내가 겁먹을 줄 알아? 난 그런 여자 아니거든."

"나로선 그래서 운이 좋았지." 파크가 말했다.

"그게 너한테 왜 운 좋은 일이야?"

"됐어." 말하지 말걸. 자조적이면서 재치 있는 농담을 하려고 했던 거지, 엘레노어가 파크에게 왜 잘 어울리는 상대인지는 별로 이야기하고 싶지 않았다.

엘레노어는 차가운 눈초리로 파크를 살폈다.

"너 때문에 저 거위가 날 얄팍한 사람으로 보잖아." 엘레노어가 말했다.

"쟤는 수놈이라 거위 말고 부르는 말이 따로 있을걸? '갠더'라고 하던가?"

"아, 맞아. 딱 수컷 같다. 예쁘장하니…… 아무튼, 네가 왜 운이 좋은 건데?"

"왜냐면," 한 음절, 한 음절, 입을 뗄 때마다 아린 것처럼 파크가 입을 열었다.

"응, 왜냐면?" 엘레노어가 다시 물었다.

"그건 원래 내 대사 아니야?"

"너한테는 뭐든 물어봐도 되는 거 아니었니? 그래서, 왜냐면?"

"왜냐면 너무나도 미국적인 내 외모 때문에." 파크는 손으로 머리를 쓸어 넘기며 시선을 떨구었다.

"너 지금 네가 잘생기지 않았다는 말이야?" 엘레노어가 물었다.

"이런 얘기 안 하고 싶어." 파크는 뒷목에 손을 얹고 고개를 젖히며 말했다. "우리 다시 프롬 얘기하면 안 돼?"

"너 지금 내 입으로 네가 얼마나 귀여운지 말해달라고 이러는 거니?"

"아니야." 파크는 말했다. "딱 봐도 뻔한 거잖아."

"딱 봐도 뻔하지 않은데……." 엘레노어는 파크 쪽으로 돌아앉아 파크를 마주 보고는 파크 손을 잡아당겼다.

"아무도 동양인 남자를 보고는 섹시하다고 생각 안 해." 결국 파크가 입을 열었다. 파크는 그 말을 꺼내면서 엘레노어를 보지 않고 시선을 다른 데로 돌렸다. 아주 저 멀리, 고개를 완전히 돌려서까지. "여기든, 어디든 그래. 동양에서야 동양인 남자도 괜찮겠지만 말야."

"그렇지 않아." 엘레노어가 대꾸했다. "너희 엄마랑 아빠만 봐도……."

"동양인 여자는 다르지. 백인 남자들 눈엔 이국적으로 보이니까."

"하지만……."

"지금 아주 섹시한 동양인 남자가 누가 있나 머릿속으로 찾고 있지? 내가 틀렸다고 하려고? 근데 그런 사람은 없어. 나는 그런 사람 태어나서부터 찾는 중이야."

엘레노어는 팔짱을 꼈다. 파크는 호수를 내다보았다.

"옛날에 그 TV 드라마는?" 엘레노어가 말했다. "그 가라테 키드 나오는 거 있잖아……".

"〈쿵후〉?"

"응."

"그 배우는 백인이었고, 그 캐릭터는 중이었어."

"그럼……."

"없다니까. 드라마 〈매시〉만 봐도 그래. 드라마 배경 자체가 한국이고 의사들은 맨날 한국 여자들이랑 시시덕댄다? 근데 간호사들은 휴가 때 서울 가서 섹시한 한국 남자를 만나진 않아. 동양 여자를 이국적으로 보이게 하는 것들은 전부 동양 남자를 계집애처럼 보이게 만들지."

아까 그 거위가 아직도 두 사람을 보고 우짖고 있었다. 파크는 녹아내리는 눈을 한 덩이 집어 들어 성의 없이 거위 쪽으로 휙 던졌다. 아직도 파크는 엘레노어를 쳐다보지 못했다.

"그거랑 나랑 무슨 상관인지 모르겠어." 엘레노어가 입을 열었다.

"나랑은 전부 상관있는 얘기야." 파크가 대답했다.

"아니." 엘레노어는 파크의 턱에 손을 얹고 파크의 고개를 제 쪽으로 돌렸다. "상관있지 않아…… 난 네가 한국계인 게 무슨 상관인지도 모르겠어."

"누가 봐도 알 수 있는 외모 말고?"

"응." 엘레노어가 말했다. "내 말이 그 말이야. 누가 봐도 알 수 있는 외모 말고."

그러더니 엘레노어는 파크에게 키스했다. 파크는 엘레노어가 먼저 키스할 때가 정말 좋았다.

"너를 딱 보잖아?" 엘레노어가 파크에게 기대며 말했다. "그럼 재귀엽다, 이런 생각이 들어. 근데 그게 네가 한국계*라서* 그런 건진 잘 모르겠어. 하지만 한국계*인데도* 귀엽네, 이건 아닌 것 같아. 그냥 내가 보기엔 네가 귀여워. 아니, 파크 너는 엄청 귀여워……."

파크는 엘레노어가 자기 이름을 불러줄 때가 정말 좋았다.

"어쩌면 내 취향이 한국계 남자인데 내가 아직 모르고 있는 건지도 모르지."

"오마하에서 한국계가 나뿐이라 다행이네."

"내가 이 쓰레기장 같은 곳을 벗어날 일이 절대 없다는 것도 다행이고."

날이 점점 쌀쌀해지고 있었고, 아마 시간도 꽤 늦었을 것이다. 파크는 시계를 차고 있지 않았다.

파크는 일어서서 엘레노어를 일으켜 세웠다. 두 사람은 손을 잡고 공원을 가로질러 차로 향했다.

"나도 사실 내가 한국계인 게 무슨 의미인지 몰라……." 파크는 말했다.

"나도 덴마크 혈통, 스코틀랜드 혈통, 그게 무슨 의미인지 몰라. 그게 중요한가?"

"그런 거 같아. 왜냐면 나란 사람을 정의할 때 다들 제일 먼저 꺼내는 얘기가 그거니까. 나의 가장 큰 특징이랄까."

"너의 가장 큰 특징이 뭔지 내가 알려줄게." 엘레노어가 말했다. "네 가장 큰 특징은 귀여운 거야. 사실상 사랑스럽지."

사랑스럽단 말이 파크는 전혀 싫지 않았다.

#

엘레노어

차는 마켓 저쪽 끝에 있었다. 두 사람이 차로 돌아왔을 땐 주차장이 거의 텅텅 비어 있었다. 엘레노어는 다시 긴장되고 초조해지는 느낌이었다. 어쩌면 이 차에 어떤 기운이라도 있는 건지…….

밖에서 보면 임팔라가 막 카펫 쫙 깔아놓은 커스텀 밴같이 변태 같은 차는 아니었다. 그러나 내부를 보면 전혀 다른 얘기였다. 앞좌석은 거의 엘레노어 침대급으로 넓었고 뒷좌석은 곧이라도 에리카 종*의 소설 속 한 장면이 펼쳐질 것 같았다.

파크는 엘레노어에게 차 문을 열어주고 차를 빙 둘러 돌아가 운전석에 앉았다. "그렇게까지 늦진 않았네." 파크는 계기판 시계를 보며 말했다. 8시 30분이었다.

"그러게……." 엘레노어는 운전석과 조수석 사이에 손을 내려놓았다. 자연스럽게 할 생각이었지만 결과적으론 너무 뻔한 행동이 돼버렸다.

파크는 엘레노어 손 위에 자기 손을 얹었다.

모든 게 물 흐르듯 흘러가는 밤이었다. 엘레노어가 파크를 쳐다보면 그때마다 파크도 엘레노어를 쳐다보았다. 엘레노어가 파크에게 키스하려고 맘을 먹을 때마다 파크는 이미 눈을 감고 있었다.

지금 내 마음 읽어봐, 엘레노어는 속으로 생각했다.

"배고파?" 파크가 물었다.

"아니." 엘레노어는 대답했다.

"그래." 파크는 손을 빼서 차에 열쇠를 꽂았다. 엘레노어는 손을 뻗어 파크가 시동을 채 걸기 전에 파크 소매를 잡았다.

파크는 열쇠를 떨어뜨렸고, 그때부터 조금의 망설임도 없이 파크는 엘레노어 쪽으로 돌아서더니 양팔로 엘레노어를 휙 안아 올렸다. 정말 말 그대로 안아 들었다. 파크는 늘 엘레노어가 생각한 것보다 더 강했다.

지금 이 장면을 누가 보고 있다면(아직 창문에 김이 서리지 않아서 누가 밖에서 보려면 충분히 들여다볼 수 있었다) 아마 엘레노어와 파크가 맨날 이러는 줄 알겠지. 이게 겨우 두 번째라고는 생각하지 못할 거다. 이번엔 벌써 달랐다.

딱히 마더메이아이** 술래잡기하듯 차근차근 진도를 빼진 않았다. 키스도 딱 입술에만 하는 게 아니라 입술 언저리에 했다. (그 와중에 입술선을 딱딱 맞추고 어쩌고 할 시간이 없었다.) 엘레노어는 파크 셔츠 위로 올라탔다. 파크는 자꾸만 엘레노어를 더 가까이 잡아당겼다. 이제 더는 좁힐 거리도 없는데 그랬다.

파크와 운전대 사이에 낀 상태가 된 엘레노어는 파크의 손이 셔츠 안으로 들어오자 뒤로 움직인다는 것이 경적을 누르고 말았다. 둘 다 화들짝 놀라는 통에 파크는 엘레노어의 혀를 깨물어 버렸다.

---

* 과감한 표현으로 잘 알려진 미국 여류작가. 대표작으로는 소설 『비행공포』가 있다.
** '무궁화꽃이 피었습니다' 놀이와 비슷하게 술래가 있는 곳에 빨리 닿는 사람이 이기는 놀이. 다만 술래인 마더mother에게 허락을 구하거나 술래의 지시를 받아 움직여야 하는 점이 '무궁화' 놀이와는 조금 다르다.

"괜찮아?" 파크가 물었다.

"응." 엘레노어가 대답했다. 그래도 파크가 손을 떼진 않아 다행이었다. 혀에서 피가 나거나 하진 않는 것 같았다. "너는?"

"응……." 파크의 숨이 거칠어졌다. 얘가 이러는 게 나 때문이라니, 엘레노어는 기분이 좋았다.

"혹시……." 파크가 말했다.

"혹시 뭐?" 아마 파크는 여기서 멈춰야 한다고 생각했을 것이다. 아니, 난 그렇게 생각 안 해. 엘레노어의 속마음이었다. '생각이란 걸 하지 마, 파크.'

"혹시 우리…… 징그럽다고 생각하진 말고. 혹시 우리 뒷좌석으로 넘어갈까?"

엘레노어는 파크를 밀어내고 스르륵 뒷좌석으로 넘어갔다. 세상에, 엄청 넓고 훌륭했다.

어느새 파크는 엘레노어 위에 앉아 있었다.

#

파크

엘레노어 위에 있는 느낌은 생각했던 것보다도 훨씬 더 좋았다. (물론 상상 속에서도 엘레노어는 천국 같은 느낌이었다. 천국 같고, 열반 같고, 〈초콜릿 천국〉에서 찰리가 막 공중을 날아가는 그 순간의 느낌을 다 합한 정도쯤으로 파크는 상상했다.) 이젠 숨이 너무 거칠어져서 제대로 산소 수급이 안 되는 느낌이었다.

파크가 경험하는 지금 이 강렬한 느낌을 엘레노어가 이 정도로 똑같이 느낀다는 건 불가능한 일일 것 같았다. 하지만 엘레노어 표정을 보면…… 엘레노어는 프린스 뮤직비디오에 나오는 여자 같은 표정을 하고 있었다. 파크가 지금 느끼는 이 기분을 엘레노어도 비슷하게나마 느끼고 있다면, 두 사람이 지금 하던 짓을 멈출 리 만무했다.

파크는 엘레노어의 셔츠를 머리 위로 벗겼다.

"이소룡." 엘레노어가 속삭였다.

"뭐?" 기분 좋아야 할 말 같진 않았다. 파크의 손은 얼음이 됐다.

"초특급 섹시한 동양인 남자. 이소룡."

"아……" 파크는 웃음이 터졌다. 어쩔 수가 없었다. "알았어. 이소룡은 인정……."

엘레노어의 등이 활처럼 휘었다. 파크는 눈을 감았다. 과연 엘레노어가 지겨워지는 날이 오기는 할까.

46

엘레노어

집 앞에 리치의 트럭이 서 있긴 했지만 집 안의 불은 전부 꺼져 있었다. 천만다행이었다. 머리에서든, 셔츠에서든, 입술에서든, 하여간 지금 엘레노어한테서는 어딘가 티가 날 터였다. 엘레노어는 온몸에서 열을 내뿜고 있는 기분이었다.

엘레노어는 파크와 한참 동안 골목에서, 앞좌석에서 그냥 손만 잡고 앉아 있었다. 무언가가 두 사람을 휩쓸고 지나간 기분이었다. 최소한 엘레노어의 기분은 그랬다. 두 사람이 진도를 너무 많이 나갔다거나 한 건 아니었다. 하지만 마음의 준비가 돼 있던 것보다는 훨씬 많이 나간 게 사실이었다. 주디 블룸* 책에 나오는 것 같은 러브신을 찍게 될 거라곤 엘레노어도 전혀 생각하지 못했다.

파크도 분명 기분이 이상할 거다. 파크는 본 조비 노래가 두 곡 연달아 흘러나오는데도 라디오에 손 한번 대지 않았다. 엘레노어가 파크 어깨에 자국도 남겨놨는데, 이제는 볼 수가 없었다.

이게 다 엄마 때문이었다.

엘레노어가 평범하게 남자친구와 데이트를 할 수 있었다면 처음 뒷좌석으로 넘어간 바로 그날 당장 홈런을 날려야 한단 강박감 따윈 없었을 거다. 앞으로 다시 타석에 들어서지 못할 수도 있단 생각 따윈 들지 않았을 거다. (그리고 야구에 빗대어 이런 바보 같은 표현을 쓸 일도 없었을 거다.)

어쨌거나 홈런은 아니었다. 두 사람은 2루에서 멈췄다. (엘레노어 생각엔 최소 2루였다. 1루타, 2루타, 3루타, 다들 정의가 조금씩 다른 것 같긴 하더라만 말이다.) 그래도……

정말 좋았다.

너무 좋아서 그걸 다시 안 하고도 과연 잘 지낼 수 있을지 의심스러울 정도였다.

"들어가야겠어." 엘레노어가 말했다. 차에서 한 30분, 어쩌면 그보다 오래 앉아 있었다. "평소에는 이미 집에 들어갈 시간이야."

파크는 끄덕끄덕하면서도 고개를 들지도, 엘레노어 손을 놓아주지도 않았다.

"좋아." 엘레노어가 말했다. "우리…… 괜찮은 거지?"

그제야 파크가 고개를 들었다. 파크의 머리는 완전히 축 처져서 눈을 다 가리고 있었다. 파크는 걱정되는 표정이었다. "아. 응, 그럼. 괜찮지. 난 그냥……"

---

* 미국 유명 청소년문학 작가.

엘레노어는 파크가 말을 잇길 기다렸다.

파크는 눈을 감고 마치 부끄럽다는 듯이 고개를 흔들었다.

"그냥…… 너한테 잘 가라는 인사를 너무 하기가 싫어, 엘레노어. 영원히 안 하고 싶어."

파크는 눈을 뜨고 엘레노어를 정면으로 쳐다보았다. 이게 3루이려나.

엘레노어는 침을 삼켰다. "영원히 잘 가라고 안 해도 돼. 오늘 *밤만* 하면 되는 거야."

파크는 씩 웃었다. 그런 다음 한쪽 눈썹만 들어 올렸다. 엘레노어도 저걸 할 수 있으면 좋겠다.

"오늘 밤만……이고 영원히는 아니다?"

엘레노어는 눈을 굴렸다. 이제 엘레노어는 말투도 파크를 닮아갔다. 바보같이. 엘레노어는 부디 붉어진 얼굴이 골목의 어둠에 가려 파크에게 보이지 않길 바랐다.

"잘 가." 엘레노어는 고개를 흔들었다. "내일 봐." 조수석 차 문을 여는데 무슨 차 문이 말 한 필이라도 되는 것마냥 무거웠다. 엘레노어는 자리에 그대로 앉아 파크를 돌아보았다. "아무튼 우리 괜찮은 거지?"

"우린 완벽하지." 파크는 재빨리 몸을 쭉 빼고 엘레노어 뺨에 키스했다. "너 들어가는 거 보고 갈게."

#

집에 몰래 들어가자마자 싸우는 소리가 들려왔다.

이유는 모르겠지만 하여간 리치가 소리를 치고 있었고, 엄마는 울고 있었다. 엘레노어는 최대한 조용히 방으로 들어갔다.

꼬맹이들 전부, 메이지까지도 다 바닥에 누워 있었다. 이 와중에도 꼬맹이들은 잠을 자고 있었다. 엘레노어도 분명 이렇게 아랑곳 않고 잘 텐데, 저렇게 싸우는 날이 얼마나 자주 있는 걸까 궁금해졌다. 엘레노어는 아무도 밟지 않고 침대에 무사히 올라가는 데까진 성공했지만 결국 고양이를 밟고 말았다. 고양이가 꽥 소리를 질렀고 엘레노어는 고양이를 안아다 무릎에 앉혔다. "쉬." 엘레노어는 고양이의 목덜미를 만져주었다.

"내 집이야!" 리치의 고함 소리에 엘레노어와 고양이는 둘 다 화들짝 놀랐다. 엘레노어 엉덩이 밑에서 뭔가 콰지직 부서졌다.

손을 뻗어 다리 아래 깔린 것을 끄집어내보니 만화책이 완전히 구겨져 있었다. 『엑스맨』 연간 발행본이었다. '벤, 너 진짜.' 엘레노어는 무릎에 얹어놓고 구겨진 책장을 펴보려고 했지만 끈적끈적한 뭔가가 손에 묻어 있었다. 이불도 젖은 것 같았다. 로션인가…… 아니, 파운데이션이었다. 자잘한 유리 조각도 붙어 있었다. 엘레노어는 고양이 꼬리에서 조심히 파편을 떼어낸 다음 손가락에 묻은 파운데이션을 고양이 털에 닦았다. 고양이 다리에는 카세트테이프의 갈색 끈이 둘둘 감겨 있었다. 엘레노어는 감겨 있는 테이프를 풀어주었다. 그리고 어둠에 적응될 때까지 눈을 깜박이며 침대를 둘러보았다…….

찢어진 만화책.

파우더.

부서진 녹색 아이섀도.

몇 마일은 족히 될 만큼 늘어나 있는 카세트테이프.

헤드폰은 반으로 접힌 채 이층침대 끝에 걸려 있었고 자몽 상자는 침대 저 끝에 있었다. 굳이 열어보지 않아도 상자가 공기처럼 가벼울 건 뻔했다. 상자 뚜껑은 거의 반토막이 난 상태였고, 거기엔 엘레노어의 검은색 마커펜으로 누가 낙서를 해뒀다.

니가 날 바보 만들 수 있을 것 같아? 이 집은 내 집이야 니가 내 동네 내 코앞에서 창녀짓 하고 다녀도 될 거 같지 내가 니 꿍꿍이 모를 것 같으냐? 난 다 알아 넌 끝이야

낙서를 알아먹는 데에는 한참이 걸렸다. 그러나 소문자로만 적어놓은 그 글씨들은 분명 어디선가 많이 보던 글씨체였다.

집 안 어딘가에서 엄마의 울음소리가 계속 들려왔다. 절대 멈추지 않을 것 같은 울음소리였다.

엘레노어

엘레노어는 선택지를 따져보았다.

1.

48

엘레노어

흥분돼?

엘레노어는 더러워진 이불을 옆으로 밀어내고 깨끗한 시트 위에 고양이를 내려놓았다. 그런 다음 침대 아래 칸으로 내려갔다. 책가방은 문 옆에 있었다. 엘레노어는 침대에서 가방을 열어 옆 주머니에서 파크 사진을 꺼냈다. 그런 다음 창문으로 나가 현관 앞으로 가서 지금껏 체육 시간에 했던 달리기랑은 비교도 안 되는 속도로 거리를 내달렸다.

다음 블록까지 내달리던 엘레노어는 어디로 가야 할지 몰라 그제야 속도를 늦췄다. 파크네 집이 바로 저기였다. 파크네 집에는…… 갈 수 없었다.

벗어봐

"야, 레드."

여자 목소리가 들려왔지만 엘레노어는 무시하고 길거리 쪽을 돌아보았다. 혹시 엘레노어가 집을 나오는 소리를 누가 들었으면 어쩌지? 리치가 혹시 쫓아왔으면? 엘레노어는 보도에서 몇 발짝 안으로 들어가 남의 집 마당에 있는 나무 뒤에 몸을 숨겼다.

"야. 엘레노어."

엘레노어는 주위를 둘러보았다. 엘레노어가 서 있는 곳은 스티브네 집 앞이었다. 누군가 차고 안쪽에서 야구방망이로 문을 들어 올렸다. 사람 움직임이 보였고 그때 티나가 맥주를 들고 차량 진입로 쪽으로 걸어 나왔다.

"야." 티나가 나지막이 엘레노어를 불렀다. 티나는 언제나처럼 엘레노어를 보고 꼴사납단 표정이었다. 엘레노어는 다시 도망칠까 생각도 해봤지만 다리에 힘이 다 풀려버렸다.

"너네 새아빠가 너 계속 찾아다니더라." 티나가 말했다. "저녁 내내 트럭 몰고 동네를 빙빙 돌아다니더라고."

"너 무슨 얘기했어?" 엘레노어가 물었다. 티나 짓인가? 그래서 리치가 알게 된 건가?

"아저씨 거시기가 트럭보다 크냐고 물어봤다." 티나가 대답했다. "아무 말 안 했어."

"파크 얘기했어?"

티나 눈이 가늘어졌다. 그런 다음 고개를 저었다. "하지만 누군가가 얘기하겠지."

날 흥분시켜줘

엘레노어는 다시 거리 쪽을 돌아보았다. 숨어야 했다. 리치한테서 도망쳐야 했다.

"넌 대체 문제가 뭔데?" 티나가 물었다.

"그런 거 없어." 블록 저 끝에서 차 한 대가 멈춰서면서 헤드라이트 불빛이 비쳤다. 엘레노어는 얼굴 위로 팔을 들었다.

"이쪽이야." 티나의 저런 목소리는 처음이었다. 저런 걱정스러운 목소리. "진정할 때까지 그냥 피해 있어."

엘레노어는 티나를 따라 연기 자욱한 어두운 차고 안으로 허리를 숙이고 들어갔다.

"저거 빅레드냐?" 스티브는 소파에 앉아 있었다. 마이키도 있었는데 그 애는 버스에서 본 다른 여자애 하나랑 바닥에 앉아 있었다. 차고 한가운데 있는 작업대에 주차된 차에서 헤비메탈 음악이 흘러나오고 있었다. 블랙 사바스였다.

"앉아." 티나는 소파 다른 쪽 모퉁이를 가리키며 말했다.

"너 이제 큰일났어, 빅레드." 스티브가 말했다. "너네 아빠가 너 찾아다니더라." 스티브는 입을 활짝 벌리고 씩 웃었다. 스티브 입이 사자 입보다 클 것 같았다.

"새아빠야." 티나가 말했다.

"*새아빠?*" 스티브는 차고 반대편으로 맥주캔을 집어 던졌다. "뭐야, *새아빠*였어? 내가 가서 죽여주리? 어차피 내가 티나 새아빠도 죽일 생각이라 같은 날 해치울 수 있거든. 원 플러스 원……" 스티브가 히죽댔다. "하나는…… 무료예요."

티나는 맥주를 열어 엘레노어의 무릎에 들이밀었다. 엘레노어는 맥주를 받았다. 그냥 손에 뭔가 들고 있을 게 필요했다. "마셔." 티나가 말했다.

엘레노어는 티나 말에 순순히 한 모금을 들이켰다. 입안에서 노란 액체가 톡톡 튀었다.

"동전 게임 하자." 스티브가 혀 꼬부라진 소리로 말했다. "야,

레드. 너 25센트 동전 있냐?" 엘레노어는 고개를 저었다.

티나는 스티브 옆 소파 팔걸이에 걸터앉아 담배에 불을 붙였다. "아까 25센트 동전 있었던 걸로 맥주 산 거 기억나?" 티나가 말했다.

"그거 25센트짜리 아니었어. 10센트짜리였다고." 스티브가 말했다.

티나는 눈을 감고 천장을 향해 담배 연기를 내뿜었다.

엘레노어도 눈을 감았다. 이제 어떻게 해야 할지 생각을 해보려고 했지만 머릿속은 그냥 막막했다. 카스테레오에서 흘러나오는 음악은 블랙 사바스에서 ACDC, 레드 제플린으로 바뀌었다. 스티브는 노래를 따라 불렀다. 목소리는 의외로 가벼웠다. *"집행인님, 잠시 고개 좀 돌려봐요(Hangman, hangman, turn your head awhile……)."* *

엘레노어는 무거운 심장박동 소리 너머로 스티브의 노랫소리를 들었다. 손에 든 맥주가 미지근해지고 있었다.

걸레 냄새나 풍기는 헤픈 년

엘레노어는 일어섰다. "가야겠어."

"어휴, 진짜." 티나가 말했다. "진정해. 너 여기 있는 거 그 사람은 몰라. 아마 지금쯤 술집서 술 퍼먹고 벌써 다 잊어버렸을걸."

"아니야. 날 죽이려고 할 거야."

정말이었다. 진짜 죽이지까진 못하더라도 말이다.

---

* 레드제플린 「Gallows Pole」

티나의 표정이 굳었다. "그래서, 어디로 가게?"

"멀리…… 파크를 만나야겠어."

#

파크

파크는 잠이 오지 않았다.

그날 밤 다시 운전석으로 넘어가기 전 차 안에서 파크는 엘레노어 옷을 차례차례 모두 벗겼다. 브래지어를 여미고 있던 옷핀도 풀고 엘레노어를 파란 천이 깔린 뒷좌석에 눕혔다. 거기 누워 있는 엘레노어의 모습은 마치 무슨 그림 같았다. 인어 같았다. 어둠 속 창백한 흰 피부, 어깨를 뒤덮은 주근깨, 봉긋하게 솟아오른 크림 같은 뺨.

엘레노어의 그 모습. 눈을 감으면 아직도 엘레노어가 그 모습 그대로 빛나고 있었다.

이제부터는 고문의 연속 같은 날들이 될 거다. 이제 옷 안쪽의 엘레노어가 어떤 모습인지 알게 됐고, 가까운 시일 내에 다음 기회 같은 건 아마 없을 테니까. 오늘 밤은 또 한 번의 요행이자 엄청난 행운이었고 또 선물이었다……

"파크." 누군가가 파크의 이름을 불렀다.

파크는 침대에서 일어나 앉아 주변을 두리번거렸다.

"파크." 창문을 두드리는 소리에 파크는 잽싸게 창가로 가서 커튼을 젖혔다.

스티브였다. 그것도 유리창 바로 뒤에서 미친놈처럼 웃고 있었다. 분명 지금 창틀에 매달려 있는 모양이었다. 곧 스티브의 얼굴이 사라졌고 무언가 땅에 쿵 떨어지는 소리가 들렸다. 미친놈. 저러다 엄마한테 들킬지도 모르는데.

파크는 재빨리 창문을 열고 밖을 내다보았다. 스티브에게 꺼지라고 하려는데 스티브네 집 그림자 속에서 티나와 함께 서 있는 엘레노어가 눈에 들어왔다.

쟤네가 지금 엘레노어를 인질로 잡고 있는 건가?

엘레노어 손에 들려 있는 저건 맥준가?

#

엘레노어

엘레노어를 보자마자 파크는 창문을 넘어 창틀에 매달렸다. 땅바닥까지 1미터는 족히 넘는 높이인데, 저러다 발목이 부러지고 말 거다. 엘레노어는 목이 메었다.

파크는 스파이더맨처럼 가랑이를 벌리고 착륙한 다음 엘레노어 쪽으로 달려왔다. 엘레노어는 땅에 맥주를 떨어뜨렸다.

"아아." 티나가 말했다. "참 고맙다, 그래. 그게 마지막 맥주였는데."

"어이, 파크. 나 때문에 놀랐나?" 스티브가 물었다. "프레디 크루거인 줄 알았지? '나'한테서 도망갈 수 있을 줄 알았나?"

파크가 다가와 엘레노어의 팔을 붙들었다. "무슨 일 있어?" 파크가 물었다. "무슨 일인데?"

엘레노어는 울음을 터뜨렸다. 엉엉 소리 내어 울었다. 파크의 손이 닿는 순간 엘레노어는 새삼스레 평소의 자신으로 돌아와버렸고, 그 기분은 참으로 끔찍했다.

"어디 다쳐서 피 나?" 파크는 엘레노어 손을 잡으며 물었다.

"차." 조심하라는 듯이 티나가 속닥였다.

엘레노어는 헤드라이트가 지나갈 때까지 파크를 차고 쪽으로 잡아당겼다. "무슨 일인데?" 파크가 다시 물었다.

"차고로 다시 들어가자." 티나가 말했다.

#

파크

초등학교 때 이후로 스티브네 차고는 처음이었다. 예전엔 여기서 테이블 풋볼을 하면서 놀곤 했었다. 이제 차량 정비대 위에는 카마로가 세워져 있었고 낡은 소파는 벽 쪽에 붙어 있었다.

스티브는 소파 한쪽 귀퉁이에 앉아 곧바로 마리화나에 불을 붙였다. 스티브는 파크에게 담배를 내밀었지만 파크는 고개를 저었다. 차고에서는 맥주 한 천 캔쯤 따 마시고 빈 캔마다 마리화나 꽁초를 집어넣었을 것 같은 냄새가 났다. 카마로가 약간 혼들거리자 스티브는 문을 발로 걷어찼다. "진정해라, 마이키. 그러다 차 넘어진다."

대체 무슨 일이 있었길래 엘레노어가 여기 와 있게 된 건지 도

무지 알 수가 없었다. 하지만 파크를 사실상 여기 끌고 온 건 엘레노어였고, 이제 엘레노어는 파크한테 딱 붙어 웅크리고 앉아 있었다. 아직도 애들이 혹시 엘레노어를 납치한 건가 하는 생각이 머릿속을 떠나지 않았다. 파크가 돈을 줘야 엘레노어를 풀어주는 건가?

"말을 해봐." 파크는 엘레노어 정수리에 대고 물었다. "무슨 일이야?"

"쟤네 새아빠가 쟬 찾아다니고 있어." 티나가 대신 대답했다. 티나는 소파 팔걸이에 앉아 스티브 무릎에 다리를 올리고 있었다. 티나는 스티브한테서 대마초를 빼앗았다.

"진짜야?" 파크가 엘레노어에게 물었다. 엘레노어는 파크 가슴에 대고 고개를 끄덕였다. 엘레노어 얼굴을 확인하려고 해봐도 엘레노어는 조금도 파크와 떨어지려 하지 않았다.

"새아빠란 새끼들." 스티브가 말했다. "나쁜 새끼들이야, 전부." 스티브는 갑자기 웃음을 터뜨렸다. "아이씨, 마이키 너 들었냐?" 스티브가 다시 카마로를 걷어찼다. "마이키?"

"가야 돼." 엘레노어가 속삭였다.

다행이다. 파크는 일어나 엘레노어 손을 잡았다. "스티브, 난 엘레노어랑 집으로 갈게."

"조심해라. 똥색 장난감차 같은 거 타고 돌아다니더라……."

파크는 허리를 굽혀 차고를 나왔다. 엘레노어가 파크 뒤에서 멈춰 섰다. "고마워." 분명 티나한테 하는 말이었다.

참 이상한 밤이었다.

#

파크는 뒷마당을 가로질러 할머니 집 뒤편으로 빙 둘러 가더니 차고 옆 두 사람이 작별 키스를 하던 지점을 지나 차량 진입로로 엘레노어를 끌고 갔다.

파크는 캠핑밴 쪽으로 팔을 쭉 뻗어 스크린 도어를 열었다. "들어가. 여긴 항상 열려 있어."

파크와 조쉬는 여기서 곧잘 놀았었다. 한쪽에는 침대가 있고 다른 쪽에는 주방이 있는, 작은 집이나 다름없는 공간이었다. 파크가 여기 와본 지도 오래전 일이었다. 이제 파크가 똑바로 서면 천장에 머리가 부딪혔다.

벽 쪽으로 체스판만 한 테이블 하나랑 의자가 두 개 있었다. 파크가 한쪽에, 엘레노어가 그 반대쪽에 앉았다. 파크는 엘레노어의 손을 잡으려 팔을 뻗었다. 엘레노어의 오른손 손바닥에는 핏자국이 있었지만 엘레노어가 아파하는 것 같지는 않았다.

"엘레노어…… 무슨 일인데?" 파크는 이제 거의 애원조였다.

"떠나야 해." 엘레노어가 말했다. 엘레노어는 무슨 유령이라도 본 사람 같은 표정으로 테이블 저 너머를 쳐다보고 있었다. 마치 자기가 유령이기라도 한 것 같은 표정이었다.

"왜? 오늘 밤 일 때문에?" 파크의 머릿속에서는 모든 게 다 오늘 밤 일 때문이라고밖엔 설명이 되지 않았다. 그렇게 좋은 일과 이렇게 나쁜 일이 관련이 있지 않고서야 이런 식으로 같은 날 밤에 벌어질 리가 없다. 이렇게 나쁜 일이 뭔지는 모르겠지만.

"아니." 엘레노어는 눈을 비비며 말했다. "아니야. 우리 일은 아니야. 내 말은 그러니까……." 엘레노어는 작은 창문 밖을 내다보았다.

"새아빠가 너를 왜 찾는 건데?"

"왜냐면 알고 있거든. 내가 도망쳤으니까."

"왜?"

"그 사람은 알고 있어." 엘레노어의 목소리가 잠겼다. "그 사람이었어."

"뭐가?"

"세상에. 여기 오는 게 아니었는데." 엘레노어가 말했다. "내가 상황만 더 악화시켜버렸네. 미안해."

파크는 엘레노어를 붙들고 마구 흔들어주고 싶었다. 그렇게 흔들어서 평소 엘레노어로 돌아오게 하고 싶었다. 지금 엘레노어의 말은 전혀 앞뒤가 맞질 않았다. 두 시간 전만 해도 엘레노어와 모든 것이 완벽했는데 지금은…… 파크는 집으로 돌아가야 했다. 엄마가 아직 깨어 있었고 아빠도 이제 곧 집에 돌아올 시간이 다 됐다.

파크는 테이블 너머로 몸을 기울여 엘레노어 어깨를 잡았다.

"처음부터 다시 얘기해주면 안 될까?" 파크는 속삭이듯 말했다. "무슨 말인지 잘 모르겠어."

엘레노어는 눈을 감았고 힘없이 고개를 끄덕였다.

엘레노어는 처음부터 이야기를 시작했다.

파크에게 모든 것을 다 털어놓았다.

그리고 엘레노어가 아직 이야기를 채 반도 하지 못한 시점에서 파크의 손이 떨리기 시작했다.

　"널 해치진 않을지도 몰라." 그렇게 말하며 파크는 부디 그 말이 사실이기를 바랐다. "그냥 겁만 주려는 걸 수도 있어. 자……."
파크는 자기 안쪽 소매를 잡아당겨 엘레노어의 얼굴을 닦아주려 했다.

　"아니." 엘레노어가 말했다. "넌 몰라. 그 사람…… 그 사람이 날 볼 때의 그 눈빛을 넌 몰라."

49

엘레노어

날 보는 그 사람 눈빛이 어떤 줄 알아?

꼭 때를 기다리는 것만 같아.

날 원해서 그런 게 아냐. 나마저도 제 마음대로 해보겠단 거지. 다른 것들, 다른 사람들은 이미 제 마음대로 망가뜨렸으니까.

그 사람이 어떻게 기다리고 있는 줄 알아?

내 일거수일투족을 다 지켜보고 있어.

내가 밥을 먹고, 책을 읽고, 머리를 빗을 때, 그 사람은 항상 날 보고 있어.

보이지야 않지.

내가 못 본 척하니까.

50

파크

엘레노어는 곱슬머리를 한 가닥, 한 가닥 귀 뒤로 넘겼다. 그러면서 무슨 궁리라도 하는 것처럼. "가야 해." 엘레노어가 말했다.

아까에 비하면 엘레노어는 말에도 조리가 있었고 이제 눈도 똑바로 맞추었다. 그래도 파크는 세상이 거꾸로 뒤집혀 대지진이 난 것 같은 느낌이었다.

"내일 엄마한테 말하면 되잖아." 파크가 말했다. "아침이면 생각이 달라질 수도 있어."

"내 책에 그 사람이 뭐라고 써놨는지 너도 봤잖아." 엘레노어의 목소리는 차분했다. "내가 그 집에 있으면 좋겠어?"

"나는…… 난 그냥 네가 떠나지 않으면 좋겠어. 어디로 가게? 아빠네 집으로?"

"아니, 아빠는 날 맡고 싶어하지 않아."

"하지만 네가 상황을 설명하면……."

"아빠는 날 맡고 싶어하지 않아."

"그럼…… 어디로?"

"글쎄." 엘레노어는 깊게 숨을 들이마시곤 어깨를 쫙 폈다. "세인트폴 사는 삼촌이 여름방학에 자기네 집에서 지내도 된다고 했어. 좀 일찍 가더라도 삼촌이 받아줄지 몰라."

"세인트폴. 미네소타주 말이지."

엘레노어는 고개를 끄덕였다.

"하지만……." 파크는 엘레노어의 눈을 들여다보았다. 엘레노어의 손이 테이블 아래로 툭 떨어졌다.

"알아." 엘레노어는 앞으로 풀썩 엎어지며 흐느꼈다. "나도 알아……."

엘레노어와 나란히 앉을 만한 공간이 없어 파크는 무릎을 꿇은 채 엘레노어를 먼지 낀 리놀륨 바닥으로 끌어당겼다.

#

엘레노어

"언제 떠나게?" 파크가 물었다. 파크는 엘레노어의 머리카락을 머리 뒤로 넘긴 채 그대로 손으로 잡고 있었다.

"오늘 밤." 엘레노어가 대답했다. "집에 돌아갈 수는 없어."

"어떻게 갈 건데? 삼촌한테 전화는 했어?"

"아니. 나도 모르겠어. 버스를 타야겠지."

엘레노어는 히치하이킹을 할 생각이었다.

인터스테이트 고속도로까지는 일단 걸어간 다음 거기서 스테이선 웨건이나 미니밴 같은 가족용 차량을 보면 엄지를 내밀어 볼 생각이었다. 강간이나 살해당하지 않고 — 혹은 백인 노예로 팔려가지 않고 — 무사히 아이오와주 디모인까지 가게 되면 거기서 삼촌한테 콜렉트콜로 전화를 할 거다. 그럼 삼촌이 데리러 오겠지. 나중에 다시 집으로 돌려보내는 한이 있더라도 말이다.

"혼자 버스는 안 돼." 파크가 말했다.

"그렇다고 달리 더 좋은 계획도 없어."

"내가 차로 데려다줄게." 파크가 말했다.

"버스터미널까지?"

"미네소타까지."

"파크, 안 돼. 너희 부모님이 절대 못 하게 할걸."

"부모님한테 얘기 안 하면 되지."

"너희 아빠가 너 가만 안 둘걸."

"아니, 외출 금지 정도겠지."

"평생 외출 금지."

"지금 그런 게 나한테 중요할 것 같아?" 파크는 양손으로 엘레노어의 얼굴을 감싸쥐었다. "너보다 지금 나한테 더 중요한 게 있을 것 같으냐고?"

51

엘레노어

파크는 아빠가 집에 돌아오면, 그리고 엄마와 아빠 둘 다 잠자리에 들면 그 후에 돌아오겠다고 했다.

"한참 기다려야 할 수도 있어. 불 같은 건 켜지 말고, 알았지?"

"내가 바보냐."

"임팔라 잘 지켜보고 있어."

"응."

파크는 스티브를 한 방 먹였던 그날보다도 더 진지한 얼굴이었다. 아니, 엘레노어가 스쿨버스를 처음 탄 날 엘레노어에게 앉으라고 성을 내던 그때보다도 더 진지해 보였다. 파크가 엘레노어 앞에서 욕을 한 건 그때가 처음이자 마지막이었다.

파크는 캠핑밴에 기대어 서서 엘레노어의 턱을 어루만졌다.

"조심해." 엘레노어가 말했다.

파크는 집으로 돌아갔다.

엘레노어는 다시 테이블 앞에 앉았다. 여기서도 레이스 커튼 너머로 파크네 집 진입로가 보였다. 갑자기 피곤이 몰려왔다. 그냥 어디 머리를 대고 눕고 싶었다. 벌써 자정이 넘은 시각이었다. 파크가 돌아오기까지 몇 시간이 걸릴 수도 있다⋯⋯.

파크를 이런 일에 끌어들인 것에 대해 죄책감을 느낄 수도 있겠지만, 딱히 그런 기분이 들지는 않았다. 파크 말이 맞았다. (끔찍한 사고 정도만 아니면) 파크에게 벌어질 최악의 상황이래 봐야 외출 금지 정도였다. 엘레노어가 잡혔을 때 벌어질 수 있는 일들에 비하면 파크네 집 같은 데에서 외출 금지로 갇혀 있는 것 정도는 〈프라이스 이즈 라이트〉* 게임쇼 방청권을 얻는 격이다.

메모를 남길 걸 그랬나?

엄마가 경찰에 전화하려나? (엄마는 괜찮은 걸까? 다들 괜찮을까? 꼬맹이들이 숨은 쉬는지 확인이라도 할걸 그랬다.)

일단 엘레노어가 가출했단 걸 알면 삼촌은 엘레노어를 오래 받아주지 않을 것이다⋯⋯.

아아, 도대체가 차근차근 생각하면 생각할수록 성공 가능성이 별로 없는 계획이었다. 그러나 돌아서긴 이미 너무 늦었다. 지금 가장 중요한 건 여기서 도망치는 것이고 지금 꼭 가야 할 곳은 여기서 멀리 떨어진 곳이었다. 지금 엘레노어의 마음이 딱 그랬다.

일단은 여길 벗어난 다음 앞으로 어떻게 할지 생각하겠다.

아니면 생각을 안 할 수도 있고⋯⋯.

어쩌면 그냥 여길 벗어난 다음에, 그냥 거기서 멈춰버릴 수도 있을 것이다.

자살이라면 한 번도, 정말 단 한 번도 생각해본 적 없었지만 정지라면 많이 생각해봤다. 그냥 더는 달릴 수 없을 때까지 달리는 거다. 바닥이 절대 보이지 않는 그런 높은 곳에서 뛰어내리는 거다.

지금도 리치가 계속 엘레노어를 찾고 있을까?

메이지랑 벤이 파크 이야길 할 거다. 이미 했을 수도 있고. 리치를 좋아해서 그러는 건 아니었다. 가끔 걔들이 리치를 좋아하는 것 같아 보일 때가 있기는 했지만, 그거야 리치가 걔들을 세뇌시켜놔서 그런 거다. 엘레노어가 집에 다시 돌아온 첫날 메이지가 리치 무릎에 앉아 있던 그때처럼…….

젠장. 젠장.

메이지를 위해서라도 돌아가야 했다.

다른 꼬맹이들이라고 중요하지 않은 건 아니었다. 전부 엘레노어 주머니에 어떻게든 넣어 가지고 데려가야 했다. 하지만 특히나 메이지를 위해서는 더더욱 돌아가야 했다. 메이지라면 엘레노어와 함께 갈 것이다. 메이지는 두 번 생각하지도 않고…….

그럼 제프 삼촌이 둘 다 곧장 집으로 돌려보내겠지.

일어났는데 메이지가 집에 없으면 엄마는 분명 경찰에 신고할 거다. 가뜩이나 정신없는데 메이지까지 데리고 가면 더 난장판이 될 거다.

---

* 미국 TV 게임쇼(The Price Is Right)로 정확한 가격을 맞히는 사람이 상금과 부상을 얻는다. 게임 참가자는 녹화장 방청객 중에서 선정한다.

엘레노어가 무슨 『화물차 칸의 아이들』속 다이시 틸러만*이라도 되면, 그런 영웅이라도 되면 뭔가 방법을 찾아볼 것이다.

엘레노어가 용감하고 명예로운 아이라면 뭔가 방법을 찾아볼 것이다.

그러나 엘레노어는 그런 아이가 아니었다. 그런 아이와는 거리가 멀었다. 엘레노어는 그냥 오늘 밤만 무사히 넘기고 싶을 뿐이었다.

#

파크

파크는 조용히 뒷문으로 들어갔다. 파크네 가족은 절대 문을 잠그지 않았다.

할머니네 집 안방에는 아직 TV가 켜져 있었다. 파크는 곧장 욕실로 들어가 샤워를 했다. 몸에서 냄새가 나는 것 같았다. 골치 아픈 문제에 휘말릴 것 같은 냄새가.

"파크?" 막 욕실에서 나오는데 엄마가 파크를 불렀다.

"네, 엄마. 저 이제 자러 가려고요." 파크는 대답했다.

파크는 더러운 옷을 세탁바구니 깊숙이 집어넣고 양말 서랍에서 생일이며 크리스마스 비상금 모아둔 걸 탈탈 털었다. 60달러였다. 그 정도면 기름값은 충분히 될 거다…… 아마도. 사실 파크도 잘 몰랐다.

일단 세인트폴까지만 도착하면 엘레노어 삼촌이 어떻게든 도움을 주겠지. 삼촌이 엘레노어를 과연 받아줄지에 대해서는 엘레노어도 확신이 없었지만 그래도 삼촌은 좋은 사람이라고 했고 숙모도 엘레노어 말로는 "피스코어 봉사단 출신"이라고 하니까.

파크는 이미 부모님에게 쪽지도 남겨두었다.

엄마, 아빠 보세요.

엘레노어가 도움이 필요해서 어쩔 수 없었어요. 내일 전화드리겠지만 하루나 이틀 안에는 돌아올 거예요. 이러면 안 되는 건 알지만 긴급한 상황이기도 하고, 엘레노어한테는 저 말고 아무도 없어요.

파크 드림.

엄마가 열쇠를 두는 곳은 정해져 있었다. 집 안으로 들어오는 입구에 걸려 있는, '열쇠'라고 쓰여 있는 열쇠 모양의 벽걸이 홀더였다.

파크는 엄마의 열쇠를 챙긴 다음 부모님 방에서 제일 멀리 떨어져 있는 주방 문으로 몰래 나갈 계획이었다.

아빠는 1시 반쯤 집에 들어왔다. 파크는 주방으로, 그다음엔 욕실로 아빠가 움직이는 소리에 귀를 기울였다. 안방 문 열리는 소리가 들렸고 TV 소리도 들렸다.

파크는 침대에 누워 눈을 감았다. (잠이 들 가능성은 없었다.) 눈을 감으면 아직도 반짝반짝 빛나는 엘레노어의 모습이 선했다.

* 틸러만 4남매를 주인공으로 한 미국 아동문학 작가 신시아 보이트의 '틸러만 시리즈' 주인공.

너무나 아름다웠다. 너무나 평화로웠다…… 아니, 그렇게 말하면 안 되겠다. 평화롭다기보다는 뭐랄까…… 평온한 상태였다. 마치 셔츠를 벗고 있을 때 더 편안한 것 같았다. 속을 드러내 보였을 때 더 행복한 것 같았다.

눈을 뜨자 캠핑밴에 혼자 두고 온 엘레노어의 모습이 아른거렸다. 체념하고 불안해하던 엘레노어의 모습. 이미 너무 멀어져버린 엘레노어에게서는 눈 속의 반짝임도 찾을 수 없었다.

이미 너무 멀어져버린 엘레노어에게 파크는 이제 안중에도 없었다.

#

파크는 조용해질 때까지 기다렸다. 그리고 20분을 더 기다렸다. 그런 다음 가방을 들고 머릿속으로 구상한 계획을 차근차근 실행해나갔다.

파크는 주방 문에서 멈춰 섰다. 아빠의 새 사냥용 라이플이 식탁 위에 놓여 있었다…… 아마 내일 아침에 정리할 생각이었나 보다. 아주 잠깐 파크는 저 총을 들고 갈까 생각도 해봤지만 딱히 그 총을 써야 할 상황이 떠오르지 않았다. 동네를 빠져나가면서 갑자기 리치를 마주친다든가 하진 않을 테니까. 부디 그런 일은 없길 바랐다.

파크가 문을 열고 막 나가려는 순간 들려온 아빠 목소리에 파크는 그 자리에서 그대로 얼음이 됐다.

"파크?"

곧장 내달리는 수도 있었지만 아마 아빠한테 잡힐 것이다. 자기 몸 관리라면 아빠는 늘 아주 자신만만했다.

"너 지금 어디 가는 거냐?" 아빠가 낮은 목소리로 물었다.

"저…… 저 지금 엘레노어를 도와줘야 해요."

"새벽 2시에 엘레노어가 무슨 도움이 필요하길래?"

"엘레노어가 지금 도망치려고 해요."

"그리고 너는 걔랑 같이 도망을 치겠다?"

"아뇨. 저는 그냥 걔네 삼촌 집까지만 바래다주려고요."

"삼촌이 어디 사는데?"

"미네소타요."

"미쳤구나." 아빠의 목소리가 평소 때로 돌아왔다. "파크, 너 제정신이니?"

"아빠," 파크는 애원하듯 아빠에게 한 걸음 다가갔다. "엘레노어는 진짜 여기 있으면 안 돼요. 걔네 새아빠가 문제예요. 그 사람이……."

"엘레노어한테 손댔어? 손댔으면 바로 경찰 부른다."

"이상한 낙서를 해놔요."

"무슨 낙서를?"

파크는 이마를 문질렀다. 파크는 그 낙서를 떠올리고 싶지가 않았다. "변태 같은 글이요."

"엘레노어는 자기 엄마한테 얘기했대?"

"걔네 엄마는…… 멀쩡한 상태가 아니에요. 새아빠가 엄마한테 손을 대나 봐요."

"망할 놈의 자식……" 아빠는 총을 내려다보더니 다시 파크를 처다보면서 턱을 만지작댔다. "그럼 너는 엘레노어를 삼촌네 집까지만 데려다준다고 하고, 삼촌은 엘레노어를 받아준대?"

"엘레노어 생각엔 그럴 것 같대요."

"파크, 아빠가 이렇게까지 초를 치고 싶진 않은데 그리 좋은 계획 같지는 않구나."

"알아요."

아빠는 한숨을 내쉬더니 뒷목을 긁적였다. "그렇다고 아빠도 딱히 더 나은 아이디어가 없네."

파크는 고개를 홱 들었다.

"도착하면 전화해." 아빠가 조용히 말했다. "디모인에서 쭉 올라가면 돼. 지도는 있어?"

"주유소에서 구할 수 있지 않을까 했어요."

"피곤하면 휴게소에 차 세우고. 꼭 필요한 일 아니면 아무하고도 절대 말 섞지 마라. 돈은 있어?"

"60달러요."

"자……" 아빠는 쿠키통 쪽으로 가더니 20달러 지폐를 몇 장 꺼냈다. "삼촌네 말인데, 혹시 계획대로 안 되면, 그럼 엘레노어 집으로 돌려보내지 말고 우리 집으로 데리고 와. 어떻게 할지는 그 후에 생각하자."

"네…… 고마워요, 아빠."

"아직은 고마워하지 말고. 조건이 있어."

아이라인 그리지 말라고요, 파크는 속으로 생각했다.

"트럭 가지고 가." 아빠가 말했다.

#

　아빠는 집 앞 계단참에서 팔짱을 낀 채 서서 지켜보았다. 그래, 아빠가 저걸 안 할 리가 없지. 그놈의 태권도 시합 심판이라도 보는 건지 뭔지.

　파크는 눈을 감았다. 엘레노어가 아직도 눈앞에 선했다. 엘레노어.

　파크는 시동을 걸고 매끄럽게 후진으로 기어를 바꾼 다음 진입로를 빠져나가 기어를 다시 1단으로 바꾸고 털털대는 소음 없이 시동을 걸어 차를 움직였다.

　당연하지. 원래부터 수동 운전하는 법은 알고 있었다.

52

파크

"괜찮아?"

엘레노어는 고개를 끄덕이곤 차에 올라탔다.

"고개 숙이고 있어." 파크가 말했다.

#

처음 두 시간 정도는 거의 기억이 없었다.

트럭 운전은 익숙하지 않았고, 빨간 불에서는 시동도 몇 번 꺼졌다. 그다음으로 인터스테이트 고속도로를 타긴 탔는데 동쪽이 아니라 서쪽 방향으로 잘못 접어든 바람에 다시 빠져나와 빙 도느라 20분이 더 걸렸다.

엘레노어는 아무 말도 없었다. 그냥 앞만 뚫어져라 쳐다보며 두 손으로 안전벨트만 붙들고 있을 뿐이었다. 파크가 엘레노어 다리 위에 손을 올려도 엘레노어는 의식하지 못하는 것 같았다.

아이오와주에 입성한 다음 어디쯤인지는 잘 모르지만 하여간 기름도 넣고 지도도 구하러 고속도로를 빠져나왔다. 파크는 차에서 내려 엘레노어에게 줄 콜라와 샌드위치를 샀다. 차로 돌아와 보니 엘레노어는 조수석 문 쪽으로 쓰러져 잠들어 있었다.

파크는 차라리 잘됐다고 생각하려 했다. 엘레노어는 무척 지쳐 있었다.

운전석에 올라타 숨을 몇 번 거칠게 들이쉰 다음 파크는 샌드위치를 계기판 앞에 쑤셔 넣었다. '앤 어떻게 잠이 들 수가 있지?'

오늘 밤 모든 게 계획대로 순탄하게 흘러간다고 하면 내일 아침 파크는 혼자 집으로 돌아가는 길 위에 있게 될 거다. 이제 파크는 원하면 언제든 운전을 할 수 있을 테지만 엘레노어 없이는 아무 데도 가고 싶지 않았다.

둘이 함께인 건 지금이 마지막인데 어떻게 앤 잠이 들 수가 있지?

어떻게 저렇게 앉아서 잠이 들 수가 있어…….

잠든 엘레노어의 입은 살짝 벌어져 있었고 머리는 풀려 있었다. 이 정도 빛에서도 엘레노어의 머리칼은 선명한 와인빛 빨강이었다. 딸기 소녀. 파크는 엘레노어를 처음 봤던 그때를 다시 떠올리려고 해보았다. 어쩌다 이렇게까지 돼버린 걸까. 어쩌다 생전 처음 본 애가 이제는 세상에서 가장 중요한 사람이 돼버린 걸까.

이런 생각도 들었다. 혹시 파크가 엘레노어를 삼촌네 집에 데려다주지 않는다면, 그럼 어떻게 될까? 계속 이대로 운전을 하고 간다면…….

왜 꼭 지금이어야 했을까.

엘레노어 인생의 위기가 내년에 왔다면, 내후년에 왔다면, 그럼 엘레노어는 파크에게서 멀어지려는 대신 파크에게 더 가까이 다가왔을지도 모른다.

젠장. 왜 지금 자고 있는 거야?

상처받은 마음과 콜라의 영향으로 파크는 한 시간 정도를 더 깨어 있다가 결국 그날 밤의 파편들에 휩싸였다. 주변에 휴게소가 없어 파크는 카운티 도로에, 자갈로 턱을 만들어놓은 곳에 차를 세웠다.

파크는 운전석 안전벨트를, 그런 다음 엘레노어의 안전벨트를 풀고 엘레노어를 운전석 쪽으로 당겨 엘레노어의 머리 위에 제 머리를 포개었다. 엘레노어한테서는 아직도 지난밤의 냄새가 났다. 땀 냄새, 달콤한 냄새, 임팔라 냄새. 파크는 엘레노어의 머리칼에 얼굴을 묻고 울다가 그대로 잠이 들었다.

#

엘레노어

눈을 떴을 때 엘레노어는 파크의 품 안이었다. 엘레노어는 깜짝 놀랐다.

꿈이라고 생각할 법도 하건만 엘레노어의 꿈은 늘 끔찍한 것이었다. (나치가 나오거나 아기들은 울어 젖히거나 엘레노어 입안에 썩어가는 충치가 있거나, 등등등.) 이렇게 좋은 꿈, 파크가 나오는 꿈처럼 그렇게 좋은 꿈은 꾼 적이 없었다. 꿈결에서도 따스함이 식지 않는 이런…… 언젠가 누군가는 매일 아침 이렇게 눈을 뜨겠지.

잠든 파크의 얼굴은 여전히 아름다우면서도 어딘가 새로웠다. 햇살을 가둬놓은 듯한 호박색 피부. 도톰하고 곧은 입술. 단단하게 솟은 광대뼈. (엘레노어는 광대조차 없었다.)

파크를 바라보던 엘레노어는 갑자기 스스로 어찌해볼 새도 없이 가슴이 찢어질 듯 아파왔다. 다시는 없을 것 같은 고통이었다.

정말 그럴지도 모른다.

지평선 너머로 해가 떠오르기 직전이었고 차 안의 어스름은 푸른 듯 붉었다. 엘레노어는 낯선 파크의 얼굴에 입을 맞췄다. 눈 바로 아래, 코는 아닌 그 지점에 눈을 맞췄다. 파크가 살짝 몸을 뒤척였고 엘레노어는 머리카락 한 올 한 올까지 파크의 모든 움직임을 다 느낄 수 있었다. 엘레노어는 코끝으로 파크의 눈썹을 그대로 따라 그린 다음 속눈썹에 키스했다.

파크의 눈꺼풀이 파르르 떨렸다. (파르르 떨리는 건 나비와 눈꺼풀뿐이다.) 그러더니 파크의 팔이 살아나 엘레노어를 감싸 안았다. "엘레노어……." 숨을 내쉬듯이 파크가 엘레노어의 이름을 불렀다.

엘레노어는 아름다운 파크의 얼굴을 붙들고 세상이 끝난 것처럼 입을 맞췄다.

\#

파크

이제 버스 안 파크 옆자리에는 엘레노어가 없을 것이다.

이제 영어 시간에 파크에게 눈을 굴리는 엘레노어는 없을 것이다.

그냥 심심하단 이유로 파크한테 시비를 거는 엘레노어도 없을 것이다.

파크가 해줄 수 없는 일을 가지고 파크 방에서 울음을 보이는 엘레노어도 없을 것이다.

온 하늘이 꼭 엘레노어의 피부색 같았다.

#

엘레노어

세상에 그런 사람은 하나뿐일 거라고 생각했다. 그리고 그 사람이 여기 있었다.

그 사람은 내가 들어보기도 전에 내가 좋아할 노래란 걸 안다. 그 사람은 내가 회심의 한 방을 날리기도 전에 이미 웃고 있다. 그 사람 가슴엔, 목 바로 아래쪽엔 내가 들어갈 수 있게 문을 열어달라고 하고픈 자리가 있다.

세상에 그런 사람은 하나뿐이다.

#

파크

부모님이 서로를 처음 어떻게 만났는지는 전혀 이야기해준 적이
없었지만 어릴 적 파크는 두 사람의 첫 만남을 상상해보곤 했다.

파크는 엄마, 아빠가 그토록 사이 좋은 부부인 것이 참 좋았
다. 한밤중 무서워 잠에서 깼을 때도 파크는 그 생각을 했다. 우
리 엄마와 아빠는 서로를 사랑한다. 부모님이 날 무척 사랑한다
거나 하는 생각을 하는 게 아니었다. 부모라면 자식을 사랑하는
것이 마땅한 일이다. 하지만 부부가 서로를 사랑하는 건 의무가
아니었다.

친구들을 보면 부모님이 이혼하지 않은 집이 없었고, 어느 하
나 예외 없이 친구들 인생이 삐뚤어지는 제일 큰 요인은 부모님
의 이별인 듯했다.

그러나 파크의 부모님은 서로를 사랑했다. 옆에서 누가 보든
말든 신경 쓰지 않고 서로의 입술에 키스하는 사람들이 엄마와
아빠였다.

그런 사람을 만날 가능성은 얼마나 될까? 파크는 궁금했다.
영원히 사랑할 수 있는 사람, 마찬가지로 날 그렇게 변함없이 사
랑해줄 사람을 만날 가능성 말이다. 그리고 그 사람이 저 멀리
지구 반대편에서 태어난다면?

수학적으로는 거의 불가능한 얘기 같았다. 부모님은 어떻게
그렇게 운이 좋았을까?

당시로선 운이 좋다는 생각조차 못 했을지 모른다. 아빠 입장
에선 막 베트남에서 형을 잃은 직후였고 아빠가 한국으로 가게

된 것도 형의 죽음 때문이었으니까. 그리고 엄마는 아빠와 결혼
하면서 엄마의 사랑하던 사람들, 엄마의 모든 소중한 것들을 뒤
로하고 떠나야 했다.

아빠가 길을 걷다 옆을 지나가던 엄마를 본 걸까? 차를 타고
가다가 엄마를 본 걸까? 식당에 들어갔는데 엄마가 거기서 일을
하고 있었을까? 파크는 궁금했다. 엄마, 아빠는 대체 어떻게 알
았던 거지…….

#

이 입맞춤을 파크는 영원히 기억해야 했다.
이 입맞춤의 힘으로 파크는 홀로 집에 돌아가야 했다.
한밤중 무서워 잠에서 깼을 때도 파크는 이 입맞춤을 떠올려
야 할 터였다.

#

엘레노어

처음 파크가 엘레노어 손을 잡았던 그때 그 기분은 힘든 일도
모두 대수롭지 않게 여겨질 만큼이나 좋은 것이었다. 그 어떤 아
픔과도 비할 바가 아니었다.

#

456

파크

동이 트면서 엘레노어의 머리도 빨갛게 불이 붙었다. 엘레노어의 검은 두 눈은 빛나고 있었다. 파크는 엘레노어를 꼭 껴안았다.

처음 파크의 손가락이 엘레노어의 손에 닿았던 그때, 파크는 알았다.

#

엘레노어

파크와 있으면 부끄러울 게 없다. 아무것도 더럽지 않다. 파크는 태양이니까. 그렇게밖엔 달리 설명할 방법이 없었다.

#

파크

"엘레노어, 하지 마. 그만해."

"싫어……."

"이건 안 돼……."

"아니. 계속, 파크."

"난 지금 어떻게 할 수가…… 나 아무것도 안 들고 왔어."

"괜찮아."

"하지만 혹시나 그러다가 너……."

"난 상관없어."

"난 상관있어. 엘레노어……."

"이게 우리 마지막 기회야."

"아니야. 이건 아니야…… 나는…… 아니, 이건 우리 마지막 기회가 아니야…… 엘레노어, 듣고 있어? 너도 그렇게 믿어야 해."

53

파크

엘레노어는 차에서 내렸고 파크는 볼일을 보러 옥수수밭을 서성였다. (부끄럽긴 했지만 그렇다고 바지에 실례하는 것보단 나았다.)

차로 돌아와 보니 엘레노어는 보닛에 걸터앉아 있었다. 조각상처럼 머리를 기울이고 있는 엘레노어는 아름답고 강인해 보였다. 파크도 보닛 위로 올라가 엘레노어와 나란히 앉았다.

"다녀왔어." 파크가 말했다.

"그래."

파크는 엘레노어 쪽으로 어깨를 붙였다. 엘레노어가 파크에게 머리를 기댔을 땐 안심이 되면서 거의 눈물이 날 뻔했다. 오늘은 또 울어도 어쩔 수가 없는 것 같았다.

"정말 그렇게 생각해?" 엘레노어가 물었다.

"뭐가?"

"아까…… 우리한테 기회가 또 있을 거라고 한 거. 기회라는 것 자체가 우리한테 다시 주어질 거라는 말."

"응."

"무슨 일이 있어도," 엘레노어의 목소리는 단호했다. "난 집에 안 돌아가."

"알아."

엘레노어는 말이 없었다.

"무슨 일이 있어도," 파크가 입을 열었다. "난 널 사랑해."

엘레노어는 파크의 허리에 팔을 둘렀고, 파크는 엘레노어의 어깨를 감싸 안았다.

"난 그냥 인생이 나한테 널, 너한테 날 선물해주곤 다시 뺏어간다는 게 믿기지가 않아." 파크가 말했다.

"난 믿기는데." 엘레노어가 대꾸했다. "인생이란 나쁜 놈이거든."

파크는 엘레노어를 더욱 꼭 껴안고 엘레노어의 목에 얼굴을 밀착했다.

"하지만 우리에게 달려 있는걸……" 파크는 부드러운 목소리로 말했다. "기회는 우리한테 달려 있는 거야."

#

엘레노어

남은 여정 동안 엘레노어는 파크 바로 옆에 앉아서 갔다. 비록 좌석벨트도 없고 다리 사이에 기어 스틱을 두고 앉아야 하긴 했지만, 그래도 이게 리치의 트럭 뒤에 타고 가는 것보단 훨씬 안전하지 싶었다.

두 사람은 또 다른 트럭 휴게소에 차를 세웠고, 파크는 엘레노어에게 체리 콜라랑 소고기 육포를 사다 주었다. 파크는 콜렉트 콜로 부모님에게 전화를 했다. 파크 부모님이 허락했다는 게 엘레노어는 아직도 놀라웠다.

"아빠는 괜찮아. 엄마는 난리가 났겠지."

"어디서 연락이 오거나 한 건 없었대? 우리 엄마라든가…… 다른 데에서라도?"

"아니. 일단 그런 말씀 자체는 없으셨어."

파크는 삼촌한테 전화를 하고 싶으냐고 물었다. 엘레노어는 전화하고 싶지 않았다.

"몸에서 스티브네 차고에서 났던 냄새가 나." 엘레노어가 말했다. "삼촌은 내가 마약을 팔고 다니는 줄 알겠다."

파크가 웃었다. "셔츠에 맥주를 쏟아서 그런 것 같아. 삼촌은 아마 그냥 네가 알코올중독인가 보다 정도로 생각하실 거야."

엘레노어는 입고 있는 옷을 내려다보았다. 침대에서 손을 베었을 때 난 피가 얼룩덜룩 묻어 있었다. 어깨 쪽 소매는 약간 딱딱하게 굳어 있었는데, 펑펑 울면서 아마 그때 콧물을 닦은 탓인 것 같았다.

"자." 파크는 자기 맨투맨을 벗은 뒤 티셔츠를 벗어 엘레노어에게 내밀었다. 영국 밴드 '프리팹 스프라우트'의 이름이 적혀 있는 녹색 티셔츠였다.

"이걸 어떻게 받아." 맨살 위에 다시 맨투맨을 입는 파크를 지켜보며 엘레노어가 말했다. "새것이잖아." 그리고 아마 사이즈도 안 맞을 거다.

"나중에 돌려주면 되지."

"눈 감아." 엘레노어가 말했다.

"당연하지." 파크는 부드러운 목소리로 대답하더니 시선을 멀리 돌려주었다.

주차장에는 아무도 없었다. 엘레노어는 미끄러지듯 의자에 엉덩이만 걸치고 반쯤 누워서 상의를 벗지 않은 상태로 그 아래 파크의 티셔츠를 입은 다음 더러운 옷을 벗었다. 체육 시간에도 엘레노어는 이렇게 옷을 갈아입었다. 파크의 셔츠는 체육복만큼이나 꼭 끼었다. 하지만 파크처럼 깨끗한 냄새가 났다.

"다 됐어." 엘레노어가 말했다.

파크는 다시 엘레노어를 쳐다보았다. 파크의 미소가 바뀌었다. "너 가져." 파크가 말했다.

#

미니애폴리스로 진입한 파크는 또다시 주유소에 들러 길을 물어보았다.

"복잡하지 않대?" 차로 돌아오는 파크를 보고 엘레노어가 물었다.

"응, '일요일 아침처럼'* 안 복잡하대." 파크가 대답했다. "진짜 얼마 안 남았어."

---

* 코모도어스Commodores의 노래 「이지Easy」 가사 중 한 구절.

462

54

파크

일단 시내로 접어들자 운전이 더욱 긴장됐다. 세인트폴 시내에서 운전하기란 오마하 시내에서 운전하기와는 전혀 달랐다.

엘레노어는 파크를 위해 지도를 보고는 있었지만 교실 밖에서 지도를 읽는 건 엘레노어도 처음이었다. 두 사람은 자꾸만 길을 잘못 들었다.

"미안해." 엘레노어는 계속해서 사과했다.

"괜찮아." 파크는 엘레노어가 바로 옆에 앉아 있는 게 기뻤다. "서두를 이유는 하나도 없으니까."

엘레노어가 파크 무릎을 지그시 눌렀다.

"생각해봤는데……." 엘레노어가 말했다.

"응."

"도착하면 네가 꼭 같이 들어가지 않아도 될 것 같아."

"삼촌이랑 얘기할 때는 내가 없는 게 나을 것 같아서?"

"아니…… 뭐, 그렇기도 한데 내 말은…… 네가 날 기다리지 말았으면 좋겠어."

파크는 엘레노어를 쳐다보고 싶었지만 그러다 길을 또 잘못
들까봐 두려웠다.

"뭐? 안 돼. 삼촌이 너 안 받아준다고 하면 어쩌게?"

"그럼 삼촌이 알아서 돌려보낼 방법을 찾겠지. 난 이제 삼촌네
골칫거리가 되는 거니까. 오히려 그러면 삼촌이랑 숙모한테 모
든 걸 털어놓을 시간을 벌 수도 있게 될 거고."

"하지만……." 난 아직 누군가에게 너란 골칫거리를 떠넘길 준
비가 되지 않았는걸.

"그편이 여러모로 더 합리적이야, 파크. 바로 떠나면 너도 저
녁 전까진 집에 도착할 수 있고."

"하지만 바로 떠나면……" 파크의 목소리가 툭 떨어졌다. "바
로 떠나면……."

"어쨌거나 작별 인사는 해야 하잖아." 엘레노어가 말했다. "그
게 지금이 됐든 몇 시간 후가 됐든 내일 아침이 됐든, 그렇게 큰
차이가 있어?"

"장난해?" 파크는 엘레노어를 쳐다보았다. 부디 길을 잘못 들
었으면 좋겠다고 생각하면서. "당연하지."

#

엘레노어

"그편이 여러모로 더 합리적이야." 그 말을 꺼내고 나서 엘레

노어는 입술을 깨물었다. 지금 이 상황을 극복할 수 있는 방법은 굳건한 의지뿐이었다.

눈에 익은 집들이 속속 보이기 시작했다. 넓게 펼쳐진 잔디밭과 잔디밭에서 한참 안쪽으로 서 있는 회색과 흰색 우드패널 외벽의 커다란 집들. 아빠가 떠난 이듬해 엘레노어 가족은 다 같이 이곳에서 부활절을 보냈었다. 삼촌과 숙모는 무신론자였지만 그래도 정말 즐거웠던 여행이었다.

삼촌이랑 숙모는 아이가 없었다. 엘레노어의 짐작이지만 아마도 안 낳기로 한 것 같았다. 아마도 한때는 귀여운 꼬맹이들이 십 대에 접어들면 못난이, 골칫덩이 청소년이 되는 걸 잘 알고 있기 때문이겠지.

그래도 엘레노어를 먼저 초대한 건 제프 삼촌이었다.

삼촌은 엘레노어가 오길 바랐다. 겨우 몇 달뿐이라도 말이다. 어쩌면 삼촌에게 모든 얘기를 당장 털어놓지 않아도 될지 모른다. 어쩌면 삼촌은 엘레노어가 그냥 조금 일찍 왔다고 생각할지도 모른다.

"저 집이야?" 파크가 물었다.

파크는 앞마당에 버드나무가 서 있는 청회색 집 앞에서 차를 세웠다.

"응." 엘레노어는 삼촌 집을 알아보았다. 진입로에 세워진 볼보도 삼촌 차였다.

파크는 액셀러레이터를 밟았다.

"어디 가?"

"그냥…… 한 바퀴 돌게." 파크가 대답했다.

파크

파크는 블록을 한 바퀴 돌았다. 그냥 그래야 할 것 같았다. 그런 다음 엘레노어 삼촌네 집에서 한 몇 집 떨어진 곳에 차를 세웠고, 덕분에 엘레노어는 차 안에서 그 집을 살펴볼 수 있었다. 엘레노어는 그 집에서 눈을 떼지 못했다.

#

엘레노어

파크에게 작별 인사를 해야 했다. 지금. 어떻게 인사를 하면 좋을지 알 수가 없었다.

#

파크

"내 번호 확실히 기억하는 거지?"
"867-5309."
"장난치지 말고."
"장난치는 거 아니야. 파크, 네 전화번호 절대 안 잊어버려."

"전화 쓸 수 있을 때 바로 전화하기다? 오늘 밤에. 콜렉트콜로. 그리고 너희 삼촌 번호도 알려줘. 혹시 삼촌이 전화 쓰지 말라고 하면 편지에 번호 적어서 보내줘. 편지는 당연히 많이 쓸 거지?"

"삼촌이 돌려보낼 수도 있어."

"아니." 파크는 변속레버를 잡고 있던 손으로 엘레노어의 손을 잡았다. "너 그 집엔 안 돌아가. 혹시 삼촌이 돌려보내면 우리 집으로 와. 어떤 방법이 됐든 우리 부모님이 도와주실 거야. 아빠도 이미 그러라고 했고."

엘레노어는 고개를 툭 떨구었다.

"삼촌이 널 돌려보내진 않을 거야. 도와주려고 하시겠지……." 파크가 이야기를 하는 동안 엘레노어는 일부러 바닥에 시선을 고정한 채 고개를 끄덕였다. "그리고 너한테 장거리 전화가 자주 걸려와도, 통화가 길어져도 다 이해해주실 거고……."

엘레노어는 꼼짝도 하지 않았다.

"괜찮아?" 파크는 엘레노어의 고개를 들어 보이려 했다. "엘레노어."

#

엘레노어

바보 같은 동양인 녀석.

바보 같은, 아름다운 동양인 녀석.

차라리 지금 입이 떨어지지 않는 게 천만다행이었다. 입이 트였으면 지금쯤 파크한테 오만가지 별 유치한 멘트를 날려가면서 드라마를 찍고 앉아 있겠지.

엘레노어는 파크가 자신의 인생을 구해준 것에 대해 분명 고마워할 것이다. 꼭 어제 일만 갖고 하는 말이 아니라, 사실상 파크를 만난 이후 매일이 그랬다. 그런 생각이 들자 엘레노어는 스스로 세상에서 가장 멍청하고 약해 빠진 여자가 된 기분이었다. 당사자마저 간수 못 하는 인생을 굳이 구해야 할 가치가 있을까?

'잘생긴 왕자님 따윈 없어.' 엘레노어는 속으로 읊조렸다.

'그 후로도 영원히 행복했답니다.' 같은 건 없어.

엘레노어는 파크를 바라보았다. 파크의 황금빛 녹색 눈을 들여다보았다.

넌 내 인생의 구원자야. 엘레노어는 파크에게 그 말을 전하려고 했다. 영원한 구원자까진 아니고, 그냥 지금 이 순간의 구원자. 그래도 네가 내 인생을 구한 건 사실이고, 지금의 난 네 거야. 여기 이 엘레노어, 지금 이 순간의 엘레노어 더글러스는 네 거야. 언제나.

#

파크

"어떻게 작별 인사를 해야 할지 모르겠어." 엘레노어가 말했다.

파크는 얼굴을 가린 엘레노어의 머리카락을 부드럽게 옆으로 넘겨주었다. 엘레노어가 그렇게 곧이곧대로 말하는 건 처음 봤

468

다. "그럼 하지 마."

"하지만 가야 하는걸……."

"그래, 가." 파크는 엘레노어의 뺨에서 손을 떼지 않고 말했다. "근데 작별 인사는 하지 마. 마지막이 아니니까."

엘레노어는 눈을 굴리며 고개를 흔들었다. "그건 너무 유치했다."

"너무한다. 유치해도 한 5분만 그냥 좀 넘어가주면 안 돼?"

"이건 마지막이 아니니까. 그런 대사는 진짜 자기 마음을 마주하기 너무 무서울 때 사람들이 하는 말이지. 파크, 난 내일 널 못 봐. 언제쯤 다시 볼 수 있을지 모른다고. '이게 마지막은 아냐'보다는 그럴싸한 인사가 필요해."

"나는 내 마음을 마주하는 거 하나도 무섭지 않아." 파크가 말했다.

"너 말고." 엘레노어의 목소리가 갈라졌다. "내 얘기야."

"넌," 파크는 두 손으로 엘레노어의 양팔을 붙들고 이게 절대 마지막이 아니라는 듯이 강조했다. "내가 아는 사람 중에 제일 용감한 사람이야."

엘레노어가 눈물을 떨구어내려는 것처럼 다시 고개를 저었다.

"그냥 작별 키스나 해줘." 엘레노어가 속닥였다.

지금의 안녕은 오늘만이야. 파크는 생각했다. 영원히 안녕이 아니라.

#

엘레노어

누군가를 꼭 껴안으면 그 사람과의 거리가 더 가까워지는 것만 같다. 그렇게 꼭 껴안고 나면 그 사람의 자국이 그대로 남아 그 사람을 계속 느낄 수 있을 것만 같다.

포옹 후 파크와 떨어질 때마다 엘레노어는 파크를 잃는 것 같은 기분에 숨이 턱 막혔다. 엘레노어가 차에서 내릴 수 있었던 것도 파크와 포옹 후 다시 떨어지는 걸 도저히 다시는 할 수 없을 것 같았기 때문이었다. 파크를 다시 안았다가는 포옹이 끝나고 엘레노어의 피부가 떨어져 나가버릴 것만 같았다.

파크는 엘레노어와 함께 차에서 내리려고 했지만 엘레노어가 파크를 멈춰 세웠다.

"아니, 넌 여기 있어." 엘레노어는 불안한 얼굴로 삼촌 집을 쳐다보며 말했다.

"괜찮을 거야." 파크가 말했다.

엘레노어는 고개를 끄덕였다. "응."

"왜냐면 내가 널 사랑하니까."

엘레노어는 웃음을 터뜨렸다. "이유가 그거야?"

"응, 사실이니까."

"안녕." 엘레노어가 인사했다. "잘 가, 파크."

"안녕, 엘레노어. 오늘 밤까지만 안녕. 오늘 밤에 네가 전화할 때까지만 안녕."

"삼촌이랑 숙모가 집에 없으면 어떠하지? 그럼 진짜 분위기 확 깨지는데."

"그럼 엄청 좋을 것 같은데."

"바보." 엘레노어는 함박웃음을 지은 채 속삭이듯 말했다. 엘레노어는 한 발 물러나 차 문을 닫았다.

"사랑해." 파크는 입 모양으로 그렇게 말했다. 어쩌면 소리 내어 말했을지도 모르겠다. 더는 파크의 목소리가 들리지 않았다.

55

파크

파크는 이제 스쿨버스를 타지 않았다. 그럴 필요가 없었다. 아빠가 엄마에게 포드 타우러스를 한 대 뽑아주면서 엄마의 임팔라는 파크 것이 됐다.

버스를 타봐야 파크 혼자 두 사람 자리를 차지할 테니 버스를 타지 않는 거였다.

물론 임팔라는 거기 남은 기억 때문에 형편없는 차가 되어버렸다.

아침 일찍 학교에 도착한 날이면 파크는 주차장에서 차 안에 그대로 앉아 남아 있는 엘레노어의 기억이 씻겨 내려가도록 숨쉬기 힘들어질 때까지 운전대에 얼굴을 파묻었다.

학교에 간다고 딱히 더 나을 것도 없었다.

엘레노어의 사물함 앞엔 엘레노어가 없었다. 교실에도 없었다. 스테스만 선생님은 엘레노어 없이 「맥베스」를 낭독하는 건 의미가 없다면서 탄식했다. "이런, 폐하, 이런."

저녁을 먹는 자리에도 엘레노어는 없었다. TV를 볼 때 파크 옆에서 기대오는 엘레노어도 없었다.

파크는 저녁 시간 대부분을 침대에 누워 보냈다. 침대만이 엘레노어가 있지 않았던 유일한 곳이었다.

파크는 침대에 누운 채로는 절대 음악을 듣지 않았다.

#

엘레노어

엘레노어는 이제 스쿨버스를 타지 않았다. 삼촌이 학교에 데려다줬다. 학기가 4주밖에 안 남았는데도 삼촌은 엘레노어를 학교에 보냈고, 다른 애들은 다 이미 기말시험 준비에 한창이었다.

새 학교에는 동양인이 하나도 없었다. 흑인도 하나도 없었다.

삼촌은 오마하에 가면서 엘레노어에게 같이 가지 않아도 된다고 했다. 사흘 후 돌아온 삼촌은 엘레노어 방 옷장 안에 있던 검은색 쓰레기봉투를 가져다주었다. 엘레노어한텐 이미 새 옷이 있었다. 새 책장과 라디오, 여섯 개들이 공테이프 한 묶음도 있었다.

#

파크

엘레노어가 떠난 그 밤, 엘레노어는 전화하지 않았다.

지금 와서 생각해보면 엘레노어가 전화를 하겠다고 하진 않았었다. 편지를 쓰겠다고 하지도 않았지만, 파크는 그냥 말만 하지 않은 것뿐 편지야 당연한 거라고 생각했다.

엘레노어가 차에서 내린 후 파크는 엘레노어 삼촌네 집 앞에서 기다렸다.

문이 열리면 곧장, 집에 사람이 있는 것만 확실해지면 파크는 곧바로 떠났어야 했다. 그러나 엘레노어를 거기 두고 그냥 떠날 수는 없었다.

파크는 문을 열고 나온 여자가 엘레노어를 꼭 안아주는 모습, 그런 다음 두 사람이 집 안으로 들어가 문을 닫는 것까지 지켜보았다. 그런 후에도 파크는 계속 기다렸다. 혹시나 엘레노어 마음이 바뀔지 모르니까. 결국은 파크더러 들어오라고 할지도 모르니까.

문은 열리지 않았다. 파크는 약속을 기억하고 차를 돌렸다. 집에 더 일찍 도착할수록 엘레노어 소식을 더 일찍 들을 수 있어. 파크는 생각했다.

파크는 첫 번째 트럭 휴게소에서 엘레노어에게 엽서를 써 보냈다. 엽서엔 이렇게 적혀 있었다. '1만 개 호수의 땅, 미네소타에 오신 것을 환영합니다.'

#

집에 도착하자 엄마가 문까지 달려 나와 파크를 안아주었다.

"괜찮니?" 아빠가 물었다.

"네." 파크는 대답했다.

"트럭 운전은 어떻든?"

"괜찮았어요."

아빠는 차를 살펴보러 밖에 나갔다.

"엄마가 네 걱정 얼마나 했게."

"전 괜찮아요. 엄마, 나 그냥 좀 피곤해요."

"엘레노어는 어때?" 엄마가 물었다. "괜찮아?"

"그런 것 같아요. 전화 왔어요?"

"아니. 전화 전혀 없었어."

엄마가 놓아주자마자 파크는 곧장 방으로 들어가 엘레노어에게 편지를 썼다.

#

엘레노어

수잔 숙모가 문을 열었을 때 엘레노어는 이미 눈물이 그렁그렁했다.

"엘레노어. 어머 세상에, 엘레노어. 어쩐 일이야?" 숙모는 입을 다물질 못했다.

엘레노어는 다 괜찮다고 하려고 했다. 물론 사실이 아니었다. 다 괜찮으면 엘레노어가 여기 와 있을 리가 없지. 하지만 죽은 사람은 없었다. "아무도 안 죽었어요." 엘레노어는 그렇게 말했다.

"세상에. 제프리!" 숙모는 삼촌을 불렀다. "잠깐만 있어봐, 아

가. 제프……."

혼자 남게 되자 엘레노어는 파크에게 바로 가라고 하지 말걸 그랬단 생각이 들었다.

엘레노어는 아직 파크를 보낼 준비가 되지 않았다.

엘레노어는 문을 열고 거리로 달려 나갔다. 파크는 이미 가고 없었다. 엘레노어는 이쪽, 저쪽을 모두 살펴보았다.

엘레노어가 발걸음을 돌리자 현관 앞에서 엘레노어를 지켜보고 있던 숙모와 삼촌이 보였다.

#

연이은 통화들. 페퍼민트 차. 숙모랑 삼촌은 엘레노어가 자러 들어간 다음에도 한참을 주방에서 이야기를 나누었다.

"사브리나가……."

"걔네 다섯 명."

"제프리, 걔네 다 데려와야 돼……."

"지금까지 들은 얘기가 혹시 사실이 아니면?"

엘레노어는 뒷주머니에서 파크의 사진을 꺼내 침대보 위에 놓고 손으로 빳빳하게 폈다. 파크 같지가 않았다. 10월은 이미 전생의 얘기 같았다. 오늘 오후도 벌써 전생이었다. 지구가 너무 빠르게 돌아가고 있어서 엘레노어는 이제 여기가 어디인지도 알 수가 없었다.

엘레노어와 같은 사이즈를 입는 숙모가 잠옷을 빌려주었다. 그러나 엘레노어는 샤워를 끝내자마자 파크의 셔츠를 다시 입었다.

파크 냄새가 났다. 파크의 집 냄새, 말린 꽃잎 냄새가 났다. 비누 냄새, 소년 냄새, 행복의 냄새가 났다.

엘레노어는 침대에 푹 쓰러졌다. 엘레노어는 배에 난 구멍을 붙들었다.

아무도 엘레노어를 믿지 않을 것이다.

#

엘레노어는 엄마에게 편지를 썼다.

지난 6개월간 엄마한테 하고 싶었던 얘기를 다 적었다.

미안하다고도 했다.

제발 벤이랑 마우스를, 메이지를 생각하라고 애원했다.

경찰에 신고하겠다고 협박도 했다.

숙모가 엘레노어에게 우표를 주었다. "잡동사니 든 서랍에 우표가 있어. 필요할 때 편하게 쓰렴."

#

파크

방에 처박혀 있는 것도 싫증이 날 무렵, 이제 파크의 인생에 더는 바닐라 향을 풍기는 존재가 있지 않게 되었을 무렵 파크는 엘레노어가 살던 집 앞을 지나갔다.

트럭은 있다가 없다가 했고, 가끔 현관에서 조는 로트와일러

도 보였다. 그러나 부서진 장난감이나 그 집 마당에서 놀던 딸기
색 금발 꼬맹이들은 보이지 않았다.

조쉬는 엘레노어의 남동생이 이제 학교에 나오지 않는다고 했
다. "걔네 다 떠났다던데. 가족들 다."

"좋은 소식이네." 엄마가 말했다. "그 집 미인 엄마도 이제 상
황이 얼마나 안 좋은지 보고 나니 정신이 번쩍 들었나 보지? 엘
레노어한텐 잘됐어."

파크는 그저 고개만 끄덕였다.

지금 어디 있는진 모르겠지만 엘레노어가 과연 자기 편지를
받긴 한 건지 파크는 궁금했다.

\#

엘레노어

손님방에는 다이얼을 돌리는 빨간 구형 전화기 한 대가 놓여
있었다. 그게 지금 엘레노어 방이었다. 전화가 울릴 때마다 엘
레노어는 수화기를 들고 이렇게 말하고 싶었다. "무슨 일입니까,
고든 경감?"

가끔 집에 혼자 남아 있게 되는 날이면 엘레노어는 침대로 전
화기를 가지고 와 통화음이 삐 울리는 소리를 듣고 있곤 했다.

엘레노어는 다이얼을 손가락으로 돌리는 흉내만 내면서 파크
의 전화번호를 연습했다. 통화음이 멈추면 엘레노어는 이따금씩
파크의 목소리가 귓가에 들리는 척해보았다.

"남자친구 사귄 적 있어?" 다니가 물었다. 연극 캠프에서 만난 다니와는 점심을 같이 먹었다. 두 사람은 무대 위에 걸터앉아 오 케스트라석 쪽으로 다리를 달랑달랑 걸치고 있었다.

"아니." 엘레노어가 말했다.

파크는 남자친구가 아니었다. 파크는 챔피언이었다.

"키스해본 적 있어?"

엘레노어는 고개를 저었다.

파크는 남자친구가 아니었다.

파크와는 헤어지지도 않을 거다. 권태기가 오지도 않을 거고, 그냥 흐지부지 멀어지는 사이가 되지도 않을 거다. (흔해 빠진 그 런 십 대 커플의 바보 같은 연애 따윈 우리한텐 해당 사항 없는 얘기다.)

파크와의 관계는 그냥 정지다.

차 안에서 그렇게 결심했었다. 미네소타주 알버타 리아를 지 나면서 결심했다. 둘이 결혼할 게 아니라면 — 영원한 관계가 불 가능한 거라면 — 그냥 시간의 문제일 뿐이었다.

파크와는 그냥 여기서 그대로 멈추는 거다.

작별 인사를 하던 그날 이상으로 파크가 엘레노어를 사랑하게 될 일은 없을 것이다.

파크의 사랑이 줄어드는 생각만으로도 참기가 힘들었다.

파크

스스로가 지긋지긋해지면 파크는 엘레노어가 살던 집에 갔다. 트럭이 서 있는 날도, 없는 날도 있었다. 가끔씩 파크는 보도 저 끝에 가만히 서서 저 집이 의미하는 모든 것들을 증오했다.

56

엘레노어

편지, 엽서, 카세트테이프가 잔뜩 들어 있는 것 같은 소포 꾸러미들. 아무것도 열지 않고 아무것도 읽지 않은 채였다.

"파크에게." 새 편지지를 한 장 꺼내 그렇게 적었다.

"파크에게." 뭐라고 설명이라도 해보려고 했다.

그러나 파크에게 하려던 말들은 엘레노어 손안에서 그냥 와르르 부서져버렸다. 진실은 어느 하나 적어 내려가기 쉬운 것이 없었다. 파크를 잃는다는 건 너무 큰 상실이었다. 파크에 대한 모든 감정이 절절 끓었다.

"미안해." 엘레노어는 그렇게 적은 후 다시 그 위에 줄을 죽 그어버렸다. "그냥……." 다시 시도해보았다.

엘레노어는 반쯤 쓴 편지들을 던져버렸다. 맨 아래 서랍에 열지 않은 봉투들도 던져 넣었다.

"파크에게." 엘레노어는 서랍장 앞에서 고개를 숙인 채 속삭였다. "그냥 이대로 멈추자."

파크

아빠는 파크에게 여름 동안 아르바이트를 해서 직접 기름값을
벌라고 했다.

파크가 아무 데도 나가지 않는단 점은 아빠도, 파크도 굳이 언
급하지 않았다. 파크가 아이라인을 그린 다음 엄지로 스모키 아
이 화장을 시작했단 얘기도 하지 않았다.

요즘 파크의 몰골은 드라스틱 플라스틱 아르바이트생 자리에
딱이었다. 귀에 구멍을 두 줄씩 뚫은 젊은 여자가 파크를 채용하
기로 했다.

엄마는 이제 더는 우편물을 챙겨오지 않았다. 파크에게 네 앞
으로 온 우편물이 없단 얘기를 엄마가 더는 하고 싶지 않아서 그
런다는 것을 파크는 알았다. 이제 매일 밤 파크는 일을 마치고
들어오면서 우편물을 챙겨왔다. 매일 밤 비가 오길 기도하면서.

펑크 음악이라면 구하는 것도 어렵지 않았고 들어도 들어도
질리지가 않았다. "여기선 시끄러워서 생각도 못 하겠다." 아빠
는 음악 소리 좀 줄이라고 3일 연속 파크 방에 들어오면서 그렇
게 말했다.

어쩌라고요. 엘레노어라면 그렇게 말했겠지.

가을 학기가 시작됐지만 엘레노어는 학교에 오지 않았다. 최소한 이 학교엔 돌아오지 않았다.

신입생이나 졸업반 아니면 체육 수업을 안 들어도 된단 사실을 축하할 엘레노어가 없었다. 노동절에 스티브랑 티나가 사랑의 도피를 했다는 소식에 "끔찍한 조합이군, 배트맨."이라고 농담을 할 엘레노어도 없었다.

파크는 그 이야기들을 전부 다 편지에 적어 보냈다. 파크는 엘레노어가 떠난 후 매일 그동안 있었던 일, 없었던 일, 별별 이야기를 전부 다 적었다.

그 뒤로도 몇 달을 파크는 엘레노어에게 편지를 썼지만 보내지는 않았다. 1월 1일, 파크는 엘레노어 네가 바라는 모든 것들이 다 이뤄지길 바란다고 적었다. 그런 다음 그 편지를 침대 아래 수납상자에 던져 넣었다.

57

파크

파크는 이제 굳이 엘레노어를 떠올리려 하지 않았다.

어차피 엘레노어는 자기가 내킬 때만 나타났다. 꿈속에서, 착각 속에서, 또 조각난 기억 속에서.

이를테면 이런 식이었다. 차를 몰고 일하러 가는데 차창 너머로 길가에 서 있는 빨간 머리 여자애가 보인다. 잠깐 숨이 턱 멎는다. 분명히 엘레노어다.

한밤중에 잠에서 깰 때도 있다. 밖에서 꼭 엘레노어가 기다리고 있는 것만 같다. 당장 파크의 도움이 필요한 엘레노어가 말이다.

그러나 파크가 보고 싶어한다고 엘레노어가 나타나진 않았다. 가끔은 엘레노어가 어떻게 생겼는지조차 기억이 안 났다. 심지어 엘레노어 사진을 보고 있을 때조차 그랬다. (혹시 사진을 너무 많이 들여다본 건가.)

파크는 이제 굳이 엘레노어를 떠올리려 하지 않았다.

그런데도 왜 자꾸만 이곳엘 꾸역꾸역 찾아오는 걸까? 다 쓰러

저가는 이 집엘…….

엘레노어는 여기 없었다. 딱히 여기 있었다고 할 수 있는 정도도 못 됐다. 떠난 지도 벌써 1년이 다 되어갔다.

파크가 돌아서 가려는데 작은 갈색 트럭이 진입로로 휙 꺾어 들어오면서 턱을 급히 넘어 파크를 거의 칠 뻔했다. 파크는 보도에 멈춰 서서 기다렸다. 운전석 문이 활짝 열렸다.

어쩌면, 어쩌면 여기 와 있는 이유가 바로 이것이었는지도 모르겠다고 파크는 생각했다.

엘레노어의 새아빠 리치가 차에서 천천히 내렸다. 파크는 예전에 딱 한 번 본 기억만으로도 그 사람을 알아보았다. 파크는 엘레노어에게 『왓치맨』 2권을 가지고 왔었고, 그때 저 새아빠란 사람이 처음에 문을 열러 나왔었다…….

엘레노어가 떠나고 몇 달 후 『왓치맨』 마지막 권이 나왔다. 파크는 엘레노어가 그 마지막 권을 읽었을까 궁금했다. 엘레노어는 오지만디아스를 악당이라고 생각했을까? 닥터 맨해튼이 마지막에 "아무것도 끝나지 않았어."라고 한 말은 어떻게 생각했을까? 엘레노어는 어떻게 생각할까, 파크는 아직도 엘레노어의 생각이 시시콜콜 다 궁금했다.

리치는 처음에 파크를 보지 못했다. 리치는 천천히, 긴가민가하며 움직이고 있었다. 파크가 서 있는 걸 보고 리치는 저기 사람이 서 있는 건지 아닌지 모르겠단 얼굴로 파크를 쳐다보았다.

"거기 누구야?" 리치가 버럭 소리쳤다.

파크는 대답하지 않았다. 리치는 파크 쪽을 쳐다보더니 휘청휘청 다가갔다.

"용건이 뭐야?" 족히 1미터는 되는 거리인데도 리치한테서 시큼한 냄새가 풍겨왔다. 맥주 냄새, 지하실 냄새 같은 것이.

파크는 그 자리에 그대로 서 있었다.

당신 죽여버리고 싶어. 그러다 파크는 문득 깨달았다. *못할 것도 없잖아. 죽여버릴 거야.*

리치는 파크보다 체구가 그리 크지도 않았고, 술에 취해 휘청대고 있었다. 게다가 리치를 향한 파크의 적의와 비교할 때 리치는 파크에게 그 정도 적의가 있을 리 만무했다.

리치가 무장하지만 않았으면, 그에게 운이 따르지만 않는다면, 파크가 못할 것도 없었다.

리치는 발을 질질 끌며 파크 쪽으로 다가왔다. "용건이 뭐냐고?" 리치가 다시 소리쳤다. 리치는 제 목소리에 균형을 잃고 앞으로 고꾸라지면서 퍽 하고 바닥에 쓰러졌다. 파크는 리치의 손이 닿지 않게 한 발 물러서야 했다.

"아이씨." 리치는 무릎을 대고 일어나면서도 아직 제대로 균형은 잡지 못했다.

당신 죽여버리고 싶어.

못할 것도 없잖아.

누군가는 해야 할 일이니까.

파크는 제 신발을 내려다보았다. 일터에서 막 새로 산 스틸토 닥터마틴 부츠였다. (직원 할인가로 샀다.) 파크는 가죽 가방마냥 리치의 목에 걸려 있는 리치의 머리통을 쳐다보았다.

파크는 이 정도로 누군가를 싫어하는 게 가능한 일인가 싶을 정도로 리치가 싫었다. 이렇게 격한 감정을 느끼는 게 가능한 일인가 싶을 정도였다……

거의 다 왔다.

파크는 한 발을 들어 올린 다음 리치 얼굴 가까이에 있는 흙을 부츠로 찼다. 진입로의 얼음과 진흙이 리치의 입안으로 들어갔다. 리치는 격렬하게 기침을 하면서 땅바닥에 쓰러졌다.

파크는 리치가 일어나길 기다렸지만 리치는 그 자리에 그대로 주저앉아 욕설만 퍼부으면서 소금이랑 자갈이 들어간 눈만 비비고 있었다.

리치는 죽지 않았다. 그러나 일어나지도 못하고 있었다.

파크는 기다렸다.

그러다 집으로 돌아갔다.

#

엘레노어

편지, 엽서, 집어 들면 달그락 소리가 나는 노란 에어캡 봉투에 쌓인 소포들. 아무것도 열어보지도, 읽어보지도 않은 채였다.

편지가 매일 왔을 땐 괴로웠다. 편지가 더는 오지 않자 더 괴로웠다.

엘레노어는 이따금씩 카펫 위에 타로 카드처럼, 윙카 바 초콜릿처럼 우편물들을 쭉 늘어놓곤 생각했다. 이제 너무 늦은 걸까.

58

파크

파크와 프롬 파티를 같이 갈 상대는 엘레노어가 아니었다.

캣이었다.

동료 캣. 캣은 마른 체구에 머리색은 어두웠고, 입냄새 제거용 민트 사탕만큼이나 파란 눈은 별로 깊이는 없었다. 캣 손을 잡으면 마네킹 손을 잡는 느낌이었다. 파크가 캣에게 키스를 한 게 그나마 참 다행이었다. 프롬 날 밤 파크는 턱시도 바지에 밴드 이름 '푸가지Fugazi'가 적힌 티셔츠를 입은 채 그대로 잠이 들었다.

이튿날 아침 파크는 배 위로 뭔가 가벼운 무게감이 느껴져 눈을 떴다. 눈을 뜨자 아빠가 파크를 보고 서 있었다.

"우편물 왔다." 아빠의 목소리는 거의 다정할 정도였다. 파크는 가슴에 손을 올려보았다.

엘레노어는 지금까지 파크에게 한 번도 편지를 보내지 않았다.

엽서였다. '1만 개 호수의 땅에서 보내는 인사.' 앞면에는 그렇게 적혀 있었다. 엽서를 뒤집어보았다. 휘갈겨 쓴 엘레노어의 글씨체였다. 머릿속에서 노랫말들이 흘러나왔다.

파크는 똑바로 일어나 앉았다. 씩 웃었다. 가슴팍에서 무언가 묵직한 것이 갑자기 날개를 달고 날아갔다.

엘레노어가 보낸 건 편지가 아니라 엽서였다.

세 단어가 적혀 있었다.

『아무것도 끝나지 않았어』(2013)는 전 세계 40여 개 이상 국가에서 출간, 지금까지 1백만 부 이상이 팔린 레인보 로웰의 두 번째 소설이다. 첫 소설 『어태치먼트』(2011)가 〈커커스 리뷰〉에서 그해의 돋보이는 데뷔작으로 꼽히는 등 좋은 평가를 받은 데 이어, 『팬걸』(2013)과 같은 해 출간되어 레인보 로웰을 스타 작가로 만들어준 작품이기도 하다. 출간된 그해 아마존 '올해의 책 톱10', 온라인 서평 커뮤니티 〈굿리즈〉 '올해의 청소년 소설'로 선정되는 등 독자들의 사랑을 한 몸에 받은 것은 물론 《뉴욕타임스》 '올해의 주목할 만한 청소년 도서', NPR '올해의 책'으로 선정되고 유명 아동·청소년 문학상인 '보스턴 글로브-혼북 문학상', '마이클 L. 프린츠 상'을 수상하는 등 평단의 호평도 이어졌다. 성공적인 연애소설이라면 으레 뒤따르는 영화화 작업도 물론 진행 중이다. 2014년 드림웍스의 발 빠른 영화화 시도는 무산됐지만 픽처스타트와 플랜 B라는 새로운 프로덕션을 만나 곧 영상으로 살아 숨 쉬는 엘레노어와 파크를 만나볼 수 있을 예정이다.

소설의 배경은 1986년 미국 네브래스카주 오마하. 엘레노어는 토박이들뿐인 동네에 새로 나타난 전학생이다. 어느 하나 어울리지 않는 특이한 옷차림, 새빨간 곱슬머리…… 엘레노어는 가만히 있어도 눈에 띄는 아이다. 그런 엘레노어와 스쿨버스에 나란히 앉아 가는 파크는 조용하고 튀는 것과는 거리가 먼 한국계 혼혈 남학생이다. 선뜻 가까워지지 못하고 말없이 어색하게 학교만 오가던 두 사람은 어느새 음악과 만화책을 공통분모 삼아 점점 가까워지고 결국 사랑에 빠진다. 딱 열여섯 살 아이들처럼, 처음으로 사랑이란 감정을 겪어보는 사람들처럼.

《뉴욕타임스》 서평에서 소설가 존 그린이 얘기한 것처럼 『아무것도 끝나지 않았어』는 익숙한 설정들에도 불구하고 전혀 뻔하지 않은 소설이다. 꼭 남녀 주인공이 눈에 띄지 않고 평범한(데 안경을 벗으면 예쁘다든가 하는) 외모의 소유자가 아닌, 무려 독특한 옷차림의 덩치 큰 백인 여학생과 평범한 동양계 남학생이라서는 아니다. 두 사람의 관계에 전혀 예측 못 할 반전이 있다거나 한 것도 아니다.

이 소설이 뻔하지 않은 건 정말 지금 막 첫사랑을 시작한 열여섯 살 소년 소녀가 느낄 법한 그 감정을 딱 그 진폭 그대로 담아냈기 때문이다. 좋고 떨리고 행복한 감정만이 아니다. 내일 아침에 헤어지자고 하면 어떡하지? 쟨 내가 대체 어디가 좋은 걸까? 쟤랑 사귀는 거 학교에 소문나면 어떡하지? 상대의 마음을 수없이 확인, 또 확인하고 싶어하고 나에게 실은 전혀 중요하지도 않은 사람들이건만 괜히 주변의 시선을 의식하는, 어리석지만 사실 저자의 말처럼 아직 내가 누군지도 모르는 그땐 너무나도 당연한 의구심과 근심과 걱정들이 엘레노어와 파크를 통해 고스란히 전해진다.

그리고 이토록 생생하고 사실적인 묘사는 비단 첫사랑의 감정만이 아니라 열여섯 살 청소년들의 일상을 그릴 때도 여전하다. 실제로 소설 속 언어가 청소년들에게는 부적절하다고 항의한 일부(정말 극히 소수) 학부모도 있었다고 한다. 그러나 결국 대다수 학부모와 교사들이 인정했듯 소설 속 십 대들과 그들의 삶은 지극히 현실적이다. 본인도 어려운 십 대 시절을 보냈다는 로웰은 이 소설이 희망을 주기 위한 이야기라고 말한다. "『아무것도 끝나지 않았어』는 무슨 디스토피아를 그린 판타지 소설 같은 게 아니다. 십 대들은 원래 그렇게 욕도 하고 친구들도 괴롭히고 한다. 형편없는 부모 밑에서 자라는 아이들, 양아버지한테 창녀 소리 듣는 애들, 다 현실에 있다. 그런 와중에 현실을 딛고 이겨내는 아이들도 있고 말이다. 이 소설이 저속하다는 둥 그런 말을 들으면 '힘든 아이들에게' 현실에 그냥 순응하고 살라는 얘기인가 싶다."

엘레노어를 삼촌네 집에 데려다주며 파크는 엘레노어와 입을 맞춘다. 그리고 이 입맞춤이 파크가 집에 홀로 돌아갈 수 있는 힘, 겁이 날 때 극복할 수 있는 힘이 되어줄 것이란 문장이 이어진다. 인생의 고비를 헤쳐 나갈 수 있는 힘은 어쩌면 성공에 대한 목표 의식 같은 것보다 그냥 내가 사랑하는 사람의 존재, 내가 사랑받고 있다는 믿음에서 나오는 것인지도 모른다. 그리고 그런 존재와 믿음을 상기시켜준다는 점에서 『아무것도 끝나지 않았어』는 대단히 따스하고 안심이 되는 책이다. 아마 이 책이 청소년 소설이란 꼬리표를 달게 된 데에는 그 점이 크게 작용했을 것이다. 물론 성인이 읽어도 감동적이고 재치 있고 간질간질한 소설임은 말할 것도 없다.

옮긴이 장여정

이화여자대학교 통번역대학원을 졸업하고 현재 번역가로 활동 중이다. 옮긴 작품으로는 『답장할게, 꼭』 『사랑의 작은 순간들』 이외 하버드대 한국학연구소에서 발간하는 한국문학저널 『Azalea』에 게재된 성석제 작가의 단편 「이 인간이 정말」(공역)이 있으며 tbs eFM의 도서 프로그램 'The Bookend'에서 한국문학을 소개했다.

아무것도 끝나지 않았어

초판 1쇄 발행 2022년 6월 6일

지은이 레인보 로웰
옮긴이 장여정
펴낸이 김요안
편집   강희진
디자인 이명옥

펴낸곳 북레시피
주소 서울시 마포구 신수로 59-1
전화 02-716-1228   **팩스** 02-6442-9684
이메일 bookrecipe2015@naver.com ㅣ esop98@hanmail.net
홈페이지 www.bookrecipe.co.kr ㅣ https://bookrecipe.modoo.at/
등록 2015년 4월 24일(제2015-000141호)   **창립** 2015년 9월 9일

ISBN 979-11-90489-56-0 43840

종이 화인페이퍼 ㅣ **인쇄** 삼신문화사 ㅣ **후가공** 금성LSM ㅣ **제본** 대흥제책